HARMONY VERNA
IM LAND
DER
APFELBLÜTEN

aufbau taschenbuch

HARMONY VERNA arbeitet als Journalistin und Autorin für Radio und Fernsehen. Ihr erster Roman »Das Land der roten Sonne« wurde für den James-Jones-Preis nominiert. Verna lebt mit ihrem Ehemann und ihren drei Söhnen in Newtown Connecticut.
Bei atb ist ihr Roman »Das Land der roten Sonne« lieferbar.

Andrew Houghton wächst in ärmlichen Verhältnissen auf. Als ein Unglück in der Mine, in der sein Vater arbeitet, das Leben der Familie zerstört, nimmt Andrews Tante ihn zu sich. Doch bei einem tragischen Unfall verliert er fast sein Leben. Die Familie zieht aufs Land, und Andrew kämpft mit den Folgen seines Unfalls. Dann lernt er Lily kennen, ein scheues Mädchen aus dem Ort. Sie fasziniert ihn, und er spürt, dass sie etwas vor ihm verheimlicht. Die Anfeindungen der Amerikaner gegenüber den deutschen Einwanderern nehmen zu, und Andrew muss erkennen, dass man seine Wurzeln nie ganz hinter sich lässt und es sich für seine Träume zu kämpfen lohnt.

HARMONY VERNA

IM LAND *DER* APFELBLÜTEN

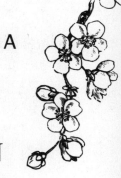

ROMAN

Aus dem Amerikanischen
von Marie Rahn

aufbau taschenbuch

Die Originalausgabe unter dem Titel
Beneath the Apple Leaves
erschien 2017 bei Kensington, New York.

ISBN 978-3-7466-3547-7
Aufbau Taschenbuch ist eine Marke
der Aufbau Verlag GmbH & Co. KG

1. Auflage 2019
© Aufbau Verlag GmbH & Co. KG, Berlin 2019
Copyright © 2017 by Harmony Verna. Published by Arrangement
with KENSINGTON PUBLISHING CORP.,
NEW YORK, NY 10018 USA
Umschlaggestaltung www.buerosued.de, München
unter Verwendung eines Bildes von
© Rebecca Nelson / Arcangel Images
Gesetzt aus der Minion durch Greiner & Reichel, Köln
Druck und Binden CPI books GmbH, Leck, Germany
Printed in Germany

www.aufbau-verlag.de

*Für Eleanor,
deren Liebe zum Land
auch mir im Blut liegt.*

ERSTER TEIL

*Jeden Morgen, Herr, wissen wir,
uns erwartet nur eines: die dunkle, höllengleiche Grube,
aus der wir unseren Lebensunterhalt zusammenkratzen und
gleichzeitig, Stück für Stück, unsere Seele dabei verlieren.
Die Gesichter schwarz, die Hände voller Schwielen,
graben wir uns durch dunkle Tunnel,
gebückt und gebeugt, und ernten die Kohle.
Und beten dabei: Gott, ernte du unsere Seelen.*

(*The Coal Miner's Prayer* von W. Calvert)

1. KAPITEL

Still jetzt.« Die Wörter hallten von den Wänden als Echo wider. »Lass nur die Augen zu.«

Andrew gehorchte seinem Vater, klammerte sich an seine Hand und vergrub seine winzigen Finger in der schwieligen Handfläche. Blindlings tappte er abwärts. Um sich herum hörte er das hohle Tropfen von Wasser und spürte die kühle, feuchte Luft auf der Haut, die ihn an den Morgennebel im Tal erinnerte.

Dann blieb sein Vater stehen und entzog ihm die Hand. »Jetzt mach die Augen auf.«

Andrew tat es, konnte jedoch nichts sehen. Wieder und wieder blinzelte er, doch die Dunkelheit war so undurchdringlich und endlos wie in einem Brunnenschacht. Er rieb sich die Augen, doch er konnte seine Hände nicht sehen. Panik stieg in ihm auf, und er schnappte nach Luft. Von allen Seiten schoben sich die Wände auf ihn zu und bedrängten ihn. Die Schwärze drückte schwer auf seine Lungen. Andrew streckte auf der Suche nach seinem Vater die Hände aus, griff aber ins Leere.

»Papa!«

»Ich bin hier, mein Sohn.« Sofort spürte er, wie ihn warme, starke Arme umschlangen. »Ich bin direkt vor dir.«

Andrew klammerte sich an das raue Hemd seines Vaters, vergrub den Kopf an seiner Brust und sog den vertrauten Geruch nach Tabak und frisch gehacktem Holz ein. Er schloss die Augen.

Sein Vater umfasste seine Schultern und beugte sich zu ihm herab. »Ich wollte nur, dass du es siehst.«

»Aber ich sehe gar nichts!«

»Du solltest nur erfahren, wie es hier unten ist.« Andrew hörte, dass sein Vater lächelte. Er vernahm ein Kratzen, ein Zischen, und dann flammte Licht auf. Mit dem Streichholz zündete sein Vater die Kerze auf dem Helm an, und Andrew sah die tropfenförmigen Spuren von Wachs. Der brennende Docht warf einen kleinen gelben Lichthof, so dass er gerade so die Stirn, die Augen und die Nase seines Vaters sehen konnte.

Dann spürte er seinen drängenden Händedruck. »Du sollst wissen, dass dies hier nicht dein Leben wird. Ich lasse nicht zu, dass mein Sohn unter Tage geht. Hörst du, Andrew?« Seine Stimme war leise und flehentlich. »Du wirst hart arbeiten. Fleißig lernen. Wenn du älter bist, wirst du dir ein eigenes Leben aufbauen. Aber nicht hier. Ich lasse nicht zu, dass du nach Kohle schürfst. Verstanden?«

»Ja, Sir.«

»Sorge für deine Familie, Andrew. Immer.« Er schluckte hart. »Aber nicht so.«

»Ja, Sir.«

Die Augen seines Vaters musterten ihn eindringlich. »Du hast etwas Besseres verdient«, sagte sein Vater schließlich. »Lass dir von niemandem etwas anderes einreden.«

Andrew versuchte, sich nicht anmerken zu lassen, dass er wieder nach Hause, ans Licht wollte. »Ja, Sir.«

Da erhob sich sein Vater. »Du wirst nie wieder hier runtergehen. Versprochen?«

Andrew versprach es.

2. KAPITEL

Uniontown, Pennsylvania – 1916

Andrew Houghton wappnete sich gegen die Kälte, die in der weiten, von Kohlenminen zerklüfteten Landschaft Pennsylvanias den Winter ankündigte, und legte der jungen Frau an seiner Seite einen Arm um die Schultern. »Frierst du auch nicht?«, fragte er.

»Nein.« Sie lächelte gezwungen, klapperte dabei aber mit den Zähnen.

»Doch, dir ist kalt.« Andrew blieb stehen, zog seinen Mantel aus und hüllte sie damit ein. »Besser?«

Sie seufzte leise und nickte. »Aber jetzt wirst du frieren.«

»Ich? Nein! Mir ist warm wie im Sommer«, erwiderte er und legte erschauernd seinen Arm um sie. Sein Ärmel rutschte hoch, und darunter zeichnete sich ein blauer Fleck auf seiner Haut ab.

Sie verzog das Gesicht. »Du siehst viel zu gut aus, um dich bei diesen Kämpfen so zurichten zu lassen.« Sanft berührte sie seine geschwollene Wange, worauf er erstarrte. »Und wie willst du mich mit diesen aufgeplatzten Lippen küssen?«

Andrew lachte gequält auf und ließ sie los. Was hatte er erwartet, wenn er sie in den Arm nahm? Sie blieb ebenfalls stehen, zog den langen Wollmantel enger um sich und sah ihn bittend an. »Wieso hast du mich noch nie geküsst?«, fragte sie ernst.

Die Kälte drang schneidend durch sein dünnes Leinenhemd. »Wenn mich der Polizeichef dabei erwischen würde, wie ich seine Tochter küsse, käme ich nicht nur mit ein paar blauen Flecken davon.«

»Jetzt mach keine Witze«, erwiderte sie. »Du hast vor meinem Vater genauso wenig Angst wie vor deinen Gegnern im Boxring. Was ist also der wahre Grund?«

Andrew atmete geräuschvoll aus und erwiderte den Blick aus ihren sanften, rehbraunen Augen. Er konnte sie küssen und sie in seine Arme schließen. Schließlich waren Vergnügungen im Kohlerevier selten. Aber mehr könnte daraus nicht werden: ein kurzes Vergnügen, eine süße Ablenkung. Er wollte ihr nichts vormachen.

»Ich kann dir nichts bieten«, sagte er schließlich.

Sie reckte ihr Kinn und fragte spöttisch: »Was soll das denn heißen?«

»Hör mal«, setzte er an und suchte nach einer Erklärung. Sie machte es ihm nicht leicht. »Zurzeit bin ich nicht auf der Suche nach einer Freundin«, sagte er so behutsam wie möglich. »Meine Gefühle reichen einfach nicht. Tut mir leid.«

Überrascht öffnete sie den Mund, ihre Lider flatterten. »Weißt du eigentlich, wie viele Männer sich auf die Gelegenheit stürzen würden, mit mir zusammen zu sein?«

»Das glaube ich ja«, versuchte er, sie zu beschwichtigen. »Du bist wunderschön –«

»Hast du eine Ahnung, wie viele Männer mich anflehen, mich küssen zu dürfen?«, schrie sie unvermittelt. »Hast du?«

Seine Glieder waren bereits taub vor Kälte, und er war erschöpft. Die Wunden in seinem Gesicht pochten. Plötzlich verspürte er Erleichterung, dass er sie nie geküsst hatte. »Dann dürftest du ja leicht einen Ersatz für mich finden.«

Sie schnaubte verächtlich, riss sich den Mantel herunter und schleuderte ihn gegen seine Brust. »Ich hätte es besser wissen und mich nicht mit dem Sohn eines Bergmanns herumtreiben sollen.«

»Herumtreiben?«, wiederholte er, amüsiert von ihrem Wutausbruch. »Wir treiben uns herum?«

»Du hältst dich wohl für sehr schlau, wie?« Als sie erneut schnaubte, bildeten sich kleine Atemwölkchen vor ihrer Nase. »Dabei solltest du mir die Füße küssen, weil ich auch nur mit dir rede! Und jetzt hab ich mich sogar von dir nach Hause bringen lassen.«

Andrew schlüpfte in seinen Mantel und genoss die Wärme. Er stellte seine Ohren auf Durchzug und wandte sich zum Gehen.

»Du hättest mich sowieso nie küssen dürfen, Andrew Houghton«, keifte sie. »Ich hätte Stunden gebraucht, mir den Ruß aus dem Mund zu spülen!«

Er grinste nur, machte eine abschätzige Geste und ging einfach weiter. Ihre Worte verhallten in der Nacht. *Gerade noch mal davongekommen*, dachte er und stieß erleichtert eine weiße Atemwolke aus.

Der Heimweg verlief still. Der Himmel über ihm war pechschwarz. Nur noch aus wenigen Fenstern drang Licht heraus. Ein streunender Hund huschte vorbei und trank aus einer schmutzigen Pfütze. Andrew kniete sich hin. »Komm her, Kleiner«, sagte er und schnalzte mit der Zunge.

Mit gesenktem Kopf und eingekniffenem Schwanz wagte sich der Hund zu ihm, bereit, beim kleinsten Anzeichen von Gefahr die Flucht zu ergreifen. Andrew streckte die Hand aus, worauf der Streuner mit zurückgelegten Ohren seine Finger beschnüffelte. Lächelnd kraulte Andrew ihm den Nacken, worauf der Hund überraschend vorstürzte und ihm ein-, zweimal übers Gesicht leckte. »He, Kleiner!«, wehrte er lachend ab. »Wollen mich denn heute Abend alle küssen?«

Irgendwo kippte krachend ein Mülleimer um. Als eine wilde Katze aufkreischte, schoss der Hund davon und verschwand in der Dunkelheit. Andrew stand auf und wischte sich mit dem Ärmel über die geschwollene Wange. Er bog von der Hauptstraße in den zerfurchten, gewundenen Weg, der zur Bergarbeitersiedlung führte. Eine plötzliche Melancholie erfasste ihn: die Sehnsucht nach einem Leben, das nicht existierte, nach einer Frau, die es nicht gab. Seiner Erfahrung nach gab es nur zwei Typen von Frauen: die verwöhnten Damen aus der Stadt und die erschöpften, gebrochenen Mädchen aus dem Kohlerevier.

3. KAPITEL

Plum, Pennsylvania – 1916

Lily Morton tauchte aus dem Wald auf, das Haar voller Kiefernnadeln. Ein paar zupfte sie eilig heraus, die restlichen ignorierte sie und trottete durch den leichten Schnee heimwärts.

Allerdings nahm sie nicht den kürzeren Weg durchs Tal, sondern stieg das alte Maisfeld hinauf, dessen grüne Stängel längst braun und faserig geworden waren. Das offene Land war geprägt von gleichmäßigen Ackerfurchen, einem Heer aus verwelkten Maishalmen und vertrocknetem Stroh. Mit ihren alten Stiefeln suchte sie sich konzentriert einen Weg zwischen den brüchigen Stängeln, Feldsteinen und dornigen Ranken. Sie stellte sich vor, wie ein Soldat über ein Schlachtfeld zu schreiten und sich ihren Weg durch die feindlichen Linien zu bahnen. Dann lachte sie über dieses kindische Spiel, denn sie war kein Kind mehr. Sie war eine junge Frau, die durch ein welkes Maisfeld stapfte, das für eine Million anderer Felder im ländlichen Pennsylvania stand. Als sie jetzt die Kälte auf ihren Wangen spürte, wandte sie sich eilig Richtung Tal.

Lily war ein Kind dieser Landschaft. Sie veränderte sich mit den Jahreszeiten, spürte den Wechsel der Mondphasen, folgte dem Lauf der Wolken und der Sonne. Sie kannte den

Boden, der unter ihren Schritten knirschte und schmatzte, kannte den Himmel, der sich über ihr spannte. Sie kannte den Gesang der Vögel und die Geheimsprachen von Bienen und Grillen. Vom Tal aus erklomm Lily einen weiteren steilen Hügel und schritt weit aus, als sie den Schotterweg erreichte – und von dort aus den Trampelpfad, den sie auswendig kannte und den die Natur zurückerobert hatte.

Sie kam an der Farm der Sullivans vorbei. Das weiße Farmhaus wirkte in der Dämmerung still und verschlafen. Ein dünner, weißer Rauchfaden stieg aus dem Schornstein empor. Ein paar Meilen weiter würde sie an der Farm der Muellers vorbeikommen, und der Gestank ihrer Schweine würde den Geruch von gefrorener Erde und verwehten Holzfeuern überlagern. Und wenn sie immer weiter ginge, würden sich die Bilder solcher Farmen in einem unregelmäßigen Muster wiederholen: weites Land, ein einsames Haus, unsichtbare Bewohner.

Der Wind fuhr scharf durch Lilys fadenscheinige Strickjacke. Sie bedauerte es, keinen Mantel angezogen zu haben, und rannte die letzte Meile nach Hause. Dort zog ihre Schwester Claire sie vor den Kamin, machte ihr einen starken Tee und zupfte ihr die vielen Kiefernnadeln aus den Haaren.

Das Kaminfeuer knackte und sprühte Funken, wenn die Flammen an ein feuchtes Holzscheit leckten. Lily saß im Schneidersitz auf dem Flickenteppich und betrachtete ungerührt die Linien ihrer Handflächen, selbst als ihre Schwester ihre langen zerzausten Haare heftig mit der Bürste traktierte.

»Tut es nicht weh, Lily?«, fragte sie.

»Nein, ich merke es kaum.«

»Wieso hast du überhaupt überall Kiefernnadeln?«

Lily zuckte die Achseln. »Ich bin wieder auf den Baum geklettert, und das Harz ist so klebrig.«

»Na, wenigstens riechst du gut. So frisch wie der Wald.« Leise lachend nahm sich Lilys ältere Schwester ein paar weitere zerzauste Strähnen vor. »Weißt du noch, wie ich dich mit zu den Bäumen nahm, als du noch ganz klein warst? Nur du und ich? Wir saßen dort oft stundenlang und schliefen ein paarmal sogar ein.« Sie verstummte. Immer langsamer bürstete sie Lilys Haar und hörte dann ganz auf.

Lily drehte sich um. Ihre Schwester hatte den Kopf gesenkt. Lily nahm ihr die Bürste ab und legte sie zur Seite. Als Kinder hatten sie sich immer wieder in diesen Bäumen versteckt und sich auf der Suche nach Trost und Wärme eng aneinandergeschmiegt. Ganz still waren sie dort oben gewesen und hatten so getan, als wäre es ein Spiel. Doch wenn sie seine Schritte im toten Laub hörten und seine wütende Stimme, die im Tal widerhallte, dann hatten sie sich noch enger aneinandergeklammert und stundenlang gewartet, bis er endlich fort war.

Diese Erinnerungen quälten Claire, sie suchten sie heim wie ein bitterkalter Wind und ließen sie frösteln. Lily umfasste ihre schmalen Schultern. »Das ist schon lange vorbei«, flüsterte sie. Doch Claire konnte die Erinnerung nicht abschütteln, die vertrauten Dämonen hatten sie wieder in ihrer Gewalt.

Lily hob das Kinn ihrer Schwester. »Wir sind in Sicherheit, Claire. Niemand wird uns mehr weh tun. Das verspreche ich.«

Claire blinzelte, neigte den Kopf zur Seite und fragte fast verzweifelt: »Wieso versteckst du dich dann immer noch in den Bäumen?«

4. KAPITEL

Andrew Houghton wachte als Erster auf. Er hörte die leisen Rufe der Eule, die mit ihren Krallen über die Dachziegel kratzte. Vor dem Morgengrauen schwärmten die stillen Raubvögel über den Kohleminen und der Bergarbeitersiedlung aus, denn dort gab es massenhaft Mäuse. Die Nagetiere huschten zwischen den unzähligen alten Schuppen und Abtritten hin und her und stürzten sich in die Bienenstocköfen, in denen sich verbrannte Brotkrumen wie Ameisenhügel auftürmten.

Die Eule rief erneut. Raureif bedeckte die Fenster, und Kälte drang durch das Zeitungspapier, mit dem die Risse und Löcher des baufälligen Holzhauses zugestopft waren.

Seufzend setzte Andrew seine nackten Füße auf den eiskalten Boden. Er fuhr sich mit der Hand durch das dichte dunkle Haar und rieb sich über das Gesicht, um wach zu werden.

In der Küche schaufelte er Kohle in den Ofen, dann setzte er den Wasserkessel auf. Als er sich die Hände über dem Ofen wärmte, konnte er seine Atemwolke sehen.

Frederick und Carolin Houghton schliefen im Nebenraum noch tief und fest unter ihren Wolldecken. Das Schnarchen von Andrews Vater drang durch das enge

Haus und hatte etwas Tröstendes. Schon bald würde er unter Tage fahren und dort von morgens bis abends Kohle schürfen.

Als Andrew die Blechbecher auf den Tisch stellte, konnte er in der verbeulten Oberfläche undeutlich sein Spiegelbild sehen. Er hielt einen Becher näher vor sein Gesicht und begutachtete seine geschwollene Lippe, sein blaues Auge und den angeschlagenen Kiefer. Zaghaft lächelte er und versuchte es dann mit einem breiteren Grinsen, um seine Verletzungen zu überspielen. Aber dadurch platzte nur seine Lippe erneut auf.

Er griff in seine Hosentasche, holte das Geld vom Kampf am Vorabend heraus und tastete nach der Blechdose, die er hinter den Töpfen mit Schmalz und Pökelfleisch versteckt hatte. Sie war schwer und voller Münzen. Andrew stopfte die Scheine hinein, drückte den Deckel zu und schob die Dose wieder zurück. Dabei kam ein kleiner Zettel unter einem leeren Zuckerbehälter zum Vorschein. Es war eine Quittung vom Laden der Minengesellschaft: Kaffee, Tee, Lauge, Haferflocken, Rizinusöl, Zucker, Senf, Schweinefleisch, Käse, Bohnen. Die Hälfte der Waren war vom Angestellten des Ladens durchgestrichen worden, weil sie den Kredit der Houghtons überstiegen. Andrew spürte, wie die vertraute Wut in ihm aufstieg. Mit Bedacht faltete er die Quittung über den alten Knicken zusammen und schob sie zurück unter den Zuckerbehälter. Seine Blechdose ragte vorwurfsvoll dahinter hervor.

Im Schlafzimmer waren Schritte zu hören. Rasch stellte Andrew eine schmiedeeiserne Pfanne auf den Herd.

Da legte seine Mutter ihre Hand auf seine. Carolin Houghton war eine schöne Frau mit einem frischen Teint und ebenso blauen Augen wie den seinen, aber ihren Händen sah man die harte Arbeit an. Im Winter litt sie an der Kälte, weil ihre Gelenke sich zu harten, schmerzenden Knoten verdickten.

»Geh wieder ins Bett, Andrew«, flüsterte sie. »Du musst noch nicht aufstehen.«

»Ich konnte nicht schlafen.« Er hielt sein Gesicht von ihr abgewandt. »Ich wollte Wurst braten.«

»Es ist nur noch Panhas da«, erwiderte sie und nahm ihm sanft die Pfanne aus der Hand. Sie rieb sich die steifen Hände über der heißen Herdplatte.

Andrew holte ein paar angeschlagene Teller heraus, während sie das kochende Wasser in die blau getupfte Emaillekanne goss und das schwarze Kaffeemehl durchrührte. Er würde die Morgen stets mit dem Duft vom Kaffee seiner Mutter verbinden.

Er holte ihren Schal und schlang in ihr um die Schultern. Sie gab einen Klacks Schmalz in die Pfanne, die zischend zu rauchen anfing.

Andrew sah zu, wie seine Mutter kochte, mit einer Hand den Schal zusammenhielt und sicheren Abstand vom spritzenden Fett wahrte. Ihr ganzes Leben spielte sich in den vier nackten Wänden dieses Häuschens, im winzigen Hühnerstall und im Gemüsegarten im Hof ab. Sie verließ es nur, um zum Laden oder zum Waschhaus zu gehen. Im Sommer buk sie, kochte ein und machte Konserven; im Winter streckte sie die Mahlzeiten mit Buchweizenpfannkuchen, gebratenen Karotten, Kartoffeln und roter Gemüsesoße. Sie erledigte ihre Pflichten wie alle Hausfrauen und Mütter, mit jener stillen Würde, die ihre müden Knochen und schmerzenden Glieder überspielte.

Aus dem Hühnerstall krähte der Hahn. Die Eule erhob sich in die Lüfte, und ihr Schatten huschte über das Fenster, als sie in den eisigen Wald flog. Carolin schloss die Augen und sprach ihr kurzes Gebet, wie jeden Morgen, bevor ihr Mann unter Tage verschwand. Andrew vergaß für einen Moment seine Verletzungen und reichte seiner Mutter den Korb mit den Eiern.

Als sie in sein Gesicht sah, zuckte sie zusammen. »Was ist denn mit dir passiert?«

»Ach nichts.« Andrew verfluchte sich im Stillen und versuchte, sein geschwollenes Gesicht von ihr abzuwenden, doch sie war schneller und umfasste es sanft.

Sie presste die Lippen zusammen. »Frederick!«

»Nein, weck ihn nicht –«

Doch seine Mutter stürmte in die Schlafkammer zu dem niedrigen Holzbett und rüttelte an dem Deckenhaufen.

»Steh auf!«

Frederick lugte zwischen den Decken hervor und drehte sich murmelnd zur Wand, so dass die dünnen Matratzen aus Jute sich mitrollten. Mit einem Ruck riss sie die Decken herunter und schleuderte sie auf den Boden.

»Ich hab dir tausendmal gesagt, du sollst Andrew nicht bei diesen Kämpfen mitmachen lassen!« Sie wusste über die Boxkämpfe Bescheid, die regelmäßig stattfanden und dem Gewinner Geld, dem Verlierer dagegen nur ein Schinkenomelette einbrachten. Einige der schwächeren Bergarbeiter nahmen nur wegen dieser Mahlzeit an den Kämpfen teil.

Frederick rieb sich den Schlaf aus den Augen. Seine Haare standen in alle Richtungen ab. »Ach, komm schon, Carolin, mach nicht so ein Theater ...«

»Theater? Sieh dir mal Andrews Gesicht an!«

Andrew trat von hinten an sie heran und ließ seine Hosenträger über die Schultern schnappen. »Es tut überhaupt nicht weh, Ma. Ich schwöre es.«

»Siehst du«, bemerkte Frederick. »Ist gar nicht so schlimm. Außerdem hättest du ihn sehen sollen! Hielt drei Runden ohne den geringsten Kratzer durch, aber dann kam der junge Pole. Wie hieß er noch, Drew? Bobienski? Der hatte Arme wie Stahlkolben.«

Andrew grinste, worauf erneut ein kleiner Blutstropfen auf seiner Unterlippe erschien. »Aber ich habe ihm einen rechten Haken versetzt.«

»Das hast du, mein Sohn.« Sein Vater zwinkerte und ahmte den Haken in Zeitlupe mit seinem muskulösen Arm nach. »Das hast du.«

Carolin schüttelte den Kopf und stapfte in die Küche zurück. Mit strenger Stimme rief sie: »Aber das war das letzte Mal, ja?«

Sie schnitt den Wurstersatz klein und gab alles mit dem Maismehl in die Pfanne. Dann zerschlug sie an deren Rand ein Ei.

»Er ist doch kein Kleinkind mehr, sondern siebzehn!«, rief Frederick aus dem Schlafzimmer. »Außerdem ist er ein guter Kämpfer und kann es problemlos mit den anderen Jungs aufnehmen. Gestern Nacht hat er mehr verdient als ich die ganze Woche.« Sein letzter Satz war etwas undeutlich, da er sich gerade Wasser ins Gesicht spritzte. »Irgendwie kriegen wir den Jungen doch noch auf die Universität.«

Carolin zog die Schultern bis zu den Ohren, als wollte sie diese Worte gar nicht hören. Andrew sagte nichts, weil er an die Quittung denken musste, die er gefunden hatte.

Frederick setzte sich an den Tisch. Sein schwarzer Schnurrbart glänzte noch feucht. Nur am Morgen konnte man seine markanten Gesichtszüge sehen, ohne dass sie von einer Rußschicht überzogen waren; allerdings hatten sich seine Falten nach dem jahrelangen Kohleschürfen dunkel in sein Gesicht gegraben, genauso dunkel wie seine Fingerknöchel und seine Nägel. Beim Frühstück sah Carolin die saubere Version ihres Mannes vor sich und beim Abendessen die rußgeschwärzte.

Jetzt holte sie ein kleines Päckchen hinter dem Ofen hervor und ließ es gleichgültig auf den Tisch fallen. »Das ist mit der Post für dich gekommen.«

Frederick prüfte den Absender und reichte es Andrew. »Ich glaube, das ist das, was du wolltest.«

Andrew legte seine Gabel ab und fing an, es auszupacken. Es enthielt eine zerlesene Ausgabe von *A System of Veterinary Medicine*, einem Buch über Tiermedizin. Der Einband war halb zerrissen und die Seiten fleckig und wellig. Aber die Schrift konnte man deutlich lesen.

»Wo hast du das denn her?«

»Die Bibliothek in Harrisburg wurde überflutet. Deshalb hab ich's auch billig gekriegt«, sagte sein Vater.

Carolin faltete ihre Schürze und sah ihren Mann wütend an. »Ich habe nicht mal genug Mehl, um den Monat zu überstehen, und du kaufst Bücher?«

»Sei still jetzt. Sonst schmeckt mir das Essen nicht mehr«, knurrte Frederick. »Außerdem hab ich's, wie gesagt, ganz billig gekriegt. Hat kaum mehr als das Porto gekostet.«

Carolin ignorierte ihn und griff sich Andrews schmutzige, zerschrammte Stiefel, die er von einem Jungen übernommen hatte, der im Jahr zuvor in der Mine umgekommen war, enthauptet von einem Förderwagen. Sie stellte sie zum Wärmen an den Ofen und schluckte den Kloß hinunter, der ihr im Hals saß. Es brachte Pech, wenn man sich schon vor Sonnenaufgang stritt.

»Tut mir leid«, sagte sie leise und gab erst ihrem Sohn und dann ihrem Mann einen Kuss auf die Wange. »Ihr wisst ja, wie sehr die Kälte meinen Gelenken zusetzt.«

Als die Männer ins Freie traten, war die Sonne gerade erst hinter den Hügeln zu sehen. Andrew warf einen Blick zurück zu dem verwitterten braunen Schindelhäuschen, das sich in nichts von den anderen unterschied, die wie Stufen an den Hügel gebaut waren. Neben der Haustür waren ordentlich drei Kisten übereinandergestapelt. Im Sommer aßen sie abends draußen, saßen dabei auf den Kisten und sahen zu, wie die rosa und orangefarbenen Schlieren des Himmels sich mit der rußig grauen Luft vermischten.

Aus dem perlmuttbleichen Morgennebel tauchte ein Bergarbeiter nach dem nächsten auf. Die Arbeiter aus Osteuropa hatten, unberührt von der Kälte, die Ärmel bis zu den Ellbogen hochgerollt, während die Engländer, Niederländer, Schotten und Italiener mottenzerfressene Wollpullover trugen, die bis zum Hals zugeknöpft waren. Die Männer sprachen kaum und nickten einander im Vorbeigehen nur zu, während ihre Henkelmänner scheppernd gegen ihre Schenkel schlugen.

»Ich hab gesehen, dass bei dir noch spät Licht brannte«, bemerkte Andrews Vater. »Ich weiß nicht, wie du mit dem blauen Auge lesen kannst.«

»Ich hab doch noch ein gesundes«, erwiderte Andrew beiläufig. Allerdings pochte sein verletztes Auge so stark, als würde ein winziger Hammer ununterbrochen auf den Knochen unter seiner Augenbraue einschlagen.

»Ich dachte, du würdest erst am frühen Morgen nach Hause kommen, vor allem, als ich sah, dass du das hübsche Mädchen bei dir hattest.« Sein Vater stieß ihn mit dem Ellbogen an und zwinkerte ihm verschmitzt zu. »Das ist der Charme der Houghtons, mein Junge. Dem kann keine Frau widerstehen.«

Sie überquerten die Hauptstraße, die an den Seiten tiefe Furchen von Wagenrädern und Unwettern hatte. Dann brach die Reihe der Telegrafenmasten ab. Vor ihnen lag das Loch im Berg wie ein aufgerissenes Maul, dessen Lippen aus den Holzrahmen über dem Schacht bestanden. Vor dem Eingang der Mine wimmelte es von Bergarbeitern, die sich Picke, Schaufel und Laterne schnappten und noch mal tief Luft holten, bevor sie die Esel vor die Karren schnallten und ihnen in die Grube folgten.

Sein Vater hielt inne und bedeutete Andrew, näher zu ihm zu kommen. Sein starkes, markantes Gesicht wirkte fast spitzbübisch, während er in seiner Tasche wühlte. »Eigentlich wollte ich dir das beim Frühstück geben, aber du weißt ja, wie deine Mutter ist. Regt sich bei dem Thema nur auf.« Seine Lippen zuckten amüsiert, und er konnte sich das Grinsen kaum verkneifen, als er Andrew gefaltete Papiere überreichte. »Das ist ein Bewerbungsformular. Für die Universität von Pennsylvania.«

Mit einem Mal war Andrews Kehle wie zugeschnürt. Er starrte auf das Siegel am Briefkopf und spürte erneut die Sehnsucht, dem Kohlerevier zu entkommen.

»Selbst wenn ich es schaffen würde, können wir uns das nicht leisten«, protestierte er leise und spürte wieder die

Last seines Lebens. Er wollte seinem Vater die Papiere zurückgeben, aber der wehrte ab.

»Das Geld beschaffen wir schon irgendwie.« Er zeigte seinem Sohn seine rauen, schwieligen Hände. »Solange diese Hände arbeiten können, kriegen wir dich auf die Universität.« Er wischte sich mit dem Handgelenk über die Nase und rollte die Schultern, um seine Rührung zu verbergen. »Füll die Papiere aus und schick sie ab, mein Sohn. Den Rest überlässt du mir.« Er zog Andrew die Kappe ins Gesicht und versetzte ihm einen leichten Schlag auf den Rücken.

Dann sah Andrew zu, wie sein Vater sich mit seinem Helm und der Laterne in die Schlange zum Schacht einreihte. Er schaute noch mal über die Schulter zu seinem Sohn und warf einen Blick zur Sonne, als wollte er jeden einzelnen Strahl in sich aufnehmen, bevor er unter Tage musste. Dann schritt er in die Dunkelheit.

»Andrew!«, brüllte Mr. Kijek vom Stall und winkte ihm hektisch zu. Seine Wangen waren gerötet, und er fasste sich an seine rechte Seite. »Herrgott, steh nicht so blöd rum! Glaubst du vielleicht, ich bezahl dich fürs Sonnenanbeten?«

»Nein, Sir«, antwortete Andrew. Kijek fluchte zwar wie ein Bierkutscher, hatte aber ein gutes Herz. Er war ein Freund seines Vaters und kümmerte sich um die Grubentiere. Er hatte Andrew zum Beschlagen angestellt, obwohl der alte Mann das durchaus noch allein geschafft hätte. Trotz seines rauen Tons im Umgang mit Menschen war er den Tieren gegenüber sanft und traktierte seine Esel weder mit dem Gürtel noch mit der Faust.

Andrew griff nach den Zangen und Feilen, die an der Stallwand hingen, und wies mit dem Ellbogen auf Kijeks

Verletzungen. »Warst du gestern Abend auch im Ring?«, erkundigte er sich.

»Hast mich wohl nicht gesehen, was?«, gab Kijek bissig zurück.

Da sein Ton plötzlich ernst war, kam Andrew näher. »Was ist passiert?«

»Geht dich nichts an«, knurrte der Alte. Er humpelte zur Futterecke und stach mit der Heugabel in einen frischen Ballen. »Na los, glaubst du, die Esel füttern sich selbst?«

Selbst für seine Verhältnisse wirkte Kijek aufgebrachter als sonst. Also verhielt Andrew sich ruhig und half ihm beim Füttern. Eine Gruppe junger Bergarbeiter kam auf dem Weg zum klaffenden Grubenmaul am Stall vorbei.

»Drew, spielst du heute Abend mit?«, rief James McGregor, einer der rothaarigen Schotten.

»Ne«, meldete sich sein Bruder Donald und schwang die Picke, »der will sich doch nicht sein Hemd dreckig machen! Wegen der Damen!«

»Sehr lustig.« Andrew nahm etwas Eselsdung mit der Schaufel auf und warf sie in Richtung seines Freundes. »Wir sehen uns auf dem Platz.«

Donald wich dem Geschoss mühelos aus. »Deine Wurftechnik ist lausig, Houghton. Die stinkt zum Himmel!« Er nickte ihm herausfordernd zu und pfiff dann Kijek zu, der sich gerade neben einem Esel bückte. »Schöner Arsch, Kijek!«

Kijek wandte sich zu Andrew und schnaubte. »Das sagt der Junge jeden gottverdammten Tag.«

Andrew ging zur ersten Box im Stall und rieb den Kopf eines der Esel, dessen ursprüngliche Farbe nicht mehr zu erkennen war, da er vom Maul bis zum Schwanz mit Ruß bedeckt war. Das Tier erstarrte bei seiner Berührung und fing dann an zu zittern. Ein Strahl Urin spritzte neben Andrews Stiefeln auf den Boden. Als er das Tier prüfend ansah, bemerkte er die wunden Stellen am Rücken und am Hinterteil. Ihm sank das Herz.

Er ging zu Kijek, der sich über eine Kiste mit rostigem Werkzeug bückte. »Wer hat ihr das angetan?«

Kijek drehte sich bei der Frage nicht um, er zuckte nicht mal zusammen, sondern hielt ihm weiterhin den Rücken zugewandt. »Ist doch egal, Andrew«, sagt er mit warnender Stimme und so leise, dass er kaum zu hören war.

Andrew fasste den Alten am Hemd. »Wer war das, Kijek?«

Da wandte er ihm langsam den Kopf zu. Seine Augen waren trüb, blutunterlaufen und voller Schmerz. »Ich sagte, das ist egal.«

Andrew ließ den Flanellärmel los, weil er die Blutergüsse und Schrammen des Alten plötzlich in neuem Licht sah. »Du hast versucht, sie aufzuhalten?«

Die Lippen des Alten begannen zu zittern. »Die verdammten Scheißkerle«, zischte er. »Kamen stockbesoffen hier an, wild entschlossen, auf alles loszugehen, was sich rührt. Aber ich hab einen von ihnen erwischt, mit dem Stock da drüben eins übergezogen.« Kurz blitzte ein Funkeln in seinen Augen auf, bevor ihm eine einzelne Träne über die Wange lief. »Aber dann ist der andere auf mich losgegangen.«

Andrew starrte auf den gebrechlichen Alten, der so angeschlagen war, dass es ihm in der Seele weh tat. »Wer war das?«, fragte er noch einmal.

»Bitte, mein Sohn«, setzte Kijek flehentlich an, verstummte aber.

Kijek konnte wie jeder andere Mann hier einiges einstecken, hatte aber noch nie jemanden geschützt, der einem seiner Tiere weh tat. Mit einem Mal wusste Andrew Bescheid.

»Es waren die Higgins-Jungs.«

»Lass sie in Ruhe, Drew.« Der alte Mann packte ihn am Arm. »Hörst du?«

Andrew ballte die Faust und versuchte, Kijek abzuschütteln, doch der packte ihn nur noch fester. »Ich weiß, du bist stocksauer, aber gegen die kannst du nichts machen. Das weißt du genau.«

»Nein.« Andrew riss sich von dem Alten los. »Jetzt sind sie zu weit gegangen.«

»Jetzt hör mir mal zu, du selbstsüchtiger Dreckskerl!«, brüllte Kijek aufbrausend und wedelte mit dem Finger vor Andrews Nase herum. »Wenn du auf die Jungs losgehst, was meinst du, wer den Ärger abkriegt? He? Dein Pa und kein anderer. Mr. Higgins schickt ihn in den engsten Schacht, bis er nur noch auf dem Bauch die Kohle schürfen kann. Und deine liebe Ma wird es auch zu spüren kriegen. Glaubst du vielleicht, sie hat jetzt schon zu wenig Kredit? Wenn du dich mit den Higgins-Jungs anlegst, kann sie von Glück sagen, wenn sie das Schweinefett vom Boden abkratzen darf!«

Andrew starrte ihn an und blickte dann zu den Boxen. »Seit wann bist du so weich geworden, Kijek?«, fragte er eisig.

»Bin ich nicht, mein Sohn.« Er tätschelte ihm die Schulter. »Aber man beißt nicht die Hand, die einen füttert.« Er wandte sich wieder zur Werkzeugkiste. »Und jetzt hau ab. Geh zur Schule und beruhige dich. Wenn du wiederkommst, kannst du die Hufe feilen.«

In der Schule fiel es Andrew schwer, sich zu beruhigen und nicht mehr an die Vorkommnisse des Morgens zu denken. Er war der einzige Sohn eines Bergarbeiters, der in seinem Alter noch zur Schule ging, und würde als Erster im Frühjahr seinen Abschluss machen. Die meisten Jungen folgten mit vierzehn ihren Vätern unter Tage.

Er saß in der hintersten Bank und achtete nicht auf den Unterricht, sondern füllte die Bewerbung aus. Dabei versuchte er, jeden Gedanken an den misshandelten Esel und den alten Mann zu verdrängen. Stattdessen konzentrierte er sich auf das, was er werden wollte. Er würde keine Kohle schürfen. Er würde nicht für ein Unternehmen arbeiten, das einen Mann für sein Werkzeug bezahlen ließ – für ein Unternehmen, dem schwarzer Stein mehr wert war als das Leben von Menschen und Tieren. Er würde ehrgeizig lernen und studieren und dann auf dem Land ein Haus für seine Eltern bauen: ein Haus, wo die Blumen seiner Mutter nicht wegen der schlechten Luft verwelkten und wo sein Vater in der Sonne sitzen konnte, bis seine Haut braun wurde.

Er drückte den Stift stärker aufs Papier. Das Bergbauunternehmen kontrollierte alles und jeden. Ihm gehörten die Häuser, das Holz im Wald, die Kohle unter Tage; ihm gehörten die Bank, die Schule und die Post. Ihm gehörten die Minenarbeiter und ihr Essen. Aber Andrew würde ihm nicht gehören.

Als ihm jemand auf die Schulter tippte, schrak er auf. Das Klassenzimmer war leer bis auf Miss Kenyon, die an seinem Schreibtisch stand. Er hatte nicht mal gehört, wie die anderen Schüler gingen. »Willst du mir erzählen, woran du den halben Tag gearbeitet hast?«, erkundigte sie sich.

Als er ihr die Bewerbung reichte, lächelte sie. »Gut.« Sie las seine Einträge durch und faltete ordentlich die Papiere. »Du hast etwas Besseres verdient, Andrew. Du bist etwas Besonderes.« Als sie das sagte, errötete sie. Miss Kenyon war nur wenige Jahre älter als er. »Wenn ich darf, würde ich dir gern eine persönliche Empfehlung schreiben.«

»Das wäre großartig. Vielen Dank.«

»Ich erledige das noch heute und gebe es zur Post.« Sie griff hastig nach einem Taschentuch und nieste. »Die erste Erkältung des Jahres.« Der Kohleofen in der Ecke war abgekühlt. Sie erschauerte. »Würdest du wohl Kohle nachlegen, bevor du gehst?«

Als er das erledigt hatte, brachte Andrew die Schaufel zum Schuppen zurück. Da sah er hinter einer mickrigen Eiche zwei winzige Schuhe hervorlugen. Er wischte sich die schmutzigen Hände an der Hose ab und näherte sich ganz langsam dem Baum. »Denisa, was machst du denn hier?«

Das kleine Mädchen zuckte mit den Schultern, blickte aber nicht auf. Andrew kniete sich vor sie ins kalte Gras, um ihr direkt in die Augen schauen zu können, und wartete darauf, dass sie etwas sagte. Sie zuckte noch mal mit den Schultern und hob schließlich den Kopf. »Ich bin bloß müde.«

Andrew musterte das dünne Kleidchen und die Schrammen und Flecken an den nackten Beinen. »Hast du schon zu Abend gegessen?«

Sie schüttelte den Kopf.

»Gefrühstückt?«

Wieder zuckte sie die mageren Schultern. Andrew kratzte sich am Kopf. Denisa war das jüngste von zehn Kindern, und ihre verwitwete Mutter arbeitete täglich zehn Stunden in der Wäscherei der Männerunterkunft. Andrew öffnete seine Brotdose und holte die Krusten heraus, die er für die Hunde aufgespart hatte. »Es ist nicht viel, aber ...«

Denisa schnappte sich das Brot, stopfte es sich in den Mund und kaute wild, damit ihr kein Krümel entwischte. Dann schluckte sie mit schamesrotem Gesicht und leckte sich die Krumen von den Lippen.

Er tippte ihr gegen das Knie. »Von nun an kommst du zu uns, wenn du Hunger hast. Komm einfach vorbei, ja?« Das Mädchen nickte und suchte mit der Zungenspitze in den Mundwinkeln nach einem letzten Krümel.

Andrew drehte sich um und bot ihr seinen Rücken. »So, jetzt rauf mit dir, Kleine.« Als sie sich nicht rührte, schlug er sich auf die Schultern. »Los!«

Die Kleine umklammerte mit ihren winzigen Händen seine Schultern und kletterte auf seinen starken Rücken. Breit grinsend warf er einen Blick zurück, als sie ihre Ärmchen um seinen Hals schlang, richtete sich auf und stützte ihre Beine mit seinen Ellbeugen, während er schwungvoll lostrabte.

Knirschend bewegten sich seine alten Stiefel über den Schotter der Straße, die zu den Häusern führte. Keuchend atmete er die stählerne Luft ein und aus und hoffte nur, dem Kind wäre es warm genug. Es lag der Geruch von Schnee in der Luft, und als er einen Blick zum grauen Himmel warf, rechnete er schon damit, erste Flocken zu sehen.

Da ertönte ein schriller Pfiff.

Ein Geräusch, das in seinen Ohren schmerzte. Er spürte, wie Denisa ihre Fingernägel in seine Schultern grub. Mit einem Mal stand die Welt still, so als würden alle den Atem anhalten und den Blick zur fernen Öffnung der Mine wenden.

Wieder ertönte der schrille Pfiff.

Denisa fing an zu weinen; vier ihrer Brüder waren da unten. Mit hämmerndem Herzen setzte Andrew sie ab und umklammerte ihre Schultern. »Geh nach Hause, Denisa. Hörst du?« Sie nickte steif, mit zitterndem Kinn. »Geh direkt nach Hause.«

Er ließ sie los und setzte sich in Bewegung. Rannte los und fühlte sich, als würde das Donnern seiner Stiefel ihn jagen und in seinem Kopf widerhallen. Da waren keine Gedanken, nur das Hämmern und Vorwärtsstürzen. Das Stampfen seiner Füße, alles um ihn herum verschwommen.

Andrew rannte nicht nach Hause. Das hatte keinen Zweck, denn alle würden an der Mine sein. Als erneut der Pfiff ertönte, breitete sich ein schrecklich hohles Gefühl in ihm aus. Grauer Rauch wallte in den Himmel hinauf. Andrew bog um eine Ecke, wo die nächste Häuserreihe so tief im Tal stand, dass die Häuser wirkten wie hölzerne Dominosteine. Menschen strömten herbei – Mütter, Kinder, Männer. Die Minenaufseher, die »gelbe Hunde« genannt wurden, schrien und brüllten und schoben die Menschen beiseite, um Platz für die Rettungswagen zu machen.

Andrew drängte sich durch die Menge und hielt Ausschau nach seiner Mutter, als die ersten Minenarbeiter aus dem schwarzen Loch krochen. Rauch drang wirbelnd heraus und erfüllte die Luft mit beißendem Dunst, der in den Augen brannte. Eine Frau kreischte. Heulen durchdrang die grauen Rauchwolken, stieg in die Luft und ließ die Erde beben. Andrew schob und zwängte sich durch die immer dichter zusammenströmenden Menschen und hielt auf den

Mineneingang zu. Ein Aufseher packte ihn am Arm. »Da kannst du nicht rein!«

»Mein Vater ist da unten!« Er wollte sich aus dem festen Griff losreißen. Kijek fiel ihm ein; auch er war mit den Eseln dort unten. »Ich arbeite hier!«, schrie er.

Da, eine Explosion! Der Boden erzitterte unter ihren Füßen. Der Aufseher ließ ihn los, blies hektisch in seine Pfeife und scheuchte weitere Aufseher vorwärts.

»Andrew!« Carolin Houghton tauchte taumelnd aus der Menge auf, packte ihn zitternd am Hemd und zog ihn zu sich. »Er ist noch nicht rausgekommen.« Sie verstummte. »Es ist alles gut, er kommt gleich. Ich weiß es.«

Immer mehr schwarze Gestalten stolperten hustend, keuchend und nach Luft ringend aus der Grube. Die Menge löste sich langsam auf. Die Rettungswagen standen still, die Pferde warteten reglos auf ihr Signal. Irgendwann kamen nur noch vereinzelte Grubenarbeiter heraus.

Und dann keiner mehr.

Carolin Houghton ließ die Hände von den Schultern ihres Sohnes gleiten. Den Blick hatte sie fest auf den Eingang der Mine gerichtet, aus der nur noch Rauch herauskam. Sonst nichts. Niemand.

Da sank Carolin Houghton auf die Knie.

5. KAPITEL

Lily Morton brachte das Feuerholz ins Haus und spürte, wie sich Splitter in die Haut ihrer Unterarme bohrten. Sie legte ein paar Scheite in das bereits lodernde Kaminfeuer. Als die Flammen den Rauchfang hinaufschossen, erreichte die Hitze auch ihr Gesicht. Claire und ihr Mann Frank waren in der Stadt, und Lily hatte nicht viel Zeit.

Die staubigen, an den Ecken zusammengeklebten Kisten lösten sich bereits auf. Zuerst nahm sie die alten Fotos, warf sie ins Feuer und sah zu, wie die sepiafarbenen Ecken braun wurden und sich zusammenrollten. Die Gesichter zerschmolzen. Ein Schluchzen entfuhr ihr, und ihre Hände zitterten. *Verschwindet!*

Sie hob einen Karton auf und schüttete den ganzen Inhalt in die Flammen: Briefe, alte Schuldscheine und Wechsel und vollgekritzelte Zettel. *Verschwindet!* Mit vor Tränen zugeschnürter Kehle vertrieb sie die Geister, die sie heimsuchten, die das alte Haus besetzten und ihr im Schlaf erschienen. Am liebsten hätte sie auch ihr Kleid ins Feuer geworfen und wäre nackt in den Wald gerannt, um vor all ihren Erinnerungen zu flüchten.

Die Papiere – die kurze, hässliche Geschichte ihrer Familie – verwandelten sich in Asche und beschmutzten den

Teppich. Lily war eine geborene Hanson, die mit der Heirat ihrer Schwestern eine Morton geworden war. Beide Namen waren wie Brandzeichen, die sich in ihre Haut fraßen und Narben hinterließen. *Verschwindet!* Hanson. Morton. Die furchtbaren Männer und ihre Lügen schmolzen nun im Feuer.

Lily nahm den Schürhaken, stocherte in den Flammen und schob die Aschereste unter die brennenden Holzscheite. Jetzt waren ihre Tränen versiegt. Rauch drang ihr in die Nase und schmeckte wie verbrannte Zeder.

Sie setzte sich vor den Kamin, ohne zu blinzeln, bis ihre Augen trocken waren. Sie hatte die Tränen satt. Menschen trauerten um Verwandte, um ihre Liebsten. Bei Lily jedoch war es anders. Sie trauerte nicht um das, was ihr genommen, sondern um das, was ihr nie gegeben worden war.

Der alte Ford bog in die Einfahrt, der in die Jahre gekommene Motor brummte und schnaufte. Lily strich sich eine lose Strähne hinters Ohr, legte noch ein Holzscheit ins Feuer und ging in die Küche, um Abendessen zu machen.

6. KAPITEL

Achtundneunzig Bergarbeiter kamen an diesem Tag ums Leben. Brandursache waren die Kerosinfackeln, die an den Felswänden der Minen befestigt waren. Kijek hatte Heuballen in den Schacht geworfen, um die Tiere unter Tage zu füttern, wie er es jeden Tag machte. Nur hatte sich dieses Mal eine Fackel aus ihrer Halterung gelöst, und das Heu hatte Feuer gefangen. Der Fluchtweg der Minenarbeiter wurde dadurch versperrt, das Dynamit explodierte. Die Bergleute erstickten entweder oder wurden in tausend Stücke gerissen. Kijek starb bei dem Versuch, seine Maultiere zu retten. James und Donald McGregor und einige andere junge Männer kamen ums Leben. Und Frederick Houghtons sterbliche Überreste konnten nur noch mithilfe seiner Erkennungsmarke identifiziert werden.

Noch am Tag des Grubenunglücks wurden im ganzen Land neue Minenarbeiter angeworben. Die Witwen und Mütter der Verstorbenen hatten dreißig Tage Zeit, ihre Häuser zu räumen, es sei denn, ein anderes männliches Familienmitglied war alt genug, um den freien Platz unter Tage einzunehmen. Und so hängte sich Andrew Houghton eine Woche nach der Beerdigung seines Vaters seine neue

Erkennungsmarke um den Hals, über die verbogene seines Vaters, und trat in Frederick Houghtons Fußstapfen.

»*Ich lasse nicht zu, dass du nach Kohle schürfst. Verstanden?*«

»*Ja, Sir.*«

»*Du wirst nie wieder hier runtergehen. Versprochen?*«

»*Ja, Sir.*«

Die Worte seines Vaters hallten in Andrews Kopf nach, als er den Schwur brach, den er seinem Vater vor so langer Zeit gegeben hatte. Und er wusste bei jedem Schritt, den er tiefer in die Grube setzte, dass Frederick Houghton dieses Leben nie für seinen Sohn gewollt hätte.

Wochen und Monate vergingen in der undurchdringlichen Dunkelheit. Da unten fiel das Atmen schwer, und Andrews Lungen gierten nach frischer Luft. Das Gewicht der Erde über ihnen machte ihm Platzangst und trieb ihn fast in den Wahnsinn. Er arbeitete neben den neuen Grubenarbeitern, wortkargen Männern, die unter sich blieben, und schürfte an den endlosen schwarzen Wänden, die im Licht der Laterne glänzten wie Öl. Andrew schaufelte die schimmernden schwarzen Steine in die Loren. Sie rochen giftig und zerbröselten zu einem feinen Staub, der sich in der Kehle festsetzte. Aber am schlimmsten setzte ihm der Mangel an Luft zu. Wenn er den Mund aufriss, um mehr zu bekommen, schnürte ihm der Kohlestaub die Kehle zu, und wenn er den Mund geschlossen hielt, hatte er das Gefühl, gleich ohnmächtig zu werden. Also zog er sich sein Hemd vor den Mund und konzentrierte sich auf jeden Atemzug, einen nach dem anderen, bis seine Zehnstundenschicht beendet war.

Er würde dem Bergbauunternehmen nicht gehören – das

hatte er sich seit seiner Kindheit immer wieder versprochen. Und doch war er nun hier, unter Tage. Aber er würde nicht in dieser Grube bleiben. Er schaufelte schneller und kämpfte trotzig gegen den Kohlestaub. Er hatte etwas Besseres verdient. Mit einer derartig eintönigen und düsteren Zukunft würde er sich nicht zufriedengeben; eine Zukunft, die fast nur aus schwarzem Stein, auf Schürfen und Schaufeln, aus Bücken und Beugen bestand, aus viel zu wenig kostbarem Sonnenlicht in einer Welt der Dunkelheit. Nur mit dieser Gewissheit hielt er durch, wenn er immer tiefer in die Grube hinabgeriet.

Über der Erde erreichte der Winter das Fayette County, als hätte die allumfassende Trauer nach dem Grubenunglück ihn angelockt. Die Luft war kalt, doch fiel kein Schnee. Stattdessen blies ein eisiger Wind über einen schotterfarbenen Himmel. Wenn Andrew seine Schicht beendete und heimkam, ließ er Mantel und Stiefel auf der schmalen Veranda stehen, bevor er das Haus betrat. Seine Mutter sprach kaum noch, höchstens über Belanglosigkeiten wie Essen oder Rechnungen.

In der Küche wartete die Zinkwanne, aus der Dampf aufstieg. Andrew zog sich das Hemd aus und kniete sich hin. Seine Mutter beugte sich über seinen Rücken und schrubbte ihm sanft mit der Bürste und Seife Schultern und Nacken ab. Seit Andrew sich erinnern konnte, hatte sie das schon für seinen Vater getan.

Innerlich krümmte er sich, wusste er doch, dass ihr Rücken vom heftigen Schrubben schmerzte und ihre Hände von der Seife brannten. Er wandte den Kopf zu ihr und versuchte es noch einmal: »Das musst du nicht ...«, aber sie legte ihm sanft die Hand auf den Kopf und machte weiter. Dann stand sie auf, gab ihm die Seife und spannte das Laken vor ihm, das ihm ein wenig Intimsphäre gewährte.

Andrew zog seine restlichen Kleider aus, stieg nackt in die Wanne und machte sich so klein wie möglich, um mit seinen einen Meter achtzig hineinzupassen. Sofort färbte sich das durchsichtige Wasser schwarz und betonte die Blässe seiner Haut unter dem Ruß.

Im heißen Wasser entspannten sich seine Muskeln, und der Schmerz ließ nach, der sich vom ständigen Bücken in den engen Tunneln zwischen Schulterblättern und Lendenwirbeln eingenistet hatte. Er fuhr mit den mittlerweile schwieligen Händen über die sich kräuselnde Wasseroberfläche. Seine Finger waren immer noch schmal – sein Vater hatte behauptet, es wären die Finger eines Chirurgen. Doch jetzt waren seine Nägel gesplittert und die Nagelhäute schwarz.

Er rieb sich mit der Seife Hals und Gesicht ein, tauchte mit dem Gesicht in das dunkle Wasser und wusch sich die Haare. Obwohl seine Arm- und Bauchmuskeln stark waren, fühlte er sich schwach. Es waren die verhärteten Muskeln von elender Plackerei, die den Körper schädigten, statt ihn zu stärken. Er rieb sich über die Arme; fuhr sich mit der Hand durch die dunklen Haare. Betrachtete sich in der spiegelnden Wasseroberfläche. Von dem Geruch des Essens, das seine Mutter zubereitete, knurrte ihm der Magen. Aber der Drang zu schlafen war stärker.

Er stieg aus der Wanne und trocknete sich ab. Seine Haut spannte von der scharfen Seife. Er zog sich frische Kleider an, entfernte das Laken und leerte das schwarze Badewasser Eimer für Eimer vor dem Haus aus.

Am Küchentisch warteten gebratenes Kaninchen und glasierte Karotten auf ihn. Als er, überrascht über dieses Festessen, zu seiner Mutter blickte, sah er, dass sie geweint hatte. Zwar befand sie sich seit dem Unglück in einem Zustand dumpfer Trauer, doch sah er sie nun zum ersten Mal weinen. Kopfschüttelnd zog sie die Nase hoch und starrte auf das gebratene Kaninchen, dessen Fleisch appetitlich glänzte. Zwischen ihnen breitete sich die Dunkelheit der Nacht aus, und die kalte Winterluft drang durch die von Termiten durchlöcherten Wände.

Carolin hob den Kopf und sah ihn bedeutsam an. »Ich habe Vorkehrungen für uns getroffen, Andrew.«

Er wartete ruhig, umklammerte aber unter dem Tisch angespannt sein Knie.

»Ich habe meiner Schwester Eveline in Pittsburgh geschrieben.« Erneut blickte sie auf, als wäre damit klar, worauf sie hinauswollte. Mit ihren blauen, verweinten Augen überflog sie den Raum, als würde sie ihn zum letzten Mal sehen. »Wir können hier nicht bleiben.« Ihre Stimme erstarb. »Ich kann so nicht weiterleben.«

Der Wind pfiff durch die Ritzen. Der Geruch des Essens verflüchtigte sich. Seine Mutter faltete die Hände auf dem Tisch. »Evelines Mann, Wilhelm Kiser, hat eine gute Stellung bei der Eisenbahn. Er ist bereit, dich als Lehrling aufzunehmen.«

Das Zimmer drehte sich, während gleichzeitig die ganze Welt um ihn herum stillstand. »Aber die Universität ...«, brach es aus ihm hervor. »Ich – ich habe mich beworben.«

Sie verzog das Gesicht zu einer schmerzerfüllten Grimasse. »Universität?« Ungläubig lachte sie auf. »Bist du verrückt, Andrew? Du wirst niemals auf die Universität gehen können.« Er erkannte ihre Stimme nicht wieder, sie klang fremd und schroff. »Das war doch immer nur ein Hirngespinst deines Vaters.«

»Aber wir haben doch gespart«, sagte Andrew mit brennenden Ohren. »Wir haben …«

»Gar nichts haben wir!«, schrie sie und griff nach der Blechdose, in der Andrew sein Geld gesammelt hatte, drehte sie um und schüttelte sie heftig. »Du hattest nie die Möglichkeit zu studieren, Andrew! Es war grausam von deinem Vater, dir solche Flausen in den Kopf zu setzen.«

Seine Mutter verschränkte ihre Finger. Mit ihren müden Augen wirkte sie plötzlich alt. »Entweder schürfst du den Rest deines Lebens unter Tage nach Kohle, oder du machst eine Lehre bei der Eisenbahn. Eine andere Möglichkeit gibt es nicht.«

Vor seinem inneren Auge verschwammen die Studienbewerbung und die zerlesenen Tiermedizinbücher neben seinem Bett plötzlich und lösten sich in Luft auf.

»Aber ich weiß nichts über die Eisenbahn.« Mehr fiel ihm nicht ein. Seine Stimme klang tonlos.

»Das ist egal. Du bist klug und wirst alles lernen. Eine Stelle bei der Eisenbahn bringt gutes Geld.« Ihr Blick huschte über den leeren Stuhl am Tisch. »Sie ist sicher.« Seine Mutter reckte den Hals, als wollte sie etwas schlucken, das ihr in der Kehle feststeckte. »Meine Schwester und ich stehen uns nicht besonders nahe, Andrew. Wir haben seit über zehn Jahren nicht mehr miteinander gesprochen. Aber sie ist ein guter Mensch und hat versprochen, sich während meiner Abwesenheit um dich zu kümmern.«

»Deiner Abwesenheit?«

Da fiel sie in sich zusammen und fing an zu schluchzen,

legte den Kopf in die Hände und schlug sich mit den Händen gegen die Stirn, um sich zu beruhigen. Mühsam versuchte sie zu sprechen. »Ich kann ... kann nicht hierbleiben.« Mit dem Handballen rieb sie sich über die geröteten Augen. »Ich kehre zurück nach Holland. Dein Vater hat genug gespart, um eine Schiffspassage zu kaufen.«

Wieder stieg Hitze in Andrew auf. »Das hat er für meine Ausbildung gespart!«

»Genug jetzt!«, rief seine Mutter und schlug mit der Faust auf den Tisch. »Davon will ich nichts mehr hören, Andrew.« Sie betrachtete die winzige Küche. »Ohne deinen Vater kann ich hier nicht mehr leben. Ich halte es nicht mal mehr in diesem Land aus. Ich will nur noch nach Hause. Es tut so weh.« Ihre Miene wurde flehentlich. »Ich muss nach Hause.«

Ihr Weinen verebbte, und nun, da der Entschluss gefasst und verkündet war, wurde sie sachlich.

Energisch schnitt sie den Hasenbraten an. »Meine Schwester hat dir das Geld für die Zugfahrkarte geschickt. Sobald ich genug gespart habe, kannst du nachkommen.« Als sie ihm das blasse Fleisch auf den Teller legte, zitterte das Messer in ihrer Hand. »Es dauert doch nur ein paar Jahre.«

Andrew schnürte sich die Kehle zu. Sein Vater hatte ihm vom Kriegsausbruch in Europa erzählt, von den erbitterten Schlachten und dem vielen Blutvergießen.

»Aber dort herrscht doch Krieg«, sagte er leise und fragte sich, ob seine Mutter das vor lauter Trauer vergessen hatte. »Das ist viel zu gefährlich.«

»Die Niederlande sind neutral geblieben. Also ist es dort sicher.«

»Belgien war auch neutral«, wandte er ein. »Bis Deutschland eine Invasion gestartet hat. Jetzt strömen unzählige Flüchtlinge von Belgien nach Holland. Es ist zu gefährlich«, wiederholte er. Er wollte stark und entschieden klingen, doch seine Stimme brach.

»Ich muss einfach nach Hause, Andrew. Dort finde ich Arbeit. Die Niederländer versorgen Belgien und sogar England mit Nahrungsmitteln. Deshalb suchen sie noch mehr Arbeiter.«

»Dann lass mich mit dir fahren«, bat er. »Nimm das Geld von deiner Schwester, und ich komme mit. Zu zweit können wir doppelt so viel arbeiten.«

Langsam schüttelte sie den Kopf. »Dann wirst du einberufen.«

»Aber die Niederlande sind neutral, das sagtest du doch eben!«

»Verdammt noch mal, Andrew!« Wieder schlug sie mit der Faust auf den Tisch. »Sie haben die stärksten Jungen genommen und an den Grenzen aufgestellt. Wenn die Deutschen einfallen, sterben sie als Erste.«

Andrew schob seinen Teller fort. Das Fleisch erschien ihm jetzt nur noch wie ein verwesender Kadaver. Er spürte die Erkennungsmarke seines Vaters schwer auf seiner Brust. Sein Vater war tot. Seine Mutter verließ ihn. Er würde nach Pittsburgh ziehen, um bei der Eisenbahn zu arbeiten. Er würde niemals zur Universität gehen. Sein Leben – seine Zukunft – löste sich vor seinen Augen auf, und er konnte nicht das Geringste dagegen tun.

7. KAPITEL

Lily Morton hielt mit dem Einspänner am Rand des Ahornwäldchens, das von der Kirche aus nicht zu sehen war. Dann presste sie ihre Fäuste gegen ihren Bauch, um das Rumoren darin zu unterbinden. Das dünne gelbe Kleid gehörte einer von Mrs. Sullivans Töchtern und war für die Mode viel zu lang. Der Absatz von einem ihrer schwarzen Schuhe war abgebrochen und nur notdürftig mit Teer wieder angeklebt. Lily überlegte, ob sie wieder nach Hause fahren sollte. Sie wusste ja nicht mal genau, was sie hier wollte. Sie wusste nur, dass Claire wieder ein Baby verloren hatte. Es war noch früh in der Schwangerschaft gewesen, doch sein Verlust erfüllte das ganze Haus, und nicht einmal im Wald fand Lily diesmal Trost.

Sie erwartete nicht, in der Kirche Frieden zu finden oder von der Trauer erlöst zu werden. Eher hatte sie die Hoffnung, abgelenkt zu werden. Daher ging sie auf ihren kippelnden Absätzen unsicher auf die kleine weiße Kapelle zu und raffte dabei das zu lange Kleid.

Da die Eichentür gnadenlos quietschte, wandten sich ihr alle Köpfe zu. Der Priester gab ihr mit einem kurzen Nicken von der Kanzel seine Missbilligung zu verstehen. Zwar drehten sich die Köpfe wieder nach vorn, doch alle Augen folgten ihr, als sie nach einem freien Platz suchte. Der kleine Thomas, der Jüngste vom Forrester-Clan, rutschte ein Stück zur Seite und klopfte auf den Platz neben sich. Seine Mutter reckte in stillem Tadel das Kinn vor, wandte sich aber ab, als Lily sich hinsetzte und dem Jungen, dessen Hals vom gestärkten weißen Kragen gerötet war, ein dankbares Lächeln zuwarf.

Lily betrachtete die Gemeinde: die Katholiken, die sie aus der Stadt kannte, und die Farmer vom höher gelegenen Umland. Mr. Campbell, der Besitzer des Kolonialwarenladens, saß ganz vorn, und seine gelangweilte Haltung und sein kahl werdender Kopf, auf dem sich das Kerzenlicht spiegelte, standen im scharfen Kontrast zu den straffen Schultern und der aufrechten Haltung seiner Frau. Seine drei Töchter, von denen die Älteste eine junge Frau in Lilys Alter war, trugen steife Kleider und glänzende Schuhe. Ins Haar hatten sie seidene Bänder gebunden, jede in einer anderen Farbe, und ihre dunklen Locken schimmerten im Licht der Buntglasfenster. Lily warf einen Blick auf ihren kaputten Schuh und den verblichenen Stoff ihres Kleides über den Knien.

Sie war so tief in Gedanken versunken, dass sie die allgemeine Bewegung erst bemerkte, als der Junge neben ihr sie anstupste und ihr bedeutete, sich wie alle anderen hinzuknien. Sie neigte den Kopf über ihre gefalteten Hände und beobachtete unter halb geschlossenen Augen die um sie herum Sitzenden. Die Stimme des Priesters ging in einen monotonen Singsang über, und seine Worte kamen ihr bedeutungslos vor.

Thomas' Mutter rieb ihm die Schulter. In der Bank auf der anderen Seite des Ganges hielt Gerda Mueller ihrer

Tochter ein Taschentuch unter die Nase. Mr. und Mrs. Johnson hatten sich bei den Händen gefasst, und ihre gebeugten Gestalten wirkten wie zusammengewachsen. Im Gegensatz dazu wurde die Kluft zwischen Lily und den anderen Kirchgängern immer größer.

Als die Orgel dröhnte, stieß der kleine Thomas sie erneut an. Folgsam wie ein Lamm reihte Lily sich in die Schlange ein, die zum Priester vorrückte. Als sie vor ihm stand, zog er seine ausgestreckte Hand zurück und starrte sie finster und ungläubig an.

»Du darfst nicht zur Kommunion, Lily.« Sie spürte, dass alle sie beobachteten, hörte das Scharren der Füße hinter sich.

»Ich ...«

Jetzt hob er streng die Augenbrauen. »Du bist keine Christin.«

Du gehörst nicht hierher, Lily. Diese Worte hallten so laut in ihr nach, als wären sie tatsächlich gefallen. *Du gehörst nirgendwohin.*

Sie brach aus der Schlange aus. Die Campbell-Mädchen kicherten verstohlen. Ernst flüsterte Mrs. Johnson ihrem Mann etwas ins Ohr. Lily eilte auf den Ausgang zu, doch der Gang zwischen den Bänken schien grausamerweise immer länger zu werden. Als sie umknickte, brach der angeklebte Absatz erneut ab. Sie stürzte durch die knarzende Tür nach draußen, kickte den kaputten Schuh wütend von sich, zog auch den anderen aus und warf ihn fort.

Barfuß floh sie über den eiskalten Boden zum Wäldchen, das dicht genug war, um sich darin zu verstecken. Sie riss sich das Perlenhaarband vom Kopf. Die Glocke der Kapelle fing an zu läuten und übertönte die Stimmen der Kirchgänger, die jetzt ins Freie strömten. Ganze Familien kamen nacheinander heraus. Zu Hause würde es etwas Warmes zu essen geben und nach frisch gebackenem Brot duften. Die Väter würden in großen Sesseln sitzen, Pfeife rauchen und einen Tag ohne Holzhacken oder Jagen genießen. Am Abend würden die Mütter ihre Söhne und Töchter ins Bett stecken und ihnen einen Gutenachtkuss auf die Stirn geben.

Lily Morton lehnte sich an einen Baum, ließ sich daran zu Boden sinken und umschlang ihre Knie. Neidisch beobachtete sie das Geschehen von ihrem Versteck aus.

Du gehörst nicht hierher, Lily, würden sie sagen. *Du bist viel zu wild ...*

Ein Vogel raschelte im welken Laub und pickte an einem Tannenzapfen. Lily beugte sich vor, öffnete ihre Hand und bewegte langsam die Finger, um ihn anzulocken. Zentimeter für Zentimeter rückte sie näher an ihn heran, um ihm übers Gefieder zu streicheln, doch plötzlich breitete er seine scharlachroten Flügel aus und erhob sich in die Lüfte. Lily ließ sich wieder an den Baumstamm sinken.

8. KAPITEL

Zu Beginn des Frühlings wurden Andrews Habseligkeiten nach Pittsburgh geschickt: ein paar saubere Hemden und Hosen, ein Wollmantel, seine Bücher und Hefte. Alle Möbel waren verkauft. Kaum hatten die Houghtons das braune Schindelhaus verlassen, strömten die neuen Bewohner, eine böhmische Familie, hinein.

Am Bahnsteig umarmte Andrew seine Mutter zum letzten Mal. Zumindest fühlte es sich wie das letzte Mal an. Er fühlte sich seltsam taub. Selbst Pittsburgh kam ihm so entlegen vor wie der Mond; die Niederlande, in die seine Mutter zurückkehrte, waren dagegen wie ein ferner Planet.

Beim Anblick der silbernen Gleise, die sich endlos in beide Richtungen erstreckten, zog sich sein Herz zusammen. Hier konnte er nicht mehr bleiben. Es gab kein Zurück. Aber Frederick Houghton war immer noch in der Mine, auf ewig begraben unter den Steinhaufen, die seinen Körper zerschmettert hatten.

»In Pittsburgh wartet dein Onkel auf dich«, unterbrach Andrews Mutter seine Gedanken. »Und sobald ich in Holland bin, schicke ich dir ein Telegramm.«

Carolin Houghton legte die Hand an seine Wange und

sah ihn eindringlich an, als wollte sie sich jeden Zentimeter seines Gesichts einprägen. Als sich ihre Augen mit Tränen füllten, spürte er ein Brennen in seiner Brust. Er wollte, dass der Zug jetzt kam und sie den Abschied hinter sich brachten.

Auf der anderen Talseite ertönte der wehmütige Pfiff der Dampflok. Über dem gesenkten Kopf seiner Mutter waren in der Ferne die ersten Rauchwolken zu sehen. Die Wartenden erhoben sich von den Bänken und suchten ihr Gepäck zusammen. Zum Abschied wurden die Bewegungen hektischer und die Stimmen schriller. Wieder ertönte der Pfiff, noch deutlicher jetzt, und zerrte an Andrews zum Zerreißen gespannten Nerven.

Immer wieder kam ihm der Gedanke, dass er das Kohlerevier nun endlich verlassen würde. Ein Gefühl der Freiheit breitete sich dabei in ihm aus. *Er ließ es hinter sich.* Zum ersten Mal seit dem Tod seines Vaters wurde ihm klar: Er ließ seinen Vater nicht im Stich, sondern hielt nur sein Versprechen.

Andrew umfasste die Hände seiner Mutter und massierte sanft ihre Knöchel. Zum ersten Mal erkannte er ihre Entscheidung als ein Geschenk: Sie ermöglichte ihm damit ein neues Leben jenseits der rußigen Kohleleviere.

»Ich werde ein besseres Leben für uns aufbauen«, sagte er entschlossen. »Ich verspreche es.« Für die Universität konnte er immer noch sparen. Er konnte immer noch studieren.

Als die riesige schwarze Dampflok in Sicht kam, wurde der graue Rauch immer dichter. Das Kreischen der Bremsen schrillte in seinen Ohren. Er drückte seiner Mutter einen Kuss auf die Wange.

Funken sprühend knirschte Metall auf Metall, bis das stählerne Ungetüm stehen blieb und nach der langen Fahrt laut schnaufte.

ZWEITER TEIL

Pittsburgh. Die Hölle mit geöffnetem Deckel.

James Parton

9. KAPITEL

Pittsburgh, Pennsylvania – März 1917

Langsam fuhr der Zug in die Union Station ein, die das Eingangstor von Pittsburgh darstellte, die Pforte zum Westen. Andrew stieg aus dem Waggon und folgte der Menge in die riesige Rotunde mit dem wie eine überdimensionale Lupe wirkenden Oberlicht und den vier breiten, gewölbten Säulen, die für die vier Großstädte Pittsburgh, New York, Philadelphia und Chicago standen. Er reckte den Kopf zum Licht, das durch die Kuppel drang, und stolperte in den Hauptwartesaal am Ende des Atriums. Dreistöckige Bögen umrahmten Eingänge, die zu Aufenthaltsräumen für Männer und Frauen, einem Speisesaal, dem Fahrkartenschalter und der Gepäckaufgabe führten.

Über eine Stunde wartete Andrew in der mittleren Halle unter der riesigen Uhr. Seine Reisetasche lag zusammengesunken zu seinen Füßen, und die Hände hatte er tief in den Hosentaschen vergraben. Um ihn eilten Fahrgäste in einem endlosen Strom. Männer mit feinen Seidenzylindern und Dreiteilern liefen neben Männern mit zerknitterten Hosen. In einer Ecke rauchte eine Gruppe Jungen mit Norfolk-Jacketts und Knickerbockern selbst gedrehte Zigaretten und gab sich betont männlich. Frauen klackerten mit hohen Absätzen über den weißen Marmorboden und verbargen ihr Gesicht hinter Fuchsstolen. Man konnte Männer in feinem, schwarzem Tuch sehen und Arbeiter in grobem Leinen, die Taschen und Schiffskoffer schleppten. Aber nirgendwo auch nur einen einzigen Bergarbeiter; keine rußgeschwärzten Männer, die schmutzige Fußabdrücke auf dem Boden hinterließen.

Abwesend spielte Andrew mit der Erkennungsmarke seines Vaters, um sich zu beruhigen. Er sah den Bahnhof mit den Augen seines Vaters, spürte, wie dessen Herz neben seinem eigenen klopfte. Dies war für sie beide eine ganz neue Welt.

Eine Nonne führte eine Gruppe Kinder durch die Halle, die wie Orgelpfeifen nach ihrer Größe geordnet waren. Das älteste Mädchen am Ende der Reihe warf ihm einen Blick zu und flüsterte kokett etwas in das Ohr eines hübschen Mädchens, das ihm daraufhin kurz zuwinkte.

»Constance!«, rief die Nonne. Zwar verbarg das Mädchen seine Hand hinter dem Rücken, sah ihn aber weiterhin an, während es der Gruppe gehorsam folgte. Und zum ersten Mal dachte Andrew an die anderen Vorteile, die Pittsburgh einem jungen Mann zu bieten hatte.

»Bist du Andrew?«, ertönte eine schroffe Stimme hinter ihm.

Er drehte sich um und nahm seine Tasche. »Ja, Sir.«

Der Mann hatte eine imposante Gestalt. Andrew war schon groß, aber dieser Mann überragte ihn noch um ein paar Zentimeter. Sein Overall und die Kappe waren weich und zerschlissen, aber sein Hemd leuchtete strahlend weiß.

»Wilhelm Kiser«, begrüßte er Andrew. »Wartest du schon lang?«

»Nein, Sir.«

»Na gut, dann bringen wir dich mal unter. Der Zug fährt in einer halben Stunde. Warst du schon mal in einem Güterzug?«

»Nein, Sir.«

Er lachte. »Dann kannst du dich auf was gefasst machen. Ich hoffe nur, du bist standfest.«

Während der Tage im Zug zog vor den Fenstern eine Landschaft aus brackigen Flüssen, niedrigen Backsteingebäuden und rauchenden Fabriken und Mühlen vorbei.

Andrew stieg noch im Dunkeln aus seiner Koje und hielt sich mit beiden Händen an den Holzwänden fest, um nicht zu fallen. Der letzte Waggon ratterte und ruckelte unablässig, als wollte er sich vom Rest des Zuges abkuppeln. Im hinteren Teil des Waggons bemühte er sich, nicht das Gleichgewicht zu verlieren, während er das Plumpsklo benutzte. Er war nur froh, dass sein Onkel noch schlief, denn Privatsphäre gab es hier nicht.

Andrew schaufelte Kohle in den Ofen wie noch vor Kurzem für seine Mutter. Im Waggon war es eiskalt – außer in der Nähe des Ofens, wo brüllende Hitze herrschte. Außerdem roch es immer nach Rauch. Selbst sein Haferbrei schmeckte wie Asche. Von der brennenden Kohle im Ofen stiegen ihm Tränen in die Augen. Es war unerträglich laut und fühlte sich so an, als würde das Gehirn von zwei Händen zusammengepresst, die es unablässig schüttelten.

Wilhelm Kiser stieg über die knarzende Leiter aus der oberen Koje herunter und nickte seinem Neffen auf dem Weg zum Klo zu.

Andrew kochte Kaffee und Haferbrei auf der oberen Fläche des schmiedeeisernen Ofens. Als das Frühstück fertig war, setzten sie sich auf zwei alte, gegenüberliegende Dynamitkisten und aßen, während sie im Gleichtakt mit dem fahrenden Zug hin und her schwankten. Die Gleise folgten dem Monongahela River, dessen strudelndes Wasser gelblich-schmutzig und voller Abfälle war.

»Bald kommen wir nach Braddock.« Wilhelm rührte in seinem Kaffee und leckte den Löffel ab. »Da kannst du die Kupplungen prüfen, wie ich es dir gezeigt habe, um sicherzustellen, dass alles noch fest ist.« Mit fast geschlossenen Lippen nippte er an dem kochend heißen Getränk. Er war ein schlanker, muskulöser Mann, dessen dunkelbraune Haare unter der Kappe ordentlich geschnitten waren.

»Du musst auch prüfen, ob sich irgendwo was heiß gelaufen hat. Bei unserer letzten Ladung sind die Achslager zu heiß geworden. Erinnerst du dich noch an den Gestank? Wenn es überhitzt, stinkt es doppelt so schlimm. Das brennt dir die Nasenhaare weg.«

Andrew und sein Onkel gewöhnten sich langsam aneinander, nachdem sie in den ersten Tagen ziemlich angespannt gewesen waren, mit langen, unbehaglichen Schweigepausen, während sie sich in ihrem engen Waggon miteinander arrangierten.

»Meine Frau freut sich auf dich. Du hast ihre Augen. Das wird ihr gefallen«, sagte Wilhelm sachlich und ohne jede Schmeichelei. »Eveline und deine Ma haben sich nicht besonders gut verstanden, hat sie dir das erzählt?«

Andrew nickte. »Weil meine Mutter durchgebrannt ist.« Er fragte sich, wie weit sie mittlerweile den Atlantik überquert hatte, und hoffte nur, sie hätte es im Schiff warm.

»Aber gegen dich hegt sie keinen Groll«, erklärte Wilhelm. »Es wird gut für sie sein, dich in der Nähe zu haben.

Wir haben schon zwei Söhne, und Zwillinge sind unterwegs. Da wird sie sich freuen, jemanden im Haus zu haben, der älter ist als sechs.«

Der Mann lachte leise und grollend. »Wahrscheinlich sollte ich dich warnen. Meine Eve hasst die Stadt. Obwohl sie eines der schönsten Häuser in Troy Hill hat, beschwert sie sich in einer Tour. Nörgelt ständig, sie wolle aufs Land ziehen. Dabei haben wir sogar eine Toilette im Haus, wusstest du das?« Er aß einen großen Löffel Haferbrei und kaute nachdenklich. »Das sag ich dir nur, weil du das jetzt täglich von morgens bis abends hören wirst: Eveline will unbedingt eine verdammte Farm.«

Zwischen seinen Sätzen dröhnten das Mahlen der Kolben und das Rattern der Räder in Andrews Ohren. Eigentlich hielt Wilhelm nichts von müßigem Geschwätz, doch heute war er irgendwie aufgekratzt und fand das Gespräch beruhigend.

»Ich bin auf einer Farm aufgewachsen, will aber auf keinen Fall aufs Land zurück.« Er verschränkte die Arme über der Brust und lehnte sich gegen die Wand. »Hab zugesehen, wie mein Vater immer schwächer wurde und immer wütender auf das Land. Bekam mit, wie es ihm und meiner Mutter alle Kraft raubte. Also schwor ich, auf keinen Fall in ihre Fußstapfen zu treten. Mit sechzehn haute ich ab, auf einem Zirkuszug, und hab es nie bereut.«

Wilhelm leerte seinen Kaffee, aß den Haferbrei auf und stellte das Geschirr auf ein Bord, um es am nächsten Halt zu spülen. Mit leiserer Stimme sagte er: »Das mit deinem Vater tut mir leid. Hätte ich dir schon früher sagen sollen.«

Andrew antwortete erst nicht, weil er plötzlich Mühe hatte, seinen Haferbrei zu schlucken. »Er war ein guter

Mann.« Von der Erinnerung an ihn wurde die Atmosphäre plötzlich weniger drückend, der Kaffee weniger bitter. »Er hat Violine gespielt. Er hat erzählt, dass er damit meiner Mutter den Hof gemacht hätte. Er stand unter ihrem Fenster und spielte, bis sie einwilligte, seine Frau zu werden.«

Wilhelm senkte den Kopf und dachte darüber nach. »Ein Romantiker, was?«

»Dabei war er der schlechteste Geigenspieler, den man je gehört hatte.« Andrew lachte und zog die Augenbrauen hoch. »Er spielte schrecklich, tat einem in den Ohren weh. Ich bin ziemlich sicher, meine Mutter hat ihn nur geheiratet, damit er endlich aufhörte.«

Mit einem Mal war Andrew nicht mehr im Zug, sondern saß in dem winzigen Schindelhaus und sah zu, wie sein Vater Geige spielte und unrhythmisch mit dem Fuß den Takt klopfte. »Manchmal spielte er abends, sägte auf dem alten Ding rum, dass man im ganzen Umkreis die Hunde heulen hören konnte.« Er lachte. »Dann fing meine Mutter an, dazu zu singen, und das war noch grässlicher. Ich schätze, sie waren füreinander geschaffen. Wahrscheinlich macht Liebe nicht nur blind, sondern auch taub.«

Wilhelm grinste. »Und was ist mit dir? Wartet da irgendwo ein Mädchen auf dich?«

»Nein«, antwortete er ohne Bedauern und rieb mit dem Daumen über den Rand seines Bechers. »Ich kannte natürlich ein paar, fühlte aber nie etwas wie das, was meine Eltern miteinander verband. Ich wollte mich auch nicht binden. Deswegen sind bestimmt noch einige auf mich sauer.«

»Ein Herzensbrecher, wie?«

»Ehrlich gesagt war ich froh, dass ich mich davon nicht habe ablenken lassen. Weil ich unbedingt aus Uniontown rauswollte.« Andrew legte seinen Löffel in die leere Schüssel und sah Wilhelm direkt in die Augen. »Meine Eltern verzichteten auf alles, nur damit ich nicht wie mein Vater Kohle schürfen musste. Ich habe jeden Tag gesehen, wie die Grube meiner Familie und meinen Freunden zu schaffen machte.« Er stand auf und stellte seine Schüssel neben Wilhelms auf das Bord. »Geistig, körperlich oder beides.«

Wilhelms Stimme war jetzt sanfter, als er sagte: »Dann rennen wir wohl beide weg, schätze ich. Ich davor, das Land zu bestellen, und du davor, darunter zu graben.«

Er neigte den Kopf zur Seite und lächelte ihn freundlich an. »Willst du mal einen Blick aufs Dach werfen? Das alte Mädchen läuft heute wie geschmiert. Reibungsloser geht's gar nicht.«

»Im Ernst?«

»Ja, fühlt sich gut an. Da oben ist man frei wie ein Vogel. Einmal bin ich den ganzen Zug entlanggegangen, mit ausgestreckten Armen wie beim Seiltanz. Ein ganz schöner Nervenkitzel. Außerdem ist es ein Aufnahmeritual.«

Andrew lächelte, weil er das Adrenalin spürte, noch bevor er überhaupt den Waggon verlassen hatte. Er schob die Seitentür auf und blickte auf den Boden, der verschwommen unter ihm dahinraste. Im Regen wirkte die Landschaft wie eine Kohleskizze, die durch die Geschwindigkeit verschmiert und halb ausradiert war. Der Wind zerrte an seinem Hemd, blähte den Stoff auf, versuchte, ihn mit sich zu ziehen. Andrew hielt die Luft an und konnte nur mit Mühe nach der Leiter greifen. Er schnellte mit dem Körper herum und presste sich gegen die Holzwand des Waggons.

»Festhalten, und immer einen Schritt nach dem anderen!«, befahl Wilhelm ihm über das ohrenbetäubende Rattern hinweg. »Dann kommst du schon klar.«

Andrew begann, eine Sprosse nach der nächsten hinaufzusteigen. Oben angekommen, zog er sich am Geländer hoch und legte sich bäuchlings aufs Dach. Langsam zog er die Beine nach und richtete sich auf. Schlängelnd folgte der Zug den Gleisen, gezogen von der rauchenden Dampflok.

Kalte Luft strömte Andrew über Gesicht und Körper und erweckte jede Zelle in ihm zum Leben. Alle Muskeln spannten sich an. Sein Herz raste, aber sein Atem ging immer langsamer, weil er bewusst einatmete, seine Lungen mit Luft füllte und seinen Brustkorb weitete. Er war frei. Alle Angst verflog. Er löste seine Hände vom Dach, stützte die Arme auf seine gebeugten Knie und wiegte sich in den Bewegungen des Zugs, als wäre er mit ihm verwachsen. Er war frei. Er legte den Kopf in den Nacken und folgte mit dem Blick der Rauchfahne, die sich immer länger zog und im endlosen Himmel auflöste. Er wollte nie wieder nach unten blicken. Sein ganzes Leben hatte er darauf gewartet, endlich vorwärtszukommen, und jetzt bewegte er sich schneller voran als jeder andere Mensch auf Erden.

Andrew schloss die Augen. Regentropfen schlugen ihm ins Gesicht, und seine Haut fing an zu kribbeln. Mit einem Mal war sein Vater bei ihm. Die düsteren Erinnerungen traten hinter den glücklichen zurück.

Die Dampfpfeife an der Lokomotive stieß einen kurzen, zittrigen Pfiff aus. Andrew riss die Augen auf, jäh aus seiner Träumerei gerissen. Plötzlich war er hellwach. Noch einmal pfiff der Zug, diesmal lang gezogen. Irgendwas stimmte nicht.

Vorsichtig richtete Andrew sich auf und breitete die Arme aus. Einen Augenblick lang war in einer Kurve der Schaffner der Lokomotive zu sehen, der wie wild winkte, bevor er wieder außer Sicht geriet. Ein weiterer Pfiff, diesmal noch schriller. Instinktiv stürzte Andrew zum Geländer. Der Zug ruckte und bockte. Unter dem Waggon quietschte schrill die Bremse und warf Andrew auf die Knie. Er glitt auf den Bauch, aber er rutschte auf dem nassen Metall hin und her. Er rollte zum Rand und spürte, wie seine Beine über den Waggon flogen, während er sich mit den Fingern krampfhaft an den Schweißnähten festkrallte.

Der Wind zerrte ihn immer heftiger vom Dach. Angestrengt biss er die Zähne zusammen und versuchte, sich wieder zurückzuziehen, wobei ein heftiger Schmerz seine Schulter durchzog. Seine Gliedmaßen drohten zu reißen, als er sich mit aller Macht an das Holz klammerte. Da ruckte der Zug erneut. Gequält kreischten die Räder. Von den Gleisen stoben Funken hoch. Andrew krallte sich ans Metall, aber gegen das Zerren des Windes und die Nässe des Regens waren seine Finger machtlos. Mit einem Mal lösten sie sich, und er wurde vom Dach gerissen. Als er nach der Leiter fasste, griff er ins Leere.

Für einen kurzen Moment blickte Andrew Houghton hinauf in die Wolken und spürte den Regen kühl auf seinen Wangen, bevor sein Körper auf die vorbeirasende Erde unter ihm krachte.

10. KAPITEL

*E*veline Kiser breitete das Bettlaken über das hölzerne Brett und nahm das Bügeleisen vom Herd. Als sie das schwere Ding über die Falten schob, gab es ein dumpfes *Fump, Fump, Fump* von sich. Der kleine Edgar huschte unter das Brett, kam wieder heraus, ließ sich dabei vom Laken über das Gesicht streicheln und tauchte wieder unter.

»Das reicht«, sagte Eveline streng. »Ich habe dieses Laken bereits zweimal gebügelt, ein drittes Mal wird es nicht geben.« Aber der Fünfjährige kicherte nur und wiederholte sein Spiel.

Da kam Will, ihr zweiter Sohn, in die Küche geschossen. »Die Toilette ist schon wieder verstopft«, sagte er.

»Alles klar«, seufzte Eveline und stellte das Bügeleisen zur Seite, worauf das Fenster beschlug. Mit dem Küchentuch wischte sie sich das Gesicht ab und drückte mit einer Hand gegen ihr Kreuz, weil die Zwillinge sich wieder bemerkbar machten und einen dumpfen Schmerz bis in ihr Bein hinunter jagten. *Die verdammte Toilette,* dachte sie. Wilhelm war ungeheuer stolz auf dieses Wunder der Technik. Wenn man sie hätte schrumpfen und in Gold fassen können, hätte ihr Mann sie ihr wohl an einer Halskette geschenkt.

Schnaufend stieg sie die Treppe hinauf, und die beiden Jungen folgten ihr dicht auf den Fersen, da sie sich auf ein Spektakel mit Werkzeug und überfließenden Abwässern freuten. Bei jedem Schritt biss sie vor Rückenschmerzen die Zähne zusammen. Sie war schon den ganzen Morgen gereizt gewesen und hatte nicht gut geschlafen. Das konnte sie nie, wenn Wilhelm auf einer seiner langen Fahrten war.

Sie zog und zerrte an der Abzugskette. Dann kapitulierte sie und wischte den Boden auf. Edgar und Will hüpften durch die immer kleiner werdende Pfütze, so dass ihre Strümpfe bis zu den Knöcheln nass wurden. »Jungs! Lasst das!« Da ertönte lautes Klopfen von der Haustür.

»Will, geh mal nachgucken, wer da ist«, rief sie ihrem Sohn zu. »Und zieh die nassen Socken aus!«

Sie hatte gerade die unterste Stufe der Treppe erreicht, als die Haustür wieder zuknallte. »Telegramm«, verkündete Will und reichte ihr den Umschlag.

Sie zog einen Stuhl heraus und stützte sich auf das Wachstuch, als sie das Telegramm öffnete. Ihr Blick hüpfte von Wort zu Wort. Mit zitternden Fingern berührte sie ihre Unterlippe. Edgar stibitzte sich ein Stück Blaubeerkuchen von einem Teller auf der Arbeitsfläche, aber sie nahm nur die Buchstaben auf dem Zettel in ihrer Hand wahr.

»Ma!«, hörte sie Will von oben rufen. »Die Toilette fließt schon wieder über!«

Jemand hat meinen Arm abgerissen. Andrew Houghton wand sich hin und her. Seine Haut stand in Flammen. Seine Mutter war da, mit schmutzigem Gesicht und Kleid, und versuchte, ihn mit Nadel und Faden wieder zusammenzunähen.

Mein Arm. Alle Laternen in der Mine waren erloschen. Er stolperte, taumelte und drehte sich hin und her, um irgendwo Licht zu sehen. Die Luft wurde immer knapper, seine Lungen schmerzten. Unter der Kohle rief sein Vater nach ihm. Er berührte eine Kerze. Entzündete den Docht, der zischend Funken sprühte. Das Dynamit explodierte in seiner Hand.

Mein Arm! Sein Schreien hallte in seinem Schädel wider. Aufblitzende Lichter. Schwärze, dann geöffnete Augen. Eine Krankenschwester umfasste Andrews Wangen und sagte etwas, aber er verstand sie nicht. Seine Mutter lehnte weinend an seinem Bett. Er griff nach ihr, umklammerte ihren Rock. *Sag es ihnen!* Die Frau hob den Kopf, worauf er zurückwich. Es war nicht seine Mutter.

Ein Stich in seinen Arm, ein kurzes Pieksen. Dann noch eins. *Nein! Nicht dieser auch noch!* Er versuchte zu schreien. Der Raum wurde dunkel und wieder hell. Er musste sich übergeben. Er versuchte, zu rennen, und stemmte sich gegen die Matratze. Er wollte etwas sagen. Seine Lippen schmolzen zusammen, so dass seine Wörter gurgelnd in der Kehle stecken blieben. Seine Augen wurden schwer. *Nein!* Er musste sie ...

Als Andrew langsam nach Tagen voll brennender Hitze und eisiger Kälte aufwachte, verstand er immer noch nicht, was geschehen war. Die weinende Frau, die unentwegt an seinem Bett gesessen hatte, war nicht seine Mutter. Aber er erkannte die feine Nase und die markanten Wangenknochen, und auch ihre Augen hatten dasselbe dunkle Blau wie seine.

Er wollte etwas sagen, doch seine Kehle war wund und rau. Seine Tante berührte sanft seine Wange, als wollte sie ihn davon abhalten zu sprechen. Sie gab ihm Wasser. Als er das winzige Glas anhob, zitterte sein Arm vor Anstrengung. Er setzte es sich an die Lippen und ließ dabei den Blick über seinen Körper unter dem Laken schweifen. Er bemerkte die Leere an seiner linken Seite – nur glatte Laken, wo doch sein Arm hätte liegen sollen.

Eveline Kiser wartete, bis ihr Neffe wieder schlief, bevor sie ihren Tränen freien Lauf ließ. Es brach ihr das Herz, dass ein junges Leben so jäh und brutal zerstört worden war. Ein dicker Verband war um seine Brust und die Amputationswunde an seiner linken Schulter gewickelt. Sie strich seine dunklen Haare zurück und wischte ihm den kalten Schweiß von der bleichen Stirn. Noch nie hatte sie so einen hübschen Mann gesehen. Und doch lag er hier verstümmelt und rang um sein Leben. Einen kurzen, entsetzlichen Moment lang fragte sie sich, ob Gott ihn nicht einfach sterben lassen sollte.

Vor dem Krankenhaus wurde der Lärm auf der Straße immer lauter. Eveline ging zum Fenster und lupfte eine Ecke der Gardine.

Auf den Automobilen standen Männer, die pfiffen und Zeitungen schwenkten. Zwar dämpften die dicken Krankenhausmauern ein wenig den Lärm, doch dadurch wurden das Hupen, Jubeln und Brüllen zu einem bedrohlichen Hintergrundgeräusch.

Bis zu diesem Tag hatte sich der Krieg auf Europa beschränkt – es war ein Krieg auf der anderen Seite des Ozeans gewesen, ein Krieg, mit dem Amerika nichts zu tun haben würde, wie Woodrow Wilson versprochen hatte. Aber selbst Wellen, die in weiter Ferne ihren Ursprung hatten, spülten irgendwann an jedes Ufer und dringen in jedes Leben. Und bis zu diesem 6. April 1917 – dem Tag, als Amerika Deutschland den Krieg erklärte – hatte Eveline sich kaum für die Schlachten interessiert. Der Krieg war etwas, worüber Wilhelm und andere Männer sprachen, lasen und debattierten.

Aber jetzt ging der Krieg auch sie etwas an, sie alle – unaufhaltbar flutete er in die Straßen ihrer Stadt. Die Zwillinge rührten sich in ihr, doch die Erschöpfung, die ihr schmerzhaft in den Knochen saß, bewirkte, dass ihr Bauch sich besonders schwer anfühlte. Sie dachte an ihren Mann und ihre Söhne – und an Andrew. Sie dachte an die Zukunft, die vor ihnen allen lag. Sie zog die Gardine zu und verdrängte den Lärm von der Straße. Sie ahnte, dass ihr Leben nie mehr so sein würde, wie es einmal war.

Nachdem die frischen Nähte verheilt und das Fieber abgeklungen war, erlaubten die Ärzte, dass Andrew ins Haus der Kisers gebracht wurde. In seinem neuen Zimmer, das man eilends aus dem Kinderzimmer umgebaut hatte, setzte sich Eveline an sein Bett. Ihr Neffe saß an mehrere Kissen gelehnt. Die Narbe an seiner Schulter war gezackt und leuchtend rot, doch an den Anblick hatte sie sich gewöhnt. Mittlerweile konnte sie die Verletzung sehen, ohne zusammenzuzucken.

Trotz des Fiebers und des Gewichtsverlusts sah man immer noch seine Muskeln, er hatte seine Kraft nicht verloren. Andrews Gesicht war schmal geworden, was die Wangenknochen noch markanter wirken ließ; seine dunklen Haare bildeten einen scharfen Kontrast zu seiner blassen Haut und den fast indigoblauen Augen.

Er starrte eisern zum Fenster, und im Sonnenlicht, das

durch die Gardine drang, wirkte sein Profil hart und leblos. Eveline nahm eines der Hemden, das am Bettgestell hing, und faltete es im Schoß. »Ich werde dafür sorgen, dass deine Hemden an der linken Schulter gekürzt und zugenäht werden«, sagte sie leise. »Das ist besser, als den Ärmel hängen zu lassen.«

Sie sah, wie sich sein Kiefermuskel anspannte.

»Du hast alles Recht der Welt, wütend zu sein.«

»Ich bin nicht wütend«, erwiderte er mit hohler Stimme und hielt das Gesicht immer noch abgewandt.

Eveline berührte die Knöpfe des Hemds auf ihrem Schoß.

»Ich habe zwar noch nichts von deiner Mutter gehört, werde ihr aber noch mal schreiben. Wegen des Kriegs weiß man nicht genau, ob die Nachrichten durchkommen. Aber wir zahlen alles, was nötig ist, um sie hierherzuholen.«

»Ich will sie nicht hierhaben.« Jetzt riss er seinen Blick vom Fenster los. »Ich will nicht, dass sie mich so sieht.« Er atmete so schwer, dass sich sein Brustkorb heftig hob und senkte.

Eveline klopfte beschwichtigend auf die Decke über seinen Beinen. »Nun, ich jedenfalls freue mich, dass du hier bist, Andrew. Durch dich habe ich einen Teil meiner Familie zurückbekommen.«

Als Eveline aufstand und die restlichen Hemden zum Umnähen aus der Kommode nahm, fiel ihr wieder der Brief in ihrer Tasche ein. »Das hätte ich fast vergessen. Der hier ist für dich gekommen. Wahrscheinlich von einem Freund aus deiner Heimat.« Sie hielt ihm den Brief hin, aber er ergriff ihn nicht, sondern wandte das Gesicht wieder zum Fenster.

»Nimm dir so viel Zeit, wie du brauchst«, sagte sie sanft. »Du trauerst. Du kannst auch wütend werden, wenn dir das hilft.« Sie legte den Brief neben sein Bein. »Und wenn du dazu bereit bist, stehst du auf. Und findest deinen Weg.«

Die Tür schloss sich hinter seiner Tante. Sie hinterließ eine fast ohrenbetäubende Stille. Ihm war übel, sein Kopf war wie mit Watte gefüllt. Er verzog das Gesicht wegen der unablässigen Schmerzen in seiner Schulter. Brennend heiße Wellen durchzogen seinen Körper. Er schloss die Augen. Jedes Mal, wenn er sie wieder öffnete, wünschte er sich, alles wäre nur ein Alptraum gewesen. Aber das geschah nicht. Er wollte weder leben noch sterben. Er wollte einfach nur die Augen schließen und verschwinden.

Er nahm den Brief zur Hand. In der Ecke stand der Absender: *C. Kenyon* aus Uniontown. Seine linke Hand wollte nach dem Umschlag greifen. Er biss die Zähne zusammen und schob den Daumen seiner rechten Hand unter das Siegel, riss mit den Zähnen die Brieflasche auf und zog den Brief heraus. Mit einer Büroklammer war ein schlichter rosa Zettel daran befestigt.

Lieber Andrew,
ich hoffe, es geht Dir gut. Ohne Dich ist der Unterricht nicht mehr, wie er war. Die Schüler vermissen Dich genauso sehr wie ich. Beigefügter Brief wurde mir zugeschickt. Ich hoffe, Du freust Dich genauso darüber wie ich. Du kannst stolz auf Dich sein, lieber Andrew. Ich gratuliere Dir!
Mit besten Grüßen
Miss Kenyon

Er entfernte den Zettel, um den Brief zu lesen. Dieser kam von der Universität von Pennsylvania – und war seine Zulassung zum Studiengang Veterinärmedizin.

Andrew starrte auf die getippten Wörter. *Herzlichen Glückwunsch.* Er kam sich verspottet, grausam verhöhnt vor. Niemals würde er zur Universität gehen und auch kein Tierarzt werden. Er hatte nicht einen Cent in der Tasche. Er war jetzt auf das Mitleid einer Familie angewiesen, die er kaum kannte. Er konnte nicht mal einen einfachen Brief öffnen, ohne seine Zähne zu Hilfe zu nehmen.

Als der Schmerz in seiner Schulter wieder aufflammte, wurde ihm fast übel. Er verzog das Gesicht und kniff die Augen zu. Blind knüllte er das Papier zusammen und schleuderte es gegen die Wand. Doch allein dadurch fühlte er sich schon wieder kraftlos und matt.

11. KAPITEL

Lily Morton blieb vor der alten Fliegentür stehen und verschränkte abwehrend die Arme über der Brust. »Was willst du, Dan?«, zischte sie.

»Was hast du denn, kleine Lily? Freust du dich nicht, mich zu sehen?«

»Nein, ganz und gar nicht«, erwiderte sie mit Nachdruck.

Als er einen Schritt auf sie zu machte, um das Haus zu betreten, stellte sie sich ihm in den Weg, obwohl sie ihm gerade mal bis zu seinem dicken, sonnenverbrannten Hals reichte. Er lachte. »Ich weiß, dass ich reinkann, wann ich will. Bist doch leicht wie 'ne Feder, Lily. Wenn ich bloß niese, fliegst du bis zum Dach.«

Als er nach ihrer Hüfte griff, schlug sie seine Hand weg. »Rühr mich nicht an«, knurrte sie.

»Hallo Dan.« Claire tauchte aus den Johannisbeerbüschen auf, die den Weg säumten. »Ich habe Sie gar nicht kommen hören.« Sie hielt eine Schüssel voller Beeren in der Hand, die ihre Finger dunkellila gefärbt hatten.

»Morgen.« Dan Simpson nahm seinen Hut ab und nickte kurz. »Machen Sie Marmelade?«

Claire nickte scheu. »Und vielleicht einen Kuchen. Ich

hatte noch nie eine so gute Ernte.« Sie gab Lily die Schüssel, die sie an ihren Bauch drückte. »Suchen Sie nach Frank?«

»Ja. Heute ist Treffen der American Protective League. Sieht so aus, als würde Frank eine Gruppe in Plum gründen. Man muss ein Auge auf diese Deutschen haben, wissen Sie?«

Lily verdrehte die Augen. In letzter Zeit redeten die Männer über nichts anderes mehr. Krieg. Deutsche. Und jetzt die APL, die an Männer wie Dan Simpson und Frank Norton billige Plaketten austeilte, damit die ihren Hass verbreiten konnten.

»Ich glaube, Frank ist im Garten«, bemerkte Claire. »Ich hole ihn mal. Grüßen Sie Ihren Vater in der Bank von mir.«

»Mach ich.« Er tippte sich an den Hut und wartete, bis sie hinter dem Haus verschwunden war. Den Blick immer noch in ihre Richtung gewandt, fragte er Lily: »Wieso kannst du nicht so freundlich wie Claire sein?« Er bedachte sie mit einem kalten Blick. »Was fällt dir eigentlich ein, mich so zu behandeln?«

Lily trat einen Schritt zurück und versuchte, die Fliegentür zu schließen, aber Dan stellte seinen Stiefel dazwischen und beugte sich zu ihr. »Eines Tages wirst du dein Verhalten ändern, Lily«, sagte er warnend. »So ein gutes Angebot wie von mir wirst du nicht mehr kriegen, und das weißt du auch.«

Daraufhin trat sie ihm heftig gegen den Stiefel, knallte die Fliegentür zu, drückte sich mit dem Rücken dagegen und wartete, bis sein leises Lachen nicht mehr zu hören war.

12. KAPITEL

*P*ittsburgh wurde zur Waffenschmiede der Alliierten, zur Waffenschmiede der ganzen Welt. Mit dem Ersten Weltkrieg wuchs die Zahl der Fabriken, die die Hälfte des Stahls für den Krieg produzierten und verarbeiteten und über fünfhunderttausend Männern und Frauen Arbeit boten, noch weiter an. Beinahe ununterbrochen wurde das Metall geschmolzen, die Eisenhütten pumpten Tag und Nacht. Unfälle wurden vertuscht, neue Männer in die Fabriken geschleust. Die Streiks wurden aufgelöst, die deutschen Arbeiter ausspioniert. Die Immigranten wurden eingezogen und bis aufs Blut ausgequetscht. Die giftigen Dämpfe verätzten Augen und Lungen. Kohle wurde geschürft, Munition gegossen. Waffen wurden verschickt und immer schneller auf die Züge gepackt. In einer fiebrigen, manischen, wahnwitzigen Geschwindigkeit agierte die Stadt, um den Krieg am Laufen zu halten.

Nach Andrews Unfall kehrte Wilhelm zwar zu seiner Arbeit bei der Eisenbahn zurück, aber er war nervös, reizbar und unbeherrscht. Nachts hatte er Alpträume, aus denen er schreiend und schweißgebadet aufwachte. Wenn er zur Arbeit aufbrach, zitterten seine Hände. Weder redete er vom Unfall noch betrat er Andrews Zimmer.

Die Stunden auf den Gleisen waren gnadenlos, denn ununterbrochen und ohne Rast pflügten sich die Lokomotiven durchs Land und zogen eine endlose Reihe von Waggons mit Kohle und anderen Kriegsgütern hinter sich her. Das Rote Kreuz pflasterte die Bahnhöfe mit Plakaten, die einen jungen, verwundeten Soldaten auf einer Bahre zeigten. Darunter stand: *Wenn ich versage, stirbt er.* Und diese Prophezeiung hing lastend über den Männern, deren Söhne in Europa waren, und den Arbeitern, deren Kräfte nachließen.

Granaten für Haubitzen, Dosen für die Armeeverpflegung, Millionen von Kugeln, Gasmasken, Panzerteile und Maschinengewehre gelangten aus den Pittsburgher Fabriken direkt in die wartenden Hände der müden Soldaten in Übersee. Überfüllte und verstopfte Bahnstrecken ließen die Eisenbahner vor Wut mit der Faust gegen ihre stählernen Ungetüme hämmern, während sie darauf warteten, endlich weiterfahren zu können. Denn Verspätung konnte sich niemand leisten. *Wenn ich versage, stirbt er.*

Wilhelm sprach nicht vom Krieg. Am Abend las er stundenlang die Schlagzeilen der *Pittsburg Press* und starrte dann reglos vor sich hin.

Eines Tages dann kam Wilhelm am späten Nachmittag unerwartet nach Hause, schickte seine Kinder nach oben und setzte sich zu seiner schwangeren Frau an den Tisch. Eine ganze Weile saß er nur zusammengesunken mit gesenktem Kopf in seinem Korbstuhl.

Eveline sagte erst nichts, sondern drückte ihre Hand gegen den Bauch, um die unruhigen Babys zu beruhigen.

»Was ist denn?«, fragte sie schließlich.

Reglos, mit leerem Blick sagte er: »Ich bin gefeuert worden.«

»Das verstehe ich nicht.« Sie blinzelte irritiert. Dann hörte sie ihre Kinder in Andrews Zimmer, und ihr dämmerte es. »Wegen des Unfalls? Aber das war doch nicht deine Schuld.«

Kurz verzerrte er schmerzlich das Gesicht. »Er hätte nicht da oben sein dürfen«, murmelte er. »Ich hätte ihn nicht da rauflassen sollen.«

»Aber dich gleich zu feuern ...«

»Ich war wie gelähmt«, stieß er hervor und verzog die Oberlippe vor lauter Selbsthass. »Und gestern hätte ich fast den Zug entgleisen lassen!«

Er legte den Kopf in die Hände und raufte sich die Haare. »Ich war wie gelähmt, Eve. Die Gleise waren nass, alles war feucht.« Er riss die Augen auf, sah alles wieder vor sich. »Wir näherten uns einem stehenden Zug, und ich konnte einfach nicht bremsen. Die Lokomotive pfiff, immer und immer wieder. Aber ich konnte mich nicht rühren. Sah nur, wie sein Körper vom Dach rutschte, wie sein Schatten am Fenster vorbeifiel ...«

Eveline wollte nach seiner Hand greifen, aber er zog sie so heftig zurück, als hätte sie versucht, ihn zu beißen. »Ich hab dir gesagt, dass ich den Jungen nicht bei mir auf der Arbeit haben will. Oder etwa nicht? Hab ich dir nicht gesagt, wir hätten nichts mit ihm zu schaffen?«

Wieder traten die Zwillinge gegen ihre Rippen, und sie atmete gepresst aus. »Er hat seinen Vater verloren, Wilhelm. Sie hatten kaum Geld zum Leben.«

»Und?«, zischte er. »Jetzt haben wir ihn am Hals. Noch einen, den wir durchbringen müssen, und dann auch noch einen Krüppel!«

»Wie kannst du nur so was sagen?« Ihr wurde fast übel von seinen Worten. »Du kannst doch auch zur Baltimore and Ohio Railroad gehen«, stieß sie hitzig hervor. »Oder sogar zur New York Central. Die würden dich sofort nehmen.«

Wilhelm lehnte sich zurück, verschränkte die Arme und lachte zynisch. »Du kapierst es einfach nicht, oder? Die haben doch nur auf einen Vorwand gewartet! Glaubst du vielleicht, sie wollen, dass ein Deutscher – auch noch ein Deutscher mit dem Namen Kiser – bei ihrer Eisenbahn arbeitet? Glaubst du, sie wollen einem Deutschen den Transport von Material für ihre Artillerie und ihre Maschinen anvertrauen?«

»Du hast zu viele Geschichten gelesen.« Sie nahm die Zeitung, stand auf und warf sie in den Mülleimer. Dann kehrte sie zum Tisch zurück. »Der Feind ist in Europa und kein bescheidener Bremsenwärter in Troy Hill.«

Seine Miene verdüsterte sich. »Du ahnst ja gar nicht, mit welchen Anfeindungen wir zu kämpfen haben. Immer wieder drangsaliert und bedroht man uns, nur weil wir aus Deutschland kommen.« Seine Stimme wurde dumpf und leise.

Eveline rann ein Schauer über den Rücken. Sie wollte das Gesicht in den Händen verbergen, aber Wilhelm löste ihre Finger.

»Du weißt ja gar nicht, wie es da draußen ist«, zischte er. »Du hast keine Ahnung!«

»Was machen wir denn jetzt?«, fragte sie, bereute es aber sofort. Sie versuchte, Klarheit in ihre Gedanken zu bringen, aber sie hatte Mühe, die Panik zu unterdrücken, die in ihr aufstieg. »Ziehen wir in eine andere Stadt?«

Da lachte er wieder, es klang bitter. »Gute Nachrichten für dich, Eve. Ich habe unser Haus gegen eins auf dem Land eingetauscht.«

»Was?«

»Du musst nicht mehr in der Stadt leben.«

Sie rieb sich mit den Fingern über ihre pochende Schläfe. »Was hast du ...«

»Was denn, freust du dich gar nicht? Na komm!«, sagte er sarkastisch. »Dein Traum ist doch wahr geworden.«

»Es geht dir nicht gut, Wilhelm«, sagte sie besorgt. Sie stemmte sich vom Tisch hoch und stand auf. »Du weißt ja nicht, was du sagst.«

Als er sich ebenfalls erhob, war seine aufgesetzte Munterkeit wie weggeblasen. »Ich weiß ganz genau, was ich sage.« Mit leerem Blick reichte er ihr ein Dokument.

»Da hast du deine Farm, Eve«, sagte er. »Genau das, was du immer wolltest.«

Das Buch lag auf Andrews Knien, und die Seiten fächerten sich unberührt auf. Mit dem warmen Luftzug drangen auch der Duft von Evelines Kletterrose und die Worte der beiden durch sein offenes Fenster. Als das Gespräch endete und die Haustür zuknallte, schloss Andrew die Augen. Die Sätze, die zwischen den beiden hin und her gegangen waren, schmerzten wie Stichwunden. Benommen öffnete er die Augen und blickte über das schiefergraue Meer aus Dächern. Ein Schwarm Tauben ließ sich auf der nächstgelegenen Traufe nieder. Sie ruckten mit den Köpfen, bis sie sich paarweise wieder in die Lüfte erhoben.

Als die Jungen die Auseinandersetzung unten hörten, hatten sie ihr Murmelspiel auf dem Teppich unterbrochen. Sie warteten darauf, dass Andrew sie ansprach und irgendwie beruhigte, doch er konnte ihnen nicht ins Gesicht blicken, sondern konzentrierte sich auf die Leere, die er beim

Anblick der Dächer, Schornsteine und gurrenden Tauben fand.

Der siebenjährige Wilhelm kam zum Bett, kletterte auf die Matratze und stützte sein Kinn aufs Knie. Eine Murmel rollte aus seinen winzigen, weichen Fingern. Er wandte sich zu Andrew, und sein kummervoller Blick huschte zu Andrews Schulterwunde. »Tut es weh?«

Andrew nickte. »Ja«, sagte er matt, »es tut weh.«

Wieder schloss er die Augen und kämpfte gegen das Brennen, die Wut, die Verbitterung. Der Arzt hatte behauptet, die Schmerzen würden aufhören, wenn die Nervenenden verheilt wären, aber die sengende Hitze war mittlerweile sein ständiger Begleiter geworden: ein Schmerz in einem Körperteil, den es gar nicht mehr gab, wie die Erinnerung an ein gebrochenes Herz, die Erinnerung an seine Eltern und seine im Keim erstickten Hoffnungen.

Will schob sich näher zu ihm, starrte mit leicht zusammengekniffenen Augen auf die Amputationswunde und die gezackte Narbe. »Sieht aus wie der Schornstein in der Fabrik.«

Da kletterte auch Edgar aufs Bett und drängte sich an seinem Bruder vorbei. »Lass mal sehen.« Andrew krümmte sich innerlich, als die zwei kleinen Jungen die Schnitte begutachteten. »Ah, jetzt sehe ich es auch!« Edgar zeichnete in der Luft die Form der Narben nach. »Stimmt, sieht genauso aus, mit Rauch und allem Drum und Dran.«

Andrew betrachtete die Gesichter, die keinerlei Mitleid zeigten. Ganz bewusst entspannte er den Nacken und seine Schultern und spürte, dass sein Körper schlaff wurde wie ein Ballon, aus dem die Luft entwich. Unwillkürlich musste er lächeln, was sich seltsam fremd anfühlte, wie ein Relikt aus vergessenen Zeiten. Er ließ zu, dass die Jungen seinen Körper begutachteten, weil ihre Neugier irgendwie den Schmerz linderte und ihn den harschen Wortwechsel aus der Küche kurzzeitig vergessen ließ.

Auch wenn Wilhelm Kiser ihn als Krüppel betrachtete, so sahen diese Jungen – und dafür war Andrew dankbar – nur ein Wahrzeichen von Pittsburgh in seiner Narbe.

DRITTER TEIL

Alles Gute ist wild und frei.

Henry David Thoreau

13. KAPITEL

Plum, Pennsylvania – 1917

Lily Morton breitete die Arme aus und rannte über das Stoppelfeld. Den Wind spürte sie im Rücken, während sie talwärts lief und dann wieder hinauf zu den höchsten Hügeln. Sie rannte erst mit dem Wind und dann gegen ihn, so dass er an ihren Wangen vorbeistrich und durch ihr wildes, ungekämmtes Haar wehte. Sie fühlte sich wie ein Falke. Sie war frei, und als sie mit dem Wind rannte, hielt sie kurz den Atem an in der Erwartung, ihre Füße würden sich vom Boden lösen und ihr Körper in den Himmel steigen.

Sie hörte den Brotwagen auf der Hauptstraße rattern. Das Klirren der Ketten und Quietschen der Reifen war ihr vertraut, seit sie klein war. Sie wusste, dass auf dem Kutschbock der alte Stevens und seine schwarze Frau Bernice hockten. Lily wusste, dass sie sie von der Straße aus nicht sehen konnten, doch plötzlich schämte sie sich für ihre ungestüme Art und ließ die Arme sinken. Sie war nur ein linkisches siebzehnjähriges Mädchen mit zerzausten Haaren und schmutzigem Kleid, das am liebsten in den Bäumen leben und Flügel bekommen wollte.

Sie ließ sich zu Boden sinken und zupfte die Kletten und Dornen vom Saum und den Ärmeln ihres Kleides. Die Augusthitze drang in ihre Haut. Es war eine feuchte Hitze, in der die ganze Welt langsamer wurde und der Körper sich nur noch ausruhen und in der schwülen Luft schwelgen wollte. Grashüpfer sprangen um sie herum, und ihre leuchtend grünen Körper klickten, wenn sie ihre Flügel bewegten. Die Bienen und Hummeln schwirrten summend zwischen den Blüten hin und her.

Lily wickelte einen Goldrutenstängel um ihren Finger und blickte müßig zur verlassenen Farm. Sie erinnerte sich noch an die Zeit, da das alte Schindelhaus in blendendem Weiß erstrahlte. Jetzt war es grau und trist, mit nur noch wenigen hellen Flecken, wie schmelzender Schnee an einer Schotterstraße.

Sie erhob sich von der Wiese und ging über den zugewucherten Steinpfad zum alten Apfelbaum, der gefährlich schief stand und seinen Schatten fast über den halben Garten warf. Sie kannte all die Knoten und Furchen im Stamm und kletterte mit ihren alten Stiefeln mühelos daran hoch. Zwar schrammte sie sich die Knie an der rauen Rinde, aber gegen solchen Schmerz war sie schon längst unempfindlich. Vom untersten Ast streckte sie die Arme aus, zog sich am nächsten hoch und kletterte weiter, bis sie schließlich in der Gabelung der höchsten Äste saß. Sie lehnte sich gegen den Stamm, als wäre es der Bauch eines Mannes, dessen starke Arme sie von beiden Seiten schützten.

Die Blätter warfen Schatten über ihr helles Kleid und ihr Gesicht. Da die Spatzen und Finken sich mittlerweile an ihre Besuche und die Sonnenblumenkerne gewöhnt hatten, die sie ihnen mitbrachte, kehrten sie auf ihre Äste zurück. Sie griff nach einem der Äpfel, die in der Augustsonne reiften, riss ihn ab, lehnte sich wieder an den Stamm und aß langsam die säuerliche Frucht, während sie gleichzeitig ihre

Augen gegen die Sonne abschirmte, deren Strahlen durch die Baumkrone fielen und sie an Augen und Stirn kitzelten.

Eine bunt gescheckte Katze schlich um das Haus herum, streckte die Vorderbeine und krümmte den Rücken. Sie warf sich auf die Seite, leckte sich die Vorderpfote, sah blinzelnd zu Lily hoch und miaute. Lily seufzte. Dies hier war ihr Zuhause. Sie teilte es mit den Vögeln und Insekten, mit den wilden Katzen und den Pflanzen, mit der Sonne, dem Moos und den alten Bäumen. Aber dies war ihr letzter Tag hier.

Hoch über dem Tal ertönte eine Glocke, das Zeichen für Lily, nach Hause zu gehen. Sie verschloss Augen und Ohren dagegen und spürte die Wärme, die allmählich sanfter wurde. Sie biss noch einmal vom Apfel ab und warf einen Blick auf das heruntergekommene Farmhaus. Von ihrem Platz aus konnte sie das Moos am hinteren Ende des Dachs sehen und die fleckige Fassade, die Löcher, die Spechte geschlagen und in die Rotkehlchen ihre Nester gebaut hatten.

Als die Glocke erneut ertönte, schmeckte der Apfel plötzlich viel zu sauer. Lily ließ das Kerngehäuse fallen. Ihre Schwester würde sich Sorgen machen, aber dieses Mal war ihr das egal. Das hier war ihr Platz, ihr kleines Fleckchen Erde. Sie stellte sich vor, dass dieses Farmhaus nur ihr allein gehörte, mit einem eigenen Garten, wie eine eigene Welt.

Und doch gehörte ihr nichts hier, nicht mal der Baum, auf dem sie saß. Nur noch ein Tag, und dann würden die neuen Besitzer kommen und sich bestimmt nicht über ein mageres Vogelmädchen freuen, das in ihrem Baum hockte.

Hoffentlich haben sie Kinder, dachte sie, *es gibt viel zu wenige in der Gegend.* Das Land hier war mit den Menschen gealtert, die es bestellten. Es wäre schön, wieder Kinderlachen zu hören.

Die Glocke ertönte ein drittes Mal. Sie spürte darin die Panik ihrer Schwester. Seufzend blickte sie auf zu den Äpfeln, die in der anbrechenden Dämmerung wie Sterne über ihr hingen. Lily Morton drehte sich herum, drückte einen Kuss auf das Herz, das sie vor einiger Zeit in die Rinde geschnitzt hatte, kletterte langsam vom Baum und machte sich auf den Heimweg.

14. KAPITEL

Das Automobil war vollgestopft mit all den Dingen, die sie nicht zurücklassen wollten. Während allerorten Farmer ihre Felder verließen, um in den Raffinerien und Fabriken von Pittsburgh zu arbeiten – der Exodus vom Land in die Stadt –, schlugen die Kisers die entgegengesetzte Richtung ein. Sie ließen das rußige Häusermeer hinter sich.

Es war heiß und dunstig an diesem Augustmorgen und so schwül, dass selbst der luftigste Stoff an der Haut klebte und allen der Schweiß auf der Stirn, unter den Armen und am Rücken stand. Wilhelm saß mit steinerner Miene am Steuer. Eveline umklammerte bei jedem Schlagloch ihren Bauch, damit die Zwillinge nicht schon während der Fahrt auf die Welt kamen. Andrew quetschte sich mit angezogenen Beinen auf den Rücksitz und hatte den schlafenden Edgar auf dem Schoß. Will saß neben ihm, sein schlaff zur Seite hängender Kopf stieß immer wieder gegen Andrews Arm.

Immer seltener durchquerten sie Orte. Schwarz-weiße Kühe standen auf den Hügeln, und es roch durchdringend nach Dung und Tieren. Je länger sie fuhren, desto mehr wich das Grau des Himmels einem strahlenden Blau. Daunenweiße Wolkengebirge zogen majestätisch vorbei. Wilhelm atmete tief die frische Luft ein. Der Pesthauch der Stadt lag hinter ihnen.

Sie kamen an unzähligen Farmen vorbei, an weißen Schindelhäusern mit glänzenden Silos, an roten Scheunen mit braunen Pferden, die hinter Holzzäunen grasten. Es gab auch ältere Farmen aus Kalkstein und weißem Mörtel. Alte Pflüge auf den Feldern zeugten von Jahren harter Arbeit. Aber hinter den Häusern lagen weitläufiges Land und wogende Getreidefelder. Am Nachmittag erreichten sie den Ort Plum. Eine überdachte Brücke führte sie über den Pucketa Creek, der in den Allegheny River mündete und dort mit dem Monongahela und dem Ohio River verschmolz, welche das goldene Dreieck von Pittsburgh bildeten. Alles schien in Richtung Pittsburgh zu strömen – bis auf Wilhelm und seine Familie.

Hinter dem winzigen Ort wurden die Straßen enger, fächerten sich von der Hauptstraße ab und führten durch Maisfelder, durch die sie wie durch einen Tunnel fuhren. Als sie das Ende eines Maisfelds erreichten, entdeckten sie zu ihrer Linken ein weißes Farmhaus zwischen den Zinnien, die den Lattenzaun säumten. Auf einer Koppel hinter dem Haus galoppierten zwei scheckige Pferde. Als sie weiterfuhren, kamen sie durch ein Wäldchen aus Eichen, Ahorn und struppigen Zedern, die sich zur Straße neigten.

Wilhelm bremste ab und verlagerte sein Gewicht, da sein Körper am Sitz festklebte. Er holte eine Karte heraus und blickte immer wieder die gewundene Straße entlang.

»Die nächste müsste es sein.« Er faltete die Karte zusammen, legte sie beiseite, umklammerte das Lenkrad und ließ seinen Blick von einer Seite der Straße zur anderen huschen.

»Ich seh es!« Will zeigte durch das offene hintere Fenster. »Durch die Bäume, ich hab's gesehen!«

»Sieht so aus, als wären wir zu Hause.« In Wilhelms Stimme mischten sich gleichzeitig Aufregung und Widerstreben.

Als sie einen weiteren Hügel überwunden hatten, kam ein Weg in Sicht. Ein alter Briefkasten aus Metall war so weit nach vorn geneigt, dass er aussah wie ein Mann, der im Stehen eingenickt ist. Als sie in den Weg einbogen, geriet der Vorderreifen in ein großes Loch. Der Wagen bockte heftig, und der Motor erstarb.

Wilhelm stieg aus und inspizierte den Vorderreifen, der vom scharfen Rand der Senke eingerissen war. »Ich schätze, von hier aus müssen wir laufen.«

Nacheinander stiegen sie aus dem Wagen, streckten die Glieder und bewegten die steifen Muskeln.

Der Weg war in katastrophalem Zustand. Auf einer Seite abschüssig und fast vollkommen ausgespült von jahrelangen Wolkenbrüchen und mangelnder Pflege. Zur Rechten schlängelte sich ein Bach quer durchs Land wie ein gezackter Schnitt; er war wild und strudelnd, und an seinen Ufern wuchs dichtes Unkraut.

»Wie konnten sie denn unsere Möbel bringen?«, wunderte sich Eveline.

Wilhelm deutete auf die Senke und ein paar Holzlatten, die darüber lagen. »Wahrscheinlich haben sie das Holz mitgebracht und die Wege damit ausgelegt.«

Sie überquerten die Behelfsbrücke und gingen an einer Reihe Bäume vorbei zum Haus. Alles war still.

Das Schindelhaus neigte sich leicht zur Seite, und die weiße Farbe war längst abgeblättert. Der schmiedeeiserne

Gartenzaun rostete vor sich hin, und breite Abschnitte waren umgekippt und sanken in den Boden. An eines der unteren Fenster klammerte sich ein einsamer Fensterladen, nicht mehr als ein morsches schwarzes Brett, an die Fassade. Die Dachschindeln waren überzogen von Moos und Schimmel und die Kanten angegriffen von Wetter und Unkraut. Ein riesiger unbeschnittener Apfelbaum im Garten war fast so groß wie das gesamte Haus.

Aber als sie sich das gesamte Anwesen ansahen – den zerbrochenen Zaun und den Weg mit den gesprungenen Steinplatten, die alten Scheunen und Schuppen, die verrosteten Pflüge –, zeigte sich vor allem eines deutlich: Es gab, wohin man auch sah, nicht einen einzigen grünen Halm.

Eine Ewigkeit stand Wilhelm breitbeinig da, die Hände in die Hüften gestemmt, und starrte auf die Farm. Die Jungen wurden unruhig.

»Vielleicht isses hier nicht richtig«, sagte Edgar leise.

»Doch, ist es«, antworte Eveline ruhig und wirkte dabei genauso erstarrt wie ihr Mann.

Edgar und Will sahen sich besorgt an und blickten dann zu Andrew, dessen Gesicht vollkommen ausdruckslos war. Alle Augen wandten sich zu Wilhelm, der reglos wie eine Statue vor dem Haus stand und nicht mal zu atmen schien.

Schließlich hielt Edgar sich den Hosenlatz fest und trippelte auf der Stelle. »Ich muss mal.«

Andrew wies mit dem Ellbogen auf den baufälligen Abort. Der Junge wirkte entsetzt. »Gibt's denn kein Klo drinnen?«

Bei dieser Frage löste sein Vater sich aus seiner Starre, lächelte und rieb sich über den schweißnassen Nacken. »Wohl eher nicht.«

Edgar rannte zum Holzhäuschen und knallte die Tür hinter sich zu. Zwei Sekunden später kam er wieder herausgestürzt und presste sich das Hemd an die Nase. »Ich gehe in den Wald!«

Wilhelm schaute zu seiner Frau. »Trautes Heim, Glück allein«, bemerkte er kühl.

Sie wandte sich von ihm ab und ging zum Toilettenhäuschen, da ihr die Zwillinge auf die Blase drückten. Als sie die Tür hinter sich zuzog, erhob sich ein Schwarm Fliegen von dem schwarzen Loch, das in das Holzbrett gesägt war. Daneben schimmelte ein alter Sears-Katalog vor sich hin, dessen Seiten zur Hälfte herausgerissen und vom vorherigen Bewohner als Toilettenpapier benutzt worden waren.

Sofort war Eveline vom Gestank eingehüllt, und auch sie presste den Stoff ihres Kleides über Mund und Nase. Im Zwielicht sah sie undeutlich, dass die durchhängende Decke mit Spinnweben, Fliegen und Moskitos bedeckt war. Sie seufzte leise, raffte ihren Rock und nahm auf dem Holzbrett Platz.

Sonnenlicht schien durch den in die Tür geschnitzten Halbmond und fiel als mondförmiger Lichtfleck auf ihren Schuh. Sie legte die Hand auf ihren Mund, der immer stärker zitterte, bis ihr Tränen über die Wangen liefen. Sie drückte ihre Handflächen auf die Augen. Auf gar keinen Fall würde sie mit verweintem Gesicht hier rauskommen. Schließlich war ein Leben auf dem Land genau das, worum sie Wilhelm seit Beginn ihrer Ehe gebeten hatte.

Die Zwillinge traten sie so heftig, dass ihr gewölbter Bauch Beulen bekam. Dies war das Haus, in dem sie die beiden zur Welt bringen würde. Dies war das Land, wo Will und Edgar aufwachsen würden. Dies würde ihr Leben sein.

15. KAPITEL

Im Haus stemmten sie ein Fenster nach dem anderen auf; etliche Rahmen splitterten dabei, und manche konnten nur mit einem Stemmeisen nach oben geschoben werden. Als frische Luft in das stickige Haus strömte, schaukelten die Spinnweben, und tote Fliegen und verpuppte Insekten fielen zu Boden und knirschten und knackten unter ihren Schritten. In zwei Schlafzimmern im oberen Stockwerk empfingen sie gefährlich summende Hornissennester, und einige Fledermäuse wurden aufgescheucht. Selbst bei offenen Fenstern roch das Haus nach Mäuseköttel und Motten, und der Geruch verstärkte sich durch die Schwüle des Spätsommers nur noch mehr.

Eveline nahm sich die Küche vor und ließ Edgar und Will die Asche aus dem alten Kamin ausfegen. Trotz der Unordnung gefiel ihr der Raum. An der Wand gegenüber vom Steinkamin befanden sich gleich zwei Herde mit Platz für acht Töpfe und Öfen, in denen sie gleichzeitig Brot und Kuchen backen und Fleisch rösten konnte. Der Eisschrank wirkte neu. Und in der Vorratskammer gab es genug Regale und zudem eine Tür, die in einen Keller führte, in dem sie Obst lagern wollte.

Eveline drehte den Hahn über der Spüle auf. Gurgelnd

kam das Wasser heraus, und die Kupferrohre klopften so heftig, dass sie eilig den Hahn wieder zudrehte, bevor noch Wasser aus den Rohren trat. Stattdessen schickte sie Will mit einem Eimer zum Brunnen.

Während sie die Regale abschrubbte und dabei mit ihrem dicken Bauch gegen die Arbeitsfläche drückte, wischte sie sich immer wieder die Stirn an der Schulter ab. Seit Tagen fühlte sich ihr Bauch schon hart an, und die Haut spannte. Die Zwillinge waren dagegen ruhiger geworden.

Nicht heute, flehte sie innerlich. *Noch nicht.*

Oben brachten Wilhelm und Andrew eines der Schlafzimmer auf Vordermann. Wilhelm putzte die breiten Eichendielen und den Kamin, während Andrew mit Feger und Kehrblech den über Jahre angesammelten Staub aus dem Fenster beförderte. Sie kratzten die sich ablösende Tapete und die Klebereste darunter ab.

Als alles fertig war, hielt Wilhelm schwer atmend inne. »Jetzt müssen die Möbel rein«, sagte er und warf Andrew mit gerunzelter Stirn einen Blick zu.

»Dabei kann ich helfen«, antwortete Andrew auf die unausgesprochene Frage seines Onkels.

»Bist du sicher?« Nachdenklich biss Wilhelm sich auf die Unterlippe. »Die sind schwer.«

»Ja, sicher.« Andrew ging in den Flur und trug ein Seitengitter des Messingbetts herein. Wilhelm folgte seinem Beispiel, dann bauten sie das Bett zusammen. Sie schoben die viktorianische Walnusskommode an die saubere Wand. Der Schmerz in Andrews Schulter, während er sich mit aller Macht gegen das schwere Möbelstück stemmte, motivierte ihn nur noch mehr. Er war kein Krüppel, und das würde er beweisen, was es auch kostete!

Auf Wilhelms Gesicht legte sich der Staub, und das Haar klebte ihm an der Stirn. Er wischte sich mit einem Lappen den Nacken trocken. »Ich hol uns was zu trinken.« Erschöpft musterte er seinen Neffen. »Alles klar bei dir?« Sein Blick war jetzt sanfter. Andrew nickte.

»Gut«, sagte Wilhelm und atmete aus. »Mann, ist das heiß!« Mit dem Besen in der einen und dem Kehrblech in der anderen Hand ging er in den Flur. »Die Jungs sollen schon mal im nächsten Zimmer anfangen. Wir machen das hier fertig, dann kann Eveline sich einrichten. Sie ist seit unserer Ankunft ununterbrochen auf den Beinen.«

Als er mit schweren Schritten die schmale Treppe hinunterpolterte, ließ Andrew sich in einer Ecke zu Boden sinken und lehnte müde den Hinterkopf gegen die Wand. Sein rechter Arm pochte, sein Bizeps zuckte. Als er die Hand hob, zitterten seine Finger unkontrollierbar von der Anstrengung. Er schluckte, weil sein Mund so trocken war, dass ihm fast schwindelig wurde. Mit reiner Willenskraft stand er wieder auf und ging ins Nebenzimmer.

An diesem Sommerabend senkte sich die Dunkelheit spät über die stillen Felder und warf Schatten auf das baufällige Farmhaus. Zwar wurde die Luft kaum kühler, aber die Hitze nahm ab.

Die Familie aß draußen und saß dabei in einer Reihe auf dem Boden der Veranda. Schweigend und erschöpft aßen sie ihre Sandwiches. Das Zirpen der Grillen stieg zwischen den bittersüßen Weinreben wie Dunst von der heißen Erde auf. Die Rufe zweier Schleiereulen erklangen und hallten durch die anbrechende Nacht.

Aus dem hohen Gras kam zögerlich eine bunt gescheckte Katze geschlichen. Als Andrew ein Stückchen Wurst in ihre Richtung warf, robbte sie sich dorthin und schnappte es sich. Andrew riss noch ein Stück von seinem Sandwich ab und hielt es ihr hin. Die Katze kam näher.

»Achtung, die beißt dich«, warnte Wilhelm.

Als Andrew die Katze trotzdem fütterte, rieb sie ihren Kopf schnurrend an seinem Bein, und er streichelte sie unter dem Kinn. »Die ist mit Menschen vertraut. Irgendjemand füttert sie bestimmt.«

»Woher weißt du, dass sie ein Mädchen ist?«, fragte Will.

»Bunt gescheckte Katzen sind immer weiblich«, erklärte er. Der kleine Edgar streichelte sie entzückt.

»Sieht so aus, als hättet ihr euer erstes Haustier«, bemerkte Andrew.

Edgar lächelte, und bevor er sich's versah, sprang die Katze auf seinen Schoß und wollte über sein Gesicht lecken. Der kleine Junge kicherte wild los, doch seine schwachen Versuche, sie wegzuschieben, spornten sie nur noch mehr an.

»Na großartig«, tadelte Wilhelm, musste aber grinsen. »Am Ende kriegst du noch Würmer von der Katze.«

»Dann nenne ich sie Wormy«, erklärte Edgar und schlang seine pummligen Arme um das Tier. »Komm her, kleine Wormy.«

Eveline hielt sich die Hand vor den Mund, um ihr Lachen zu unterdrücken. Andrew lächelte und sah seine Tante an. Sie erwiderte seinen Blick, streckte die Hand aus und drückte sein Knie.

»Schön, dich lächeln zu sehen«, flüsterte sie.

Nach dem Essen gingen Eveline und Wilhelm nach oben, und Andrew und die Jungen zogen mit Kissen und Decken zum Heuboden der Scheune, weil nur eines der Zimmer schon bewohnbar war. Da Will und Edgar niemals außerhalb ihres gepflegten Hauses in Pittsburgh geschlafen hatten, musterten sie mit großen Augen die riesige Scheune und ihr Lager in luftiger Höhe.

Oben auf dem Heuboden breitete Andrew die Decken aus und polsterte sie mit altem Heu. Will rümpfte die Nase. »Wir werden stinken wie Kühe.«

»Ich mag das«, sagte Edgar und rollte sich neben Andrew zusammen. »Ich will nie wieder nach Hause zurück.«

»Wir sind doch zu Hause, du Knallkopf.« Will legte sich auf Andrews andere Seite und starrte hinauf zu den Dachsparren. »Aber ich mag es hier auch.«

Andrew grinste im dämmrigen Licht. »Und warum?«

»Weiß ich nicht.« Als Will darüber nachdachte, wurden seine weichen, kindlichen Züge ungewöhnlich ernst. »Schwer zu sagen. Irgendwie fühle ich mich wie ein Eichhörnchen, das man aus einer Schuhschachtel befreit.«

»Genau«, murmelte Edgar schläfrig. »Ich auch.«

Schon kurz darauf schliefen die beiden Jungen tief und fest, und zum Geräusch ihres sanften Atems gesellte sich das Zirpen der Grillen.

Andrews Körper sank tief in die raue Decke. Er sehnte sich nach Schlaf, aber die Gedanken kreisten in seinem Kopf. Er lag auf dem Rücken, den Kopf auf seine Hand gebettet. Im Zwielicht starrte er hinauf zu den Dachbalken. Durch ein paar Löcher in den Schindeln konnte er die Sterne sehen. Ein Loch war groß genug, um dadurch einen Teil des Mondes zu erkennen. Er konnte sich nicht erinnern, jemals einen so klaren Himmel gesehen zu haben.

Auf dem Heuboden war es angenehm, viel kühler als im

Haus. Will schmiegte sich immer dichter an ihn und zuckte mit den Augenbrauen, offenbar träumte er. Unten huschte ein Tier über den Boden, kratzte mit den Krallen über das Holz. Fledermäuse zogen Schatten über das Dach und hinterließen einen kurzen Luftzug auf der Haut.

Andrew versuchte zu schlafen, doch vergeblich. Sanft schob er Will ein Stück von sich weg. Gebückt bewegte er sich unter den niedrigen Balken leise über den Heuboden, stieg die Leiter hinunter und ging ins Freie. Der Himmel war unendlich weit, und die Sterne erstrahlten in Formationen, von denen Andrew einige benennen konnte. Glühwürmchen tanzten zwischen den Bäumen und Büschen und blitzten in Dunkelheit auf.

Andrew ließ sich unter dem riesigen alten Apfelbaum nieder, der den Garten dominierte. Vom Gewicht der Äpfel hingen seine Äste tief. Da spürte er, wie sich etwas an seinem Bein rieb und miaute.

»Hallo Wormy.« Er streichelte das warme Fell der Katze und lächelte. »Tut mir leid mit dem Namen. War nicht meine Schuld.« Die Katze sprang ihm auf den Schoß und drückte ihm eine Pfote gegen die Brust. Als er sie in seine Armbeuge bettete, vibrierte ihr Schnurren an seiner Brust.

Fünf Monate waren seit seinem Unfall vergangen. Innerhalb eines Jahres hatte er seinen Vater und seine Mutter verloren, sein Zuhause, seine Freunde, seinen Arm und seine Zukunft. Dieses neue Leben war ihm fremd, er fand einfach nicht seinen Platz darin, und ihm war, als würde er orientierungslos durch ein nebliges Labyrinth irren.

Die Katze rieb ihren Kopf an seiner Schulter. Im Laufe der Monate war das Brennen schwächer geworden und mittlerweile kaum noch zu spüren. Der Schmerz war einer

Taubheit gewichen, die ihm das Gefühl gab, innerlich tot zu sein.

Er erinnerte sich an ein dickes Buch, das Miss Kenyon ihm einmal gegeben hatte: *Die göttliche Komödie* von Dante, eine Geschichte von einer Reise durch die Hölle, das Fegefeuer und das Paradies. Die Hölle kannte Andrew bereits: Feuer in allen Formen. Er spähte hinüber zu dem alten Farmhaus und lauschte auf das leise Schnurren der Katze und das Summen über dem Land. Er hob den Blick zum Himmel über dem Blätterdach und staunte erneut über die Sterne, die wie Diamanten funkelten. Und er fragte sich: *Muss alles zerfallen, damit die Sterne so scheinen können?*

Er hatte es satt, sich selbst zu bemitleiden. Er hatte nur einen Arm, er hasste es, aber er musste sich auf das konzentrieren, was ihm geblieben war, und versuchen, wieder seinen Weg zu finden. Er streichelte die Katze, die daraufhin auf seine Schulter kletterte und auf einen Ast hinter ihm sprang. Als er sich umdrehte, entdeckte er am Stamm eine Stelle, wo die Rinde kreisförmig entfernt worden war. Er kniff leicht die Augen zusammen, um das Wort zu entziffern, das in das glatte, helle Holz darunter geschnitzt worden war: *Lily.*

16. KAPITEL

Lily Morton beugte sich über den Waschtrog und schrubbte die letzten Reste von Heu und Schmutz aus den Arbeitskleidern. Zwar hatte sie ihr langes blondes Haar zu einem Zopf geflochten, der ihr zwischen den Schulterblättern hing, aber daraus hatten sich viele Strähnen gelöst, die wild von ihrem Kopf abstanden. Sie rieb sich die juckende Nase an ihrer Schulter, wuchtete die tropfnassen Sachen aus der Wanne, packte sie in den Wringer und hängte sie danach zum Trocknen an die Leine. Die Hosen ihres Schwagers tropften neben den Kleidern von ihr und ihrer Schwester. Finster zog Lily die Männerunterwäsche aus dem seifigen Wasser, wrang sie aus, als würde sie einen Hals umdrehen, und warf sie über die Leine, wobei sie angeekelt die Zunge herausstreckte.

Vom Stall her hörte sie Schritte kommen. Ihre Schwester mühte sich mit zwei vollen Milchkannen ab, deren kostbarer Inhalt über den Rand schwappte. Lily rannte zu ihr und nahm sie ihr ab. Die Metallgriffe hatten rote Striemen in ihren Händen hinterlassen.

»Claire, das ist viel zu schwer, das weißt du doch«, schalt sie. »Siehst du, jetzt hast du die Hälfte verschüttet. Du sollst doch nicht so viel auf einmal tragen.«

Ihre Schwester rieb sich die wunden Hände, heftiger als nötig, wieder und wieder, als wollte sie Teig rollen. »Ich dachte, es geht. Ich wollte die Kannen nicht auf der Weide lassen, damit sie nicht umkippen«, stotterte sie.

Lily berührte ihre Schwester tröstend am Arm. Es tat ihr schon leid, dass sie sie gescholten hatte. Zwar war sie fast vierzehn Jahre älter als Lily, oft aber viel kindlicher als sie. Der Arzt hatte gesagt, das käme von dem Eselstritt, den sie als junges Mädchen abbekommen hatte. *Eine Schande,* hatten die Nachbarn gemeint. *So ein schönes Mädchen. Eine Schande, dass ein verdammter Esel an ihrem Stottern schuld ist.* Aber Lily kannte die Wahrheit. Der einzige verdammte Esel, der Claire je getreten hatte, war ihr Vater.

»Du hast nichts falsch gemacht.« Lily legte ihre Hände auf die ihrer Schwester. »Von nun an bringe ich die Milch rein, in Ordnung?« Sie drückte Claires Hände, bis sie ruhiger wurden, und ihre Schwester nickte.

»Ist gut«, sagte sie mit zuckendem Mund. »Tut mir leid, dass ich dich wütend gemacht habe.«

»Ich bin doch nicht wütend. Jedenfalls nicht auf dich.« Sie warf einen Blick auf die tropfende lange Unterhose und streckte erneut die Zunge heraus. »Kannst du Frank nicht dazu bringen, sich den Hintern abzuwischen? Seine Unterhose sah furchtbar aus.«

Claire brach in lautes Gelächter aus und hielt sich rasch den Mund zu. Lily freute sich, ihre Schwester glücklich zu sehen. »Du könntest ihm eine Windel anlegen, wenn er schläft.«

Vor lauter Lachen kamen Claire die Tränen. »Hör auf! Er könnte dich hören«, warnte sie, kicherte aber haltlos weiter.

»Der hört gar nichts.« Lily legte ihr den Arm um die schmalen Schultern. Ausgelassen steckten sie die Köpfe zusammen.

Claire hatte Lily aufgezogen, obwohl sie selbst fast noch ein Kind gewesen war. Lilys Vater hatte sich nicht um sie gekümmert. Er roch ständig nach Alkohol. Als Kind wusste Lily nicht, dass das Whisky war, sie dachte nur, das wäre der typische Männergeruch – alle Väter würden so riechen. Erst später, als sie Männern begegnete, die gerade aus dem Saloon kamen, erkannte sie die Wahrheit und wurde traurig. Aber sie hatte ja immer noch ihre Schwester. Es war Claire, die ihr Essen und Kleider gab, die sie in den Schlaf wiegte und mit ihr in einem Bett schlief. Es war Claire, die die Schläge ihres Vaters auf sich nahm, wenn der mal wieder seine tote Frau vermisste und sein Leben verfluchte. Doch die Schläge während all der Jahre hatten Claire zugesetzt, und sie zuckte häufig zusammen, wenn sich irgendwo etwas nur bewegte.

Lily warf einen Blick zu der Stelle, nicht weit von der Wäscheleine entfernt, wo sie ihren Vater das letzte Mal gesehen hatte – mit einer Schusswunde im Rücken und verblutend im Schlamm. Sie wandte den Blick wieder ab und konzentrierte sich auf die Milchkannen. Sie hob sie an, brachte sie vorsichtig zum Haus und stellte sie neben der Eingangstür ab, so dass sie nach dem Abendessen die Sahne abschöpfen konnte.

Frank Morton stopfte sich den Rest seiner Rühreier in den Mund und wischte sich mit der Serviette über das Kinn. Er trug neue Stiefel mit Silberspitzen und seinen braunen Stetson. Damit sah er wie ein Lackaffe aus, fand Lily. Frank betrachtete sich als Cowboy, obwohl sie ziemlich sicher war, dass er in seinem ganzen Leben noch nie auf einem Pferd gesessen hatte. Frauen fanden ihn anziehend – das wusste sie –, nur war ihr der Grund nicht ersichtlich. Aber sie bemerkte, wie die Damen im Laden ihn anstarrten, wie die Ehefrauen seiner Klienten an seinen Lippen hingen und seinen peinlich wiegenden Gang bewunderten.

Claire holte einen weiteren Kuchen aus dem Ofen und stellte die Form zu den anderen aufs Fenstersims.

»Wie viele Kuchen machst du?«, erkundigte sich Frank.

»Sieben.« Sie nahm einen der abgekühlten und fing an, ihn in Stücke zu schneiden. »Ich dachte, du könntest einen davon zu den neuen Nachbarn bringen.«

»Mach ich«, sagte Frank.

Lily nahm seinen Teller und seine Gabel und legte sie in die Spüle. »Was wollen die überhaupt auf der alten Anderson-Farm?«, fragte sie mürrisch.

»Keine Ahnung.« Frank lehnte sich zurück und rieb sich über den Bauch. Er war Mitte dreißig. »Die haben sie gegen ein Haus in Troy Hill eingetauscht, ohne sich die Farm vorher anzusehen.«

Lily goss heißes Wasser über das Geschirr. Claire schnitt ein Stück von dem frischen Kuchen ab, legte es auf einen Teller und reichte ihn ihrem Mann. »Du hast ihnen doch von der Farm erzählt, oder?«, fragte sie zaghaft. »Ich meine, in welchem Zustand sie ist?«

»Ich fasse es nicht.« Frank pfiff laut durch seine Zähne. »Meine eigene Frau glaubt, ich würde versuchen, Leute übers Ohr zu hauen.«

Claire schoss das Blut ins Gesicht. »Tut mir leid. So meinte ich das nicht.«

»Klar hab ich ihnen das gesagt.« Frank stach seine Gabel in den warmen Kuchen und blies auf das dampfende Beerenkompott. »Aber selbst wenn ich ihm erzählt hätte, dass ich ihm eine Schlangengrube verkaufe, hätte das wohl nichts geändert. Ich hab noch nie einen Mann gesehen, der so dringend aus der Stadt wegwollte.«

Er kaute vorsichtig. »Ich hab im Ort gehört, es gab einen Zwischenfall in seinem Job bei der Eisenbahn. Es heißt, es hätte was damit zu tun, dass er Deutscher ist. Die Spione sind überall. Was wir jetzt auf gar keinen Fall brauchen können, sind Deutsche, die sich bei der Eisenbahn einschleichen und Sabotage betreiben, so wie in Frankreich. Ihr habt doch von der Explosion auf der Black-Tom-Insel in New Jersey gehört. Da haben deutsche Agenten die ganze Munition für die Alliierten zerstört. Das Gleiche könnte auch bei der Eisenbahn in Pittsburgh passieren. Schwächt unsere Heimatfront.«

Frank aß seinen Kuchen auf. »Ich glaub's einfach nicht, dass wir noch einen gottverdammten Deutschen kriegen. Und ausgerechnet einen Kiser!« Er schüttelte den Kopf. »Wie kommt es eigentlich, dass hier so viele Deutsche landen?«

»Aber sonst gibt es doch nur noch die Muellers«, warf Claire ein.

»Hier wird's überall nach Sauerkraut stinken.«

»Ich mag Sauerkraut«, sagte Claire.

Frank brummte leise: »Du musst nicht immer alles so wörtlich nehmen.« Er stand auf und rückte seine Gürtelschnalle zurecht. Dann leckte er über seinen Finger, wischte sich über die Silberspitzen seiner Stiefel und bewunderte erst die eine und dann die andere. »Also gut. Dann will ich mal die neuen Nachbarn aufsuchen. Claire, gib mir einen von deinen Kuchen.«

17. KAPITEL

*E*veline räumte den Frühstückstisch ab, erleichtert, dass die Eier, die sie von Pittsburgh mitgebracht hatte, nur wenig Schaden gelitten hatten. Durch das offene Fenster ertönte das Krähen eines Hahns von einer entfernten Farm. Eveline streckte sich und lauschte. Dann trat Stille ein. Keine Straßenbahnen. Keine ratternden Wagen auf den Steinstraßen der Stadt. Keine gurrenden Tauben vor den Fenstern. Stille. Sie konnte durchatmen, bei offenem Fenster schlafen, und heute Morgen waren ihre Laken nicht rußig gewesen. Sie wischte sich über die Augen. Die Last, die seit ihrer Ankunft auf ihr lag, wirkte leichter. Sie war erschöpft gewesen und die Reise lang. Aber heute war ein neuer Tag.

Sie blickte hinauf zu dem rissigen Putz an der Decke, hörte die Schritte ihres Mannes, der Möbel verschob und Fußleisten anbrachte. Seit dem Unfall war Wilhelm ein anderer Mensch, und sie wusste, dass der Umzug aufs Land und der Verlust seiner Arbeit und des Hauses mit all seinem Komfort ihn auslaugten. Aber wenn er erst sähe, wie schön das Leben auf dem Land sein konnte, würde es ihm besser gehen. Eines Tages würden seine Augen wieder leuchten; seine Haut würde von der Sonne gebräunt werden und nicht vom giftigen Ruß. Und er würde sich wieder wie ein Mann fühlen, weil er das Land zähmen und daraus ihren Lebensunterhalt gewinnen konnte.

Eveline verließ die Küche und ging im Wohnzimmer zu den großen Fenstern, die den verzierten Kamin säumten. Sie beschloss, heute die Vorhänge aufzuhängen, die Fenster zu putzen und dann die Spitzengardinen und darüber die rosenfarbenen Volants anzubringen. Sie würde Blumen pflücken und sie in einer Vase auf den Tisch stellen. Es gab noch viel zu tun, aber heute würde sie das Haus gemütlich machen.

Vom Fenster aus sah sie, wie jemand ihre zerklüftete Zufahrt herunterkam. Eveline betrachtete sich kurz mit leicht zusammengekniffenen Augen in der Spiegelung der Fensterscheibe und seufzte.

»Wilhelm!« Sie eilte die Treppe hinauf, um dem Besucher zuvorzukommen. »Wir bekommen Besuch.«

18. KAPITEL

*I*st schon zu spät zum Pflanzen«, bemerkte Frank Morton, als sie über den Schotterweg zum obersten Feld liefen. Er nickte Andrew zu, der sich ihnen anschloss, und beäugte argwöhnisch die armlose Schulter. »Sie werden zukaufen müssen«, fuhr er fort, »und das wird Sie eine Stange Geld kosten.«

Wilhelm senkte den Kopf, während sie den schmalen Pfad hinaufstiegen, der von ihrer Zufahrt abging. Er erwiderte nichts.

»Wie ich Ihnen schon in Pittsburgh gesagt habe, haben die Schafe hier einigen Schaden angerichtet. Der alte Anderson hat sie einfach frei rumlaufen lassen, deshalb haben sie alles kahl gefressen. Das kann man auch noch an den toten Birken am Bach sehen.«

Wilhelm erschlug eine Mücke an seinem Hals und betrachtete das blutige Insekt in seiner Handfläche, bevor er es sich an der Hose abwischte. Seine Miene war finster; langsam setzte ihm Franks Stimme genauso zu wie die Insektenstiche.

»Aber der Stall ist in gutem Zustand«, fuhr Frank fort. »Muss nur sauber gemacht werden. Ein paar neue Schindeln aufs Dach, dann werden die Tiere sich wohl fühlen.

Die sollten in ein paar Tagen kommen. Wie viele hatten Sie noch mal?«

»Sieben Kühe. Ein Pferd. Ein paar Schweine und einen Haufen Hühner.« Wilhelm sah Frank herausfordernd an. »Wir sind wohl doch nicht so arm, wie Sie dachten.«

Frank lachte kurz auf. »Aber die Tiere müssen auch gefüttert werden. Vergessen Sie das nicht.«

Andrew folgte dem Wortwechsel der Männer. Es war offensichtlich, dass sie einander misstrauten, er sah es an ihren gestrafften Schultern und den übertrieben schweren Schritten.

»Und Sie haben bei der Eisenbahn gearbeitet?«, fragte Frank, obwohl er die Antwort längst wusste. Und dadurch klang es eher wie eine spöttische Provokation.

»Genau. Als Bremser.«

Frank schob seine Unterlippe vor und dachte darüber nach. »Bei der Bahn kann man gutes Geld verdienen.«

Die Hitze, die sie umgab, machte das Gespräch noch unangenehmer. Wilhelm war angespannt und sehnte sich nach Schatten. Er blieb abrupt stehen, drehte sich zu Frank und verschränkte die Arme über der Brust. »Fertig mit den Unterstellungen?«

Frank schnaubte spöttisch und verschränkte ebenfalls die Arme. »Unterstellungen?«

»Dass ich keine Ahnung von Farmarbeit habe. Dass es dumm von mir war, eine Stelle in der Stadt für dieses Scheißland aufzugeben. Dass meine Familie hungern und frieren wird, weil ich kein Farmer bin und nie einer sein werde.«

Andrew trat einen Schritt vor. »Ich glaube, das wollte Mr. Morton gar nicht sagen.«

Mit glühend roten Ohren wandte Wilhelm sich an seinen Neffen. »Mit dir rede ich gar nicht!« Er wandte sich wieder Frank zu. »Ich bin auf dem Land aufgewachsen. Mein Vater und mein Großvater und Urgroßvater waren Bauern in Deutschland. Das alles hier ist mir nicht neu, Mr. Morton. Mir war vollkommen klar, was mich erwartet, und zwar schon an dem Tag, als ich den Wechsel mit Ihnen unterschrieb. Also bitte ich Sie, mit Ihren Unterstellungen aufzuhören.«

Frank hob entschuldigend die Hände und lächelte, doch seine Augen waren kalt. »Mein Fehler. Wollte nicht respektlos sein. Klingt wie eine eindrucksvolle Vergangenheit, die Sie da haben. Die Herkunft macht einen Mann stolz. Loyalität, nicht wahr?« Es war klar, was er damit sagen wollte.

Wilhelm kratzte sich abwesend an der Stelle, wo die Mücke ihn gestochen hatte. Sie war bereits rot und schwoll an. »Die Loyalität eines Mannes gilt dem Ort, wo seine Familie lebt.«

Andrew hatte kaum noch auf den Inhalt des Gesprächs geachtet, nur noch auf den Ton ihrer Stimmen. Aber bei diesem letzten Satz schob er sich zwischen die Männer und versuchte, die Spannung zwischen den beiden aufzulösen.

»Wann kommt denn der Traktor?«, fragte er Wilhelm.

»Traktor?«, hakte Frank nach. »Sie wollen nicht das alte Ding von Anderson benutzen?«

Wilhelm schüttelte den Kopf und spürte, wie mit einem Anflug von Stolz die Anspannung in seinen Schultern nachließ. »Ich hab einen neuen Fordson bestellt.«

Frank pfiff durch die Zähne. »Ganz schön kostspielig.«

Wilhelms Stolz wuchs, und er stürzte sich auf das neue Thema. »Hab in Westinghouse and Carnegie Steel investiert. Ist im Laufe der Jahre ganz gut gelaufen.« Dann fügte er abschwächend hinzu: »Nicht so gut wie bei anderen, aber doch ganz gut.«

Andrew zog sich wieder etwas zurück und überließ den Männern erneut das Gespräch. Eine willkommene Brise wehte ihnen entgegen und trocknete ihren Schweiß.

Frank Morton hob das Gesicht und ließ das Thema einfach fallen. Es sah so aus, als betrachtete er prüfend das Firmament und suchte bei Tageslicht nach Sternen.

»Es heißt, der Winter kommt dieses Jahr früh«, bemerkte er dann. »Und der Winter wird hart. Sagt man jedenfalls.« Er schabte mit dem Absatz in der Erde. »Wäre besser, Sie vereinbaren einen Kredit beim Laden im Ort. Bei Campbell. Was er nicht auf Lager hat, kann er besorgen.«

»Mach ich.« Nun, da der Ton freundlicher geworden war, kratzte sich Wilhelm noch ausgiebiger am Mückenstich. »Hören Sie, tut mir leid, dass ich Sie so angefahren habe. Ich bin noch erschöpft vom Umzug. Und habe mehr Wespenstiche, als ich zählen kann.«

»Ja, die sind hier ziemlich aggressiv. Wenn die erst mal ein Nest haben, kriegt man die nur noch schwer los.« Frank wandte dem Feld den Rücken zu und machte einen Schritt Richtung Farmhaus. »Ich schlag Ihnen was vor: Fahren wir doch morgen alle zusammen in den Ort. Ich hole auf dem Weg den Wagen von Mrs. Sullivan. Dann stell ich Sie Campbell vor und zeig Ihnen alles.«

Wilhelm strich sich über seine Koteletten. »Das wäre gut. Ich brauche Farbe und Vorräte fürs Haus. Und muss das Tierfutter bestellen.«

»Gut.« Frank nickte nachdrücklich und rieb sich die Hände. »Dann komm ich morgen ganz früh. Wie wär's, wenn wir jetzt mal den Kuchen anschneiden, den ich mitgebracht habe? Meine Frau macht die gottverdammt besten Kuchen in ganz Pennsylvania.«

***

Als die Männer zurückkamen, packte Eveline gerade die Holzkisten in der Küche aus. Edgar und Will rutschten auf Knien über den Boden und bewarfen sich mit Stroh.

»Ihr macht eurer Mutter aber eine Menge Arbeit«, polterte Wilhelm los.

Eveline wischte eine Reihe Gläser aus, die sie umgekehrt auf die Arbeitsfläche gestellt hatte. »Stroh und Papier machen uns hier die wenigste Arbeit.« Sie warf ihrem Mann einen Blick zu, bemerkte dann aber seinen Begleiter.

Frank trat einen Schritt vor und streckte die Hand aus. »Sie müssen Eveline sein.«

Sie ergriff die starke Hand und schüttelte sie. Da ihr mit einem Mal ihr Zustand peinlich bewusst wurde, verschränkte sie die Arme über ihrem Bauch.

»Wilhelm hat mir erzählt, Sie wären in Holland geboren.«

Sie nickte und strich sich eine Haarsträhne hinter das Ohr. Frank Morton war ein großer breitschultriger Mann, kräftig, aber nicht stämmig. Sein Gesicht war frisch rasiert, das sah sie sofort. Wilhelm hingegen rasierte sich neuerdings nur noch sonntags.

»Aus welchem Teil?«

»Wie bitte?«

Er lachte leise. »Ich war bloß neugierig, aus welchem Teil von Holland Sie stammen.«

Das war sie schon so lange nicht mehr gefragt worden, dass die Frage sie unsicher machte. »Aus Rotterdam.«

»Ah.«

»Kennen Sie Rotterdam?«

»Ja, tatsächlich. Ich bin einmal auf dem Weg nach Amsterdam durchgekommen. Sehr schöne Stadt.«

»Ja, das stimmt.« Als die Erinnerung daran in Eveline aufstieg, meinte sie, das Bild ihrer Heimatstadt in seinen Augen gespiegelt zu sehen. Die meisten Menschen wussten nicht mal, wo genau Holland lag, aber dieser Mann hier kannte Rotterdam.

Wilhelm zog einen Stuhl heran. »Franks Frau hat einen Kuchen für uns gebacken.«

»Den hab ich schon auf der Veranda gesehen. Das war sehr freundlich von ihr. Ich hoffe, sie besucht uns, wenn wir uns ein bisschen besser eingerichtet haben.« Eveline deckte den Tisch und teilte den Kuchen zwischen den Männern und ihren Söhnen auf. »Wo ist denn Andrew?«

Wilhelm warf einen Blick über seine Schulter und zuckte die Achseln. »Keine Ahnung.«

Während die Männer sich über Eggen unterhielten, wandte sich Eveline der nächsten Kiste zu. Doch dann seufzte sie enttäuscht auf und holte große Scherben aus dem Stroh.

»Was ist denn los?«, fragte Wilhelm.

»Der Waterford-Krug ist beim Umzug zerbrochen.«

Wilhelm schaufelte sich den Kuchen in den Mund. »Ein Staubfänger weniger, schätze ich.«

Als sie ihn finster anstarrte, wurde er leicht verlegen.

»Damit will ich nur sagen, dass so was gut für die Stadt ist, aber hier müssen wir praktisch denken. Ein schöner Kristallkrug ist hier etwa so nützlich wie ein Haus ohne Dach.«

Eveline blickte hinauf zu der rissigen Decke. »Na, dann haben wir ja schon zwei nutzlose Sachen«, murmelte sie.

Frank legte seine Gabel nieder und kam zur Küchentheke. »Dürfte ich mal sehen?« Sanft nahm er ihr mit seinen schönen Händen das dicke Glas aus den Fingern. »Ein wirklich wunderbares Stück«, bestätigte er verständnisvoll. »Haben Sie auch Gläser dazu?«

Eveline holte die Gläser aus der Kiste. »Die sind noch heil.«

»Das ist doch schon mal was«, erwiderte er und zwinkerte ihr zu.

Daraufhin stieg ihr die Hitze ins Gesicht. Sie musste den Kragen etwas vom Hals ziehen, weil es ihr in der Küche plötzlich so warm und stickig vorkam.

19. KAPITEL

Frank Morton kam am nächsten Morgen mit einem großen Zweispänner. Wilhelm setzte sich vorn auf den Kutschbock. »Bist du sicher, dass du nicht mitkommen willst?«, fragte er seinen Neffen.

»Ich bleibe besser hier«, antwortete Andrew. »Und versuche, Tante Eveline dazu zu bringen, sich auszuruhen.« Er sah, wie Frank immer wieder zu seiner Schulter schaute, und war noch nicht bereit, sich der Blicke der Leute im Ort zu stellen.

Andrew wuschelte durch die Haare seiner Cousins. »Wenn ihr zurückkommt, fangen wir Kaulquappen im Bach, wie abgemacht.«

»Fang nicht ohne uns an«, erwiderte Wilhelm, als ob Andrew schon ins flache Wasser waten würde. »Versprochen?«

Andrew legte sich die Hand aufs Herz. »Keinen Fisch und keine Kaulquappe, bis ihr wieder da seid. Versprochen.« Erleichtert nahmen die Jungen auf dem knarzenden Wagen Platz und winkten, während sie davonfuhren.

Im Haus fand er Eveline im Wohnzimmer. Sie lag mit geschlossenen Augen auf dem Sofa, schlief aber nicht. Ihr Gesicht wirkte angespannt, fast schon angestrengt.

»Tante Eveline?«

Als sie seine Stimme hörte, öffnete sie die Augen, und ihr Blick huschte durchs Zimmer. »Ich habe dich gar nicht hereinkommen hören, Andrew. Du hast mich erschreckt.« Sie lachte kurz auf und versuchte, sich hinzusetzen, sank aber sofort wieder in die Polster zurück. »Mir ist ein bisschen schwindelig heute Morgen. Liegt wohl an der Hitze.«

Unter dem Stoff ihres Kleides wirkte ihr großer Bauch hart. Er sah sie fragend an.

»Nein«, sagte sie, »ich glaube nicht, dass es schon so weit ist.«

»Ich kann noch versuchen, Wilhelm zu erwischen, bevor sie in den Ort fahren.«

»Nein, nicht nötig.« Sie lachte gezwungen. »Er hält mich für hysterisch.« Ein dünner Schweißfilm bildete sich auf ihrer Stirn. »Es ist nur die Hitze. Ich sollte es nicht übertreiben, sondern mich ausruhen, solange hier ein Lüftchen weht.«

Die feinen, von der Sonne ausgeblichenen Spitzengardinen wehten hin und her, blähten sich in den Raum und klebten dann wieder am Fensterrahmen. »Ich bin froh, dass du da bist, Andrew«, sagte sie mit Nachdruck. »Mir ist klar, dass es bestimmt nicht leicht für dich ist. Du hast in sehr kurzer Zeit viele Veränderungen erdulden müssen. Aber Wilhelm nimmt dich doch nicht zu hart ran, oder?«

»Nein.« Andrew streckte die Hand aus und ballte sie zur Faust. »Es fühlt sich gut an zu arbeiten. Hält mich davon ab, mich in Selbstmitleid zu suhlen«, fügte er ironisch hinzu.

»Tja, die Jungs lieben dich abgöttisch. Falls dir das noch nicht aufgefallen ist.«

»Das beruht auf Gegenseitigkeit.« Das meinte er ernst. Die beiden Kinder waren für ihn wie ein Licht in der Dunkelheit.

Sie betrachtete ihn forschend. »Du machst dir Sorgen um deine Mutter, nicht wahr?«

Er nickte. »Mittlerweile müsste ich doch was von ihr gehört haben.«

Eveline drückte ihr Kissen zusammen und setzte sich auf. »Das wirst du bestimmt bald. Schon in Pittsburgh hat der Krieg alles verlangsamt. Wer weiß, wie lange wir hier auf Neuigkeiten warten müssen.«

Andrew lächelte ihr zu und bemerkte, wie ihr riesiger Bauch ihre schmale Gestalt dominierte. »Du bist meiner Mutter sehr ähnlich, weißt du das? Du bist nur fröhlicher.«

»Carolin hatte ein sehr schweres Leben. Ihr beide hattet das.« Sie runzelte die Stirn, als sie darüber nachdachte. »Ich war so wütend, als sie mit deinem Vater durchbrannte. Aber jetzt kommt mir mein Groll richtig albern vor.« Sie verzog bedauernd das Gesicht, musste dann aber lachen. »Sie und Frederick hätten keinen besseren Sohn als dich haben können.«

Von ihren Worten wurde ihm warm.

»Aber jetzt raus mit dir. Ich ruhe mich noch ein wenig aus.«

Draußen drang ihm die alles beherrschende Hitze unter die Kleider und in die Haare. Er legte den Kopf in den Nacken und schloss die Augen, weil die Sonne so grell war. Als er sie wieder öffnete, wirkte der Himmel hinter den grünen Baumwipfeln türkis, und Pünktchen tanzten vor seinen Augen. Er betrachtete die Umgebung. Die sanften Hügel und Täler mit den brach liegenden Feldern; den Bach, der sich zwischen Büscheln von Rohrkolben hindurchschlängelte; die rostfarbene Scheune, die leicht nach hinten geneigt war, als hockte sie auf den Fersen.

Neben dem Haus war der Garten noch ungepflegt, überall wucherte Unkraut, und alte Gemüsepflanzen schossen in die Höhe. Aber er war groß genug, um sogar zwei Familien zu ernähren. Im Frühjahr würden sie die Beete anlegen. Sie würden die Büsche auslichten, beschneiden und hochbinden, um frische Beeren für Marmeladen jeder Geschmacksrichtung zu pflanzen.

Hoch in dem riesigen Apfelbaum knackte ein Ast. Mehrere Äpfel fielen herunter und prallten vom harten Boden ab. Andrew ging hinüber zum Baum, spähte in das dichte Geäst und sah die Beine einer herunterkletternden Frau und ihr hochgerutschtes Kleid.

Er wandte sich mit rotem Gesicht ab, bevor ihm klarwurde, dass die Frau ein Eindringling war. Also drehte er sich wieder zum Baum, schob die Hand in die Hosentasche und wartete.

Er hörte ein Geräusch, als würde Stoff reißen, und dann: »Aua!« Die Zweige wackelten, als würde ein Bär den Stamm schütteln. Leises Fluchen und knackendes Holz.

Andrew zog eine Augenbraue hoch. »Brauchen Sie Hilfe?«, rief er laut.

Da wurde es still im Apfelbaum.

Grinsend trat er ein Stück näher heran. »Ich weiß, dass Sie da oben sind.«

Mucksmäuschenstille.

Verwirrt und gleichzeitig amüsiert kratzte sich Andrew am Kopf. »Dann muss ich wohl zu Ihnen hochkommen.«

Plötzlich schoss ein Apfel an seinem Kopf vorbei.

»Hey!«, rief er, als er einem zweiten und einem dritten auswich. Dann sprang eine junge Frau vom Baum. Sie hatte die Arme voller Äpfel, und mit einem davon zielte sie auf ihn.

»Wer sind Sie?«, rief sie laut.

Andrew klappte der Mund auf. »Wer *ich* bin?«

Sie umfasste den Apfel fester und zog den Arm noch weiter zurück. »Ich fragte, wer Sie sind.«

Als er mutig einen Schritt auf sie zu trat, warf sie den Apfel, aber er fing ihn mühelos mit der rechten Hand auf. Das brachte sie aus dem Konzept.

»Da dies mein Grundstück ist«, sagte er streng, »müssten wohl Sie mir sagen, wer Sie sind.«

»Sie wohnen hier?«, stieß sie hervor und hob überrascht die Augenbrauen. »Ich dachte, Sie wären alle in den Ort gefahren. Ich dachte, hier wäre niemand.« Die junge Frau legte die Äpfel in einem Haufen am Fuß des Baums ab. Dabei fielen ihr die langen Haare über die Schlüsselbeine und reichten bis zu den Ellbogen. Sie trug Männerstiefel und ein hellgrünes Kleid, das an der Schulter eingerissen war.

»Dann bin ich wohl mal weg«, sagte sie rasch, drehte sich um und rannte über den Steinweg.

»Halt!« Er musste sich anstrengen, um sie einzuholen. »Ihr Ärmel ist doch gerissen. Haben Sie sich am Arm verletzt?«

Sie drehte den Kopf zur Seite und untersuchte Kleid und Schulter. »Ist nur ein Kratzer.«

»Nein, das glaube ich nicht.« Als Andrew vor sie trat, spannte sich ihr ganzer Körper an, als wollte sie jeden Moment die Flucht ergreifen. Sanft nahm er den Stoff zwischen die Finger und spürte, wie sie erstarrte. Ein Rinnsal Blut lief über ihre Haut.

Ruckartig entzog sie sich ihm. »Ist nur ein Kratzer, sagte ich.«

»Schon gut, schon gut.« Beruhigend hob er die Hand. Plötzlich verschoben sich die Wolken ein Stück, und ein Sonnenstrahl fiel auf ihre smaragdgrünen Augen, die ihn trotzig anstarrten. Als er mühsam schluckte, runzelte sie die Stirn und sah ihn unentwegt an. »Was ist?«

»Nichts«, sagte er leise. Seine Stimme kam ihm seltsam und unnatürlich vor. Ihm setzte die Hitze zu, ein Schwindelgefühl überkam ihn. Er sah sie wieder direkt an. »Wie ist Ihr Name?«, fragte er sanft.

»Lily.« Sie senkte die Augen. »Lily Morton.«

Das traf ihn wie ein Schlag. »Sie sind Frank Mortons Frau?«

»Nein!« Ihr Gesicht verzog sich angewidert. »Wie kommen Sie denn darauf?«

»Ich dachte nur ...« Dann entfuhr ihm ein Lachen, weil das Gespräch so eigenartig war und weil diese fremde Frau sich in seinem Apfelbaum versteckte und ihn mit Äpfeln bewarf.

Lily runzelte die Stirn. »Was ist denn so komisch?«, fragte sie hitzig.

Darauf fiel ihm keine Antwort ein. Er stand nur da und grinste dämlich. Ihre Augen fingen seinen Blick ein. Sie verschränkte die Arme. »Was starren Sie mich denn so an?«, fragte sie wütend. »Sie lachen doch über mein Kleid, oder? Oder meine großen, dreckigen Stiefel? Tja, dann lachen Sie nur, denn mir gefallen sie, auch wenn sie kein hübscher Anblick sind.«

Andrew hörte auf zu lachen und schüttelte den Kopf, um wieder klar denken zu können.

Vor Scham verzog sie das Gesicht. »Ich weiß, wir sind nicht so reich wie Sie, aber das gibt Ihnen noch lange nicht das Recht, über mich zu lachen«, fauchte sie.

Er schämte sich bis auf die Knochen. »Ich hab nicht wegen Ihrer Kleider gelacht. Ich schwöre es.« Hastig suchte er nach einer Entschuldigung. »Es tut mir leid ... Ich finde Ihr Kleid schön. Ehrlich.«

»Mein Kleid ist nicht schön, und das wissen Sie genau.«

»Ganz im Ernst.« Er trat näher zu ihr und beugte sich über sie, so dass sie den Blick heben musste. »Ich habe weder über Ihr Kleid noch über Ihre Stiefel gelacht.« Er lächelte freundlich. »Ich habe nur daran gedacht, dass Sie mich mit Äpfeln beworfen haben und fast am Kopf getroffen hätten. Sie haben einen guten Wurf.« Er schnalzte mit der Zunge. »Zumindest für ein Mädchen.«

Argwöhnisch kniff sie die Augen zusammen und musterte ihn, um zu sehen, ob er sie aufzog oder gemein war. Dann entspannte sie sich und presste hervor: »Tut mir leid, dass ich Sie mit Äpfeln beworfen habe.«

»Ich sag Ihnen was: Wir fangen noch mal ganz von vorne an.« Er streckte ihr die Hand hin. »Andrew.«

Da ertönte aus dem Haus ein qualvoller, lang gezogener Schrei. Und dann noch einer.

Andrew drehte sich um, rannte über die Veranda ins Wohnzimmer und sah, dass seine Tante vornübergebeugt vor dem Schaukelstuhl hockte und mit den Händen die Lehnen umklammerte. Ihre Haare standen ihr zerzaust vom Kopf ab, und ihr Gesicht war schmerzverzerrt. Andrew legte seinen Arm um ihre Taille.

»Komm zum Sofa«, sagte er.

»Nein«, keuchte sie und atmete stoßweise. »Es ist so weit.«

»Ich sattle mir ein Pferd und reite in den Ort, um den Arzt zu holen.« Er ließ sie los, aber sie packte ihn fest am Handgelenk.

»Dazu ist keine Zeit.« Sie presste die Lippen aufeinander, krümmte sich und heulte laut auf. Wieder keuchte sie stoßweise und wand sich vor Angst und Schmerzen.

»Sie kommen!« Ihr ganzer Körper zuckte. »Oh Gott!«

»Mrs. Kiser?« Plötzlich tauchte die junge Frau in dem zerrissenen grünen Kleid neben ihm auf. »Wir müssen Sie bewegen«, drängte sie mit ruhiger Stimme. Sie löste einen von Evelines Armen von den Lehnen und legte ihn sich um die Schulter. Dann bedeutete sie Andrew mit dem Kopf, es mit dem anderen Arm genauso zu machen. Gemeinsam hievten sie Eveline hoch und gingen langsam mit ihr im Kreis.

»Wer sind Sie?«, keuchte Eveline, während die nächste Wehe nahte.

»Lily Morton. Ich wohne da drüben.« Sie knickste kurz unter dem Gewicht der schwangeren Frau. »Freut mich, Sie kennenzulernen.«

Eveline lachte kurz auf, sackte dann aber wieder vor Schmerzen zusammen. »Bitte nicht«, schrie sie. »Nicht jetzt.«

»Zum Sofa mit ihr«, befahl Lily und ging voran. Eveline legte sich hin, wölbte den Rücken und umklammerte ihren Bauch.

»Andrew«, wies Lily ihn ruhig und beherrscht an, »du musst einen großen Topf Wasser kochen, verstanden? Außerdem brauche ich einen Stapel sauberer Laken und ein paar Handtücher.« Sie schluckte und senkte die Stimme. »Und koche ein Messer ab. Nur für alle Fälle.«

Andrew wurde blass, ging aber in die Küche. Er nahm den Topf, ließ ihn jedoch vor lauter Nervosität scheppernd auf den Boden fallen. *Ganz ruhig.* Er zündete den Herd an und starrte eine Weile auf den Topf, bis ihm aufging, dass kein Wasser darin war. Daraufhin rannte er zum Brunnen, füllte einen Eimer und brachte ihn schnell ins Haus, verschüttete dabei aber vor lauter Eile die Hälfte und rutschte beinahe auf der Pfütze aus.

Drei Stufen auf einmal nehmend, rannte er die Treppe hinauf. Aus dem Wohnzimmer hörte er Evelines Schreie. Sie trafen ihn bis ins Mark. Er schnappte sich die sauberen Laken und brachte sie nach unten. Eveline hatte ihr Kleid über die Knie hochgeschoben, während Lily nachschaute, wie weit die Geburt vorangeschritten war.

Hastig nahm sie Andrew die Laken ab und breitete eines, zusammen mit ein paar Handtüchern, unter Eveline aus. »Ich muss mir kurz die Hände waschen, Mrs. Kiser. Andrew wird eine Minute bei Ihnen bleiben.« Sie tätschelte ihr das Knie. »Es wird alles gutgehen, hören Sie? Einfach so weiteratmen. Einatmen, ausatmen, wenn der Schmerz kommt.« Mit weit aufgerissenen Augen machte sie es ihr vor. »Es wird nicht mehr lange dauern.«

Andrew setzte sich neben seine Tante und hielt ihr die Hand. Sie umklammerte seine Finger so fest, dass ihre Knöchel weiß wurden. Vor Entsetzen und Schmerzen riss sie die Augen auf.

»Ich habe solche Angst.«

Er wusste nicht, was er sagen sollte. Jedes Mal, wenn er

den Mund öffnete, kam nichts heraus. Also saß er einfach nur da, schweigend, und ließ sich von ihr die Hand zerquetschen. Als sie wieder anfing zu schreien, kniff er die Augen zusammen, weil er es fast unerträglich fand, solchen Schmerz zu sehen und nichts dagegen tun zu können.

Als Lily zurückkehrte, hatte sie die Ärmel hochgerollt. »Du gehst jetzt besser«, erklärte sie. »Aber bleib in der Nähe.«

Andrew wich rückwärts aus dem Raum, ging auf die Veranda und lehnte sich an die Hauswand. Das Schreien ertönte immer öfter, dauerte länger und verstummte dann, nur um von Neuem zu beginnen, wieder und wieder, endlos, bis das ganze Haus ein einziger qualvoller Schrei war. Da glitt er zu Boden, drückte die Knie an die Brust, senkte den Kopf und betete, dass ihre Qual endlich aufhören möge.

Lily schnitt mit dem Messer die Nabelschnüre durch und legte erst den einen kleinen Jungen an Evelines Brust und dann den anderen. Ungläubig starrte Eveline ihre Söhne an. Lily raffte die blutigen Laken und Handtücher zusammen und ersetzte sie durch neue. Die roten, runzligen Babys waren winzig, zu früh geboren, atmeten aber kräftig und waren gesund. Als Lily sich endlich entspannte, merkte sie, wie ihre Muskeln von der Anstrengung der letzten Stunden schwach und zittrig waren. Zufrieden betrachtete sie die Mutter mit ihren neugeborenen Söhnen. Mrs. Kiser war vollkommen bezaubert von den Babys in ihren Armen, und Lily verspürte dabei einen sehnsüchtigen Stich. »Wie wollen Sie sie denn nennen?«, fragte sie.

»Ich weiß nicht«, antwortete Eveline lächelnd. Sie war

eine wunderschöne Frau, von der eine besondere Wärme ausging. »Eigentlich dachte ich, es werden Mädchen. Daher habe ich mir keine Jungennamen überlegt.«

»Sie finden bestimmt schnell welche.« Lily stand auf und nahm die schmutzigen Laken mit. Auf der Schwelle zur Veranda blieb sie stehen und betrachtete den jungen Mann, der unruhig hin und her tigerte, von einem Ende der Veranda zum anderen. »Es sind zwei Jungen«, verkündete sie leise.

Da klappte ihm der Mund auf, und er rieb sich mit den Händen übers Gesicht, als wäre er aus einem schlimmen Alptraum erwacht. »Geht es ihnen gut? Geht es Eveline gut?«

Lily nickte und winkte ihm mit dem Finger, damit er ihr folgte. Im Wohnzimmer empfing Eveline ihn strahlend mit den Babys im Arm. »Komm, ich will dir deine neuen Cousins vorstellen.«

Andrew blieb wie angewurzelt stehen und staunte über die winzigen Babys, die wie aus dem Nichts erschienen waren. Als Lily ihn leicht anstieß, wischte er sich die Hände an der Hose ab. So vorsichtig, als könnten seine Schritte die Babys stören, setzte er sich in Bewegung und wirkte vollkommen unbeholfen. Unwillkürlich legte sich Lily eine Hand auf die Brust, als sie sah, wie der stolz wirkende Mann vor dem Sofa in die Knie ging.

Eveline lächelte ihrem Neffen zu. »Los, nimm ihn mal.«

Andrew stand auf. »Lieber nicht.«

»Er wird schon nicht zerbrechen«, drängte sie. »Sie sind robuster, als du denkst.«

Andrew senkte das Kinn und schüttelte kurz den Kopf, wobei sein Blick zu seinem fehlenden Arm ging. »Besser nicht.«

»Setz dich«, befahl Eveline daraufhin mit ruhiger Stimme.

Andrew gehorchte, ging wieder auf die Knie und ließ zu, dass Eveline ihm einen der kleinen Jungen in die Armbeuge legte. Seine ängstliche Miene schwand. Ein entzücktes Staunen breitete sich über sein Gesicht. »Ich hab noch nie zuvor ein Baby im Arm gehalten«, gestand er mit ehrfürchtiger Stimme. »Wie hast du ...« Er konnte seine Gefühle nicht in Worte fassen. »Es ist wie ein Wunder.«

Lily entfernte sich leise aus dem Zimmer, so sehr bewegte sie die Rührung des jungen Mannes. In der Küche warf sie die schmutzigen Laken und Handtücher weg und schrubbte sich die blutigen Hände. Einen Augenblick lang erschien ihr die Küche, die sie in den Wintermonaten so oft erkundet hatte, fremd. Die Vorhänge und Blumen, die sauberen Arbeitsflächen und der brennende Ofen kamen ihr wie die ersten Lebenszeichen nach einer lang andauernden Kälte vor. Obwohl die Kisers erst ein paar Tage da waren, roch es nicht mehr nach Schimmel und Verfall, sondern nach Kaffee, Sommerluft und brennendem Holz. Sie trocknete sich die Hände an einem sauberen Handtuch ab und spürte, wie ein Gefühl der Sehnsucht sich in ihr ausbreitete. Jetzt gab es hier Leben, neues Leben und Wachstum. Sie berührte die kleine Vase mit den weißen Wildrosen und atmete tief ihren Duft ein.

»Um das mal klarzustellen«, ertönte eine Stimme hinter ihr, »du darfst mich mit Äpfeln bewerfen, so oft du willst.«

Sie faltete das Handtuch und lächelte den jungen Mann an, der ihr plötzlich noch größer und kräftiger erschien als zuvor. Als er auf sie zukam, fielen ihr zum ersten Mal seine strahlend blauen Augen auf. Ein Ruck ging ihr durchs Herz, und sie räusperte sich, um das Gefühl abzuschütteln.

»Woher wusstest du, was zu tun ist?«, erkundigte er sich. Im hellen Licht, das durch das Fenster drang, wirkten seine Augen fast saphirblau.

Wieder spürte sie diesen Schmerz im Inneren. Auf gar keinen Fall würde sie ihm sagen, dass sie erst sieben Jahre alt gewesen war, als sie ihrer Schwester half, ein totes Baby auf die Welt zu bringen. »Ach, das kriegt man irgendwie mit. Als Frau, meine ich.«

Eine ganze Weile starrte er mit leerem Blick verloren auf einen Punkt hinter ihr. »Ich weiß nicht, was ich ohne dich gemacht hätte.« Dann musterte er sie erneut, eindringlich. Ihr wurde unter seinem Blick unbehaglich zumute.

Die Anstrengung des Tages lastete ihr plötzlich so schwer auf den Schultern wie die drückende Hitze im Haus. Schmerzliche Erinnerungen setzten ihr immer wieder zu, und je stärker die Gefühle wurden, desto unsicherer fühlte sie sich. Sie versuchte, sie zu unterdrücken, aber vergeblich, und ihr wurden die Knie weich.

»Ich muss jetzt nach Hause«, sagte sie unvermittelt. Sie wusste, dass sie panisch klang und hörte das Zittern in ihrer eigenen Stimme.

Sie goss ein Glas Wasser aus dem Krug ein, brachte es ins Wohnzimmer und stellte es auf den Tisch. »Ich muss jetzt los, Mrs. Kiser.«

»Willst du nicht bleiben?«, fragte Eveline. »Mein Mann kommt bestimmt bald aus dem Ort zurück.«

»Ich wünschte, ich könnte.« Angestrengt suchte sie nach einer Erklärung. »Aber meine Schwester wird sich Sorgen machen. Sie ist immer nervös, wenn ich unterwegs bin.«

Die Vorstellung, die anderen Kisers kennenzulernen, zu sehen, wie sie auf die Ankunft der Babys reagierten, während sie danebenstand, würde ihr nur noch schmerzlicher bewusst machen, dass sie all das nicht hatte.

»Dürfte ich vielleicht morgen wiederkommen?« Sie verspürte den Drang zu weinen, und ihre Kehle war wie zugeschnürt. Sie wurde rot, weil sie ihre Gefühle nicht besser verstecken konnte, und wünschte, sie wäre wenigstens einmal im Leben normal. »Ich könnte auch meine Schwester Claire mitbringen. Wäre das in Ordnung?« Langsam wich sie vom Sofa zurück.

Eveline, der nun allmählich die Erschöpfung von der Geburt anzusehen war und die kaum noch die Augen offen halten konnte, schien Lilys Nervosität nicht zu bemerken. »Das würde mich freuen.«

Als Lily sich umdrehte, rief Eveline sie noch mal zu sich. »Lily«, sagte sie und rückte die Babys in ihren Armen zurecht, »ich weiß nicht, wie ich dir jemals danken kann.«

Lilys Stimme brach, als sie erwiderte: »Ich – es sind hinreißende Babys, Mrs. Kiser.« Dann drängte sie sich an Andrew vorbei, nestelte fahrig an ihrem zerrissenen Ärmel herum und bemühte sich, nicht einfach loszurennen.

»Hey.« Andrew holte sie ein. »Ist alles in Ordnung mit dir?«

Sie ignorierte ihn und hoffte, er würde sich einfach zurückfallen lassen – oder sie würde sich in Luft auflösen. Aber er hielt sie auf und musterte besorgt ihr Gesicht.

»Ich fühle mich nicht so wohl.« Und das stimmte sogar. Sie legte sich die Hand auf die Stirn.

Da berührte er sanft ihren Rücken, nur ganz kurz. »Setz dich doch. Es besteht doch kein Grund zur Eile.«

Abrupt wich sie vor ihm zurück. »Fass mich nicht an!«

Er schrak zurück, als hätte sie ihn geohrfeigt, und wurde bleich. »Tut mir leid. Ich ...«

Da schlug sie die Hände vors Gesicht und fing an zu weinen. Sie wusste nicht, wie ihr geschah. Sie wollte ihn schlagen und anschreien, gleichzeitig um Verzeihung anflehen, in den Wald rennen und für immer dortbleiben.

»Es tut mir leid«, schluchzte sie.

Da spürte sie, wie sich sein starker Arm, warm und tröstend, um ihre Schultern legte und sie an seine Brust drückte. Er strich ihr nicht über den Rücken, berührte sie nicht mehr als notwendig, sondern hielt sie einfach fest, als würde sie sonst zusammenbrechen.

Sie wollte mit dem Weinen aufhören, aber in ihr zerbrach etwas. Sie versuchte, ruhig zu atmen, doch sie konnte nur stockend schluchzen. Und immer noch hielt er sie wortlos fest.

Sie erschauerte. Langsam versiegten ihre Tränen. Sie spürte, wie sein Baumwollhemd nass gegen ihre Wange drückte. Der Arm um ihre Schultern bewegte sich nicht. Irgendwo in den Bäumen hörte sie einen Blauhäher, das Plätschern des Bachs in der Nähe. Und doch rührte sie sich nicht, sondern hatte das Gesicht im Hemd dieses Fremden vergraben – eines Fremden, den sie mit Äpfeln beworfen und angeschrien hatte und vor dem sie zusammengebrochen war.

Als sie sich von ihm löste, nahm er den Arm von ihren Schultern.

»Tut mir leid«, sagte sie noch einmal. »Ich weiß nicht, was über mich gekommen ist.«

Der junge Mann mit den himmelblauen Augen betrachtete fast zärtlich ihr Gesicht. Zwar konnte sie ihre Trauer nicht in Worte fassen, aber an seinem Blick sah sie, dass er sie zu verstehen schien.

»Ich möchte dich gerne nach Hause bringen«, sagte er entschieden.

Als sie sich mit dem Arm über die Augen wischte, fiel ihr wieder der Riss an ihrer Schulter auf. Müde blickte sie zu ihm auf. »Ich sehe schrecklich aus, nicht wahr?«

»Ja«, antwortete er und lächelte belustigt. »Katastrophal.«

Sie schnaubte. »Dabei wollte ich doch einen guten ersten Eindruck machen.«

»Eindruck hast du auf jeden Fall gemacht. Wahrscheinlich werde ich nie wieder an diesem Baum vorbeigehen, ohne um mein Leben zu fürchten.«

Sie verdrehte die Augen und lächelte verlegen.

»Hast du je daran gedacht, dich bei der Armee zu melden?«, zog er sie auf. »Wenn du über den Ozean kämst, würden die Deutschen nach einem Tag kapitulieren.«

Lachend verschränkte sie die Arme. »Du genießt das wohl auch noch, oder?«

»Ja, sehr.« Er grinste verschmitzt und hielt ihren Blick fest, bis sein Lächeln sanfter wurde. »Komm schon, Lilymädchen, bringen wir dich nach Hause.«

Sie legte den Kopf schräg.

»Was ist?«

»Du hast mich Lilymädchen genannt.«

»Hm.« Er schien kurz darüber nachzudenken. »Ja, das stimmt wohl.«

Sie überquerten den Hügel und gingen Seite an Seite auf die Sonne zu, die die Pflanzen am Wegrand und die Steine in ein warmes Licht tauchte. Bei jedem Schritt schrammten Lilys alte Arbeitsstiefel, die sie von ihrem Vater geerbt hatte, an ihren Schienbeinen. Sie waren viel zu groß, aber sie bekam schon seit Jahren keine Blasen mehr davon.

Sie trat von der grasbewachsenen Böschung mitten auf die Straße, ohne nach links und rechts zu sehen. Als sie Andrew etwas zeigte, streifte ihr Arm seine Brust.

»Da unten wohnen die Muellers. Schweinebauern.«

Andrew rümpfte die Nase. »Überrascht mich nicht.«

»Die werden euch sicher auch bald besuchen. Peter Mueller ist etwa so alt wie du. Ihr zwei werdet euch sicher gut verstehen.« Sie musterte ihn neugierig. »Ich hoffe, es stört dich nicht, wenn ich das sage, aber du siehst gar nicht wie ein Farmer aus.«

»Nicht?« Verlegen schob er die Hand in die Hosentasche und fragte sich, ob sie damit seine Verletzung meinte. Als er einen Blick zu ihr riskierte, war er beruhigt, denn sie sah ihn offen und ohne jedes Mitleid an. »Tja, ich schätze, es ist egal, ob ich so aussehe oder nicht. Wichtig ist nur, was ich jetzt bin.« Er konnte seinen Blick nicht von ihren Augen lösen.

»Ich wollte mich eigentlich immer um Tiere kümmern.« Seine Stimme wurde leiser. »Ich weiß, das klingt albern, aber das ist es eben, was ich schon immer machen wollte. Ihnen helfen, weißt du?«

Da wurden ihre Augen groß, als wäre sie überrascht, und er erkannte, dass sie das überhaupt nicht albern fand. Er wagte sich weiter vor.

»Manchmal reden sie mit mir.« Lachend verbesserte er sich. »Also, nicht mit Worten, aber ich habe das Gefühl, sie verstehen zu können. Wenn man mal darüber nachdenkt, unterscheiden sie sich nicht besonders von uns Menschen. Sie haben Gefühle wie wir, spüren Angst und Wut.«

Sie biss sich auf die Unterlippe. »Ich zeichne manchmal Tiere. Nicht besonders gut, aber dann fühle ich mich ihnen näher, wie du gesagt hast. Bei ihnen muss ich mich nicht verstecken oder verstellen.« Sie presste die Lippen zusammen, als hätte sie zu viel gesagt.

Andrew lächelte sie breit an. In diesem Moment empfand er eine tiefe Zuneigung zu ihr.

»Ich finde es schön, dass du dich um Tiere kümmerst. Das macht dich zu einem guten Menschen«, sagte sie.

»Gut sind bestimmt auch die Menschen, die Babys zur Welt bringen können.« Er zwinkerte ihr zu.

Sie schwiegen eine Weile. Dann warf sie ihm einen kurzen Blick zu und schaute wieder auf ihre alten Arbeitsstiefel. »Darf ich dir eine Frage stellen? Mrs. Kiser ist nicht deine Ma, oder?«

»Nein, meine Tante.« Er kickte ein Steinchen über die Straße.

»Wo sind denn deine Eltern?«, fragte sie behutsam.

»Meine Mutter ist in Holland. Und mein Vater ist gestorben.« Als er verstummte, sah sie ihn offen an, als warte sie auf eine Erklärung. Doch als er nicht weitersprach, lief sie schweigend weiter.

Er wollte nicht an den Tod denken, sondern einfach weiter mit diesem Mädchen reden, das ein so sanftes Lächeln und so zärtliche Augen hatte. Zum ersten Mal seit seinem Unfall war ihm leicht ums Herz. Um ihre Aufmerksamkeit auf sich zu lenken, stupste er leicht mit dem Ellbogen gegen ihren Arm. »Übrigens ist mein Nachname nicht Kiser, sondern Houghton.«

Aus dem Augenwinkel bekam er mit, wie sie ihn musterte. »Mein Vater war Bergarbeiter im Fayette County«, erklärte er. »Ist bei einem Grubenunglück umgekommen.«

Lily ging abwesend weiter und starrte mit leerer Miene vor sich hin. »Hast du dabei deinen Arm verloren?«, fragte sie. »In der Mine?«

Er wandte den Kopf ab und biss die Zähne zusammen. »Nein. Ich hab mit meinem Onkel bei der Eisenbahn gearbeitet. Einmal war ich auf dem Dach des Zugs und ... bin runtergefallen.«

Als er sich ihr zuwandte, traf ihn ihr offener Blick.

»Du kannst von Glück sagen, dass du noch lebst«, stieß sie hervor.

So hatte er das noch nie gesehen. »Wahrscheinlich schon. Fast hätte mich das Fieber umgebracht.«

Ganz leicht berührte sie mit ihrem Ellbogen den seinen. »Ich bin froh, dass es nicht so gekommen ist.«

Eine Weile schwiegen sie, dann fragte sie: »Vermisst du deine Eltern?«

»Ja.« Er lächelte, als er ihre forschende Miene sah, den Ernst ihrer Frage erkannte. »Meinen Vater vermisse ich sehr. Er war ein guter Mensch. Aber eigentlich vermisse ich beide.«

Ein Windzug ließ Lilys Haare um ihren Hals flattern. »Ich habe nicht viele Erinnerungen an meinen Vater«, sagte sie. »Und die wenigen, die ich habe, sind nicht schön.«

Er spürte, wie schwer es ihr fiel, darüber zu sprechen. »Das tut mir leid.«

Sie zuckte die Achseln. »Meine Schwester ist meine Familie.«

»Und dein Schwager.«

Da schoss sie ihm einen hitzigen Blick zu. »Der zählt nicht. Er ist nur der Mann meiner Schwester. Ich musste sogar seinen Nachnamen annehmen.«

Den restlichen Weg zum Haus der Mortons legten sie über Belangloses plaudernd zurück, aber sie spürten eine warme Verbindung, für die sie keine Worte gefunden hätten. Und als sie sich dem langen, gefurchten Schotterweg durch die Bäume näherten, wünschte Andrew, ihr Spaziergang würde noch viel länger dauern.

Das Haus war anders, als er erwartet hatte, und sein Anblick bedrückte ihn. Die Fassade war vom Wetter geschädigt, die Farbe abgesplittert und gewellt. Die Platten des Steinwegs waren so schlimm gesprungen, dass man sie nicht mehr betreten konnte, sondern daneben gehen musste.

Lily wurde immer stiller, und als sie sich der verzogenen Fliegentür näherte, kam es Andrew vor, als hätte er sie nie lächeln sehen.

»Claire?«, rief sie und spähte in die Küche. »Claire, bist du da? Ich wollte dir unseren neuen Nachbarn vorstellen.«

Darauf kam keine Antwort, bis sie über dem Knacken der Dielen unter ihren Schritten ein ersticktes Schluchzen hörten. Lily eilte in die Küche, wo eine Frau in Evelines Alter in einer Ecke kauerte, neben sich einen umgekippten Drahtkorb. Sie saß in einer gelblichen Pfütze, in der Eierschalen schwammen. Lily kniete sich neben ihre Schwester und strich ihr über das blonde Haar. »Was ist denn los, Claire?«

Zitternd starrte die Frau auf die zerbrochenen Eier. »I-i-ich hab sie z-z-zerbrochen, Lil. Alle zerbrochen. Ich hab ...«

Andrew fing an, die Schalen aufzusammeln, und warf sie in den Komposteimer. Das Eigelb tropfte ihm von den Fingern.

»Doch nicht mit Absicht, Claire«, flüsterte Lily ihr beruhigend zu und streichelte über ihr Haar. »Du musst dich nicht so aufregen.« Sie nahm ihre ältere Schwester in die Arme, als wäre sie ein Kind. »Ist nicht schlimm, Claire. Versprochen.«

Andrew fing an, mit einem nassen Handtuch den Fußboden zu wischen. Aber Claire wurde trotz der tröstenden Worte ihrer Schwester immer aufgebrachter und rief: »Ich hab sie alle zerbrochen!«

Lily drückte sie fest an sich, obwohl Claires Körper zuckte. Als Andrew sich neben den beiden niederlassen wollte, schüttelte Lily nur den Kopf und formte mit den Lippen die Worte: *Geh einfach.*

Er ignorierte sie, nahm Claires Hand und hielt sie fest in seiner. »Sehen Sie mich an, Claire«, befahl er sanft. Doch sie war nicht zu beruhigen. Er drückte ihre Hand fester.

»Claire, es ist alles weg. Alles ist gut.« Er ließ ihre Finger los und zeigte auf den Boden um sie herum. »Sehen Sie?«

Sie starrte blinzelnd auf die Dielen, als würde sie endlich aus einem Alptraum erwachen. »Es ist alles gut«, wiederholte er. »Wir haben noch viele Eier. Lily wird Ihnen einen ganzen Korb bringen, mehr, als Sie essen können.«

Claires feuchte Augen leuchteten auf.

»Dann backe ich eben morgen Kuchen.« Sie drückte Lilys Hand. »Du bringst mir die Eier, ja?«

Lily nickte mit zusammengebissenen Zähnen, sie wirkte erschöpft.

Claire stand auf und strich sich über den Rock. Als hätte sie ihren Kummer schon völlig vergessen, sagte sie zu Andrew: »Für Sie backe ich auch einen Kuchen, ja?«

Er nickte und versuchte zu lächeln. Aber ihm war zu schwer ums Herz.

»Gut.« Ohne ein weiteres Wort ging sie zur Spüle, nahm den Komposteimer und brachte ihn nach draußen. Laut knallte die Fliegentür hinter ihr zu.

Andrew starrte ihr nach und wandte sich dann Lily zu, die ihn voller Wärme ansah. Ohne Vorwarnung wurde er rot, weil ihn die Dankbarkeit in ihrem Blick bis ins Mark traf.

»Danke.«

Er betrachtete ihr Gesicht. »Ich habe nur die Eier aufgeräumt«, erwiderte er.

Lily runzelte die Stirn. »Es sind nicht alle so nett zu ihr.«

Andrew starrte betreten auf seine Füße. Dann drehte er sich um, und sie gingen denselben Weg zurück, den sie gekommen waren.

20. KAPITEL

Edgar und Will kehrten mit Hosentaschen voller rot-weißer Pfefferminzbonbons aus der Stadt zurück. Wilhelm brachte Säcke mit Mehl, Zucker und Salz mit, dazu Eier, Milch, Käse, Rind- und Lammfleisch. Er hatte den Wagen mit Farbe, neuen Sägen, Meißeln, Hämmern, Metallplatten und Teerdachbahnen beladen. Er trug einen Eisblock für den Eisschrank ins Haus, der in Zeitungspapier eingeschlagen und in Sägespänen gelagert worden war. In seiner Hand hielt er eine drei Seiten lange Liste mit Vorräten, die er für die Farm bestellt hatte. Eis und Brot würden zweimal die Woche geliefert werden, Milch und Eier alle zwei Wochen, bis die Farm selbst genügend produzierte. Aber gegen die zwei neuen Familienmitglieder Otto und Harold Kiser verblassten alle Eindrücke aus der Stadt.

Da Eveline nicht still liegen konnte, hatte sie sich gewaschen und angezogen und wartete auf ihre Familie. Zwar hatte sie noch Schmerzen nach der Geburt, aber das war nichts im Vergleich zu dem Unbehagen, das ihr die gegen ihren Bauch boxenden Zwillinge beschert hatten.

Als Wilhelm zurückkehrte und sie mit seinen neu geborenen Söhnen im Schaukelstuhl sitzen sah, blühte er zum ersten Mal, seit er entlassen worden war, wieder auf.

»Ich fahre morgen noch mal in die Stadt und bringe einen Arzt mit«, versprach er, als er die winzigen Jungen im Arm hielt, die in Edgars alte Babydecke gewickelt waren.

»Nicht nötig.« Eveline stand auf und streckte sich vorsichtig. »Ich danke Gott, dass Lily Morton da war.«

»Hätte dich nicht allein lassen dürfen«, bemerkte Wilhelm knapp.

»Sie hat mich nicht allein gelassen.« Eveline berührte eines der winzigen Händchen, die sich zu Fäusten schlossen und wieder öffneten. »Das arme Mädchen hat unsere Kinder geholt! Du hättest ihren Gesichtsausdruck sehen sollen, als sie ging. Man hätte meinen können, die Wehen hätten ihr schlimmer zugesetzt als mir.«

»Ich meine nicht das Mädchen.« Wilhelm presste die Lippen zusammen. »*Ich* hätte dich nicht allein lassen dürfen.« Sein Blick huschte kurz zu ihr und dann wieder zu den Babys. »Was, wenn sie nicht da gewesen wäre?«

»Dann hätte Andrew seinen Enkeln eine gute Geschichte erzählen können.« Sie rieb sich über den Bauch. »Er hätte sich darum gekümmert. Schließlich hat er schon genügend Tieren geholfen, ihre Jungen zu Welt zu bringen, um zu wissen, was zu tun ist.«

»Das bezweifle ich.«

Da hielt sie inne und bemerkte seine finstere, verbitterte Miene. »Ist in der Stadt etwas vorgefallen?«

»Wusstest du, dass alle deutschen Speisen umbenannt werden? Ich dachte, das wäre nur in Pittsburgh so. Als ich mit den Jungs essen ging, hießen die Hamburger plötzlich Liberty Sandwichs und aus Sauerkraut wurde Liberty Cabbage.« Er lachte leise und freudlos. »Bevor wir uns versehen, ändern sie auch noch unseren Namen.«

»Sind doch nur Speisen, Wilhelm.«

Er hörte ihr gar nicht zu, sondern fiel ihr ins Wort. »Aber jetzt weiß ich, warum Frank Morton mich unbedingt in den Ort bringen wollte.« Als er Otto etwas zu fest an sich drückte, krächzte das Baby leise. Daraufhin übergab er es seiner Frau, und die wiegte es, bis es sich wieder beruhigte.

»Er ließ mich ganz schlecht dastehen, Eve.« Wieder spannte er sich an, achtete aber darauf, den schlafenden Harold nicht zu wecken. Eve wiegte Otto und konzentrierte sich auf das, was Wilhelm zu sagen hatte.

»Morton hat uns tatsächlich erst mal rumgeführt. Hat uns zum Postamt begleitet, zum Schlachter, zur Brauerei, zum Laden von Campbell. Hat ständig über meinen neuen Traktor und meine Investitionen geredet.« Eve hörte ihrem Mann aufmerksam zu, weil sie nicht wusste, worauf er hinauswollte.

»Dann fing das Gerede an.«

»Welches Gerede denn?«

»Über den Krieg, Eve! Was denn sonst.«

»Rede nicht so mit mir«, warnte sie ihn. Sie hatte gerade zwei Kinder zur Welt gebracht und würde diesen Ton nicht dulden.

»Entschuldige.« Wilhelm verzog bedauernd den Mund. »Es war nur so, dass mich auf einmal der halbe Ort fragte, wie viele Kriegsanleihen ich denn kaufen wolle. Und wie viele Sparmarken von der Post. Wie viel ich fürs Rote Kreuz spenden würde. Ich stand da wie jemand, der nichts für die Alliierten tut, weil er aus Deutschland kommt.« Er reichte Eveline das andere Baby. »Frank hat mich reingelegt.«

Männer! Eveline brauste auf. »Frank Morton hat dir geholfen, Wilhelm Kiser. Er war so freundlich, dich und die

Jungen in die Stadt zu fahren und ein gutes Wort für dich einzulegen. Du solltest ihm danken, anstatt gegen ihn zu wettern.«

»Nein.« Wilhelm blickte starr geradeaus. »Ich hab solche Männer schon kennengelernt, Eve. Die machen nichts ohne Hintergedanken.« Dann lachte er. »Aber er hatte sich verrechnet. Du hättest die Gesichter sehen sollen, als ich im Laden keinen Kredit brauchte. Hab sie ganz schnell in ihre Schranken verwiesen.« Sein Blick flackerte, als er murmelte: »Liberty Sandwichs, verdammt noch mal.«

21. KAPITEL

Lily machte sich noch vor Sonnenaufgang auf den zwei Meilen weiten Weg. Sie freute sich, dass die Kisers hergezogen waren, und sie freute sich darauf, die Babys wiederzusehen, ihre Händchen und Füßchen zu streicheln.

Sie eilte den Weg zum Haus hinunter und hoffte nur, die Familie säße noch nicht beim Frühstück. Da aus einem der oberen Fenster Licht drang, trat sie durch die offene Hintertür ein. Im Haus war es ruhig. Sie ging direkt in die Küche, legte Holz in den großen Ofen und zündete ein Scheit mit einem Streichholz an. Aus der Vorratskammer holte sie die Zutaten fürs Frühstück und kochte Kaffee in der schwarzen Kanne. Sie nahm zwei Pfannen vom Haken, schnitt den Speck zum Braten und rührte dann Teig für die Pancakes an.

»Ach du meine Güte, Kind, was machst du denn hier?«

Als sie Evelines Stimme hörte, schrak sie zusammen. »Oh, ich hoffe, Sie haben nichts dagegen, Mrs. Kiser. Ich wollte Sie mit einem schönen Frühstück und einer sauberen Küche überraschen.« Sie strich sich eine Haarsträhne aus der Stirn. »Ich habe mich schrecklich gefühlt, als ich Sie gestern allein gelassen habe«, sagte sie schuldbewusst. »Ich hätte nicht einfach gehen sollen, nachdem Sie die Babys bekommen hatten.«

Sprachlos, den Morgenmantel eng um sich gewickelt, starrte Eveline aufs Feuer. »Wann bist du denn von zu Hause aufgebrochen?«

»Um halb fünf. Ich melke früh, sonst werden die Euter so voll.«

Eveline setzte sich und starrte das Mädchen verwirrt an. Immer langsamer rührte Lily den Teig. Eigentlich hatte sie Eveline etwas Gutes tun wollen, aber jetzt beschlich sie das Gefühl, dass sie vielleicht besser nicht einfach in ihrer Küche hätte auftauchen sollen. Blasen platzten im gelben Teig auf. Irgendwie wusste sie nie, was richtig und was falsch war; sie wünschte, sie hätte eine Mutter gehabt, die ihr Manieren beigebracht hätte.

»Ich hätte wohl erst nachfragen sollen, anstatt einfach so bei Ihnen reinzuplatzen«, sagte sie leise und verschämt. Sie kam sich so dumm vor. Sie hatte kein Recht, einfach in ein fremdes Haus einzudringen.

Da lachte Mrs. Kiser so herzlich, dass sie sich auf dem Stuhl zurücklehnen musste. Als ihr Lachen schließlich verstummte, sah sie Lily lächelnd an. »Ich glaube, das ist das Netteste, was je irgendjemand für mich getan hat.«

»Da bin ich aber froh.« Lily stieß einen Seufzer der Erleichterung aus und machte sich mit neuem Schwung daran, den Teig in die heiße Pfanne zu löffeln. »Wie fühlen Sie sich?«

»Besser als während meiner Schwangerschaft.«

»Und die Babys?«

Eveline lehnte sich zurück. Jetzt sah man ihre dunklen Augenringe. »Ich kann nicht behaupten, dass einer von uns geschlafen hat. Die Zwillinge haben die ganze Nacht geschrien.«

»Ich dachte, vielleicht ...« Lily stockte, und ihre Hand mit dem Pfannenheber verharrte über dem Herd. »Also, wenn Sie Unterstützung brauchen, würde ich Ihnen gern mit den Kleinen helfen. Hin und wieder, wenn Sie möchten.«

Wie aufs Stichwort ertönte ein leiser Schrei von oben, gefolgt von einem zweiten, und die Babys schienen einander nur anzuspornen, noch lauter zu weinen.

»Liebe Lily«, sagte Eveline und stemmte sich vom Stuhl hoch, »ich glaube, dich schickt der Himmel.«

Nachdem alle satt vom Frühstück waren, schrubbte Lily die Pfannen, spülte das Geschirr und übernahm dann die Zwillinge, während Eveline sich daranmachte, die neuen Wohnräume weiter einzurichten. Lily wickelte die Zwillinge warm ein, drückte sie vorsichtig an sich und ging mit ihnen an die frische Luft. Zusammen erkundeten sie die Farm. An der Scheune sah sie Mr. Kiser und Andrew einen Maisspeicher reparieren: Sie zogen die Schrauben des Metallrahmens an in Erwartung des Tages, an dem er von Maiskolben und Körnern überfließen würde. Will und Edgar sammelten im Hof Stöcke und trockneten sie in der Sonne, damit sie als Anzündholz verwendet werden konnten.

Lily setzte sich unter den großen Apfelbaum auf einen Stein und spähte hinauf in das Blätterdach mit den immer dunkler leuchtenden roten Früchten. Wochenlang hatte sie im Geäst gesessen und damit gehadert, dass die Kisers hier einziehen würden. Und jetzt war sie so glücklich darüber. Sie drückte die Babys enger an sich und wandte ihre Aufmerksamkeit wieder den Männern an der Scheune zu, bemühte sich aber, nicht allzu offen dorthin zu starren. Andrew war etwa in ihrem Alter, vielleicht ein bisschen älter. Sie beobachtete, wie er mit einem Arm arbeitete, wie seine Gesichtszüge sich verhärteten, wenn er Mühe hatte, etwas zu greifen, oder von seinem Onkel beiseitegeschoben wurde. Sie fragte sich, wie es wohl wäre, nur einen Arm zu haben.

Baby Otto drängte sich an ihre Brust und heulte laut los. Beide Männer schauten auf. Andrew legte seinen Schraubenschlüssel nieder und kam in ihre Richtung. Unsicherheit machte sich in ihr breit, so dass sie am liebsten weggerannt wäre. Stattdessen flüsterte sie dem Baby beruhigende Worte zu und verfluchte sich, weil ihr Herz so hämmerte. Sie stand hastig auf und wandte sich zum Haus.

»Schön, dass du die Babys im Arm hältst und mich nicht mit Äpfeln bewerfen kannst«, hörte sie Andrew hinter sich scherzen.

Beim Klang seiner Stimme blieb sie wie angewurzelt stehen und drehte sich um, obwohl alles in ihr sie drängte wegzulaufen. Sie wusste nicht warum, aber sie wurde in seiner Gegenwart so nervös wie ihre Schwester.

Andrew kam ihr noch näher. »Ich habe dir noch gar nicht fürs Frühstück gedankt. Die beste Mahlzeit seit einem Jahr.« Er lächelte sanft und sah dabei wunderschön aus, denn seine Zähne unter der geschwungenen Linie seiner Oberlippe waren weiß und ebenmäßig. Sie wurde rot, wusste nicht, wie ihr geschah. Obwohl sie von der Wärme der Zwillinge einen Schweißausbruch bekam, drückte sie sie noch enger an sich und mied Andrews Blick.

»Ach, das war doch nichts.« Wieder wollte sie sich zum Haus wenden, weil sie Luft zum Atmen brauchte.

»Komm.« Er trat noch näher zu ihr. »Lass mich einen der beiden nehmen.«

»Nein.« Sie wich zurück und spürte, wie brennende Hitze ihr den Hals hinaufstieg.

»Oh.« Überrascht presste er die Lippen zusammen.

»Nein, ich meine nur ...« Sie wich noch weiter zurück. »Sie haben Hunger. Deshalb sind sie so unruhig.« Daraufhin nickte Andrew, drehte sich um und ging langsam zum Maisspeicher zurück. Lily lehnte ihre Stirn sanft gegen Harolds. Ihr war schwindelig. Schwindelig und bang, und sie wusste nicht, warum.

Obwohl Lily Andrew nicht anstarren wollte, ertappte sie sich ständig dabei, wie ihr Blick zu ihm wanderte, sobald er auftauchte. Sie beobachtete ihn bei all seinen Aufgaben. Seine Haut bräunte sich schon von der Arbeit im Freien, sein Gesicht wirkte vor lauter Konzentration immer angespannt und entschlossen. Doch was sie wirklich fesselte, war die Wärme, die er ausstrahlte. Es war, als würde seine Wärme in sie dringen, ihr Farbe in die Wangen treiben und ihren Magen vor Nervosität brennen lassen, sobald er sich näherte.

Nachdem Lily den ganzen Tag bei den Kisers gearbeitet hatte, kehrte sie am Abend in derselben düsteren Stimmung zurück, in der sie am Morgen aufgebrochen war. Ihre Gedanken waren schwer von einer nicht fassbaren Last. Bei den Kisers fühlte sie sich wohl. Zwar war das Haus baufällig und von Schimmel befallen, aber die Babys, die herzliche Familie, das allgegenwärtige Lächeln taten Lily gut.

Als Andrew vor ihrem inneren Auge auftauchte, wurde ihr erneut so heiß, dass sie schlucken musste. Er war immer so nett zu ihr, dabei konnte sie nicht mal mit ihm reden, ohne am liebsten wegrennen zu wollen. Vielleicht machte er sich im Stillen über sie lustig. Bei dieser Vorstellung wurde ihr flau im Magen. Sie war oft genug in der Stadt gewesen, um zu wissen, wie hübsche Mädchen aussahen, und sie gehörte ganz gewiss nicht dazu. Die jungen Frauen im Ort hatten saubere Kleider aus dem Laden und Satinbänder im Haar. Sie trugen glänzende Schuhe und Strümpfe, in denen ihre Beine länger wirkten. Bislang war sie nie auf diese Mädchen neidisch gewesen, nur neugierig.

Sie dachte an Andrews blaue Augen, die ihr so klar und tiefgründig erschienen, als könnten sie sogar ihre Haut durchdringen, als blickten sie geradezu durch sie hindurch. Dabei sollte doch niemand wissen, wie es in ihr aussah. Es war immer sicherer, sich zu verstecken.

Niedergeschlagen und in Gedanken versunken betrat Lily das schäbige Haus der Mortons. Wahrscheinlich hatte sie die Gastfreundschaft der Kisers überstrapaziert, aber sie hatte einfach nicht gehen wollen, hätte am liebsten im Geäst des Apfelbaums übernachtet, wenn sie gekonnt hätte. Mit Freuden hatte sie Eveline geholfen, die Zwillinge zu beruhigen und die älteren Jungen zu Bett zu bringen. Dabei hatte sie sich gut gefühlt. Nützlich.

Im Haus brannte kein Licht bis auf die Öllampe, die Claire in der Küche angelassen hatte. Lily drehte die Flamme herunter und ging nach oben in ihr Zimmer. Durch die Wand hörte sie Franks Schnarchen. Lily zündete den Docht ihrer alten Lampe an und dimmte so weit wie möglich das Licht. Sie holte unter ihrer Matratze ein Skizzenbuch und einen Bleistift hervor, der nur noch die Hälfte seiner ursprünglichen Länge hatte. Sie blätterte durch das Buch, dessen Seiten voller Zeichnungen waren. Dies war ihr Schatz, ihr einziger Besitz.

An diesem Abend zeichnete sie einen kleinen, verletzlichen Hasen mit großen, dunkel schimmernden Augen in einem Wäldchen. Er spähte sehnsüchtig hinauf in die Äste und Blätter, weil er viel lieber dort sein wollte als sich im tiefen Gras verstecken zu müssen. Das flackernde Licht schien auf ihren Nachttisch und ließ die Augen des Hasen lebendig wirken. Sie klappte das Buch zu und versteckte es zusammen mit dem Stift wieder unter der Matratze.

Als sie ihre Hand betrachtete, fiel ihr auf, dass ihre Handfläche an der Seite grau war vom Graphit. Während sie zur Decke mit dem abbröckelnden Putz blickte, kamen ihr die Tränen, und ihr wurde wieder schwer ums Herz. *Lass mein Licht nicht ausgehen*, flehte sie im Stillen. Dies war ihr Gebet seit ihrer Kindheit. Als sie die Augen schloss, quollen ihr Tränen aus den Winkeln. Die Dunkelheit bedrängte sie, wollte von ihr Besitz ergreifen. *Nein, keine Schwäche zeigen.* Trotzig biss sie die Zähne zusammen. *Du kriegst mich nicht.* Jetzt weinte sie wirklich, unterdrückte aber jeden Laut, damit niemand sie hören konnte. *Bitte, Gott,* betete sie in die unendliche Stille, *bitte lass mein Licht nicht ausgehen.*

22. KAPITEL

Andrew bekam das kleinste Zimmer im Haus. Nachdem er mit Will und Edgar die Wände gestrichen hatte, stapelten sie seine Habseligkeiten und Bücher auf dem Schreibtisch. Will nahm Andrews Football, dessen rissiges Leder an den Spitzen geflickt war. »Du spielst Football?«, fragte er.

»Früher.« Andrew presste kurz den Deckel auf die Farbdose und hämmerte den Rand fest. »Wenn du willst, kannst du den haben.«

Der kleine Junge strich über den Ball. »Spielst du mit mir? Mit Edgar und mir?«, fragte er zögernd.

»Es ist schon zu spät. Morgen vielleicht«, antwortete Andrew halbherzig und zerstreut. Er war schon den ganzen Tag gereizt gewesen. »Geht doch jetzt ins Bett. Ich mach das hier allein fertig.«

Will trat näher zu ihm. »Ich könnte dir helfen.«

Ich brauch keine Hilfe, hätte er am liebsten gebrüllt, presste aber nur die Lippen zusammen und ignorierte das Angebot des Jungen.

Will warf den Ball leicht in die Höhe, aber als er ihn wieder auffangen wollte, landete er auf einem der Pinsel und katapultierte ihn auf den Boden, so dass weiße Farbe auf die Dielen spritzte.

»Tut mir leid ...« Will jagte dem Ball nach, aber Andrew erwischte ihn als Erster.

»Hau jetzt einfach ab«, knurrte Andrew. Ohne Vorwarnung geriet er in Rage. »Haut beide ab. Lasst mich einfach mal in Ruhe, ja?«

Edgar und Will ließen die Köpfe hängen. »Wir wollten doch nur helfen«, maulte Will.

Andrew wandte sich ohne eine Antwort ab und fing an, die Farbspritzer auf den Dielen mit einem alten Lappen wegzureiben. Da schoben sich zwei Ärmchen von hinten um seine Taille. »Tut mir leid«, ertönte eine leise Stimme. Dann verließen die beiden Jungen das Zimmer und zogen die Tür hinter sich zu.

Andrew warf den Lappen auf die Dielen, ließ sich zu Boden sinken und rieb sich über die Stirn. Er starrte auf die frisch gestrichenen Wände, auf die Flecken und unregelmäßigen Streifen an den Stellen, die seine Cousins gestrichen hatten. Er hätte nicht so schroff zu ihnen sein dürfen. Als er an Wills zerknirschte Miene dachte, bekam er ein schlechtes Gewissen. Schließlich waren es an den meisten Tagen diese beiden Jungen, die ihn die Schmerzen, die Trauer und das Heimweh vergessen ließen, die stets in ihm lauerten.

Aber heute hatten ihm nicht mal die beiden helfen können. Denn am Morgen war ein Telegramm von seiner Mutter eingetroffen. Darin stand nur eine Adresse, sonst nichts. Kein Wort über die Reise. Kein Wort vom Krieg oder ihrer Gesundheit. Keine Erinnerung an seinen Vater, keine Erwähnung seiner Verletzung. Nur ihre Adresse. Offenbar war der Schmerz über die Verletzung ihres Sohnes nach dem Verlust ihres Mannes mehr, als sie ertragen konnte.

Andrew würde es morgen wiedergutmachen und mit seinen Cousins spielen, bis es dunkel wurde. Aber er wusste, dass er nicht nur wegen des Telegramms die Fassung verloren hatte. Er kam dieser Familie zu nahe. Ein Leben im Kohlerevier hatte ihn rasch gelehrt, dass es gefährlich war, sein Herz zu verschenken; in den Minen konnte auf jede Begrüßung ein grausamer unerwarteter Abschied folgen. Er hatte seine Lektion gelernt: Das Leben nahm einem oft, was man am meisten liebte.

Andrew säuberte die Farbdosen, die Pinsel und den Boden. Danach stützte er die Hand in die Hüfte und begutachtete sein Zimmer. Sein Zuhause. Dabei hatte er sich nie heimatloser gefühlt.

Sein Fenster stand weit offen, und die milde Nachtluft duftete süß nach Flieder und Geißblatt. Andrew zog sein T-Shirt aus, um sich abzukühlen, setzte sich im Schneidersitz auf die Bettdecke und ließ die Erkennungsmarke seines Vaters wie ein Pendel zwischen den Fingern schwingen. Er dachte an seine Unfähigkeit, seine Aufgaben schnell und effizient auszuführen. Er hatte an diesem Tag versucht, Felsbrocken für die neue Steinmauer zu schleppen, konnte sie aber nicht mit einer Hand festhalten. Also hatte er kleinere Steine genommen, um sie mit der Schubkarre zu transportieren. Doch als er sie anhob, kippte sie zur Seite, und die Steine kullerten wieder hinaus. Das Dach konnte er nicht decken, weil er sich nicht festhalten konnte. Er war der Erste, der morgens aufstand, und der Letzte, der abends zu Bett ging, und doch schaffte er nur einen Bruchteil dessen, was er früher zustande gebracht hatte.

Andrew hörte auf, die Erkennungsmarke hin und her zu pendeln, und starrte auf das verbogene Metall, als wollte er dort Antworten finden. »Ich weiß nicht, wie ich das schaffen soll«, flüsterte er seinem Vater zu. »Ich weiß einfach nicht, was ich machen soll.«

Er zwang sich, seine linke Schulter anzusehen. Alles in ihm sträubte sich dagegen, doch er hielt den Blick fest auf das unnatürlich wulstige Fleisch, die hässlichen Narben gerichtet. Allein vom Anblick der Amputation wurde ihm speiübel, dabei war dieser Körper doch alles, was ihm geblieben war. Diese Narben würde er für den Rest seines Lebens nicht mehr los.

Schließlich löste er den Blick davon und ließ die Erkennungsmarke auf den Quilt fallen. Weit entfernt in den Wäldern heulte klagend ein Kojote. Ein zweiter stimmte ein, und dann erfüllte gespenstisches Gebell die eben noch so stille Nacht. Er spähte aus dem Fenster, konnte aber nirgends Licht oder ein Haus erkennen. Er fragte sich, ob er als Einziger noch wach war.

Er schob die Anstrengungen des Tages und die Gedanken an das Telegramm beiseite und dachte stattdessen an Lily mit ihren grünen Augen und den goldenen Haaren, die weiter die Straße hinauf wohnte. Ob sie schon in ihrem Bett schlief? Grinsend spürte er, wie sich seine Stimmung hob. Lily Morton hatte etwas Wildes und gleichzeitig Anmutiges an sich: eine schlichte, natürliche Schönheit, die die Hoffnung ausstrahlte, dass dieses Land niemals gezähmt werden könnte, sondern immer ungehindert blühen würde.

Gott sei Dank hat sie die Babys auf die Welt geholt, dachte er wohl zum hundertsten Mal. Er ließ sich auf sein Kissen fallen und fuhr sich so ungestüm mit den Fingern durch die Haare, dass sie zu allen Seiten abstanden. Er wusste, dass Lily genauso viel Angst gehabt hatte wie er selbst.

Er wartete darauf, dass ihn der Schlaf überwältigte, während seine Gedanken weiterhin um das Mädchen in dem zerrissenen grünen Kleid und den alten Arbeitsstiefeln kreisten, und musste unwillkürlich lächeln. Lily war wie eine Blumenwiese. Als er sich auf die Seite drehte, prickelten seine Nerven unangenehm an der verletzten Schulter. Und er, dachte er mit sinkendem Mut, war wie ein Baumstumpf am Rand.

Die Kühe von der Milchfarm im Cumberland County trafen ein und wurden in den Stall gebracht. Dahinter grunzten die neuen Schweine. Das Pferd und die Hühner sollten in wenigen Tagen kommen. Familie Kiser gewöhnte sich allmählich an das Farmleben, in dem es ständig etwas zu tun gab. Zuerst fiel ihnen die Umstellung vom Leben in der Stadt schwer, doch sie fügten sich rasch in die neuen Abläufe.

Andrew und Wilhelm reparierten die Risse in der Scheune mit neuen Brettern. Sie verstärkten das Fundament mit Steinen und Mörtel. Wilhelm deckte die Löcher im Dach mit neuen Schindeln, die Andrew ihm hochreichte. Frisches, staubiges Heu bedeckte den Heuboden und stapelte sich an den Wänden der Scheune. Da die Zufahrt immer noch unpassierbar war, mussten die Heuballen erst mit Forken und Gabeln vom Wagen gehievt und dann mit Schubkarren weitertransportiert werden, was mühsam und langwierig war.

Weil die Sickergrube längst voll war, rief man Facharbeiter, die sie zuschütteten, eine neue gruben und das morsche Holzhäuschen darüberzogen.

Nach dem Abendessen arbeitete Andrew im Hühnerstall und schaufelte den fast dreißig Zentimeter hohen Belag aus Hühnermist und Getreidehülsen vom Boden. Zwar stank der längst nicht mehr, aber von den Federn und Hinterlassenschaften der Hühner juckte ihm die Haut. Gerade hob er eine Schaufel voll Dreck an und stemmte sich den Holzgriff gegen die Schulter, da kam Will den Hügel heraufgerannt.

»Andrew!«, brüllte er schon von Weitem. Der kleine Edgar folgte ihm dichtauf. Andrew lehnte die Schaufel gegen den Hühnerstall.

»Da drüben ist jemand«, rief Edgar. Die beiden Jungen kamen atemlos vor ihm zum Stehen und sahen ihn aus furchtsam aufgerissenen Augen an. »Der schmeißt Steine auf uns!«

»Große Steine und Stöcke und so«, stieß Will keuchend hervor und präsentierte eine kleine Schramme auf seiner Wange. Dann zeigten beide den Weg hinunter.

»Ich guck mal, was das soll«, sagte Andrew.

Will packte ihn am Arm. »Aber der Mann ist groß. Wie ein echter Menschenfresser.«

Edgar nickte. »Wie ein großer, zotteliger Menschenfresser.«

»Schon verstanden.« Andrew tätschelte Edgars Kopf. »Bleibt hier, ich bin in einer Minute zurück.«

Aber die Jungen sahen sich panisch um. »Wir können nicht hierbleiben. Was ist, wenn er uns findet?«, jammerte Will. Andrew grinste. »Okay, dann kommt mit. Zeigt mir, wo ihr das Ungeheuer gesehen habt.«

Er ging ruhig den Weg hinunter, während Will und Edgar sich hinter seinem Rücken versteckten. Sie wirkten wie eine kleine Parade.

»Aua!« Edgar rieb sich den Arm.

»Was ist denn – au!« Ein kleiner Stein traf Andrew an der Brust und kurz darauf noch einer an der Stirn. Will schrie auf und flüchtete Richtung Haus.

Andrew packte Edgar am Kragen und zog ihn hinter die Scheune in Sicherheit. Noch mehr Steine flogen durch den Himmel. Andrew schob Edgar in einen der Ställe. »Du bleibst hier. Klar?«

Andrew schlich sich hinten aus der Scheune heraus und bemerkte einen großen Mann, der an der Ecke kauerte. Andrew sah sich um, fand ein schmales Metallrohr und schlich auf Zehenspitzen näher an die massige Gestalt heran. Mit dem Rohr drückte er dem Mann zwischen die schaufelartigen Schulterblätter und befahl: »Steh auf.«

Der Mann erstarrte, fing an zu zittern und wollte sich umdrehen.

»Kopf nach vorn!«, befahl Andrew. »Und Hände hoch!«

Als der Mann sich zu seiner vollen Höhe erhob, musste Andrew schlucken. Er war deutlich größer als er selbst. Doch seine erhobenen Hände zitterten.

»Wer bist du?«

Die Arme zitterten noch heftiger.

»Ich fragte, wer du bist!« Andrew stieß ihm das Rohr noch fester zwischen die Schultern.

Ein Wimmern entrang sich dem Riesen. »Schieß mich nicht tot«, heulte er auf. Dann schluchzte er heftig. »Es tut mir leid!«

Andrew zog das Rohr weg. »Dreh dich um.«

Langsam wandte sich der Mann zu Andrew um. Sein Gesicht war rot und tränennass, es war pummelig und hatte fast kindliche Züge. »Tut mir leid«, wimmerte er. »Ich wollte keinem wehtun. Tut mir leid.«

»Herrgott noch mal, Fritz!«, ertönte eine andere Stimme, und dann kam eine Gestalt den Weg heruntergerannt.

Fritz stürzte dem Mann entgegen, beugte sich vor und schluchzte an seiner Schulter: »Tut mir leid, Peter! Tut mir leid!«

»Verdammt noch mal, Fritz, was hast du jetzt schon wieder angestellt?« Peters Zorn schwand jedoch sichtlich, während er Fritz sanft den Rücken tätschelte. »Jetzt beruhige dich, ja?« Er sah Andrew direkt in die Augen und verzog entnervt das Gesicht. »Tut mir leid. Manchmal weiß mein Bruder nicht, was er tut. Aber er hat doch niemanden verletzt, oder?« Fritz hob den Kopf und sah Andrew flehend an.

Andrew ließ das Rohr fallen und kickte es weg. »Er hat nur mit Steinen geschmissen. Die Kinder haben Angst gekriegt.«

Da kam Edgar aus der Scheune und zeigte auf Fritz. »Der da hat Steine auf mich und Will geworfen. Und mich sogar an der Stirn getroffen.«

Peter schüttelte den Kopf. »Warum zum Teufel bewirfst du Kinder mit Steinen, Fritz?« schimpfte er, wieder aufbrausend. »Du müsstest es doch besser wissen! Was zum Teufel geht in dir vor?«

Daraufhin sank Fritz zu Boden, umklammerte mit beiden Armen die Knie und fing an, sich vor und zurück zu wiegen.

Edgar warf Andrew einen Blick zu und näherte sich Fritz. »Mir ist nichts passiert«, sagte er vorsichtig. »Hat eigentlich nicht weh getan.« Er wühlte in seiner Tasche herum und holte ein Bonbon heraus, das nicht mehr eingepackt und daher ziemlich flusig war. »Hier.« Er gab es Fritz. »Ein Toffee.«

Fritz starrte blinzelnd auf die ausgestreckte Hand und grinste dann breit. Er nahm das schmutzige Toffee, steckte es sich in den Mund und starrte den kleinen Jungen voller Zuneigung an.

»Und, was sagt man jetzt?«, bemerkte Peter.

Munter und zufrieden saugte der Mann an dem Bonbon. »Tut mir leid, dass ich euch mit Steinen beschmissen hab. Ich mach's auch nicht wieder.« Er kaute auf dem klebrigen Toffee herum. »Fritz macht nie wieder Ärger.«

Edgar, den die Aussicht auf einen neuen Freund so aufmunterte, dass er alle Steine vergaß, packte Fritz an der Hand. »Komm, du kannst mir helfen, den Hühnerstall auszumisten.«

Peter sah den beiden nach, bis sie um eine Ecke verschwanden. Hin- und hergerissen zwischen Belustigung und Verlegenheit, rieb er sich den Nacken. »Tut mir leid. Er ist nicht böse, weiß es aber manchmal nicht besser.« Mit der Spitze seines Stiefels zog er einen Strich in der Erde. »Wenn man ihn anschaut, würde man's nicht glauben, aber er ist sanft wie ein Lamm. Wahrscheinlich hielt er das Ganze für ein Spiel. Er weiß es einfach nicht besser.« Er streckte die Hand aus. »Peter Mueller.«

»Andrew Houghton.«

»Houghton? Ich dachte, euer Name wär Kiser.«

»Das ist der Name meines Onkels. Wilhelm Kiser.«

Der junge Mann schüttelte Andrew herzlich die Hand. »Ich wär ja schon früher vorbeigekommen, aber wir haben meine Schwester besucht, die gerade ihr fünftes Kind bekommen hat. Ich war auf dem Weg zu euch, um euch alle zum Abendessen einzuladen, da lief Fritz schon mal vor. Ma wollte nicht stören, weil sie dachte, deine Tante hätte das Haus noch nicht für Gäste bereit. Frauen sind in solchen Dingen komisch, findest du nicht? Ich brauch nur einen Stein zum Sitzen, dann bin ich schon zufrieden.«

Peter war etwa so alt wie er, vielleicht ein bisschen älter. Er hatte blonde Haare und Sommersprossen auf Stirn und Nase. Jetzt zeigte er auf den neuen Schweinepferch hinter der Scheune. »Kann ich mir eure Schweine mal ansehen? Ich kenn mich ein bisschen aus. Wir haben mehr, als wir zählen können. Habt ihr schon mal von der Mueller-Wurst gehört? Die verdammt beste deutsche Wurst im ganzen Staat. Pa ist in Nürnberg aufgewachsen und hat es da gelernt.« Er zog stolz die Augenbrauen in die Höhe. »Nach einem geheimen Familienrezept.«

Andrew führte ihn zum Pferch, wo sich zwei riesige Säue im Schlamm suhlten. »Sehen gut aus«, nickte Peter beeindruckt. »Man weiß nie, was man kriegt, wenn man sie liefern lässt. Selbst bei einer Auktion kann's noch passieren, dass sie beim Beladen ausgetauscht werden.«

Er seufzte tief und fügte hinzu: »Eine unserer Jungsauen hat zu früh geworfen und kann nicht alle zwölf Ferkel säugen. Hat nur Milch für zwei oder drei.«

Andrew goss spritzend frisches Wasser von der Regentonne in den Trog. »Was macht ihr mit denen?«

»Nichts. Die sterben sowieso in ein paar Tagen.«

»Könnt ihr die nicht mit der Flasche aufziehen?«

»Hat keinen Zweck. Die schaffen's nicht.«

Andrew dachte nach und warf einen Blick zu den beiden großen Schweinen. »Hättest du was dagegen, wenn ich die Kümmerlinge nehme?«

»Wofür denn das?« Mit gerunzelter Stirn starrte Peter ihn an.

»Vielleicht kann ich ein paar retten.«

Belustigung zeigte sich in Peters Miene. »Na dann, gerne. Kümmerlinge dahinsiechen zu sehen, ist kein schöner Anblick. Aber wir wollen sie auch nicht ertränken. Die quieken zum Herzerweichen.«

Andrew warf den leeren Eimer neben die Regentonne. »Ich hab schon Kälber aufgezogen, das unterscheidet sich bestimmt nicht so sehr von Ferkeln.«

»Dabei bist du ein bisschen flachbrüstig«, witzelte Peter und stieß ihn in die Rippen. »Weißt du was? Komm einfach zu uns, schnapp dir die Kümmerlinge, und wenn sie überleben, gehören sie dir. Natürlich werden deine Nippel danach nie mehr wie früher sein.«

»Sehr komisch«, sagte Andrew und musste lachen. Peter erinnerte ihn an seine Freunde aus der Mine: gutmütig, schlagfertig und unbekümmert.

»Unter uns: Wir sind mächtig froh, dass noch andere Deutsche hierhergezogen sind.« Peter sah sich verstohlen um. »Durch den Krieg werden die Leute unruhig und brauchen einen Sündenbock. Schätze, das sind dann wohl wir.«

Peter warf einen Blick über die Felder. »Herrgott, da oben wächst ja nur Unkraut und ein bisschen Fingerhirse. Hat Frank Morton euch reingelegt?«

»Soweit ich weiß, wusste mein Onkel, worauf er sich einlässt.«

»Na, ob das mal stimmt«, sagte Peter lachend. »Also, kommt morgen Abend zum Essen zu uns, ja? Ma macht für euch die allerbeste Wurst, die ihr je gegessen habt. Und ich bereite schon mal die Kümmerlinge für den Transport vor.« Dann senkte er plötzlich die Stimme und wies mit dem Kinn auf Andrews linke Seite. »Wie hast du deinen

Arm verloren?« Das fragte er so leichthin, als spräche er über das Wetter.

»Bin vom Zug gefallen.«

»Autsch!« Peter verzog das Gesicht. »Tja, wir haben alle unser Päckchen zu tragen, wie?« Sein Blick verdüsterte sich leicht, als er zu seinem Bruder schaute, der mit Will und Edgar offenbar spielte. »Lasst euch von Fritz dabei helfen, den Hühnerstall auszumisten. Mit seinen Muskeln braucht er dafür nur eine Stunde. Das wird ihn lehren, nicht mit Steinen auf kleine Kinder zu schmeißen.« Er setzte sich wieder in Bewegung. »Schick ihn einfach nach Hause, wenn er fertig ist.«

Er marschierte los, wirbelte nach einem kurzen Stück herum und rief Andrew zu: »Kiser, was?« Er lachte laut. »Ich dachte schon, wir wären schlecht dran. Aber das ist ein teuflischer Name, mein Freund. Ein wahrhaft teuflischer Name!«

23. KAPITEL

Als Familie Kiser bei den Muellers ankam, empfand sie einen Anflug von Neid beim Anblick des frisch gestrichenen Hauses mit der breiten Veranda und dem makellosen Zaun. Edgar hüpfte von der Straße auf die große Rasenfläche vor dem Haus. »Sie haben Gras!« Damit fasste der Junge zusammen, woran es ihnen selbst noch alles fehlte.

Als sie den ebenen Weg zum Haus entlanggingen, tauchten zwei Männer aus der hohen, roten Scheune auf. Sie ähnelten einander so sehr, dass der eine wie das gealterte Spiegelbild des anderen wirkte. Kaum waren sie bei ihnen angekommen, streckte Wilhelm die Hand aus: »Peter und Heinrich Mueller, nehme ich an.«

Der ältere schüttelte allen herzlich die Hand. »Schön, Sie kennenzulernen. Willkommen.«

Andrew und Peter nickten einander zu.

»Kommen Sie, kommen Sie!« Heinrich eilte voraus und winkte sie eifrig zum Haus, wo sie von der korpulenten Gerda Mueller empfangen wurden, die sie mit kräftigen Armen an sich drückte. Sie hatte gelblich-blondes Haar mit weißen Strähnen, das sie zu einem Dutt am Hinterkopf aufgesteckt hatte, und ihre Stimme und Persönlichkeit waren genauso kräftig wie ihr Körper. Der Kontrast zwischen den beiden Ehepaaren hätte nicht größer sein können.

Gerda nahm Eveline einen der Zwillinge ab, wiegte ihn sanft in ihren Armen und flüsterte ihm deutsche Koseworte ins Ohr. Dann polterte Fritz die Treppe herunter, und hinter ihm folgte ein kleines Mädchen. Gerda stellte das Mädchen als die achtjährige Anna vor.

Die jüngeren Kinder und Fritz stürmten lachend in der Hoffnung auf ein Abenteuer nach draußen, während Peter mit Andrew zum Stall ging, um ihm die Ferkel und anderen Tiere zu zeigen. Eveline folgte Gerda in die Küche, die nach frisch gebackenem Brot, Kartoffeln und Pfefferkörnern roch.

Gerda deckte den Tisch mit einer Auswahl an Käsesorten und Hartwürsten, eingelegten Gurken und Zwiebeln. Dann stellte sie dunkles Brot und Butter dazu. Sie brachte Bierkrüge und stellte sie neben ein Fass auf einem Beistelltisch. Heinrich schenkte das Bier, das fast so dunkel war wie Melasse, in zwei Krüge und reichte einen davon Wilhelm. »Selbst gebraut«, erklärte er stolz. »Hopfen und Malz sind auch von hier. Alles von eigener Hand.«

Das Bier war stark und kalt. Kaum hatte Wilhelm den ersten Schluck gekostet, entspannte er sich. Er konnte sich nicht erinnern, wann er das letzte Mal etwas so Gutes zu trinken gehabt hatte, und merkte erst jetzt, wie erstarrt er gewesen war.

Mr. Mueller sah ihn erwartungsvoll an. »Gut?«

Wilhelm lächelte und wischte sich den Schaum von der Oberlippe. »Sehr gut.«

Heinrich Mueller breitete die Arme aus und klopfte sich gegen die Brust. »Alles was wir für das Bier und die Wurst brauchen, haben wir hier auf der Farm.« Als er den Stolz des Mannes hörte, musste Wilhelm lachen, und es fühlte sich gut an. Er trank noch einen großen Schluck. Es tat ihm gut, sich zumindest für kurze Zeit wieder unbeschwert zu fühlen.

Heinrich sah Wilhelm forschend an. »Warum kommen Sie ausgerechnet jetzt hierher, Wilhelm? Im Frühling wäre das doch viel besser gewesen, oder?«

Wilhelm ließ sich mit der Antwort Zeit.

»Ärger in Pittsburgh?«, hakte Heinrich nach. »Wegen des Krieges?«

»Nein, es hatte nichts mit dem Krieg zu tun.« Er wollte nicht ins Detail gehen und sah sich in der Küche um. »Meine Frau – seit wir verheiratet sind, wollte sie weg aus der Stadt. Aber mit dem schlechten Zeitpunkt haben Sie recht. Musste für die Vorräte ein kleines Vermögen ausgeben.«

»Ja, ja«, brummte Heinrich. »Außerdem ist der Boden zu karg. Aber gib ein paar Jahre lang viel Dung auf die Felder, dann wird er wieder gut. Auf die oberen Äcker muss Mais. Und Heu wird alles mit der Zeit auflockern. Außerdem kann man Heu gut verkaufen.« Er nickte wissend. »Süßkartoffeln auch.«

Wilhelm wollte nicht über das Land reden, das ihn zu verspotten und ihm zu sagen schien, dass er ein Dummkopf war. Er wollte Bier trinken und geräucherte Wurst essen. Er wollte nicht über die Ausgaben reden, die selbst seine schlimmsten Befürchtungen übertroffen hatten. Er wollte nicht an die Tiere und Menschen denken, für die er sorgen musste, oder an das Haus, das er vor dem Kauf hätte begutachten müssen – wozu er aber nicht in Stimmung gewesen war.

Heinrich beobachtete ihn und schien seine Gedanken zu lesen. »Schwere Zeiten, was?« Er versetzte ihm einen leichten Schlag aufs Bein.

Wilhelm starrte ins dunkle Bier und nickte.

»Ich weiß, mein Freund.« Er blinzelte nachdenklich. »Als Gerda und ich hierherkamen, hatten wir nichts. Weniger als nichts.« Er breitete die Arme aus und zeigte seine leeren Handflächen. »Dann kamen die Babys. Ich war verloren. Nahm jeden Job an, nur um Arbeit zu haben. Pflügen, Säen, Dreschen, Melken. War eine sehr schwere Zeit für mich. Für uns alle. Aber wir haben hart gearbeitet. Sehr, sehr hart.« Er streckte die Hand aus und wies stolz auf das behagliche Wohnzimmer. »Und wir haben es geschafft.« Er nahm einen großen Schluck von seinem Bier. »Das schaffen Sie auch. Solange Sie arbeiten können, schaffen Sie alles.«

Vom Bier und der Herzlichkeit wurde Wilhelm warm; er fühlte sich kräftiger, spürte, wie seine trübe Stimmung verschwand. Die Farm wäre morgen auch noch da. Aber heute würde er trinken und sich die Geschichten eines anderen Deutschen anhören, mit ihm über den Stand der Dinge im Krieg debattieren und dem Johlen und Kreischen der draußen spielenden Kinder lauschen. Er würde nicht an den drohenden Winter denken. Als er den Bierkrug geleert hatte, streckte er ihn Heinrich entgegen. »Kann ich noch eins haben?«

Heinrich lachte herzlich und füllte beide Krüge wieder auf.

Gerda prüfte im Ofen den Zustand des Bratens und schöpfte Saft über das riesige Fleischstück. Allein vom Geruch lief Eveline das Wasser im Mund zusammen. Gerda warf einen

Blick ins Wohnzimmer und schnalzte leise mit der Zunge. »Ist Ihr Mann ein Trinker?«

Die Frage überraschte sie. »Nein. Keinesfalls.«

Da lachte Gerda leise und hob die Augenbrauen. »Tja, dann schläft er morgen vielleicht länger. Heinrichs Bier ist stärker, als es aussieht.« Plötzlich wurde sie geschäftig, eilte zum Schrank und holte eine große Flasche ohne Etikett heraus, die eine sirupartige, leicht gelbliche Flüssigkeit enthielt. Sie schenkte zwei kleine Gläser ein und reichte eines davon Eveline.

»Oh nein, ich trinke nicht«, sagte sie und machte eine abwehrende Geste.

»Nun, das hier werden Sie mögen«, drängte Gerda und schob das Glas näher zu ihr. »Birnenschnaps. Schon mal gekostet?«

»Nein.«

Gerda beobachtete, wie Eveline die Augen aufriss, als sie ein winziges Schlückchen von der Flüssigkeit probierte. Der Schnaps roch traumhaft und schmeckte wie süßes Zuckerfeuer. Kichernd leckte sie sich über die Lippen. »Ziemlich gut.«

»Ja, ja.« Gerda setzte das Glas an die Lippen, leerte es und füllte es sofort nach. »Es kann ja nicht sein, dass nur die Männer ihren Spaß haben, oder?« Als sie verschmitzt lächelte, bemerkte Eveline die Schönheit der Frau unter ihren groben Zügen. Sie strahlte Stärke und Zuversicht aus. Eveline spürte einen Anflug von Neid.

Am zweiten Glas nippte Gerda langsamer und wies erneut mit dem Kopf zum Wohnzimmer. »Männer. Reden nur über Krieg und Arbeit. Glauben immer, die Welt ruht auf ihren Schultern, und sie würden alles bestimmen. Aber wir Frauen wissen es besser, oder? Wir wissen, dass es ohne uns Frauen gar keine Männer gäbe.«

Ein Lachen entfuhr Eveline so unerwartet, dass sie sich die Hand vor den Mund schlug.

»Was kichert ihr denn da?«, rief Heinrich belustigt aus dem Nebenraum.

Verschwörerisch legte Gerda den Zeigefinger an die Lippen. »Über Frauensachen. Babys und Haarnadeln, mein Schatz.«

Als darauf von beiden Männern nur ein Grunzen ertönte, mussten sich die Frauen wieder den Mund zuhalten.

»Wo wir schon davon sprechen. Lassen Sie mich mal die Zwillinge genauer anschauen.« Gerda griff in den Korb auf dem Boden, hob geschickt die Babys auf ihren Schoß und legte sich ihre Köpfchen in die Armbeugen.

Eveline wandte sich ab und trank ihren Schnaps. Sie konnte sich kaum an den kleinen Gesichtern der Babys erfreuen vor lauter Angst, sie würden gleich wieder den Mund aufreißen und anfangen zu schreien.

Als Gerda sich wieder Eveline zuwandte, wirkte sie besorgt. »Die zwei sind viel zu leicht.« Ernst schüttelte sie den Kopf. »Sie wiegen ja gar nichts.«

Eveline umklammerte das leere Glas mit ihren Händen und spürte heiß ihre Scham darüber, ihre Kinder nicht stillen zu können. »Sie sind eben sehr klein.« Etwas Besseres fiel ihr nicht ein.

»Das ist es nicht«, erwiderte Gerda grimmig. »Sie haben Hunger.« Sie versuchte, Eveline dazu zu bringen, sie anzusehen. »Ist die Milch versiegt?«

»Ja.« Eveline presste die Finger gegen das Glas, obwohl sie Angst hatte, es zu zerbrechen. »Zuerst hatte ich mehr

Milch, als ich brauchte. Aber sie wollten nicht trinken, und wenn sie es taten, spuckten sie alles wieder aus. Da wurde ich nervös. Ich wusste nicht weiter.«

Gerdas Augen füllten sich mit Sorge, als sie erst das eine und dann das andere Baby anhob.

»Der Arzt kam. Er ...«

»Dr. Neeb?«, unterbrach sie Gerda.

»Ja.«

»Ach.« Sie verdrehte die Augen. »Der Mann sollte kein Baby berühren. Er arbeitet mehr mit Toten als mit Lebenden.« Vielsagend zog sie die Augenbrauen in die Höhe. »Glauben Sie mir. Er gräbt Leichen aus und untersucht sie. In seinem Keller. Fängt Frösche aus den Bächen, schneidet sie auf und bewahrt die Eingeweide in Gläsern auf.« Sie erschauerte.

Eveline krümmte sich innerlich, weil ihr der Geruch nach Formaldehyd wieder einfiel, den der untersetzte Mann verströmt hatte. »Er sagte, ich solle nicht mehr stillen, sondern mit Kuhmilch zufüttern. Wir geben ihnen nur die Milch unserer besten Kuh, aber sie spucken alles wieder aus.« Sie hatte einen bitteren Geschmack im Mund und griff erneut nach dem Schnaps.

»Ihre Babys sind schwach, Eveline«, sagte die Frau sanft, aber entschieden. »Irgendwas in der Milch ist nicht gut für sie.«

»Was soll ich denn machen? Ihnen keine Milch mehr geben?« Sie stieß die Worte hervor, als wäre die Vorstellung Irrsinn.

»Genau das will ich damit sagen. Versuchen Sie es mit Ziegenmilch. Wenn sie die auch ausspucken, zermatschen Sie Haferflocken oder Reis mit Wasser.«

»Das habe ich auch schon versucht, aber sie verschlucken sich daran.« Unwillkürlich fasste sie sich mit der Hand an die Kehle.

Gerda sah sie eindringlich an. »Es ist nicht Ihre Schuld. Sie müssen sich nicht schämen.«

Evelines Lippen begannen zu zittern. Doch, sie schämte sich. »Ich kann meine eigenen Kinder nicht ernähren«, flüsterte sie verzweifelt.

»Gott hat den Frauen das größte Geschenk gemacht: neues Leben zu empfangen und zur Welt zu bringen.« Gerda ließ nicht zu, dass Eveline ihrem Blick auswich. »Wir lieben diese kleinen Wesen, die in uns heranwachsen, so sehr, dass wir vergessen, dass wir nur Menschen sind und unsere Körper Grenzen haben.«

Gerda lehnte sich zurück und lächelte die schläfrigen Babys an. »Ich habe zwölf Kinder bekommen, aber es gab auch Leid. Und ich habe mich genauso geschämt wie Sie, liebe Eveline. Weil ich dachte, ich hätte etwas falsch gemacht.«

Ihr Blick wanderte zum Fenster. »Sie haben meinen Fritz ja gesehen, und dass er langsam im Kopf ist, nicht richtig denken kann.« Ihr trauriger Blick ließ sie viel älter wirken. »Mein Fritz ist ein guter Junge. Einen besseren könnte man gar nicht haben. Er ist schon fast ein Mann, aber mit dem Geist eines kleinen Jungen. Seine Geburt war schwer.« Die Erinnerung daran ließ sie erschauern. »Er kam mit den Füßen zuerst und hatte die Nabelschnur um den Hals gewickelt. War ganz blau, wie der Himmel kurz vor einem Sturm. Er überlebte, doch sein Kopf erholte sich nie davon. Aber er ist ein guter Junge und arbeitet hart.« Sie lächelte Eveline zu. »Wenn Sie einen starken Rücken brauchen, rufen Sie Fritz. Und dann ist da noch meine Jüngste, meine süße Anna.« Sie bemerkte Evelines überraschten Blick und fuhr fort: »Sie trägt eine Perücke. Meine Anna hat nicht ein einziges Haar auf ihrem Kopf. Mit vier bekam sie Scharlach. Wir hätten sie fast verloren, aber durch ein Wunder überlebte sie. Nur wird sie ihr ganzes Leben lang kahl bleiben.«

Eveline spürte ein hohles Gefühl in ihrer Brust. »Das tut mir sehr leid, Gerda.«

Doch die Augen der Frau blitzten auf. »Sind doch nur Haare. Was zählt, ist, dass sie noch alle bei mir sind.«

Als sie sich erneut den Babys zuwandte, erkannte Eveline darin wieder tiefe Sorge.

Andrew und Peter gingen durch einen der Schweineställe. Da es in diesem August kaum geregnet hatte, war der Boden hart und staubig. Nur die Bereiche an den Trögen waren feucht und glitschig, eine Mischung aus Schlamm, verrottenden Salatblättern und Möhren. Peter führte ihn zu einem niedrigen, mit Holz abgedeckten Pferch und spähte durch die Tür.

»Die Ferkel sind hier drin. Heute Nacht haben wir schon wieder eins verloren, daher werden die anderen wohl die Woche nicht überstehen. Aber versuchen kann man es ja mal. Ich gebe sie euch später mit.«

Die jungen Männer traten durch das breite Tor in die dreistöckige, an einer Schräge gebaute Scheune. Dort war es warm und staubig und roch süß nach frischem Heu und den Ausdünstungen der Tiere. Peter betrachtete die riesige Scheune, die Hände in die Hüften gestützt, so stolz, als hätte er sie selbst gebaut. »Einige dieser Balken sind über dreißig Zentimeter dick.« Er ging zu den Kuhställen auf der rechten Seite. »Das sind unsere neuen Kühe. Holsteiner. Die geben die beste Milch. Das wissen sogar die Farmer, die Deutsche hassen.« Er nickte stolz. »Die hier sind erst ein paar Wochen bei uns, geben aber genauso viel Milch wie unsere anderen.«

Peter tätschelte einer großen schwar-zweiß gescheckten Kuh die breite, feuchte Nase. »Sie ist unsere Leitkuh. Achtet darauf, auch eine zu haben. Wenn ihr sie rausholt, nimm die Leitkuh als Erste, dann werden die anderen folgen.«

Andrew bemerkte die unzähligen frischen Heuballen in den Ecken. »Das ist aber eine Menge Heu.«

»Ja, aber ihr werdet noch viel mehr brauchen, mein Freund. Ihr habt ja kein Gras, schon vergessen?«

»Wie könnte ich das vergessen? Wir lassen die Kühe im Wald weiden, bis es zu kalt wird, und versuchen so, Heu zu sparen.«

Peter machte eine bedenkliche Miene. »Da solltet ihr aufpassen. Die Milch schmeckt dann nach Tannennadeln. Und wenn ihr eine trächtige Kuh habt, verliert die das Kalb. Das ist uns ein paarmal passiert, bis wir einen Zaun vor dem Wald errichtet haben.«

Der junge Mann gab der Kuh einen Klaps aufs Hinterteil und ging dann durch die Scheune, um nach den Ziegen zu sehen. In einer dunklen Ecke säugte eine Katze ihre Jungen und ließ die beiden Männer nicht aus den Augen. Andrew begutachtete die anderen Tiere, die alle kräftig und gesund wirkten. Peter sah ihm dabei zu. »Nimm's mir nicht übel, aber du siehst gar nicht wie ein Farmer aus.«

Andrew musste leise lachen. »Du bist schon der zweite, der das sagt. Wie kommst du denn darauf?«

»Farmer sind irgendwie alle vom selben Schlag. Du siehst aus, als würdest du dir über alles viele Gedanken machen.«

»Tja, von Farmen habe ich wirklich keine Ahnung, wohl aber von Tieren.« Er streichelte das gefleckte Pferd, das zum Zaun gekommen war. »Und ich weiß, wie man einen Gemüsegarten anlegt. Aber mit Ackerbau kenne ich mich nicht aus.«

Peter spitzte die Lippen, als wollte er pfeifen. »Na, dann hast du wirklich großartige Voraussetzungen, mein Freund. Hundert Hektar ohne einen Grashalm oder ein Huhn zum Suppemachen.« Andrew nickte. »Wenigstens haben wir Äpfel. Das ist mir als Erstes aufgefallen«, sagte er leichthin. »Und die Hühner sind unterwegs.«

Peter schlug ihm auf den Rücken. »Ja, Äpfel habt ihr, aber das ist auch das Einzige. Aber keine Sorge. Wir Muellers wissen zwar nicht viel, sind aber mit Leib und Seele Farmer. Also helfen wir euch, wenn nötig.«

Die jungen Männer verließen die Scheune. Fritz kam an ihnen vorbei und trug auf seinen Schultern abwechselnd Will und Edgar, die Ritter auf einem Pferd spielten. Die beiden hatten Schluckauf vor Lachen.

Peter und Andrew gingen auf einem zugewachsenen Pfad in den Wald aus Tannen, Eichen, Ahorn- und Tulpenbäumen und stiefelten durch die Tannennadeln. Sie kickten einen Tannenzapfen über abgefallene Zweige und dicke Wurzeln hin und her. Im Wald war die Luft kühler und angenehmer, und ab und an geriet ihnen ein am Baum hängendes Spinnennetz ins Gesicht.

Andrew kickte den Zapfen vor Peters Schienbein. »Wir haben schon die Mortons kennengelernt. Lily hat im Haus mitgearbeitet und meiner Tante bei der Geburt geholfen«, erzählte er.

Peter nickte nur, sagte aber nichts, sondern lächelte nur belustigt. Dann kickte er den Tannenzapfen zurück.

Andrew fügte hinzu: »Sie scheinen nett zu sein.«

Jetzt grinste Peter breit und katapultierte den Zapfen tief in den Wald. »Sie ist hübsch, nicht wahr? Lily, meine ich.«

»Allerdings«, antwortete Andrew, und ihm fiel plötzlich ein, dass Lily und Peter vielleicht mehr als nur Nachbarn waren.

»Hübsch wie eine Giftpflanze.«

Andrew blieb stehen. »Was soll das heißen?«

Peter lächelte zwar, doch seine Stimme hatte einen warnenden Unterton. »Wenn du schlau bist, hältst du dich von ihr fern.«

»Sag's doch einfach, wenn sie deine Freundin ist.«

»Ha!« Peter schlug nach einer Fliege, die seine Nase umschwirrte. »Darüber brauchst du dir keine Gedanken zu machen. Wie ich schon sagte: Giftpflanze.« Finster rieb er sich über den Ellbogen. »Halt besser Abstand. Mehr will ich nicht sagen. Im Keller der Mortons liegen mehr Leichen als auf dem Friedhof.«

Als sie sich wieder in Bewegung setzten, schlurfte Andrew nur noch lustlos hinter Peter her. Er kickte kleine Steine vor sich her.

Peter sprang hoch, um an ein altes Vogelnest zu kommen, verfehlte es aber um wenige Zentimeter. »Früher gehörte das Haus der Mortons Claires und Lilys Vater, Mr. Hanson.« Er wies den Pfad entlang zu einer unsichtbaren Stelle weiter die Straße hinauf.

»Es heißt, bevor Mr. Hanson hierherzog, sei er ständig unterwegs gewesen, immer auf der Suche nach Einwanderern, die er betrügen konnte. Er war ein Gauner. Ich schätze, irgendwann wurde das bekannt, also verließ er die Stadt und zog in das Haus, in dem die Mortons jetzt wohnen. Aber das Land hat er nie bestellt. Zwar hatte er ein paar Kühe und Hühner, doch soweit ich mich erinnern kann nicht mal einen Gemüsegarten. Jedenfalls geht das Gerücht, dass er das Geld aus seinen Betrügereien an Einwanderer auf dem Land verlieh. Bevor man sich's versah, hatte die Hälfte der Farmer in der Gegend Schulden bei ihm. Aber nicht mein Pa. Pa meinte, lieber würde er uns Heu und Kleie zu essen geben, als auch nur einen Cent von diesem Dreckskerl anzunehmen – *diesem Hurensohn*, schrie er immer.« Peter lachte, als er seinen Vater nachmachte.

Dann rieb er sich den Nacken und wirkte wie ein Mann mit einer schweren Last auf den Schultern. »Wir haben echt harte Zeiten erlebt. Jahre voller Entbehrungen. Pa hätte öfter zu Hanson rennen können, als ich zählen kann. Aber er sagte immer, dass ein Mann, der von Menschen in Not zehrt, nicht besser ist als eine Kakerlake. Nach dem Tod seiner Frau wurde Hanson ein anderer Mensch. Als käme alles Schlimme, was er anderen angetan hat, aus ihm heraus, als wäre er verrückt vor Wut. Damals war ich noch jung, aber meine Schwestern haben erzählt, dass Claire fast jeden Tag mit blauen Flecken und Schrammen zur Schule kam. Dann kam sie irgendwann gar nicht mehr. Ma ging ein paarmal zum Haus, aber niemand machte ihr auf. Sonntags hinterließ sie etwas zu essen auf der Vordertreppe, wusste aber nie, ob oder von wem das gegessen wurde.«

Peter spuckte auf den Boden. »Vor etwa zehn Jahren dann fand man Hanson tot in einer Lache bei seinem Haus. Ein Schuss in den Rücken. Man fand nie heraus, wer das getan hat. Der Mann hatte sich so viele Feinde gemacht, dass es jeder hätte gewesen sein können.«

Wieder verzog sich Peters Miene, diesmal vor Zorn. »Sofort danach tauchte Frank Morton auf und heiratete Claire vom Fleck weg. Er übernahm Hansons Kredite und Besitz, noch bevor sich der Staub auf dessen Grab gelegt hatte. Und es stellte sich heraus, dass er genauso skrupellos war wie er.«

Andrew war überrascht von Peters plötzlicher Heftigkeit. Etwas Heißes schoss in ihm hoch, und er hielt Peter am Arm fest. »Schlägt er die Frauen?«

»Nein, das nicht«, räumte Peter spöttisch ein. »Jedenfalls nicht, dass ich wüsste. Lily würde auch sicher nicht zulassen, dass jemand die Hand gegen sie oder ihre Schwester erhebt.« Er zwinkerte. »Ich hab mal gesehen, wie ein paar Jungs eine Katze in die Ecke trieben und mit Steinen bewarfen, und da ging sie mit einem Stock auf sie los, der halb so groß war wie sie. Sie kreischte wie eine Verrückte und vermöbelte sie mit dem Stock, bis die Jungs heulend wegrannten.«

Peter lachte, wurde dann aber wieder ernst. »Es gab mal eine Farm, etwa zehn Meilen nördlich von hier. Sie gehörte einer norwegischen Familie namens Paulsen. Nette Leute. Sie hatten ein Mädchen, Mary.« Er verstummte einen Augenblick und wirkte bedrückt. »Sie und Lily waren befreundet, obwohl Lily normalerweise immer für sich blieb. Aber mit Mary verstand sie sich. Wir waren alle miteinander befreundet und spielten in den Wäldern, wie Kinder das eben so machen. Aber Mary war mein Mädchen. Zwar machte Pa ständig Theater, weil sie keine Deutsche war, aber insgeheim mochte er sie genauso wie alle hier.« Seine Stimme wurde leiser. »Die Paulsens liehen sich Geld von Frank und verloren die Farm. Sie verloren alles und mussten zurück nach Minnesota ziehen. Ich erinnere mich immer noch, dass Mary mir nicht mal in die Augen blicken konnte, als sie mit einem Wagen wegfuhren, in den die ganze Familie und ihre Habe gezwängt war. Aber bei der Auktion, bei der das ganze restliche Zeug der Farm versteigert wurde – was glaubst du, wer bei der Fledderei ganz vorne mit dabei war?«

»Frank?«

»Nein.« Peter trat einen Schritt vor und sah ihn finster an. »Lily. Sie hob ihre Nummer bei allem, was früher Mary gehörte. Kleider. Schmuck. Selbst beim Teeservice, mit dem sie als kleines Mädchen gespielt hatte. Hör mal, ich will dir nicht vorschreiben, was du tun oder wen du mögen sollst.« Er zeigte den Pfad hinauf. »Aber da drüben gibt es jede Menge Dämonen. Von denen hält man sich besser fern.« Er verzog den Mund. »Du hast gesagt, ihr hättet Äpfel auf eurer Farm und viel mehr eigentlich nicht, oder? Tja, du weißt ja, was man von Äpfeln sagt ... sie fallen nicht weit vom Stamm.«

Die beiden Männer kletterten vorsichtig einen steilen Hang hinunter und rutschten mit den Stiefeln über das Unterholz. »Spielst du Baseball?«, fragte Peter unvermittelt.

»Hab ich früher.«

»Welche Position?«

»Werfer.«

»Ach echt? Wir haben demnächst ein Spiel gegen die

Hornets, ein Team vom anderen Ende des Ortes. Wir spielen jede Woche. Bist du dabei?«

Seit dem Unfall hatte Andrew keinen Baseball mehr angerührt. Wahrscheinlich konnte er gar nicht mehr werfen, selbst wenn er gewollt hätte. »Nein, eher nicht. Ich hab zu viel zu tun.«

Peter betrachtete ihn. »Na gut. Denk drüber nach. In unserem Team sind nur Deutsche, und die anderen benehmen sich, als würden sie bei jedem Schlag Krieg gegen uns führen. Fühlt sich ganz gut an, ihnen hin und wieder eine Lektion zu erteilen.«

»Vielleicht komme ich mal zuschauen.« Andrew grinste und sagte provozierend: »Vielleicht bringe ich Lily mit.«

Peter wurde ernst. »Du wirst feststellen, dass Lily vielerorts nicht willkommen ist, Andrew.« Fast mitfühlend fügte er hinzu: »Vielleicht tust du dich besser mit einem anderen Mädchen zusammen.«

»Die Leichen im Keller sind mir egal«, entgegnete Andrew. »Ich finde Lily nett.«

»Du hast es immer noch nicht kapiert, oder?« Das war keine Frage, sondern eher ein Vorwurf. »Die Wahrheit über Claire? Wer sie wirklich ist?«

»Sie ist Lilys Schwester.« Andrew hatte die Andeutungen langsam satt und stemmte die Hand in die Hüfte. »Und sie ist auch sehr nett.«

»Ja, sie ist Lilys Schwester«, bestätigte Peter und senkte dann die Stimme. »Aber sie ist auch Lilys Mutter.«

Das Essen bei den Muellers dauerte bis spät in die Nacht und sorgte für viel Gelächter und bis zum Platzen gefüllte Bäuche. Ununterbrochen wurde gegessen, Bier getrunken und erzählt, so dass die Kisers nicht die geringste Lust verspürten aufzubrechen. Schließlich machten sie sich doch auf den meilenweiten Rückweg. Peter hatte Spielzeuglokomotiven für Edgar und Will geschnitzt, die sogar einen Pfiff von sich gaben, wenn man durch ein Loch blies.

Als sie bei ihrer Farm ankamen, trug Eveline die Zwillinge, und Wilhelm hatte den schlafenden Will auf dem Arm, während Andrew den kleinen Edgar trug, dem die Augen immer wieder zufielen, der aber die Spielzeuglok in seiner winzigen Faust nicht loslassen wollte. Die Ferkel würde Andrew am nächsten Tag abholen.

Die Nachtluft war angenehm frisch, und auch im Haus war es kühl, so dass sie sich fest in ihre dünnen Decken wickelten.

Wilhelm, betrunken vom Bier, und Eveline, berauscht vom Schnaps, berührten einander unter den Laken, und zum leisen Quietschen der Sprungfedern liebten sie sich wie einst, als sie noch jung waren.

24. KAPITEL

Der alte Stevens und seine Frau Bernice hielten mit ihrem Brotwagen auf der Straße und warteten auf Eveline.

»Hallo hübsche Lady!«, brüllte Bob Stevens und winkte so enthusiastisch, dass sein Hinterteil sich vom Sitz erhob. Bernice bewegte zur Begrüßung nur schüchtern die Hand.

Eveline trat zum Wagen und wischte sich über die Stirn. »Wird die Brücke bald repariert?«, fragte der alte Mann. »Ist doch 'ne Schande, dass Sie so weit gehen müssen, um Ihr Brot zu kriegen.«

»Das macht mir nichts aus. Lily Morton hilft mir mit den Babys, und ich freue mich über einen kleinen Spaziergang.«

»Diese Lily ist ein nettes Ding, nicht wahr?« Der alte Stevens griff über die Schulter und nahm die frischen, in braunes Papier eingewickelten Brotlaibe. »Wie viele Jungs haben Sie jetzt, Mrs. Kiser?«, erkundigte er sich. Dabei musterte er sie mit einem Auge, das andere hatte er gegen die grelle Sonne zugekniffen.

»Vier.« Sie dachte kurz nach und lächelte. »Sechs, wenn sie die Männer mitzählen.«

»Allmächtiger! Dabei sehen Sie noch aus wie ein junges Mädchen!« Er stieß seine Frau an. »Ist doch wahr, oder, Bernie? Sieht sie nicht hübsch aus?«

»Ja, sehr.« Bernice nickte mit einem leichten Lächeln. »Sie sind wirklich eine hübsche Frau, Mrs. Kiser.«

Eveline legte ihre Hand aufs Herz und freute sich über das Kompliment. Bob Stevens hatte noch im Bürgerkrieg gekämpft und Bernice in der Nähe der Schlachtfelder von Vicksburg kennengelernt. Er hatte sich in sie verliebt und sie nach Pennsylvania geschmuggelt. Diese Geschichte bekam jeder zu hören, den er traf, ob derjenige wollte oder nicht – selbst wenn er sie schon tausendmal gehört hatte.

Zwar waren die beiden nicht rechtmäßig verheiratet, aber alle betrachteten sie als Mann und Frau. Wenn sie zusammen waren und mit ihren inzwischen beinahe zahnlosen Mündern und ihren glänzenden Augen strahlten, als wären sie noch jung, freuten sich alle, die sie sahen, über ihre Liebe zueinander.

»Hey, wo ist denn Ihr Neffe?«, fragte Bob.

»Andrew? Ich glaube, er arbeitet in der Scheune. Brauchen Sie seine Hilfe?«

»Ach was! Meine Bernie schwärmt für ihn. Seine blauen Augen haben's ihr angetan.«

»Schsch!«, Bernice schlug ihm leicht auf den Arm. »Das habe ich nie gesagt. Wieso behauptest du so was? Jetzt hält Mrs. Kiser mich für eine lüsterne Alte, die ihren Jungen anstarrt.«

Bob lachte und zog seine Frau eng an sich. »Du kannst mich nicht täuschen, Bernie! Ich hab gesehen, dass du nach dem Jungen Ausschau gehalten hast.« Überraschend anmutig imitierte er seine Frau, wie sie ihren Kragen zurechtgezupft und ihr Kleid glattgestrichen hatte.

Da lachte Bernice und kniff ihm ins Knie. »So war's gar nicht, und das weißt du auch!« Dann beugte sie sich zu Eveline vor und flüsterte ihr zu: »Obwohl er wirklich ein schöner junger Mann ist. Meine Ohren lassen nach, aber meine Augen sehen noch alles.«

»Sag ich doch!«, rief Bob belustigt. »Und dann kneift sie mich, bloß weil ich die Wahrheit sage.«

Schnalzend gab der alte Bob seinem klapprigen Gaul ein Zeichen, sich wieder in Bewegung zu setzen, und winkte Eveline noch mal zu. Das Lachen der beiden war noch weithin zu hören.

Im Haus legte Eveline das Brot auf die Arbeitsfläche neben Lily, die gerade das Frühstücksgeschirr abwusch, und ging wieder nach draußen, um dort die Wäsche der Familie auf die Leine zu hängen. Als sie das letzte Kleid daran befestigte, löste sich einer der Knoten, und die ganze Leine fiel mitsamt der Wäsche zu Boden. Seufzend hob Eveline die Leine an, stieg auf einen kippligen Hocker und versuchte, sie an dem alten Pfosten zu befestigen. Die Wäsche hatte Flecken bekommen. Sie streckte die Finger aus, um die Leine am Haken zu befestigen, doch sie war nicht groß genug, und der Hocker kippte gefährlich nach rechts. Da packten zwei starke Hände sie an der Taille und verhinderten, dass sie hinfiel.

Es war Frank. Er stellte Eveline auf den Boden, nahm ihr, ohne etwas zu sagen, die Leine aus der Hand und hakte sie mühelos ein.

Eveline klopfte sich erschrocken gegen die Brust. »Danke, Mr. Morton.«

»Frank.« Er tippte sich an seinen Hut.

Die schmutzige Unterwäsche wehte im Wind. Hektisch zog Eveline sie von der Leine. »Das muss alles noch mal gewaschen werden«, haspelte sie und war dankbar, einen

Vorwand gefunden zu haben, sich rasch wieder ins Haus zurückzuziehen.

»Frauen arbeiten viel zu hart«, sagte er mitfühlend und versah die Leine mit einem zweiten Knoten. »Ich hoffe, Ihr Mann weiß zu schätzen, was Sie alles für ihn tun.«

Sie lachte nur. »Mein Mann arbeitet selbst sehr hart.«

Er musterte sie ruhig und ungezwungen. »Sicher tut er das. Ich wollte auch nichts anderes andeuten. Nur dass die Männer immer die Anerkennung kriegen, aber die Arbeit der Frauen hält man für selbstverständlich.«

Sie sah ihn ungläubig an. So hatte sie noch nie einen Mann reden hören. »Tja«, sagte sie leichthin, »wir tun, was notwendig ist, ob wir nun Dank dafür ernten oder nicht.«

»Ja, das ist wohl so.« Er stellte einen Fuß auf den Hocker und präsentierte wieder seinen Lederstiefel mit der Silberspitze und der raffinierten Naht.

Eveline sammelte die restliche Wäsche ein und drückte sie an ihren Bauch. Lily kam aus dem Haus und verzog das Gesicht, als sie ihren Schwager sah. Sie drängte sich an ihm vorbei.

»Die kann ich nehmen«, bot sie Eveline an und schob sich direkt vor sie, als sie ihr die Wäsche abnahm.

»Und du, Frank, musst du nicht los?«, fragte sie ihn schroff. »Ich dachte, du wärst in Eile.«

»Nein, ich hab noch Zeit.« Er zeigte auf die Wäsche in ihren Armen. »Weich die besser mal ein, bevor der Schmutz sich festsetzt.« Daraufhin kehrte Lily grimmig in die Küche zurück, sah sich aber auf dem Weg mehrfach nach ihnen um.

»Prächtiger Tag, wie?«, bemerkte Frank. »Sie sollten

ihn genießen. Ich hab das Gefühl, von Norden nähert sich schon die Kälte.«

Eveline hingegen fühlte noch heiß die Stellen an ihrer Taille, wo er sie mit seinen Händen berührt hatte. »Wollten Sie zu Wilhelm?«, fragte sie, als Schuldgefühle sie befielen.

»Nein. Heute muss ich nach Pittsburgh. Wollte nur nachfragen, ob Sie was brauchen.«

»Das ist sehr nett von Ihnen. Tut mir leid, dass Wilhelm nicht da ist.«

»Bei allem Respekt für Ihren Mann, aber eigentlich galt die Frage Ihnen. Hier auf dem Land gibt es nicht so viele hübsche Sachen für Damen.«

Das war vollkommen unschuldig gemeint, doch sie musste sofort an Unterwäsche denken und wurde rot. »Danke, aber nein. Ich glaube nicht, dass ich was brauche.«

Frank hakte seinen Daumen in der Gürtelschlaufe ein und atmete tief durch. »Wie macht sich Lily? Hilft sie Ihnen?«

»Lily ist ein Geschenk des Himmels. Ich weiß nicht, wie ich es je ohne sie geschafft habe.«

Er nickte bestätigend. »Schön. Freut mich zu hören.« Seine Miene wurde weich. »Es war nicht immer leicht, all die Jahre für sie und Claire zu sorgen. Ich will mich nicht beklagen, nur sagen, dass es schwer war, immer das Beste für die beiden zu tun.«

Angesichts des vertraulichen Tonfalls entspannte Eveline sich. Franks breites Gesicht wirkte offen und verletzlich. Seine Stirn war gerunzelt. Er drehte seinen schmalen Ehering. Seine Hände waren attraktiv.

»Ich muss mich entschuldigen, dass meine Frau Sie noch nicht besucht hat. Sie ist äußerst schüchtern und hat Angst, das Haus zu verlassen. Aber ich schicke sie mal mit Lily mit, damit sie sich kennenlernen können.« Er grinste entschuldigend. »Sie ist eine reizende Frau, aber eben ängstlich. Sie werden schon sehen, was ich meine. Es erfordert viel Mühe, sie zu beruhigen. Wirklich, ich will mich nicht beklagen, aber es ist schwer, immer alle Steine aus dem Weg zu räumen, damit sie keine Angst zu haben braucht.«

»Sie ist sicher ganz reizend.« Eveline fragte sich, wie so ein imposanter Mann mit einer so zerbrechlichen Person verheiratet sein konnte. »Ich freue mich schon darauf, sie kennenzulernen.«

Aber er las ihre Gedanken und erzählte weiter. »Ich schätze, ich hab mich ein bisschen als Retter gesehen. Claire und Lily hatten eine schlimme Kindheit. Ihr Vater war ein brutaler Kerl und behandelte sie sehr schlecht. Als er starb, hatte ich das Gefühl, ich müsste mich um sie kümmern.« Niedergeschlagen senkte er den Kopf. »Sagen wir mal so: Meine Frau hatte wirklich kein leichtes Leben mit ihrem Vater.«

Jetzt hatte er Evelines volle Aufmerksamkeit. »Ich hatte ja keine Ahnung ...«

Ihre Blicke trafen sich. Seine Augen waren sanft, und sie hatte das Gefühl, ihn so gut zu kennen wie einen alten Freund. Ein schrecklicher Gedanke kam ihr.

»Was ist mit Lily? Bitte sagen Sie nicht, ihr Vater hätte auch ihr etwas angetan?«

Frank schüttelte den Kopf. »Nein. Claire hat sie immer beschützt. Bis zu dem Tag, an dem er starb, ließ Claire nicht zu, dass er seine Hand gegen ihre kleine Schwester erhob. Musste teuer dafür bezahlen.« Jetzt sah er sie fast flehentlich an. »Verstehen Sie, warum ich mich um sie kümmern musste? Die arme Frau hatte es so schwer im Leben, und jetzt sollte sie auch noch allein für das Haus und alles sorgen.« Dann lachte er bitter auf und lächelte ironisch. »War schon schwierig, als ich plötzlich eine Frau und ein Kind unterstützen musste. Und Lily ist auch nicht immer ganz einfach. Da ich nicht ihr Vater bin, will sie auch nicht auf mich hören.«

Eveline legte ihm die Hand auf die Schulter und spürte den kräftigen Muskel, der zum gebräunten Nacken verlief. »Sie sind ein guter Mensch.«

Er winkte nur ab. »Wir tun, was nötig ist, um alles richtig zu machen, nicht wahr, Eveline?«

Sie drückte seine Schulter und realisierte erst dann, dass sie ihn berührte. Aber als sie ihre Hand wegzog, widerstrebte ihr das geradezu. »Bleiben Sie einen Moment hier, Mr. Morton. Ich bringe Ihnen eine Limonade.«

»Sie sollen mich doch Frank nennen!«, rief er ihr gutmütig nach.

Als sie zurückkam, zog er ein paar alte Ranken an einem umgekippten Zaun auseinander. »Wussten Sie, dass Sie hier Weinreben haben?«

»Ehrlich?« Eveline stellte das Tablett auf dem Hocker ab und begutachtete die Stelle, die er von Unkraut befreite.

»Concord-Trauben, soweit ich erkennen kann. Ich wette, der ganze Streifen hier ist damit bepflanzt. Wenn Sie ein paar neue Pfähle setzen, Drähte spannen und die Reben daran hochbinden, haben Sie einen schönen Weingarten.«

Eveline freute sich. Sie stellte sich bereits vor, wie die Reben im Herbst vor dunklen Trauben strotzten.

»Tja, eines kann ich Ihnen versprechen, Mr. ... ich meine, Frank. Das erste Gelee davon gehört Ihnen.«

Als sie ihm ein Glas Limonade anbot, schien ihn das an etwas zu erinnern. Er tastete in seiner Tasche nach einer braunen Schachtel und gab sie ihr.

Sie riss die Augen auf. »Was ist das?«

»Machen Sie sie auf.«

Sie wusste, dass sie rot wurde, denn die Hitze schoss ihr bis zum Haaransatz. Als sie den Karton öffnete, zog sie einen Glaskrug heraus. »Ich fasse es nicht«, murmelte sie, starrte auf den Krug, drehte und wendete ihn in ihren Händen. »Genau wie meiner, der zerbrochen ist.«

Verlegen wandte er sich ab. »Ich fand's schrecklich, als ich sah, wie Sie die Kiste aufmachten und der Krug zerbrochen war. Aber ich kenne einen Mann in der Stadt, der alles besorgen kann. Und der hat ihn mir schon am nächsten Tag geschickt.«

Eveline klappte der Mund auf, aber sie brachte kein Wort heraus. »Das kann ich nicht annehmen.« Sie wollte den Krug zurückgeben, aber er wich ihr aus.

»Ich fürchte, den kann ich nicht mehr umtauschen. Also müssen Sie ihn behalten. Würde mich schrecklich kränken, wenn Sie ihn ablehnten.« Treuherzig wie ein Welpe sah er sie an, doch dann wurde seine Miene ernst. »Eine Frau muss von schönen Dingen umgeben sein, Eveline. Vor allem eine so hübsche wie Sie.«

Ihr Herz machte einen Satz. »Ich bin sprachlos, wirklich.« Aber dann drückte sie den Krug an ihre Brust. »Vielen Dank, Frank.«

Er setzte sich, nahm seine Limonade und trank langsam einen Schluck. »Darf ich ganz ehrlich sein?«

Sie konnte sich nicht erinnern, je so mit einem Mann gesprochen zu haben. »Worum geht es denn?«

»Ich will Sie nicht anlügen. Dieses Geschenk ist auch eine kleine Bestechung.«

Sie lachte. »Eine Bestechung? Und was wollen Sie im Gegenzug?«

»Ihr Vertrauen.« Er blickte auf seine Hände. »Sie werden einiges über mich zu hören bekommen. Dinge, die nicht wahr sind.« Als er ihr ein verhaltenes Lächeln schenkte, waren seine Züge angespannt. »Sie sollen sich Ihre eigene Meinung bilden und nicht auf den Tratsch hören, mehr möchte ich nicht.«

»Du meine Güte, was für Geschichten werde ich denn zu hören bekommen?«

»Es hat was mit meinem Geschäft zu tun. Ich leihe Menschen Geld, die keinen Kredit von der Bank bekommen. Natürlich nehme ich dafür höhere Zinsen, aber schließlich riskiere ich auch einiges. Denn manchmal können die Leute es nicht zurückzahlen und verlieren ihren Besitz. Das kommt nicht oft vor, aber manchmal eben schon. Ich hab mal einem Mann ein Darlehen für einen Mähdrescher gegeben, aber er hat das ganze Geld vertrunken. Deshalb musste ich ihm den Mähdrescher wieder abnehmen. Dabei wurde ich fast erschossen. Aber verstehen Sie: Ich muss doch für die Mädchen sorgen. Ich finde es auch nicht schön, wenn ein Mann seinen Besitz verliert. Es bricht mir das Herz. Aber ich muss auch meinen Lebensunterhalt verdienen, verdammt noch mal. Es ist ein Vertrag, verstehen Sie? Ich halte meinen Teil der Verpflichtungen ein, also verlange ich nur, dass der andere es auch tut.«

»Klingt nach einem Geschäft wie jedes andere auch.«

»Ganz genau. Aber das sehen nicht alle Leute so. Die erfinden dann Geschichten über mich, als wäre ich ein Ungeheuer. Als ob ich hilflose Babys auf die Straße setzen würde. Die meisten zahlen das Geld zurück, aber eben nicht alle. Es bricht mir das Herz, ehrlich. Aber was soll ich denn machen? Einfach nur zusehen, wenn sie mein Geld nehmen und es dann versaufen?«

Eveline seufzte. »Ich habe keine Gerüchte über Sie gehört. Aber danke, dass Sie mich aufgeklärt haben.«

»Ach, Gerüchte werden Sie noch hören. Verlassen Sie sich drauf.« Er verstummte und schwenkte die Limonade im Glas. »Ich bin kein schlechter Kerl.« Als er ihr direkt in die Augen schaute, stockte ihr der Atem. »Und ich wollte nicht, dass Sie mich für einen halten.« Er lächelte und senkte wieder den Blick. »Ich mag Sie, Eveline. Sie haben Augen, bei denen einem ganz warm ums Herz wird. Man hat das Gefühl, man könnte einfach so sein, wie man ist. Ist mir schon am ersten Tag aufgefallen.« Er trank einen großen Schluck und wischte sich mit dem Ärmel den Mund ab. »Sind wohl die hübschesten Augen, die ich je gesehen habe.«

Das war unangemessen, und sie wusste das, sie spürte Unsicherheit und Schuldgefühle in sich aufsteigen. Gleichzeitig genoss sie es, merkte, wie ihr Blut in Wallung geriet wie schon sehr lange nicht mehr. Sie stand da und spürte, wie ihr schwindelig wurde. Sie fühlte sich wie eine junge Frau – ohne Kinder und ohne raue Hände vom Wäschewaschen.

»Jetzt sollte ich wohl mal gehen«, sagte er. »Aber ich bin froh, dass wir uns unterhalten konnten. Wenn Sie und Ihre Familie irgendwas brauchen – egal was –, dann melden Sie sich. Ja?«

»Vielen Dank.«

Er winkte kurz und ging dann langsam zum Tor. Ihr Blick blieb an seinen Hosentaschen hängen und an den breiten Schultern.

»Soll ich die wieder aufhängen, Mrs. Kiser?«

Eveline fuhr zusammen und wurde knallrot. Sie hoffte nur, dass Lily nicht gesehen hatte, wie sie ihrem Schwager nachstarrte ... dem Mann ihrer Schwester.

»Hat Frank Ihnen den geschenkt?«, fragte Lily vorwurfsvoll und zeigte auf den Krug in ihren Händen.

»Ja.« Am liebsten hätte Eveline sich kühles Wasser aus dem Brunnen ins Gesicht gespritzt, um die Hitze zu vertreiben und einen klaren Kopf zu bekommen. »Das war sehr freundlich von ihm.« Sie beruhigte sich und lächelte Lily an. »Er ist ein sehr netter Mann.«

Da überschattete etwas Dunkles die Augen des Mädchens. »Nein, Mrs. Kiser, er ist nicht nett.«

Eveline war betroffen. Lily erschien ihr auf einmal undankbar, sogar selbstsüchtig. »Nun, wie es aussieht, hat er euch ein Dach über dem Kopf gegeben. Er sorgt gut für dich und deine Schwester«, gab sie zurück.

Lily seufzte und wandte sich ab. »Ich hänge die Wäsche mal besser auf, bevor es sich zuzieht.«

25. KAPITEL

»Will, hast du die Angeln?«, fragte Andrew. Der Junge nickte und hielt ein Gewirr aus verknäulten Schnüren, Haken und Stöcken in die Höhe.

»Ich hab die Sandwichs«, verkündete Edgar laut und hob den Picknickkorb hoch.

»Gut. Dann los.«

»Darf ich mitkommen?« Lily stand an der Scheune und hatte ein paar Äpfel in ihrer dünnen Strickjacke gesammelt.

»Na klar, Lily«, sagte Edgar. »Hier, du kannst die Äpfel in meinen Korb legen.« Der kleine Junge hievte den Korb zu ihr hoch.

»Das sind ja genug Sandwichs, um eine ganze Armee zu verköstigen«, rief Lily aus.

»Männer kriegen beim Angeln eben ganz schön Appetit. Oder?« Andrew zwinkerte den Jungen zu, die stolz nickten.

»Ma sagt, wir wachsen schneller aus unseren Sachen raus, als sie sie nachkaufen kann«, nickte Will. »Sie sagt, wenn sie uns nicht ständig was zu essen gibt, nagen wir noch die Rinde von den Bäumen.«

»Na, das wollen wir doch nicht«, erwiderte Lily. »Das haben schon die Schafe besorgt.« Sie lachte und nahm den schweren Picknickkorb voller Lebensmittel. »Dann bringe ich bei meinem nächsten Besuch mal einen Schwung Cookies mit.«

»Hafercookies mit Rosinen?«

»Wenn ihr wollt.«

Gemeinsam gingen Lily, Andrew und die Jungen am Bach entlang, der sich über ihr Land schlängelte und in einen großen Teich mündete, der von Trauerweiden umgeben war. Andrew blieb stehen, drückte einen Finger auf die Lippen, beugte ein Knie und wies mit dem Kopf zum Schilf. Dort stakste ein Graureiher elegant und majestätisch durchs flache Sumpfland, zog den langen Hals zuerst gerade und bog ihn dann fast zu einem S. Im Bruchteil einer Sekunde schoss sein gelber Schnabel ins Wasser und kam mit etwas Kleinem wieder heraus, das er als Ganzes verschluckte.

»Wow!«, brüllten die Jungen. »Habt ihr das gesehen?«

Andrew lachte leise und warf Lily einen Blick zu, die sich hingehockt und ihre Knie umfasst hatte. Im Licht der Sonne wirkte ihr hellbraunes Haar golden und umrahmte seidig ihr Gesicht. Der Kragen ihres Kleids hatte denselben hellrosa Farbton wie ihre Wangen und brachte ihre lächelnden Lippen zum Leuchten. Als ihre Blicke sich trafen, hingen sie einen Moment lang aneinander fest.

»Ich hab einen!«, brüllte Will. »Ich hab ...«

Der riesige Ochsenfrosch rutschte ihm aus den glitschigen Händen und landete vor Edgars Fuß. »Ich hab ihn!«, schrie Edgar. »Ich hab ihn!« Der Frosch hüpfte vor dem vorwärtsstolpernden Jungen davon und sprang in genau dem Augenblick in den Bach, als Edgar mit dem Bauch im Schlamm landete.

Andrew packte seinen Cousin am Gürtel und zog ihn aus dem Uferschlick. »Igitt!« Der tropfnasse Edgar schüttelte Kopf und Hände und verspritzte dabei jede Menge Schlamm und Wasser.

»Eigentlich sollten wir die Fische fangen und nicht umgekehrt«, zog Andrew ihn auf.

Unter einer der Trauerweiden half Lily dabei, die Haken aus den verknoteten Angeln zu lösen und die Leinen zu retten, die man noch benutzen konnte. Andrew und die Jungen suchten währenddessen Würmer im weichen Moos.

Andrew pflückte ein Blatt von einem Springkrautbüschel, das am Ufer wuchs. »Will, Edgar? Ich will euch was zeigen.« Er ging mit dem Blatt zum Wasser, tauchte es hinein und zeigte den Jungen, dass das grüne Blatt die Farbe von metallischem Silber annahm. »Verrückt, oder?«

Die Jungen sperrten den Mund auf; sie nahmen das Blatt aus dem Wasser, das dabei wieder grün wurde, und tauchten es selbst wieder unter, so dass es wieder silbern wurde. »Das ist die einzige Pflanze, die so was macht. Zumindest soweit ich weiß«, sagte Andrew.

Während die Jungen noch darüber staunten, hob Andrew einen runden, flachen Kiesel auf und warf ihn so über das Wasser, dass er viermal über die Oberfläche titschte, bevor er versank.

»Wie hast du denn das gemacht?«, fragte Edgar und ließ das Blatt in den Bach fallen.

»Erst müsst ihr die flachsten Steine nehmen, die ihr finden könnt.« Andrew hob einen Kiesel auf, steckte ihn zwischen Edgars Daumen und Zeigefinger, stellte sich hinter ihn und zeigte ihm, wie er ihn werfen sollte. Edgar ließ den Stein los, worauf er einmal auftitschte und dann ins Wasser tauchte. »So?« Die braunen Augen des kleinen Jungen wurden groß.

»Genau so.« Andrew baute eine kleine Steinpyramide. »Ich wette, wenn ihr tüchtig übt, könnt ihr sie sogar sechsmal aufkommen lassen.«

Er spürte, wie Lily ihn beobachtete. Er ging zu der Stelle, wo sie unter der Trauerweide saß, ließ sich neben sie auf den Boden sinken und fegte sich den Staub vom Oberschenkel. »Hast du Hunger?«, fragte er.

Sie schüttelte den Kopf und lächelte, als Edgar in die Hocke ging, den Kiesel so hielt, wie Andrew es ihm gezeigt hatte, und konzentriert die Nase krauste. »Du kannst echt gut mit ihnen umgehen«, sagte sie.

»Sie sind auch liebe Jungs.« Andrew wickelte eines der Schinkensandwichs aus. »Nach dem Unfall haben sie praktisch in meinem Zimmer gewohnt und ständig Murmeln und Schwarzer Peter gespielt. Und mich mit tausend Fragen gelöchert«, sagte er voller Zuneigung. Er stützte den Ellbogen auf sein Knie und betrachtete das Brot in seiner Hand. »Aber es war gut, dass sie da waren. Sie lenkten mich ab. Sonst hätte ich nur an meine Schmerzen gedacht.« Er biss ein kleines Stück ab und kaute.

»Tut es noch weh?«

»Ja. Manchmal.«

Auf dem Wasser spiegelte sich das Licht in gekräuselten, weißen Linien. Als Edgar seinen Kiesel schleuderte, kam er dreimal auf.

»Gut gemacht!«, rief Andrew, worauf der Junge strahlte. Will folgte seinem Beispiel, nahm einen Stein, beobachtete genau, wie sein kleiner Bruder es machte, und versuchte es dann selbst.

»Du hast großes Glück.« Lilys Stimme klang wehmütig und sehnsüchtig. »Ich würde alles dafür geben, so eine Familie zu haben.«

Andrew schluckte seinen Bissen hinunter, betrachtete seine Cousins und folgte mit dem Blick dem Bach bis zum Farmhaus der Kisers. Familie. Das war das erste Mal, dass er die Kisers so betrachtete, und die Vorstellung erfüllte ihn mit Dankbarkeit.

Lily stützte sich auf einen Arm und strich sich eine Haarsträhne hinters Ohr. »Ich wollte schon immer eine Familie haben. Viele Kinder, ein eigenes Haus. Eigene Tiere und einen so großen Garten, dass man vom Hindurchlaufen außer Atem gerät.« Sie griff nach einem Stöckchen und zeichnete eine Linie in die Erde. »Soll ich dir was verraten? Bevor ihr hierhergezogen seid, bin ich jeden Tag zu eurer Farm gekommen und hab so getan, als wäre es meine.« Sie wandte den Kopf ab und überflog die Landschaft. »Schon als ich klein war und noch die Andersons mit ihren Schafen hier lebten, fand ich, dass das Land mir zusteht und nicht ihnen. Albern, oder?«

»Hast du deshalb deinen Namen in den Apfelbaum geritzt?«

»Ach, das hast du gesehen?« Lächelnd zuckte sie mit den Schultern. »Ich liebe diesen Baum. Ich könnte dir nicht mal sagen, wie viele Äpfel von diesem einen Baum ich schon gegessen habe. Eigentlich müsste in meinen Adern längst Cidre statt Blut fließen.«

»Eveline liebt diesen Baum auch. Sie geht jeden Tag raus, pflückt die Äpfel und poliert sie, bis sie glänzen wie Edelsteine. Und erst dann kommen sie in die Obstkiste.«

Andrew hatte sein Sandwich gerade aufgegessen, als

Will und Edgar mit ihren langen Angelrouten angestapft kamen. Will streckte ihm seine hin. »Kannst du die Schnur für mich anknoten?«

»Für mich auch«, sagte Edgar und stupste mit der Spitze der Rute gegen Andrews Bein.

»Na klar.« Er nahm die Angelschnur, maß sie ab und hielt dann inne. Verzagt rollte er sie zwischen den Fingern hin und her, weil er einhändig keinen Knoten machen konnte. Die Jungen warteten und scharrten ungeduldig mit den Füßen. Andrew legte die Rute weg. »Ich kann keinen Knoten machen«, sagte er grimmig.

Lily rutschte näher zu ihm, knotete rasch an jede Rute eine Schnur mit Haken und gab sie Will und Edgar zurück.

»Danke, Lily!«, riefen sie und rannten zum Ufer.

Andrew verfiel in dumpfes Schweigen. Lily verbarg die Hände in den Falten ihres Rocks, während sie beide zusahen, wie die Jungen im Wasser herumplatschten und die Fische verscheuchten, die sie zu fangen hofften.

»Claire und ich haben hier früher auch geangelt«, sagte Lily mit kummervoller Miene und leiser Stimme. »Manchmal hatten wir nichts anderes zu essen als die Fische, die wir hier fingen.«

Das Schilf, das allmählich braun und brüchig wurde, bewegte sich raschelnd hin und her. Lily wirkte niedergeschlagen und verletzlich, als sie von dieser Zeit erzählte. »Claire konnte so gut jagen wie ein Mann. Sie konnte einen Hasen oder ein Eichhörnchen schießen, ohne auch nur eine Kugel zu verschwenden.«

Will zog heftig an seiner Angel, holte einen Klumpen verrotteter Blätter aus dem Wasser und suchte darin nach seinem Wurm.

»Aber nach dem Tod unseres Vaters konnte sie es nicht mehr. Sie ertrug den Anblick von Blut nicht mehr.« Eine kühle Brise fuhr durch Lilys Kragen, so dass der Stoff unter ihrem Kinn flatterte. »Sie konnte danach nicht mal mehr einem Huhn den Hals umdrehen. Einmal hat sie es versucht, aber danach hat sie tagelang geschrien. Manchmal hatten wir außer euren Äpfeln und ein paar Kartoffeln nichts zu essen. Es gab Zeiten, da aßen wir sie roh, aus dem Mülleimer.« Sie senkte den Blick. »Deshalb hat sie wohl auch Frank geheiratet. Damit ich nicht verhungere.« Sie griff nach einem kleinen Stein und schleuderte ihn in den Bach. »Und deshalb wird sie ihn wohl nie verlassen.«

Zwischen Lilys Sätze mogelten sich Teile aus Andrews Gespräch mit Peter. *Sie ist Lilys Schwester. Und auch ihre Mutter.* »Habt ihr beide euch schon immer so nahegestanden?«, wagte er sich vor.

Sie nickte, schüttelte dann aber den Kopf, als wäre sie hin und her gerissen. »Claire ist die Einzige, die je für mich da war. Jemals.« Gequält verzog sie das Gesicht. »Sie hat mich vom Tag meiner Geburt an aufgezogen, aber ...«

»Was denn?«

»Es ist schwer zu erklären. In meiner Kindheit fühlte ich mich trotz Claires Fürsorge immer einsam.« Sie schluckte. »Vermutlich, weil Claire immer da war, aber auch gleichzeitig abwesend. Wie ein Geist.« Sie verstummte und biss sich auf die Lippe. »Ein Teil von mir hatte immer Angst, wenn ich ihr zu nahe käme oder wenn ich mir nicht genug Mühe gäbe, alles richtig zu machen, oder wenn ich was Falsches sagte, dann würde sie vor meinen Augen verschwinden.«

Andrew sah sie an. *Sorge für deine Familie. Immer.* Es war, als hörte er die Stimme seines Vaters im Laub der Weide. Er wünschte, er hätte damals für Lily da sein können, hätte ihr heiße Eintöpfe und Brote mit geschmolzener Butter geben können. Er wünschte, er hätte für sie Feuer machen können, wenn sie fror, sie im Arm halten können, wenn sie Angst hatte. Wünschte, er hätte ihr die Verletzungen ihrer Kindheit nehmen können. Er spürte, wie der Schmerz in seiner Schulter pochte. Aber er konnte ja nicht mal einen Knoten binden, geschweige denn dieser Frau ein Leben bieten.

Lily zog den Picknickkorb heran und stellte ihn zwischen sie. »Noch ein Sandwich?«

»Nein.« Andrew schloss seine Hand um das Schnurknäuel, das die Jungen dagelassen hatten, und warf es unter den Baum.

Lily hielt ihre Knie umfasst und starrte auf die Frösche, die auf warme Steine hüpften, wieder ins Wasser sprangen und dabei die Oberfläche kräuselten. »Den Jungs ist es egal, ob du einen Knoten binden kannst oder nicht.« Sie drehte sich zu ihm. »Und mir auch.«

»Das verstehst du nicht«, erwiderte Andrew seufzend. Sein Kiefermuskel spannte sich an. »Du weißt nicht, wie es ist, etwas ganz Einfaches nicht zu können. Etwas, was sonst alle können.«

»Doch, das weiß ich«, sagte sie zögerlich.

Andrew wandte sich zu ihr. Ihr Gesicht war vor Scham rot geworden, obwohl sie versuchte, es mit einem Lächeln zu überspielen. »Ich kann nicht lesen.«

Die Vorräte, die sich auf dem Heuboden der Scheune stapelten, sahen aus, als könnten sie eine ganze Herde ernähren, aber Wilhelm und Andrew wussten, dass sie mit Glück höchstens zwei Monate reichen würden. Um zu sparen, schickten sie die Kühe zum Grasen an die entlegensten Winkel ihres Besitzes, ließen sie sogar über alte, von schiefen Steinmauern markierte Grundstücksgrenzen hinaus in den Wald vordringen. Jeden Abend trieben Andrew, Edgar und Will sie dann wieder zusammen und machten ein Spiel daraus, als müssten sie schwarz-weiß gefleckte Spione finden, die sich in feindlichem Gebiet versteckten. Wenn sie ihre Leitkuh Maggie aufspürten, führten sie sie zum Stall zurück; und dann kamen nach und nach die anderen Kühe aus ihren Verstecken und folgten ihr.

Andrew hielt die sechs überlebenden Ferkel von Peter Mueller in einem geschlossenen Pferch. Da die Nächte kälter wurden, schliefen die Ferkel in Holzkisten, die mit Stroh gefüllt waren. Bei ihrer Ankunft waren sie schwach und apathisch gewesen, aber in seiner Obhut wuchsen ihre Bäuchlein, und sie tollten und turnten inzwischen umeinander herum.

Einen Tag, nachdem sie am Bach gewesen waren, brach die Dämmerung schnell und unvermittelt an, und schon vor dem Abendessen war es schon fast dunkel.

Lily zog ihre Strickjacke an, als Andrew sich wieder seinen Pflichten zuwandte und sich um die quiekenden Ferkel kümmerte. Es war ziemlich anstrengend, eins mit der Flasche zu füttern, während die anderen darum kämpften, selbst an die Reihe zu kommen. Ohne einen zweiten Arm, um sie abzuwehren, musste er seine Knie als Puffer gegen den Ansturm hungriger Schnauzen benutzen.

»Soll ich dir helfen, bevor ich gehe?«, fragte Lily.

Er nickte, was ihn kurzzeitig vom Füttern ablenkte, worauf das Ferkel aufgeregt grunzte. Andrew rutschte zur Seite, um für Lily Platz zu machen.

»Meine Güte, sind die laut!« Lily beugte sich vor und griff sich ein Ferkel aus dem Haufen. Als Andrew den Geruch der selbstgemachten Seife auf Lilys Haut roch, durchströmte Wärme seinen Bauch, und ihm wurde heiß.

Lily legte sich das Ferkel in die Armbeuge und fütterte es mit einem der warmen Fläschchen, während sie zusah, wie Andrew konzentriert und sorgfältig Milch in die Schnauze eines anderen tropfen ließ. »Es war gut, dass du sie gerettet hast«, bemerkte sie. »Ich glaube nicht, dass sie noch viel länger durchgehalten hätten.«

»Aber wir haben das Gröbste noch nicht hinter uns.« Er setzte das satte, träge Ferkel ins Stroh und griff sich das nächste. »Die Aufzucht mit der Flasche ist mühsamer, als es aussieht. Aber das weißt du sicher aus eigener Erfahrung. Die Zwillinge brüllen ja in einer Tour. Ein Wunder, dass du noch nicht taub bist.«

Lily lachte nicht, sondern runzelte die Stirn. »Darf ich dir was anvertrauen?«

Er sah sie an. »Natürlich.«

»Diese Babys ...« Sie stockte kurz. »Ich glaube nicht, dass es ihnen gutgeht.«

»Ich weiß.«

Sie warf einen Blick zur Tür, um sich zu vergewissern, dass niemand etwas mitbekam. »Mrs. Kiser hat ihnen Kuhmilch gegeben, aber ...« Sie konzentrierte sich auf das Ferkel auf ihrem Arm. »Ihr Schreien erinnert mich an diese Kümmerlinge.«

»Hast du mit ihr geredet?«

»Das weiß sie doch selbst. Ich wollte es nicht noch schlimmer machen.« Lily biss sich auf die Unterlippe. »Frauen nehmen so was sehr schwer. Sie geben sich selbst die Schuld.« Sie strich mit einem Finger über die runzlige Stirn des Ferkels.

»Dr. Neeb ist vor ein paar Wochen gekommen.«

»Ich weiß, aber er ist kein guter Arzt. Eher heilen diese Ferkel hier mich, als dass Dr. Neeb was ausrichten könnte. Deine Tante hat Angst, Andrew«, sagte Lily und sah ihn flehend an. »Sie hat Angst um ihre Babys und weiß nicht, was sie tun soll. Und das macht sie zornig.«

Andrews Blick schmolz angesichts ihres besorgten Blickes, des zarten Profils. »Du bist ihr eine große Hilfe. Sie hat dich gern um sich.«

»Das weiß ich nicht. Ich habe oft das Gefühl, ihr im Weg zu stehen. Und es tut mir in der Seele weh, die Babys so schreien zu hören.«

Sie neigte sich näher zu ihm, griff nach seinem Ferkel und setzte es ins Stroh. So nah war sie, dass ein paar ihrer weichen Haare ihn an der Wange streiften. Dann zog sie sich wieder zurück, lehnte sich gegen die Wand und kreuzte die Beine. »Ich hab dich heute mit Peter in der Scheune gesehen. Ihr zwei versteht euch gut, oder?«, fragte sie. Dabei wich sie seinem Blick aus.

»Ja. Er ist ein anständiger Kerl.«

»Hat er ...« Sie verstummte und schluckte kurz. »Hat er dir was über meine Familie erzählt?« Sie war verlegen. »Über mich?«

»Ja«, antwortete Andrew, weil er sie nicht anlügen wollte. »Ein bisschen schon.«

»Hat er dir von Mary Paulsen erzählt?«

Wieder nickte Andrew.

»Ich hab Frank so dafür gehasst.« Lilys Mund zitterte kurz. »Für das, was er den Paulsens angetan hat. Als ich mit ansehen musste, wie Mary und ihre Familie einfach von ihrem Land vertrieben wurden ...« Ihre Augen glitzerten. »Mary redete nicht mehr mit mir, wollte mich nicht mal mehr ansehen. Was ich ihr nicht verübeln kann. Peter hasst mich immer noch deswegen.«

Lily zog die Knie an die Brust, umschlang sie und wiegte sich leicht vor und zurück. »Ich kratzte mein gesamtes Geld zusammen und ging zur Auktion. Kaufte so viel von Marys Sachen, wie ich mir leisten konnte. Sie hatte wirklich schöne Kleider, Andrew. Ihre Mutter hat sie alle selbst genäht. Ich hatte solches Glück, sie zu bekommen.«

Jetzt wandte er sich von ihr ab, weil er einfach nicht begreifen konnte, wie eine Frau, die sein Herz zum Schmelzen brachte, auf der anderen Seite derart gierig sein konnte.

»Du hättest Claire und mich am Postamt sehen sollen.« Sie grinste. »Ich hab mich unheimlich aufgeregt, weil ich nicht mehr genug Geld hatte, um den Karton nach Minnesota zu schicken. Schließlich hatte der arme Schalterbeamte Mitleid mit mir und zahlte den Rest.« Sie seufzte. »Von Mary habe ich nie mehr gehört. Ich weiß nicht mal, ob sie ihre Sachen erhalten hat. Aber ich hoffe es. Wenn ich mir vorstelle, dass sie immerhin noch ihre schönen Kleider trägt, kann ich nachts besser schlafen.«

Vor lauter Erleichterung wurde ihm fast schwindelig. »Du hast ihre Sachen gekauft, um sie ihr zu schicken?«

»Natürlich. Was hast du denn gedacht?« Sie wirkte verletzt.

»Nichts.« Andrew grinste breit. »Aber das solltest du Peter mal erzählen.«

»Das würde auch nichts ändern. Frank hat so vielen Leuten in der Gegend geschadet, dass auch keiner mehr was mit uns zu tun haben will.« Dann senkte sie die Lider und wurde ganz still. »Hat Peter dir noch was anderes erzählt?« Sie klang resigniert und gleichzeitig verletzt, als drohte eine alte Wunde wieder aufzugehen.

Andrew wusste, was sie meinte, und wollte auf keinen Fall an ihren Schmerz rühren. »Nein.« Er legte das letzte, bereits schlafende Ferkel ins Stroh zurück. »Mehr hat er nicht gesagt.«

Sie atmete erleichtert auf, erhob sich zum Gehen und schlang ihre zerschlissene Strickjacke eng um ihren Körper. Andrew stand ebenfalls auf. »Ich bring dich nach Hause.«

Sie schüttelte den Kopf. »Wenn es dir nichts ausmacht, gehe ich lieber allein.« Ihre Stimme wurde sanfter, sie wollte ihn nicht kränken. »Es war ein langer Tag.«

»Ganz sicher?« Er musterte sie forschend, bis sie unter seinem Blick verlegen wurde und sich lächelnd abwandte.

»Außerdem«, sagte sie tadelnd, »hast du schon Ringe unter den Augen. Du solltest dir ein Nickerchen gönnen, bevor Mrs. Kiser dich zum Abendessen ruft.« Als sie ihm einen leichten Stoß gegen die Brust versetzte, kribbelte es bis hinunter in seine Leistengegend. »Dann kannst du träumen, wie du mit hübschen Mädchen sprichst, oder wovon ihr Männer auch immer träumt.«

»Zum Träumen bin ich zu müde.« Er brachte sie zur Tür und hielt sie auf, schloss sie aber wieder, gerade als sie hindurchgehen wollte. »Ich könnte dir lesen beibringen, Lily«, sagte er leise. »Wenn du möchtest.«

Sie fummelte am obersten Knopf ihrer Strickjacke. »Ich möchte nicht ...« Ihre Stimme brach. »Ich möchte nicht, dass du mich für dumm hältst.«

»Du bist nicht dumm, Lily.« Das sagte er so entschieden, dass sie aufhorchte.

»Dann würde ich dein Angebot gern annehmen.« Sie lächelte, verhalten zuerst und dann strahlend.

Ohne darüber nachzudenken neigte Andrew sich zu ihr und drückte ihr einen Kuss auf die Stirn. »Gute Nacht, Lilymädchen.«

Andrew wurde vom Schreien der Babys aus seinem leichten Schlaf geweckt. Er hatte auf dem Sofa ein Nickerchen gemacht und hörte nun Wilhelm etwas aus dem Nebenzimmer brüllen. Durchs Fenster sah Andrew den pechschwarzen Himmel. Er roch, dass das Abendessen gekocht wurde.

Andrew ging in die Küche. In einer Ecke schrien die Babys, schienen immer lauter zu schreien. Eveline schaufelte mit fahrigen Bewegungen Kartoffelbrei auf die Teller. Als er hartnäckig am Löffel kleben blieb, musste sie hart aufs Porzellan schlagen, bis sich der Klumpen löste. Die Jungen versuchten zwar zu essen, gaben es dann aber auf, weil sie sich die Ohren zuhalten mussten. Das Gebrüll drang durchs Haus, in ihre Köpfe und hallte von den Wänden wider.

Wilhelm schmiss seine Gabel auf den Tisch. »Herrgott noch mal, kannst du nicht irgendwas tun?«

Eveline knallte den Topf auf die Arbeitsfläche. »Was soll ich denn machen?«

»Sie füttern. Mit ihnen herumlaufen. Was weiß denn ich!« Er rieb sich über die Augenbrauen. »Hauptsache, du tust irgendwas!«

Am liebsten hätte Eveline ihn mit dem Topf beworfen. Ihr platzte fast der Schädel. Das ewige Geschrei der Babys weckte den beängstigenden Drang in ihr, sie einfach zum Schweigen zu bringen, und sei es mit Gewalt. Vor ihrem inneren Auge sah sie manchmal, wie sie sie aus dem Fenster warf. Sie spürte es geradezu, wie sie ein Baby nach dem anderen rausschmiss und dann das Fenster verriegelte. Sie stützte sich schwer auf die Arbeitsfläche. Wilhelm stocherte einfach in seinem Essen herum. Am liebsten hätte Eveline lauter als alle zusammen geschrien.

Ohne ein Wort schnappte sie sich Wilhelms Wollmantel und warf ihn sich über die Schultern. Sie zog ihre Stiefel an und holte die Babys.

»Was machst du?«, fragte Wilhelm.

»Ich tue was!« rief sie laut und stürmte aus dem Haus. Die Schreie der Babys wurden immer leiser.

Stille breitete sich im Haus aus. Edgar warf einen Blick zu Andrew und dann zu seinem Vater.

»Was macht sie mit ihnen?«, fragte er ängstlich.

»Das soll nicht deine Sorge sein.« Wilhelm widmete sich wieder seinem Essen und stocherte im verkochten Fleisch herum. »Iss.«

Noch bevor die Mahlzeit beendet war, kehrte Eveline allein und ohne Mantel zurück. Ihr Gesicht war vor Anstrengung gerötet, und am Saum ihres Kleides hingen welke Blätter. Niemand fragte, wo die Babys waren. Niemand wagte es, irgendwas zu sagen.

Sie setzte sich an ihren Platz vor das kalt gewordene Essen. Aus ihrem Haarknoten hatten sich Strähnen gelöst. Eine Kluft hatte sich zwischen ihr und Wilhelm aufgetan, ein tiefer Spalt, den alle spürten. Schließlich schob Eveline ihren Teller weg, erhob sich vom Tisch, ging nach oben und knallte die Schlafzimmertür hinter sich zu.

Wilhelm stand ebenfalls auf. »Räumt für eure Mutter den Tisch ab«, sagte er mit tonloser Stimme. Die Jungen nahmen ihre Teller und gingen zur Spüle.

Andrew erhob sich vom Tisch, blickte seinen Onkel an und stellte sich ihm in den Weg. »Du kannst sie nicht da draußen lassen.«

Die Jungen fuhren mit erschrockenem, flehendem Blick von der Küchenzeile herum. Andrew sah seinen Onkel zornig an, dann schnappte er sich seinen Mantel und stürmte ebenfalls aus dem Haus. Draußen war es dunkel, und unter seinen Füßen raschelten Blätter. Er lief durch den Garten, am Apfelbaum vorbei, in Richtung der leisen Schreie. Es war so windig, dass er den Kopf tief in den Kragen zog, um sich zu wärmen. Mit großen Schritten eilte er den Hügel hinauf zu den Maisfeldern. Der Mond schob sich gerade über den Horizont. Es gab kaum Licht; die Bäume und Felsblöcke waren nur Flecken in Grau, Schwarz und Dunkelbraun.

Der Wind wehte die Schreie der Babys zu Andrew herüber, worauf er noch schneller rannte und zum Gipfel des Hügels gelangte. Das Weinen wurde lauter. Auf der Ebene rannte er los und fand die Babys zwischen den Reihen abgestorbener Maisstängel. Sie waren fest in Wilhelms Mantel gewickelt und strampelten heftig, um freizukommen. Andrew setzte sich auf den harten Boden, hob sie hoch und drückte sie an seine Brust. Ihre Schreie waren nervenzerfetzend und heiser. Er drückte sie an sich, wiegte sie und küsste ihre winzigen Köpfe. So gut es ging, zog er den Mantel enger um sie.

Sein Herz schlug dumpf. Er dachte nichts, sondern saß nur wie angewurzelt auf der Erde zwischen den toten Pflanzen. »Es tut mir leid«, flüsterte er. Er wiegte sie sanft und drückte sie an seinen warmen Körper, bis ihr Schreien leiser wurde und sie nur noch pfeifend schnieften. Es war schwierig, beide mit nur einem Arm zu tragen, und einige Male musste er stehen bleiben und sie zurechtrücken, damit sie ihm nicht entglitten. Aber sie waren friedlich und warm, als er sie wieder ins Haus brachte und in der warmen Küche in ihre Wiege legte.

Andrew zog sich Mütze und Mantel aus und hängte sie an den Haken hinter der Tür. Aus dem Wohnzimmer drang Licht. Wilhelm saß in seinem Sessel und las, mit der Brille fast auf der Nasenspitze.

»Die Zwillinge schlafen jetzt«, verkündete Andrew kalt.

»Gut«, erwiderte Wilhelm, ohne aufzublicken.

Andrew straffte die Schultern, richtete sich auf und starrte auf den Mann. »Sie hätten da draußen sterben können.«

Sein Onkel blätterte ungerührt eine Seite der Zeitung um. »Sind sie aber nicht, oder?«

Andrew musterte ihn lange. Er erkannte kaum noch etwas von dem Mann wieder, mit dem er im Zug gefahren war. Dieser Mann war voller Lebensmut gewesen, voller Scharfsinn und rauem Humor. Aber der Mann, der jetzt vor ihm saß, war gefühllos geworden.

Nach einem unruhigen Schlaf stand Andrew vor Tagesanbruch auf. Er war oft aufgewacht, wenn die Zwillinge wieder zu schreien anfingen, und hatte sie beruhigt. Normalerweise molk Wilhelm die Kühe, aber heute Morgen würde er das übernehmen. Er zündete die Laterne an, begab sich zur jüngsten Kuh im hinteren Teil der Scheune und stellte Eimer und Schemel bereit. Das Tier hatte das

Heu vom Vorabend nicht angerührt. Die Kuh starrte apathisch vor sich hin, und lange Speichelfäden tropften ins Stroh. Andrew fasste sie am Hals, beugte sich zu ihrem Maul und hörte, wie mühsam sie atmete. »Was ist denn los, mein Mädchen?«, fragte er sanft.

Die Kuh starrte nur geradeaus, als nähme sie ihn gar nicht wahr. Als er sich auf den Hocker setzte und nach dem Euter griff, spürte er ihr Zittern bis in ihre Hinterbeine. Er stieß den Hocker aus dem Weg, berührte ein Bein und fühlte, wie es unkontrolliert unter seinen Händen bebte. Wörter blitzten vor seinem inneren Auge auf, Wörter, die er vor langer Zeit in medizinischen Büchern gelesen hatte. Als er das Hinterteil der Kuh berührte, wurde das Zittern noch heftiger. Er erstarrte. *Nein.* Mit einem Mal fügten sich einzelne Puzzleteile zu einem Ganzen zusammen. *Oh Gott. Nein.*

Andrew schnappte sich die Laterne und rannte aus der Scheune durch die Felder bis zum Saum des dunklen Waldes. *Bitte, lass es nicht hier wachsen.* Er schwenkte die Laterne über dem dunklen, feuchten Boden und die dicke Laubdecke, schob sie mit den Füßen beiseite, um das Unterholz freizulegen. *Bitte nicht.* Gebückt ging er am Waldrand entlang und trat feuchte Blätter und knackende Zweige beiseite. Und dann sah er es. Die runden weißen Blüten, die meisten von ihnen verwelkt, aber ein paar noch blühend, an langen grünen Stängeln. Er ließ die Laterne fallen und schlug die Hand vors Gesicht. Ihm drehte sich der Magen um. Wütend riss er an der Pflanze, zerrte die Wurzeln aus dem Boden und zermalmte sie mit dem Stiefelabsatz.

Als er wieder am Haus ankam, sah er in Evelines Zimmer schon Licht. Ohne lange nachzudenken, rannte er die

Treppe hinauf und stürzte durch die Tür. Wilhelm knöpfte sich gerade sein Hemd zu. »Was zum Teufel fällt dir ...?«

Andrew entriss Eveline das Fläschchen. Noch bevor sie etwas sagen konnte, stieß er hervor: »Es liegt an der Milch!«

Die Babys in ihren Armen begannen zu schreien.

»Wovon sprichst du?«, versuchte Eveline sie zu übertönen.

»Die Milch.« Er versuchte, wieder zu Atem zu kommen. »Sie ist vergiftet. Die Kühe haben Wasserdost gefressen. Ihr müsst den Arzt holen, sofort!«

26. KAPITEL

Otto starb als Erster, in Evelines Armen. Immer leiser wimmerte er, bis er einschlief und schließlich aufhörte zu atmen. Eveline hielt das tote Kind, als würde es sich nur ausruhen, als würde die reglose Brust nur kurz in der Bewegung innehalten und sich bald wieder heben. So saß sie die ganze Nacht, wiegte das tote Baby in dem einen Arm und das lebende im anderen. Sie betrachtete ihre Söhne im Dunkeln, zu müde zum Schlafen, zu benommen, um sich zu bewegen. Wilhelm war erschöpft neben ihr eingeschlafen, hatte sich um ein Kissen gekrümmt, das er sich an den Bauch statt unter den Kopf geschoben hatte.

Schließlich hörte auch Harold auf zu atmen, doch Eveline blieb einfach sitzen. Die Stille dröhnte ihr in den Ohren. Es war die lauteste Stille, die sie je gehört hatte, so laut, dass sie das eigene Blut in den Ohren pochen hörte.

Als Eveline die Augen schloss, quoll eine Träne daraus hervor und rann ihr über die Wange. Nicht aus Traurigkeit, sondern aus Entsetzen darüber, dass sie nichts fühlte. Erschüttert von ihrer eigenen Gefühllosigkeit, blickte sie auf die Babys. *Ich fühle nichts.* Aus Scham liefen ihr Tränen über das Gesicht. *Ich halte meine toten Kinder im Arm und fühle gar nichts. Mein Gott!*

Dr. Neeb hatte sich am Kopf gekratzt und gemeint, alles läge in Gottes Händen. Derselbe Arzt, der ihr geraten hatte, den Zwillingen Kuhmilch zu geben; derselbe Arzt, dem plötzlich wieder eingefallen war, dass der frühere Besitzer ihrer Farm einen Teil seiner Schafe genau wegen dieser Giftpflanze verloren hatte. *Nun liegt alles in Gottes Händen*, hatte dieser Arzt gesagt. Und so war es.

Schwermütig krähte der Hahn, bevor das Licht des Morgens den schwarzen Himmel schiefergrau färbte. Wilhelm drehte sich schwerfällig auf den Rücken, nahm das Kissen und schob es sich unter den Kopf.

»Sie sind tot, Wilhelm«, sagte Eveline leise.

Ihr Mann stützte sich auf einen Ellbogen. Verschlafen und zerzaust sah er erst das eine und dann das andere Baby an. Ein Laut, den Eveline noch nie gehört hatte, entfuhr ihm, als er ihr seine Söhne aus den steifen Armen nahm und verzweifelt an seine Brust drückte. Sie hatte ihn noch nie weinen sehen, nicht ein einziges Mal. Bei diesem Anblick überkam sie Zorn.

»Hör auf«, zischte sie. Der Gegensatz zwischen seiner Verzweiflung und ihrer eigenen Gefühllosigkeit machte ihr Angst. Sie kam sich unmenschlich vor. Am liebsten hätte sie ihn geschlagen, weil er so empfindsam war und sie nicht.

»Sie waren von Anfang an krank«, sagte sie. »Da ist es besser so, anstatt sie ewig weiter leiden zu sehen.« Sie bemühte sich, ruhig zu sprechen. »Gott hat uns die Gnade erwiesen, sie ohne weiteres Leid von uns zu nehmen.«

Wilhelms Tränen tropften über ihre Köpfchen.

»Das reicht!«, befahl sie. Ihre Hände zitterten. Sie nahm die Babys und wickelte sie in die Häkeldecke. »Du musst es dem Pastor sagen.«

Wie in Trance drehte sich Wilhelm um, auf dem Gesicht noch die Spuren trocknender Tränen, zog sich die Hose an, ließ die Hosenträger über die gebeugten Schultern schnappen und schlich nach unten.

Eveline legte die Babys in die Wiege und schenkte ihnen keinen weiteren Blick mehr. Sie machte das Bett und ging in die Küche, um das Frühstück zu bereiten.

Am kurzen Trauergottesdienst nahmen lediglich ein paar Mitglieder der protestantischen Gemeinde teil.

Die Muellers nahmen mit ihrer gesamten Sippe teil. Der alte Stevens und Bernice kamen Händchen haltend. Die Mortons waren ebenfalls da. Frank hatte seinen Cowboyhut zu Hause gelassen und sich das dichte Haar ordentlich hinter die Ohren gekämmt. Die Muellers und die Mortons würdigten einander keines Blickes. Als die winzigen Babys schließlich gesegnet worden waren, brachte man sie zurück zur Farm der Kisers, um sie unter dem Apfelbaum zu begraben.

Die Trauergäste versammelten sich im Esszimmer der Kisers, aßen die von den Nachbarn mitgebrachten Speisen und unterhielten sich über die Kälte und den vorhergesagten harten Winter.

Eveline fühlte immer noch nichts. Von den Gesprächen und den an sie gerichteten Worten des Trostes bekam sie nichts mit. Als sie mit einem silbernen Servierlöffel Mais auf einen Teller gab, spürte sie nicht mal das Metall an ihren Fingern.

Frank Morton kam zu ihr und legte ihr leicht die Hand auf den Unterarm. Und *das* spürte sie. Tatsächlich drang die Hitze derart unvermittelt durch ihre Taubheit, dass sie den Arm so rasch zurückzog, als hätte sie sich verbrannt. Abwesend rieb sie sich über die Stelle.

»Ich wollte Sie nicht erschrecken«, sagte er. »Lily würde sich freuen, Ihnen weiterhin im Haus zu helfen. Sie müssen sie nicht bezahlen. Sie macht das gern.«

Eveline nickte. »Sehr gerne. Lily ist hier jederzeit willkommen.« In diesem Augenblick wünschte sie sich, er würde sie in den Arm nehmen, ihren Kopf an seine Brust drücken und ihr den Rücken streicheln. Sie wünschte, er würde ihr von seinem Besuch in Holland erzählen, Erinnerungen an glücklichere Zeiten heraufbeschwören, sie durch seine Nähe wieder zum Leben erwecken.

Stattdessen wandte sich Frank einer Frau zu, die sich ihnen schüchtern von hinten genähert hatte. »Ich weiß, es ist nicht der beste Zeitpunkt, aber ich möchte Ihnen meine Frau Claire vorstellen.« Er legte seiner Frau die Hand auf ihren schmalen Rücken und schob sie vorwärts.

Claire war sichtlich nervös. »Mein herzlichstes Beileid, Mrs. Kiser.«

Für Eveline war das nur eine hohle Floskel, und sie verspürte tiefe Abneigung gegen die Frau. Claire war schwach und scheu und verdiente den Mann an ihrer Seite gar nicht. »Das ist sehr freundlich von Ihnen, Mrs. Morton«, erwiderte sie kalt. »Wir freuen uns, dass Sie gekommen sind.«

Am Abend verabschiedeten sich alle Nachbarn außer Lily und Claire. Lily brachte Will und Edgar ins Bett. Wilhelm redete draußen vor dem Haus mit Heinrich Mueller. Andrew war spurlos verschwunden.

Claire spülte in der Küche das Geschirr und legte die übrig gebliebenen Fleischplatten und Aufläufe auf Teller. Dabei bewegte sie sich stiller als ein Mäuschen.

Eveline war erschöpft und wollte nur, dass die Frau endlich ging. »Das müssen Sie nicht machen, Mrs. Morton.« Allein Claires Anwesenheit nervte sie. »Wilhelm wird Sie heimfahren.«

»Nein, ich bleibe hier«, erwiderte sie nur. »Und bitte nennen Sie mich doch Claire.«

Diese Frau drang in ihr Haus ein, in ihre Küche, und wollte nun auch noch länger bleiben als nötig.

»Ich koche uns einen Tee«, bot Claire mit nervöser Stimme an. Mit stockenden Bewegungen füllte sie den Wasserkessel und stellte ihn auf den Ofen.

Eveline folgte ihr mit dem Blick, während sie die Schränke nach Tee, Zucker und Tassen durchforstete. Sie zog die Schultern bis zu den Ohren hoch. Schließlich stellte sie einen Becher mit heißem Tee vor Eveline.

Claire zog einen Stuhl unter dem Tisch heraus, rührte in ihrem eigenen Becher und starrte wie hypnotisiert auf den kreisenden Löffel.

Trink deinen verdammten Tee und lass mich in Ruhe, dachte Eveline. Etwas nagte in ihrem Innern. Vor lauter Feindseligkeit brach ihr der Schweiß aus. Hier in der Küche, gegenüber von Franks Frau, fühlte sie sich wie in einer Falle und bekam keine Luft mehr.

Claire trank vorsichtig einen Schluck von ihrem heißen Tee und stellte den Becher auf ihrem Schoß ab. »So k-k-kleine Kinder …« Sie hielt inne und spitzte die Lippen, als wollte sie ihren Mund davon abhalten zu stottern. Dann setzte sie noch mal an, langsamer jetzt: »So kleine Kinder sterben zu sehen, ist einfach furchtbar.« Ihre Augen huschten hin und her, als würde sie eine traurige Geschichte in der Zeitung lesen.

Hitze durchfuhr Eveline. *Wie konnte sie es wagen!* Sie ballte die Fäuste und wollte einfach aufstehen und gehen, nur um von dieser Frau mit ihren hohlen Phrasen wegzukommen.

»Danke für Ihr Mitgefühl, aber mir ist im Moment nicht nach reden, Claire. Wie Sie sich denken können, war es ein langer Tag. Außerdem passiert es häufig, dass Mütter ihre Kinder verlieren. Das ist Gottes Wille.« Sie klang verbittert über einen Gott, der nichts getan hatte, um ihre Kinder zu beschützen. Ganz sacht führte sie den Becher an ihre Lippen, umklammerte aber gleichzeitig so heftig den Griff, dass sie befürchtete, er könnte jeden Moment abbrechen.

Sanft nahm Claire ihr den Becher ab und stellte ihn auf den Tisch. »Sie haben diese Babys noch nicht begraben.« Sie sagte es fast lautlos, aber Eveline verstand jedes Wort.

Am liebsten hätte sie ihr ins Gesicht gespuckt, in diese mitleidigen Augen. »Ich habe sie *gerade eben* begraben«, zischte sie. Sie wollte ihren Tee zurück, um sich daran festzuhalten, um etwas zu tun zu haben. »Sie waren doch dabei.«

»Sie sind noch nicht begraben.« Claire krümmte sich leicht und schüttelte langsam den Kopf. »Noch nicht. Nicht, bis Sie sie betrauert haben.«

Gefühle stiegen in Eveline auf und machten sie noch wütender. Sie wollte um sich treten und Claire vom Stuhl stoßen. Sie wollte jemanden beißen, ihre Zähne in die Haut eines anderen schlagen und wie ein tollwütiger Hund daran zerren. Der Zorn brachte ihr Gesicht zum Glühen, und am liebsten hätte sie so laut geschrien, dass alle Fensterscheiben zersprungen wären.

»Ich muss nicht weinen oder trauern«, sagte sie abfällig. »Wissen Sie, warum?« Ihr ganzer Körper zuckte, sie konnte nicht mehr klar denken und sprach aus, was ihr in den Sinn kam. »Weil ich froh war, als sie weg waren! Also ersparen Sie mir Ihre Predigt über den Verlust von Babys, die ich von Anfang an nicht geliebt habe!« Ein Schluchzen brach aus ihr heraus. Schnaubend stieß sie heiße Luft durch die Nase.

Sie sprang auf, wollte die Frau vor sich anschreien, sie als dumm und beschränkt beschimpfen. »Ich habe alles dafür getan, damit sie gesund wurden, aber es ging einfach nicht. Sie schrien die ganze Zeit. Sie waren so schwach, und ich wusste, dass ich sie verlieren würde. Ich wusste es!« Sie schluchzte so heftig, dass sie nicht mehr atmen konnte und nach Luft schnappte. »Wissen Sie, wie das ist, seine Kinder zu jeder Minute des Tages im Arm zu halten und zu wissen, dass sie sterben werden? Haben Sie überhaupt eine Ahnung, wie sich das anfühlt?«, schrie sie Claire an.

»Ja.« Vor lauter Mitgefühl hatte Claire die Augen aufgerissen. Tränen schimmerten darin. »Das habe ich.«

Evelines Weinen verebbte, und ihr Körper erschlaffte. Sie knüllte die Falten ihres Rocks in ihren zitternden Händen zusammen. Als sie aufblickte, nahm sie zum ersten Mal wirklich das Gesicht dieser Frau wahr. Sie sah darin ihre eigene Trauer gespiegelt, und diese Erkenntnis traf sie wie ein Schlag.

»Ich vermisse sie so«, stieß Eveline hervor. Claire nickte nur, und eine einzelne Träne rann ihr über die Wange. »So sehr, dass es sich anfühlt, als hätte ich keine Haut mehr. Alles ist nackt und wund.«

»Ich weiß.«

Die beiden Frauen saßen am Tisch in diesem alten, knarzenden Haus und schwiegen. Während der Tee kalt wurde, spürten sie plötzlich eine tiefe Verbundenheit.

Andrew machte kein Licht, sondern hockte im Schutz der Dunkelheit in seinem Zimmer. Im ganzen Haus war es still, und doch hörte er immer noch die fernen, nachhallenden Schreie der Babys, als wären sie in den Kern des Hauses eingedrungen.

Er hätte es besser wissen müssen und die Kühe nicht im Wald grasen lassen dürfen. Die Krankheit hätte sie alle umbringen können. Er dachte an Edgar und Will, daran, was hätte passieren können, wenn alle Kühe vergiftet worden wären. Er dachte an das Schicksal seiner Cousins, wenn sie die gleiche Milch wie ihre kleinen Brüder getrunken hätten. Er drückte sich die Hand in den Bauch, als er an die kleinen Jungen dachte, die ihm so ans Herz gewachsen waren. Sein ganzer Körper wurde kalt und taub.

Er erinnerte sich daran, wie er die Zwillinge wieder ins Haus gebracht hatte, als Eveline sie in jener Nacht auf dem Feld zurückgelassen hatte. Sie wären ihm fast aus dem Arm gerutscht, und nun waren sie ihnen doch entglitten. Jetzt saß er hier, in der Dunkelheit, mit seinem schwachen Körper, weil er niemandem helfen, niemandem das Leben retten konnte. Weder seinem Vater noch den Zwillingen. Am Ende entglitten sie ihm alle.

Es klopfte leise an der Tür, doch Andrew war in Gedanken und hörte es nicht. Er registrierte es nur, wie man das Rattern des Windes an der Fensterscheibe wahrnimmt.

Lily erschien in der Tür und drückte sie hinter sich zu. Zwar hatte er ihr den Rücken zugewandt, doch spürte er, dass sie es war.

Über die knarzenden Dielen kam sie näher, und das Bett senkte sich leicht ab, als sie neben ihm Platz nahm.

Andrew hörte sie schlucken, aber sie sagte nichts. Sie atmete nur ruhig, und das gleichmäßige Geräusch beruhigte ihn etwas. Sie wandte sich zu ihm und lehnte ihren Kopf an seine Schulter. Er schloss die Augen.

Er begriff mit einem Mal, dass er Lily liebte. Unter seiner dumpfen Trauer liebte er sie, ihr weiches Haar an seinem Hals, den Duft ihrer Haut. Lily drang ihm bis unter die Haut und in die Knochen.

Dabei wusste er, dass Lily nur einen weiteren Verlust bedeuten könnte, eine weitere Wunde. Sie würde sein Leben mit ihrem ganzen Wesen umkrempeln und dann verschwinden, weil auch sie Andrew früher oder später entgleiten würde. Er konnte einfach nicht noch einen Verlust ertragen.

Er wandte den Kopf und ließ sich von ihrem Haar die Wange streicheln. Er öffnete den Mund, weil er ihr sagen wollte, sie solle gehen, doch stattdessen strichen seine Lippen über die warme Haut ihrer Schläfe. Sie hob das Gesicht, und sein Mund glitt über ihre Stirn und ihre geschlossenen Augen hinunter bis zu ihrer Nase. Sie legte den Kopf in den Nacken, und ihre Lippen trafen sich, und sie ließen sich in den Kuss sinken. Andrew liebte Lily, obwohl er gleichzeitig Angst vor dem Gefühl hatte. Seine Hand glitt über ihren Rücken.

Ihre Lippen waren weich und zärtlich, und eine Wärme ging von ihr aus, die seine Glieder bis in die letzten Nervenspitzen kribbeln ließ. Schließlich löste sich Lily aus dem Kuss und lehnte ihre Stirn gegen seine.

Sie betrachtete seine gesenkten Lider, zog langsam und zärtlich seinen Kopf an ihr Schlüsselbein und umschlang ihn fest, bis er endlich weinte.

27. KAPITEL

Die Kolben der mächtigen schwarzen Dampfmaschinen der Pennsylvania Railroad arbeiteten unter Hochdruck, und die Räder knirschten wie zusammengebissene Zähne, wenn das Ungetüm zum Rangieren, Koppeln oder Gleiswechseln zurückgezwungen wurde. Die Bahnarbeiter sahen durchs Fenster zu und hörten, wie die Dampfmaschine ächzte und stöhnte. Gleichzeitig erstreckten sich die Gleise vor ihnen in endlose Ferne.

Seit Andrews Unfall war Wilhelms Leben jedoch zum Stillstand gekommen. Das Ächzen und Seufzen des alten Hauses machten ihn so unruhig, dass er nicht mehr einschlafen konnte. Schließlich kapitulierte er und zog sich in der Dunkelheit an. Auf dem kleinen Nachttisch stand der Spielzeugzug, den Peter Mueller für Edgar geschnitzt hatte. Wilhelm roch das frische, helle Kiefernholz. Er begutachtete den Zug, mit dem sein Sohn spielen und den er später wegstellen und vergessen würde. Die Eisenbahn, das war einmal sein Leben gewesen. Er hatte die mächtige Bremse im Waggon betätigt, sein ganzes Leben hatte sich bei der Pennsylvania Railroad abgespielt, sein Beruf hatte ihm immer viel bedeutet. Jetzt aber fühlte er sich so leblos wie dieses Spielzeug.

Wilhelm Kiser war als Farmer geboren und aufgezogen worden – ein paar Jahre hatte er in Deutschland verbracht, den Rest in Amerika. Aber das Land war den Kisers nicht wohlgesinnt. Für seine Eltern hatte es keine reiche Ernte gegeben. Und so lange Wilhelm denken konnte, hatte er das Leben auf der Farm gehasst: das Graben und Pflanzen, den Geruch der Tiere, die allgegenwärtigen Fliegen und das Aufstehen vor Tagesanbruch. Das Land hatte sich als Fluch erwiesen, und er musste mit ansehen, wie seine Eltern daran zugrunde gingen. Er sah, wie sie sich hinter dem Pflug krümmten, und als er aufwuchs, lernte er das Land zu hassen und konnte es kaum abwarten, ihm zu entfliehen und ein ganz neues Leben anzufangen. Was er auch tat. Von ganz unten arbeitete er sich bei der Eisenbahn hoch: vom Packer zur Hilfskraft des Heizers, zum Heizer bis zum Bremser. Wilhelm sog den Ruß ein, als wäre er frische Luft, die er zum Atmen brauchte.

Jetzt stellte er die Spielzeuglok auf den winzigen Tisch zurück. Der Tag brach an, und der Raureif an den Fenstern kündigte einen eisigen Herbstmorgen an. Zu dieser frühen Stunde kam ihm nichts richtig vor; es war nicht richtig, dass ein Körper sich aus dem Schlaf und den noch warmen Decken quälte. Selbst die Vögel wussten, dass es noch zu früh war, um diese Ruhe zu stören. Und doch setzte Wilhelm sich nun in Bewegung, nahm den Eimer mit zur gottverdammten Scheune, um sich auf einen gottverdammten kalten Schemel zu setzen und eine gottverdammte Kuh zu melken. Er spürte geradezu, wie ihm eine Hand die Gurgel zudrückte, so dass er kaum schlucken konnte und alles wieder hochzukommen drohte.

Wilhelm ging zur Scheune, vorbei an dem riesigen Apfelbaum. Er blickte hinauf zu den nackten Ästen, an die sich noch ein paar alte Äpfel klammerten, und betrachtete den Baum und seinen mächtigen Stamm. Darunter lagen nun seine Söhne begraben.

Wilhelm betrat die dunkle Scheune, zündete die Laterne an, hockte sich auf den eisigen Schemel und beugte den Rücken. Als er die warme Zitze anfasste, zuckte die Kuh wegen seiner kalten Hände zusammen, aber das war ihm egal. *Ist ja nur 'ne gottverdammte Kuh.* Er zog und drückte, drückte und zog, und der Strahl der Milch spritzte in den Eimer. Hier saß er – alles in seinem Leben war zum Stillstand gekommen.

Immer härter und schneller drückte er. Die Jahre bei der Eisenbahn waren ein verlorener Traum, erschienen ihm heute wie eine Spinnerei, während das Farmerleben sein eigentliches Schicksal zu sein schien. Und während er auf dem dreibeinigen Schemel hockte, fühlte er sich morsch wie altes, brüchiges Holz.

Als er sein verzerrtes Spiegelbild im Metalleimer betrachtete, war ihm, als würden die Augen seines Vaters zurückstarren. Er litt unter der Wiederholung einer Vergangenheit, der er mit aller Macht zu entfliehen versucht hatte. Und doch saß er hier, wie schon sein Vater auf einem solchen Schemel gesessen hatte. Und er konnte nichts dagegen unternehmen.

Seine Gedanken wanderten zu seinem Vater, einem sturen, stoischen Deutschen. Wenn er eines gekonnt hatte, dann war das zuzupacken, wo immer es nötig war. Sobald das Haus, ein Tisch oder eine Wand gestrichen werden musste, holte Wilhelms Vater alle Farbeimer aus dem Schuppen, mischte die Farben zusammen und färbte alles, was sie besaßen, zu einem stumpfen Grau. Das vergaß Wilhelm nie. Wie das Grau langsam auch in seine Mutter drang, bis sie nicht mehr hübsch und lebensfroh war, sondern nur noch stumpf und matt und ohne jede Farbe.

Als Wilhelm nach Pittsburgh zog, schwor er sich, dass das seiner Frau niemals geschehen sollte. Er kaufte Eveline feine Sachen wie dicke Teppiche, Federdecken und Duftöle aus Frankreich. Damals war Geld noch kein Problem gewesen. Jetzt aber spürte er drückend die Last seiner schwindenden Ersparnisse, wo er doch eine Familie zu ernähren und ein Land zu bestellen hatte.

Er warf einen Blick zu dem neuen Fordson-Traktor, der hinter den Kuhställen stand. Bei seinem weitläufigen und steinigen Land konnte er es nicht riskieren, einen gebrauchten zu benutzen. Aber jetzt kam ihm sein Kauf leichtsinnig vor. Eigentlich hatte Wilhelm kalkuliert, dass seine Rücklagen eineinhalb Jahre reichen würden. Jetzt konnten sie davon, mit Glück, gerade den Winter überstehen. Aber dies würde er, wie so vieles andere, für sich behalten. Auf gar keinen Fall würde er seine finanziellen Sorgen mit Eveline teilen. Frauen verstanden nichts davon, dachte er. Ihr ganzes Leben drehte sich um Kinder, Essen und den Haushalt. Und doch beklagten sie sich. Trotz eines so sorglosen und bequemen Lebens beklagten sie sich.

Korn und Gras würden wachsen, das wusste er. Und die Hühner würden Eier legen, die Kühe Milch geben. Der Garten würde die Familie ernähren. Aber Wilhelm war als Farmer aufgewachsen und wusste, dass all dies Zeit brauchte und die Bedingungen stimmen mussten. Wilhelm Kiser wusste genau, was der Preis für jedes bisschen Wachstum war.

Als die Kuh keine Milch mehr gab, rückte Wilhelm den Hocker zur nächsten, fing wieder von vorne an und versuchte, an diesem Leben nicht zu ersticken.

Eveline wendete die Kartoffelpuffer mit dem Pfannenheber. Im siedenden Öl wurden sie schnell braun und zogen sich dann kreisförmig zusammen. Wilhelm knallte die Tür zur Veranda zu und stellte die Milcheimer neben der Speisekammer ab.

»Kannst du die Tür nicht einmal leise schließen?«, fauchte sie.

»Falls du es nicht gesehen hast: Ich hatte die Hände voll«, antwortete er grimmig.

Eveline schnaubte und stapelte die Reibekuchen auf einem Teller. Ihr Mann würde meckern, weil es zum Frühstück kein Fleisch gab, aber darauf war sie gefasst. Sie wischte sich mit dem Handrücken über die Stirn. Sie war müde, gereizt und streitlustig. Deshalb hatte sie sich beim Reiben von Kartoffeln und Zwiebeln abreagiert.

Der kleine Will saß am Tisch und ließ seine Fingerknöchel knacken. Bei dem Geräusch zuckte sie zusammen.

»Will!« Bei ihrem scharfen Ton zuckten alle am Tisch zusammen. »Wie oft hab ich dir schon gesagt, du sollst das nicht machen!«, rief sie vorwurfsvoll.

Will verschränkte trotzig die Arme und verbarg seine Hände, peinlich berührt, weil seine Mutter so gegen ihn aufbrauste.

»Lass ihn in Ruhe, Eve«, befahl Wilhelm. »Der Junge hat nichts falsch gemacht. Herrgott, was bist du wieder reizbar.«

Eveline drückte die Masse aus Ei und Kartoffeln in ihrer Hand zusammen und warf sie ins siedende Öl. Ein heißer Spritzer traf sie am Arm. Sie kniff die Lippen zusammen, bis das Brennen nachließ. Sie stocherte in dem Reibekuchen. Sie war tatsächlich gereizt, konnte aber nichts dagegen machen. Alles an Wilhelm brachte sie auf: seine Stimme, sein Gang, die widerspenstigen Haare an seinen Ohren. Sie war schon beim Aufwachen gereizt gewesen. Das Schnarchen ihres Mannes hatte sie aus irgendeinem Traum gerissen, und die letzte Stunde vor dem Aufstehen hatte sie an die Decke gestarrt und versucht, sich zu erinnern, was sie geträumt hatte.

»Tante Eveline hat recht«, sagte Andrew zu seinem kleinen Cousin. »Du solltest nicht mit den Knöcheln knacken. Davon werden deine Hände hässlich.«

Jetzt schob Eveline die Reibekuchen langsamer hin und her und spitzte die Ohren, damit ihr nichts entging.

»Ehrlich?«, fragte Will.

»Ja. Wenn du alt wirst, sind deine Gelenke dann ganz knotig und brüchig.«

»Stimmt gar nicht«, widersprach der Junge.

»Doch, das stimmt.« Andrew erhob sich vom Tisch, holte von der Anrichte das Apfelmus und stieß seine Tante liebevoll an. »Ich kannte mal einen Mann in den Minen, der mit den Knöcheln knackte, seit er klein war. Am Ende sahen seine Hände aus wie Bärenklauen.« Zur Demonstration krallte er seine Hand wie ein Grizzly. »Selbst wenn er am Ende des Tages seine Schippe fallen ließ, waren seine Hände so gekrümmt, als würde er sie immer noch festhalten.«

»Nur vom Knöchelknacken?«

»Ganz genau.« Andrew gab einen Löffel Apfelmus auf Wills Teller und sah zu, wie der Junge unter dem Tisch seine Finger begutachtete, sie streckte und dann wieder zur Faust ballte, um zu erkennen, ob das wirklich wahr sein konnte.

Eveline brachte die nächsten Reibekuchen zum Tisch und gab Andrew den ersten. Sie lächelte ihn an. Er war durch und durch gut. Es gab nicht viele Männer wie Andrew, mit starkem Körper und empfindsamem Herzen.

»Wo ist das Fleisch?«, wollte Wilhelm wissen.

»Es gibt heute keins.«

»Wieso nicht?«

Den Teller noch in der einen Hand, stemmte sie die andere in die Hüfte. »Weil ich keine Lust hatte, welches zu braten, deshalb.«

Wilhelm verdrehte die Augen und murmelte etwas Unverständliches.

Eveline ging mit dem leeren Teller zur Spüle. Sie musste unwillkürlich an Frank denken. Plötzlich erinnerte sie sich, dass er es war, von dem sie in dieser Nacht geträumt hatte. Sie errötete bis zum Haaransatz, warf einen Blick auf Wilhelm, der missmutig vor seinen Reibekuchen saß, und spürte das schlechte Gewissen an ihr nagen. Sie holte den geschnittenen Schinken heraus und warf ein paar Scheiben in die Pfanne.

Sobald Lily kam, stieg Eveline die knarzenden Stufen zum Obstkeller hinab und hielt sich dabei die baumelnde Laterne dicht vors Gesicht. Dicke Spinnweben, in denen sich der Staub verfangen hatte, hingen in jeder Ecke und über jedem Regal. Die Luft war überraschend mild und roch muffig, aber der Raum war für das, was sie vorhatte, viel zu groß, so dass sie unschlüssig im Licht stand und nicht wusste, wo sie anfangen sollte.

Als Lily zu ihr herunterkam, hallten ihre Schritte dumpf und hohl von den Steinwänden wider. »So einen großen Obstkeller habe ich ja noch nie gesehen«, rief sie aus. »Ich glaube, hier war seit Ewigkeiten niemand mehr.«

Eine Reihe Gläser, von denen einige gesprungen waren und andere unidentifizierbare grüne oder gelbe Klumpen enthielten, belegte zwei der Regale. Ihre metallenen Deckel waren nach oben ausgebeult.

»Die sind nicht mehr gut.« Lily kümmerte sich nicht um die Spinnweben und begutachtete einige der Gläser. »Damit könnte man eine Ziege vergiften. Nicht ein einziges ist noch zu gebrauchen.« Sie fegte eine weitere Spinnwebe aus dem Weg und wischte sich das klebrige Netz am Rock ab. Dann zog sie aus dem hinteren Teil ein paar leere Gläser. »Aber die sind noch gut, Mrs. Kiser. Schauen Sie, nicht ein einziger Sprung.«

Eveline sah sie sich an, und tatsächlich, sie waren unversehrt und würden sich gut zum Einmachen eignen, wenn sie sie erst mal gründlich ausgekocht hatte.

»Ich laufe hoch und hole ein paar Kisten, damit wir hier aufräumen können.« Als Eveline ihre blitzenden Augen sah, musste sie lächeln, denn ihre Begeisterung war ansteckend. Sie mochte das Mädchen sehr. Es erinnerte sie an sich selbst, als sie noch jung gewesen war.

Als Lily zurückkehrte, fegten und wischten sie zusammen die Regale sauber. Am Ende waren die alten Lappen schwarz von Staub und toten Fliegen. Eveline hielt kurz inne und sah Lily beim Arbeiten zu. Sie war zwar zierlich, aber nicht schwach. Und ihr Gesicht war selbst mit Schmutzspuren an ihren Wangen so hübsch, dass man sie ständig nur ansehen wollte.

»Sie können hart arbeiten, Miss Morton.«

»Ich hab schon mein ganzes Leben gearbeitet, Mrs. Kiser. Spinnweben entferne ich, seit ich denken kann.« Sie wurde leiser und verstummte. Dann wandte sie sich zu Eveline, als wollte sie etwas sagen, hielt aber inne.

»Was ist denn?«

»Ich hab mich nur gefragt, wieso Sie hier aufs Land gezogen sind. Anscheinend hatten Sie doch ein schönes Leben in Pittsburgh. Frank war schon oft dort. Er sagt, ihr früheres Zuhause war wunderschön.«

Eveline dachte an ihr Backsteinhaus, an die Bequemlichkeiten, die vielen Kamine, durch die es im Winter genauso warm war wie im Sommer. Sie erinnerte sich an die Köchin und die Putzfrau, die jeden Mittag gekommen waren. An die Nähe zur Innenstadt und die Frauen, die sie zum Tee besucht hatten. Jetzt fiel ihr auch auf, wie anders Wilhelms Gesicht damals ausgesehen hatte, wie er vor Stolz auf seinen Beruf und seine Familie fast geplatzt war. Als sie daran dachte, wie niedergeschlagen ihr Mann nun aussah, tat es ihr in der Seele weh.

»Ich schätze, es steckt mir im Blut«, gestand Eveline. »Auf dem Land zu leben und zu arbeiten, meine ich. Ich wollte, dass meine Jungs fernab der Stadt aufwachsen, wo die Luft noch sauber ist. Ich wollte, dass sie lernen, das Land zu respektieren und zu bestellen.«

Unvermittelt stand sie auf und ging mit dem Besen in eine Ecke, weil sie den Erinnerungen an ihr früheres Leben entkommen wollte. Lily begriff, dass das Thema erledigt war, und reckte den Besenstiel zur Decke, um dort die Spinnweben zu entfernen.

Eveline fegte den Boden und beförderte haufenweise vertrocknete Wespen und Blätter aus den Ecken. Mit einem Mal ließ Lily ihren Besen fallen und starrte Eveline an, als hätte sie einen Geist gesehen.

»Was ist?«, fragte Eveline.

Langsam beugte sich Lily zum Besen vor, den Blick fest auf Evelines Schulter gerichtet. Sie flüsterte: »Nicht bewegen.« Und dann fegte sie blitzschnell etwas Großes, Schwarzes von Evelines Schulter.

Eveline sah die glänzend schwarze Spinne mit dem roten Kreuz auf dem Rücken zu Boden fallen und zerquetschte sie hastig mit ihrem Absatz.

Eveline drückte sich die Hand aufs Herz; ihr rauschte das Blut in den Ohren. Vor ihren Augen wurde alles schwarz. Als sie wieder auf die tote Spinne blickte, wich sie vor Angst und Ekel zurück. Sie wusste nur eines über die Schwarze Witwe: Das Weibchen paarte sich mit dem Männchen und fraß es dann bei lebendigem Leib auf.

Eveline Kiser erzitterte am ganzen Körper.

28. KAPITEL

Der Wechsel der Jahreszeiten brachte einen eigenen Geruch mit sich. Nahezu über Nacht wich der Sommer dem Herbst mit dem ersten Frost. Die welkenden Blätter wurden braun, bis sie von den Ästen fielen und eine dichte Laubdecke bildeten, die unter den Stiefeln raschelte. An sonnigen Tagen strahlte der Himmel in einem stählernen Blau, und es war zwar noch lange hell, aber nicht mehr warm. An bedeckten Tagen rieb die Luft wie Stahlwolle an Kinn und Wangen.

Die ganze Nacht über peitschte der Regen gegen das alte Farmhaus und zeigte die Stellen, wo das Dach repariert werden musste. Töpfe und Eimer wurden in den Räumen aufgestellt, wo das Wasser sich einen Weg durch die Schindeln bahnte. Das endlose Tropfen dauerte bis zum Morgen an, selbst wenn der Regen aufgehört hatte.

Wilhelm schickte Will und Edgar in den Hühnerstall, um die Futtertröge zu säubern und die Eier einzusammeln. Im Frühjahr würden sie die neuen Küken aufziehen, dafür sollten die Schlafplätze der Tiere schon frühzeitig vorbereitet werden. Die Jungen beklagten sich nicht, sondern waren froh, den Tag im warmen Stall zu verbringen, bis Fritz zum Spielen herüberkam.

In der Scheune drückte Andrew Nägel zum Aufhängen von Ketten und Geschirr in die Bretter und hämmerte sie dann tief ins Holz. Draußen mühte sich Wilhelm mit der Kurbel des Wagens ab. »Der Ford springt nicht an!«, brüllte er vorwurfsvoll in die Scheune.

Andrew legte den Hammer nieder und spähte von der Seite unter die Motorhaube. »Was ist das Problem?«

»Woher zum Teufel soll ich das wissen?«, rief Wilhelm verbittert. »Sehe ich aus wie ein verdammter Mechaniker?«

Andrew überging seinen Ton. »Ich könnte Frank bitten, mal einen Blick darauf zu werfen.«

Sein Onkel grunzte. »Ich krieg's schon selbst raus.« Dann knallte er die Motorhaube zu. »Hilf mir, den Pferdewagen zu reparieren.«

Der alte Wagen stammte noch von Mr. Anderson, und sämtliche Speichen, Bolzen und Schrauben waren verrostet. Andrew schmirgelte den Rost ab und tröpfelte Öl auf alle beweglichen Teile. Sie versuchten, das Pferd anzuschirren. Wilhelm hielt die Achse hoch, während Andrew das Pferd rückwärts führte und das Kumt anlegte. Als sie zufrieden waren, schnallten sie das Pferd wieder ab und wollten es wieder in den Stall führen. Doch dabei hob sich die Achse, der Wagen kippte, stieß Wilhelm zu Boden, und eine Ecke bohrte sich in seinen Oberschenkel. Er schrie vor Schmerz auf. Andrew mühte sich ab, seine Schulter unter den Wagen zu schieben und ihn anzuheben, damit sein Onkel das Bein herausziehen konnte. Seine Hose war zerrissen, und eine klaffende Wunde ließ seinen Oberschenkel anschwellen.

Wilhelm entfernte sich humpelnd, trat dann wütend gegen den Wagen und zeigte auf Andrew. »Ich hab dir doch gesagt, du sollst das Auto nicht draußen lassen! Jetzt steht der gottverdammte Motor unter Wasser.«

»Ich hab es auch nicht draußen gelassen«, erwiderte Andrew ruhig.

»Hast du doch, zur Hölle! Ich hab dir gesagt, es gibt Regen. Hier hab ich gestanden und gesagt, du sollst den verdammten Wagen reinfahren.«

Andrew wartete einen Moment reglos in der kalten Scheune. Dann sah er seinen Onkel an, der weiße Atemwolken ausstieß, und sagte mit klarer Stimme: »Ich habe den Wagen reingefahren. Aber du hast ihn wieder rausgeholt, als du die Schusterbank repariert hast.«

Wilhelm hatte schon den Mund geöffnet, um ihm zu widersprechen, doch da erkannte er die Wahrheit. Er trat noch einmal dumpf gegen den Wagen und wies dann zum Haus. »Ich will, dass die verdammten Schweine von der Veranda runterkommen. Klar?«

Andrew nickte. »Ja, Sir.«

»Ich hab's satt, ständig über sie zu stolpern und ihr verdammtes Quieken zu hören!« Er rieb sich über sein verletztes Bein und verzog das Gesicht. »Es ist ein Haus und kein gottverfluchter Schweinestall.«

Andrew ließ seinen Onkel toben. Da er ihn noch nie derart aufgebracht erlebt hatte, beäugte er ihn vorsichtig. Wilhelm hatte vor Zorn das Gesicht verzerrt.

»Ich muss die ganze gottverdammte Arbeit hier allein machen!« Er zeigte auf Andrews Schulter und spuckte aus. »Aber mit mir hat niemand Mitleid, oder? Von dir erwartet kein Mensch irgendwas. Kein Mensch erwartet, dass ein Krüppel diese Scheißfarm in irgendwas Nützliches verwandelt.«

Andrews Magen zog sich zusammen. Der Vorwurf brannte heiß auf seinen Wangen. Er drehte sich um und ließ seinen Onkel einfach stehen.

Da bekam Wilhelm doch ein schlechtes Gewissen, und er fuhr sich mit beiden Händen in die Haare. »Ich hab's nicht so gemeint.« Er rieb sich die Augen, als hätte er geschlafen. »Es tut mir leid, Andrew. Ich hab kein einziges Wort so gemeint.«

Aber Andrew ging einfach weiter zum Haus, um die Ferkel wegzubringen.

Peter Mueller rammte eine Forke in den Schweinetrog und vermischte die alten Kartoffeln, Äpfel und Pastinaken, die Andrew hineinwarf. »Ich kann's einfach nicht glauben, dass du die Ferkel gerettet hast«, gestand er. »Ich dachte, die wären verloren.«

Andrew schaufelte die Schweinefäkalien auf den Komposthaufen hinter dem Koben. Inzwischen war er sehr geschickt darin, die Arbeit mit nur einem Arm zu erledigen. Aber die Schmähungen seines Onkels schmerzten immer noch.

»So hast du einfach euren Bestand vervierfacht«, fuhr Peter fassungslos fort. »Wenn das bekannt wird, werden die Farmer im Umkreis von hundert Meilen nach dir rufen.«

Andrew stieß seine Schaufel in den Boden und biss die Zähne zusammen. »Bist du fertig?«

Peter erstarrte. »Wie bitte?«

»Mit dem Versuch, mich aufzubauen.« Er nahm wieder die Schaufel und trat herausfordernd auf seinen Freund zu. »Du musst mir nicht gut zureden«, sagte er warnend. »Ich brauch dein Mitleid nicht.«

Peter kratzte sich am Kopf. »Mitleid?«, erwiderte er irritiert. »Hast du dir selbst mit der Schaufel auf den Kopf gehauen?«

Andrew starrte ihn finster an. »Lass es einfach.«

»Na klar«, sagte Peter, aber seine Miene wurde hart. Er füllte einen der Eimer an der Pumpe und stieß Andrew im Vorbeigehen so heftig an, dass ihm eiskaltes Wasser an die Hose spritzte. »Tut mir leid«, sagte er knapp.

Andrew verzog das Gesicht und starrte auf seine tropfnasse Hose. »Pass doch auf!«

Als Peter das Wasser in die Schweinetränke füllte, warf er Andrew einen kurzen Blick zu. »Also, hast du dir überlegt, ob du mit ins Team kommen willst?«, fragte der gedehnt. »Der Werfer wurde gerade abgeworben. Wir haben üblen Spielerschwund.«

»Nein.« Als ein Schwein zum Fressen an den Trog drängte, hätte es Andrew fast zu Boden geworfen, der nach dem nächtlichen Regenschauer schlammig geworden war. »Gott, diese Schweine ...«, brummte er, dann sagte er an Peter gewandt: »Hab zu viel zu tun.«

Peter lachte leise und begann zu pfeifen, als er die Ohren einer seiner ehemaligen Kümmerlinge untersuchte.

»Was ist denn so lustig?« Andrew hatte den Gestank der Schweine in der Nase und sehnte sich danach, ihn bald in einem heißen Bad abzuschrubben.

»Du bist 'ne Memme«, verkündete Peter laut. »Hat dir das schon mal einer gesagt?«

Andrew trat einen Schritt auf ihn zu und spürte, wie sich seine Bauchmuskeln anspannten. »Wie war das?«

»Ich sagte, du bist 'ne Memme.« Peter trat ebenfalls einen Schritt vor.

Die Stimmung zwischen ihnen war mit einem Mal aufs Äußerste angespannt. Die Schweine grunzten und rotteten sich zu einem Haufen auf der anderen Seite des Pferchs zusammen. »Pass bloß auf, was du sagst, Peter.«

Der spuckte auf den Boden, nur einen Zentimeter von Andrews schlammigem Stiefel entfernt. »Sonst was?«

Andrew warf die Schaufel weg und rückte noch näher an Peter heran. »Verschwinde von meinem Grundstück.«

»Deinem Grundstück?« Der junge Mann lachte. Dann verzog er verächtlich den Mund. »Spiel dich nicht so auf, Houghton.«

Er stieß Andrew heftig gegen die Schulter.

»Ich hab dich gewarnt.« Andrew hob seine Faust. »Ich will dich nicht schlagen, Peter.«

»Mich schlagen?« Peter legte den Kopf in den Nacken und lachte. »Meine kleine Schwester könnte härter zuschlagen als du.«

Andrew musste sich so beherrschen, dass er vor Wut am ganzen Körper zitterte. Peter Mueller stieß ihm hart gegen die Brust. »Dein Grundstück? Sieh mal den Tatsachen ins Gesicht! Du wirst hier höchstens geduldet. Du bist nur der verkrüppelte Sohn eines armen Minenarbeiters.«

Andrew rammte ihm die Faust ins Gesicht, so dass er rückwärts in den Schlamm fiel. Doch er sprang sofort wieder auf, stürzte sich auf Andrew und stieß ihm so heftig mit der Schulter gegen die Brust, dass sie beide wieder zu Boden gingen. Sie wälzten sich im Schlamm und gingen mit den Fäusten aufeinander los.

Edgar und Will kamen herbeigerannt, starrten die beiden an und stiegen auf den Zaun, um besser sehen zu können. »Zeig's ihm, Andrew!«, brüllte Edgar begeistert. Will, der nicht wollte, dass der Kampf endete, schrie ebenso enthusiastisch: »Zeig du es ihm, Peter!«

Doch plötzlich begann Peter, völlig schlammbedeckt, laut zu lachen und ließ Andrews Hemd los, weil er sich den Bauch halten musste.

Andrew spuckte den Schlamm aus und schüttelte den Kopf, weil ihm nun klarwurde, was Peter mit seiner Stichelei beabsichtigt hatte. Peter rollte sich herum, stand mühsam auf und reichte ihm die Hand.

Andrew sah blinzelnd in die Sonne. »Du bist ein echter Dreckskerl, weißt du das?« Grinsend ergriff er die Hand. Als er aufstand, löste sich sein Hintern schmatzend aus dem Schlamm.

Peter tätschelte ihm den Arm und beruhigte sich langsam. »Hörst du jetzt endlich auf, dir selbst leid zu tun?«

Andrew ließ seine Schulter kreisen, weil sie von seinen Faustschlägen schmerzte. Seine ganze Kleidung war schlammig. »Ja, du hast ja recht.«

Peter schlang ihm einen lehmbedeckten Arm um den Hals. »Also kommst du ins Team, du Riesenmemme?«

»Ja«, gab Andrew nach. Er fühlte sich plötzlich erleichtert. »Ich bin dabei.«

Peter winkte Edgar und Will zu und verneigte sich elegant, als wären sie zahlendes Publikum. »Habt ihr die Show genossen, Jungs?«

Die beiden klatschten und johlten, während Peter sich über seinen angeschlagenen Kiefer rieb und ihn nach links und rechts schob, um sich zu vergewissern, dass nichts gebrochen war. »Wenn du so wirfst, wie du schlägst, könnten wir schon ein Spiel gewinnen.«

29. KAPITEL

Beim Frühstück reichte Andrew Wilhelm einen Brief. »Könntest du den heute aufgeben, wenn du in Pittsburgh bist? Von der Stadt aus kommt er schneller an.« Er hatte seiner Mutter geschrieben und ganz sachlich vom Leben auf der Farm erzählt. Ohne seinen fehlenden Arm oder den Unfall zu erwähnen.

»Den kannst du selbst abschicken«, erwiderte Wilhelm. Er trank seinen Kaffee schwarz, leerte den Becher fast in einem einzigen Zug und stellte ihn dann auf den Tisch. »Ich nehm dich mit nach Pittsburgh.«

Andrew hielt beim Kauen inne. »Mich?«

»Ja, dich.« Wilhelm grinste so freundlich, wie Andrew ihn schon lange nicht mehr erlebt hatte. »Iss auf, dann geht's los. Wir werden ohnehin fast den ganzen Tag brauchen.«

»Aber was ist mit dem Ford?«

Wilhelm verließ das Zimmer und rief, ohne sich umzuschauen: »Ist repariert.«

Während der Fahrt breitete sich Schweigen zwischen den beiden aus, nur das regelmäßige Brummen des Motors und das Flattern des Gurts über der Motorhaube war zu hören.

»Das neulich hätte ich nicht sagen dürfen. Es stimmt

nicht, und ich hab's auch nicht so gemeint. Kein einziges Wort«, brachte Wilhelm schließlich hervor. »Es tut mir leid.«

Andrew wandte das Gesicht zum Fenster, das ganz oben einen Sprung hatte. Der Wind peitschte ihm durchs Haar und ließ ihn frösteln. »Du musst dich nicht entschuldigen.«

»Doch, muss ich. Ich hatte kein Recht, so was zu sagen.« Wilhelm umklammerte das Lenkrad und biss sich auf die Wange. »Du arbeitest genauso hart wie wir alle. Wahrscheinlich noch härter. Du hast meine Familie gerettet, als du den Wasserdost gefunden hast.«

Aber nicht rechtzeitig, um die Zwillinge zu retten, dachte Andrew und stemmte seine Füße gegen den Boden des Wagens.

»Deshalb nehme ich dich mit in die Stadt.« Verlegen sah Wilhelm seinen Neffen an. »Als eine Art Dankeschön.«

Als Wilhelm und Andrew in der Stadt ankamen, war es, als würde alles von Farbe auf Schwarz-Weiß wechseln. Die Straßen waren voller Autos und die Mauern grau vom Ruß. Andrews Onkel bog in eine Nebenstraße ein, die von Steinhäusern mit Schieferdächern gesäumt war. Auf beiden Seiten wuchsen hohe Ahornbäume, deren Blätter fast die Straßenlaternen dazwischen verdeckten. Wilhelm parkte den Wagen vor einem großen Haus mit einer breiten Veranda und Kletterrosen, deren Blüten langsam welk wurden.

Als er ausstieg, folgte ihm Andrew und lief mit ihm die flachen Schieferstufen hinauf. Noch bevor sie klopften, ging die Tür auf, und eine Frau in einem grün-gelben Kleid trat heraus.

»Willy!« Sie stemmte die Hände in die Hüften und musterte ihn neugierig. »Meine Güte, du warst ja schon ewig nicht mehr hier.«

»Hey, Francine.« Wilhelm lächelte verlegen. »Du siehst so hübsch aus wie eh und je.«

Voller Zuneigung drückte die Frau seine Schulter. »Ich hab gehört, du wärst mit deiner schönen Frau aufs Land gezogen. Wie ist denn das Leben dort?«

»Nicht so gut wie das bei der Eisenbahn«, erwiderte er, schon wieder mürrisch, und zuckte die Achseln. »Aber Eveline ist glücklich. Glaube ich jedenfalls.« Er wirkte verlegen über seine Offenheit.

Dann wandten sich beide zu Andrew. Die Frau presste ihre Hände zusammen. »Also wirklich! Ist das Andrew?«

Als Wilhelm nickte, versetzte sie ihm kokett einen kleinen Schlag auf den Arm. »Du hättest mir wenigstens sagen können, wie gut er aussieht! Wirklich, Junge, du bist wohl der hübscheste Kerl, den ich je gesehen habe.«

Andrew wurde rot und wusste nicht, wie er auf das Kompliment reagieren sollte. Die Frau war recht hübsch, zumindest war sie das früher einmal gewesen, aber ihr Gesicht hatte müde Falten bekommen. Sie war zu stark geschminkt und sah aus, als trüge sie eine pudrige Maske. Francine war wohl etwas älter als er, vielleicht Mitte zwanzig, hatte aber Ringe unter den Augen wie eine in die Jahre gekommene Frau. Ihr Kleid wirkte eine Nummer zu klein, da sich ihr Busen und ihre Hüften darunter deutlich abzeichneten.

Wilhelm setzte sich wieder seinen Hut auf und wandte sich zum Gehen. »Kümmert euch gut um ihn, ja?«

Sie legte Andrew die Hand auf die Schulter, sanft und viel zu vertraulich. »Mach dir darum keine Sorgen, Willy.«

Sein Onkel zwinkerte Andrew zu. »Du kannst mir später danken«, sagte er und ging zum Wagen.

Andrews Herz raste, weil er nicht begriff, was hier vorging. Die Frau legte ihren Arm um ihn. Mit sanfter, schmeichelnder Stimme gurrte sie ihm ins Ohr: »Mein Name ist Francine, aber du kannst mich Frannie nennen – ach was, nenn mich, wie du willst, mein Junge.«

Sie führte ihn ins Haus und zur Treppe. Andrew bemerkte, dass die obersten Knöpfe ihres Kleids geöffnet waren, so dass ihr Busen hervorquoll. Im gedämpften Licht des Flurs wirkte ihr blondes Haar unnatürlich. »Na komm«, sagte sie sanft. »Du brauchst keine Angst zu haben. Du bist bei mir in guten Händen.«

Er widersprach nicht, als sie seine Hand nahm und ihn die Treppe hinaufzog, deren Teppich in der Mitte schon ganz verschlissen war. Verschiedene Düfte von schweren Parfüms – Flieder, Rosen, Jasmin – vermischten sich in seinem Kopf, und ihm wurde schwindelig. Francine führte ihn in ein Zimmer, in dem sich kaum mehr befand als ein riesiges Bett mit einer dunkelgrünen Samtdecke. Sie schloss die Tür und trat von hinten an ihn heran. Ihr warmer Atem strich ihm über den Nacken, bevor sie die Arme um seine Taille schlang und anfing, seinen Gürtel zu lösen.

Als ihm klar wurde, was sie vorhatte, wich er abrupt von ihr zurück und hob die Hand. »Halt«, rief er. Er fuhr sich mit den Fingern durch die Haare und versuchte, einen klaren Gedanken zu fassen. »Ich glaube, hier handelt es sich um ein Missverständnis.«

Francine schlug die Hand vor den Mund und sah ihn belustigt an. »Dann hat Wilhelm es dir nicht gesagt?«

»Was gesagt?«

Sie hörte auf zu lachen und trat verführerisch auf ihn zu, schlich sich fast an ihn heran. »Er hat dir nicht gesagt, was du hier machst oder was ich tue?«

Andrew wich zurück, aber sie folgte ihm und strich ihm mit ihren weichen Fingern übers Kinn. »Ich kümmere mich um die Bedürfnisse eines Mannes, Andrew.« Ihre Finger berührten seinen Hals und spielten mit seinem Hemdkragen. »Ich berühre einen Mann dort, wo er es am liebsten hat«, flüsterte sie und fummelte am obersten Knopf seines Hemds. Sie näherte sich seinem Ohr und berührte mit der Zunge sein Ohrläppchen. »Ich nehme dich zwischen meine Beine, Andrew.« Sie legte die Hand in seinen Schritt.

Sofort reagierte sein Körper darauf. Er wurde hart in ihrer Hand und konnte nicht mehr denken. Als sie ihn auf den Hals küsste und mit ihren Locken seine Wange streifte, bekam er wieder einen klaren Kopf. Er trat einen Schritt zurück, doch sie folgte ihm.

»Nein«, sagte er. »Hören Sie einfach auf. Okay?« Vor lauter Verwirrung schwankte seine Stimme. Francine verzog schmollend den Mund.

»Na gut«, räumte sie hochmütig ein, ging an ihm vorbei, setzte sich auf die Bettkante und schlug ein Bein übers andere, so dass er die Strapse über den Strümpfen sah.

Andrew trat schwitzend ein paar Schritte zurück. »Es ist nichts Persönliches, Miss.«

»Francine«, warf sie ein.

»Francine. Ich bin ehrlich geschmeichelt und weiß es zu schätzen, was Sie ... *tun*. Aber ich möchte das nicht. Nicht so. Es fühlt sich nicht richtig an.« Er sah die Kränkung in ihren Augen. »Ich möchte das nur lieber mit einem Mädchen machen, das mir am Herzen liegt, wenn es der richtige Zeitpunkt ist.«

Francine sah ihn forschend an, und dann wirkte sie wieder versöhnt. Als sie lächelte, war ihr Blick nicht mehr müde. Jetzt wirkte sie wirklich hübsch, wenn auch ziemlich abgekämpft. Und Andrew erkannte, dass sie einst ein sehr schönes Mädchen gewesen sein musste.

Als Andrew sich neben sie aufs Bett setzte, ließ seine Unsicherheit nach. »Ich weiß nicht mal, wieso mich mein Onkel hergebracht hat. Das sieht ihm gar nicht ähnlich.«

»Er fühlt sich schlecht.« In ihren Augen las er Mitgefühl. »Er gibt sich die Schuld an deinem Unfall. Das ist seine Art, es wiedergutzumachen.«

Andrew senkte den Blick. »Sie meinen, *ich* tue ihm leid?« Die Erkenntnis traf ihn so, dass er kaum Luft bekam und Wut in ihm aufstieg. »Er meint, ich würde in meinem Zustand kein Mädchen mehr abbekommen. Deshalb hat er eins für mich gekauft.«

Sie berührte ihn kurz am Knie. »Er schämt sich und fühlt sich schuldig, Andrew. Er dachte, dies wäre ein Geschenk für dich, und vielleicht eine Art Buße.«

Andrew ballte die Faust. Damit hatte ihn sein Onkel noch schlimmer gekränkt als mit dem, was er in der Scheune zu ihm gesagt hatte.

Francine beobachtete ihn und legte den Kopf schräg. »Du bist ein gutaussehender Mann, Andrew. Es verschlug mir fast den Atem, als ich dich sah, und glaub mir, ich sehe täglich viele Männer. Aber du bist anders. Die Kerle, die hierherkommen, wollen sich fühlen wie ein Mann, aber du bist schon einer. Es ist vollkommen egal, dass du nur einen Arm hast. Jedes Mädchen kann sich glücklich schätzen, eine Nacht oder auch ein ganzes Leben mit dir zu verbringen. Das lese ich schon in deinen Augen, obwohl ich dich kaum kenne.«

Sie lächelte, doch dann wurde ihre Miene verschmitzt, und sie blickte über seine Schulter hinweg zur Uhr. »Hör mal, wir haben noch über eine Stunde, und es ist alles bereits bezahlt. Ich glaube, ich könnte noch was für dich tun, junger Mann. Wenn du dazu bereit bist.«

Wieder wurde er rot und schüttelte den Kopf. »Ich hab Ihnen doch gesagt, es würde sich nicht richtig anfühlen. Ich kenne Sie ja kaum.«

Sie lachte. »Ich weiß. Das meinte ich ja auch nicht. Ich dachte eher an ...«, ihr Blick glitt suchend zur Decke, »eine Lektion.«

Sie stellte sich vor ihn. »Betrachte mich als Lehrerin«, sagte sie und fing an, ihr Kleid aufzuknöpfen. »Eines Tages wirst du das Mädchen deiner Träume kennenlernen, und da wäre es doch eine gute Idee, wenn du weißt, wie du ihr Vergnügen bereitest.« Sie streifte sich das Kleid von den Schultern und stand halbnackt im Korsett vor ihm. Wieder wurde Andrew hart und starrte auf ihren Körper, fasziniert von der blassen Haut und den weiblichen Kurven. Sie öffnete langsam das Korsett und ließ es zu Boden gleiten. Er schluckte.

»Die meisten Männer wissen nicht, wie sie eine Frau berühren sollen, Andrew. Die meisten finden das auch unwichtig. Aber wenn du tust, was ich dir sage, dann kannst du damit eine Frau sehr glücklich machen.«

Francine hüpfte zurück aufs Bett und lehnte sich in die Kissen. Als sie die Beine spreizte, konnte Andrew die Augen nicht von den feinen Haaren dazwischen abwenden.

Er starrte darauf – und wenn man ihm eine Pistole auf die Brust gesetzt hätte, hätte er den Blick nicht davon abwenden können.

Francine wand sich behaglich und legte ihre Finger zwischen ihre Beine. »Und jetzt sieh genau zu ...«

Als die bezahlte Stunde zu Ende war, brachte Francine Andrew zur Tür und flüsterte ihm dabei noch letzte Anweisungen zu. »Und jetzt vergiss nicht, was ich dir gezeigt habe. Du kannst das auch mit der Zunge machen.« Sie zwinkerte ihm zu. »Und vergiss nie, dir mit einer Frau Zeit zu lassen, sie soll es wollen, lass sie ruhig ein wenig warten. Küsse sie sanft, und nicht zu feucht. Küss sie auch auf den Hals.«

Wilhelm wartete auf der Veranda auf sie, noch verlegener als zuvor, wich Andrews Blick aus und begrüßte nur Francine. Sie wischte sich dramatisch über die Stirn. »Das Schätzchen hier hat mich völlig fertiggemacht.«

Unbeholfen zog Wilhelm ein paar Scheine aus seiner Brieftasche und gab sie ihr. »Danke, Frannie.«

»War mir ein Vergnügen.« Sie zwinkerte Andrew zu. »Ein echtes Vergnügen.«

Die Männer fuhren schweigend zurück. Andrew warf einen Blick auf das konzentrierte Gesicht seines Onkels, bevor er sagte: »Ich muss dich was fragen.«

Wilhelm erstarrte, als er seinen Ton hörte. »Was denn?«

»Warst du schon mal dort?« Er drückte sich fest in den Sitz, so sehr quälte ihn die Vorstellung des Verrats an seiner Tante – Eveline war mittlerweile wie eine zweite Mutter für ihn. »Warst du bei diesen Frauen?«, stieß er hervor.

Wilhelm Kiser riss das Steuer herum und an den Straßenrand. Die Räder hüpften gefährlich über die Steine, bevor der Wagen quietschend zum Stehen kam. »Jetzt hör mir mal gut zu! Ich habe solche Frauen nicht angerührt.« Wütend brüllte er: »Nicht ein einziges Mal!«

Aber Andrew ließ sich nicht einschüchtern und erwiderte seinen zornigen Blick.

Wilhelm wandte sich als Erster ab und fuhr zurück auf die Straße. »Obwohl ich schon verstehen kann, wie du darauf kommst«, räumte er ein und lehnte sich in seinem Sitz zurück. »Hör mal, viele Eisenbahner sind in solche Häuser gegangen. Wir haben mehr Leute an die Syphilis verloren als bei Unfällen. Wenn ein Mann wochenlang unterwegs ist, kann er ganz schön einsam werden.«

Abrupt drehte er sich zu Andrew um. »Aber ich schwöre bei meinem Leben, bei dem meiner Jungs, dass ich nie solche Frauen aufgesucht habe. Ich habe Eveline nie betrogen und würde das auch niemals tun. Ist das klar?«

Andrew glaubte ihm und atmete erleichtert auf. Beide Männer hingen ihren Gedanken nach, während sie an den stinkenden, schmutzigen Fabriken vorbei durch die Innenstadt fuhren. Als sie ein Stück entlang der Gleise zurücklegten, donnerte eine Dampflok der Pennsylvania Railroad vorbei. Wilhelm folgte ihr mit dem Blick und starrte ihr mit sehnsüchtiger Miene über den Rückspiegel nach, bis der letzte Waggon unter einer lang gezogenen Rauchfahne verschwand.

»Der Unfall war nicht deine Schuld«, sagte Andrew leise.

Sein Onkel umfasste das Lenkrad so fest, dass seine Fingerknöchel weiß wurden. Sein Adamsapfel hob und senkte sich.

»Ich gebe dir keine Schuld«, fügte Andrew hinzu. »Hab ich nie.«

Wilhelm wandte das Gesicht zum Fenster und biss sich auf die Unterlippe. »Es vergeht nicht ein Tag, an dem ich mir diesen Unfall nicht vorwerfe.« Seine Stimme klang heiser von all der aufgestauten Reue, die er seit dem Unfall empfand.

30. KAPITEL

Lily schmeckte Blut. Als sie sich über den Mundwinkel fuhr, sah sie einen roten Tropfen auf ihrem Finger. Frank hatte sie schon früher geschlagen, aber da war sie noch ein Kind gewesen. Sie hatte wegen der Ohrfeige geweint und sich danach im Wald versteckt.

Obwohl ihre Wange schmerzend pochte, würde sie ihm das nicht zeigen. Sie war kein Kind mehr. Sie hatte keine Angst. Sie starrte ihren Schwager mit eisigem Blick an, bis er den Blick abwandte.

»Wieso zwingst du mich dazu, Lily?« Frank kratzte sich am Kopf. »Wieso musst du so verdammt stur sein?« Wieder hob er die Hand, versuchte dann aber, sich zu beherrschen. »Wenn ich dir was befehle, dann hörst du besser auf mich, bei Gott!«

»Schlag mich doch, Frank«, gab sie zurück. »Ich werde nie auf dich hören, also kannst du mich gleich wieder dafür bestrafen.«

Er trat einen Schritt auf sie zu, und er überragte sie bedrohlich. Sie atmete bewusst langsam ein und aus, um nicht die Nerven zu verlieren, und lehnte sich zurück, bemüht, nicht unter seinem Blick zurückzuweichen.

Frank Morton lächelte. Er streckte die Hand aus und

strich ihr zärtlich übers Haar. Sie zuckte zurück und bekam eine Gänsehaut von seiner Berührung. Lieber hätte sie noch tausend Ohrfeigen erduldet als seine sanften Finger auf ihrer Wange gespürt.

»Ich werde dich nicht mehr schlagen, Lily«, sagte er und lachte leise. »Nie wieder.«

Jetzt fühlte sie sich doch wie ein Kind. Jetzt wollte sie weinen und sich im Wald verstecken. Er spürte ihre Furcht und kam noch näher, strich mit seinen Fingern über ihren Hals. »Du warst schon immer hübscher als deine Schwester. Und klüger.«

Nur ihr Kinn zitterte, der Rest ihres Körpers war wie erstarrt.

»Wenn ich wollte, könnte ich dich nehmen.« Er fuhr mit dem Finger vom Hals bis zu ihrem Schlüsselbein. »Das weißt du genau. Und du könntest nicht das Geringste dagegen machen.«

»Ich würde schreien«, zischte sie kaum hörbar.

»Nein, würdest du nicht.« Wissend strich er ihr über die Arme. »Dann würde Claire doch Angst kriegen. Ich könnte alles mit dir machen, was ich wollte, und du würdest keinen Mucks von dir geben, oder?«

Jetzt flossen ihr Tränen über ihr erstarrtes Gesicht. Ihre Beine zuckten in dem Drang loszurennen. *Weg, nur weg!*

Plötzlich ließ er sie los und trat einen Schritt zurück. »Aber ich geh nicht mit dir ins Bett, kleine Lily.« Er zwinkerte und setzte sich in Bewegung. »Ein Händler wird sich hüten, seine eigene Ware zu verbrauchen.«

Bei der Erinnerung an die Frau in Pittsburgh durchströmte Andrew in den nächsten Tagen immer wieder eine Hitzewelle. Nachts lag er manchmal wach, und tagsüber konnte er nicht klar denken. Und wenn sein Verlangen zu stark wurde, hackte er zur Ablenkung Holz, bis er Blasen an den Händen bekam. Dann starrte er auf den dichten Wald und fragte sich, ob es genug Holz gab, um ihn einen weiteren Tag überstehen zu lassen.

Aber sein Begehren galt nicht jener Frau, sondern einem Mädchen, dessen Name in die Rinde des Apfelbaums geritzt war. Schon über eine Woche war Lily nicht mehr gekommen, und er sehnte sich nach ihr, nach ihrem Lächeln und dem frischen Duft ihrer Haut. Bevor er wusste, was er tat, hatte er schon wieder nach der Axt gegriffen.

»Ach, hab ich dir das nicht erzählt?«, antwortete Eveline später auf sein Nachfragen. »Frank ist vorbeigekommen und hat gesagt, Lily müsse eine Zeitlang Mrs. Sullivan helfen.« Sie faltete ein Laken. »Offenbar geht es der Frau nicht gut.«

Daraufhin begab sich Andrew am Abend zum Haus der Witwe. Er zog sich die Kappe tief ins Gesicht und schob die Hand in die Hosentasche.

Er lief über die Straße bis zu dem reizenden Häuschen der alten Dame und klopfte an die Tür. »Ich geh schon!«, hörte er Lily drinnen rufen. Als sie Andrew sah, wirkte sie erschrocken und legte unwillkürlich die Hand auf ihre Wange.

»Hi«, sagte er.

Sie blickte erst über ihre Schulter und dann zu Boden. »Das ist jetzt kein guter Zeitpunkt. Mrs. Sullivan kann keinen Besuch empfangen.«

»Ich wollte auch nicht Mrs. Sullivan besuchen.«

Lily sah nicht auf. »Ich kann jetzt auch nicht reden.«

»Wer ist denn da, Lily?« Mrs. Sullivan kam zur Tür gehumpelt. Ihr Rücken war so krumm, dass es aussah, als hätte sie einen Buckel. »Um Himmels willen, Kind, warum bittest du den Jungen nicht ins Haus?« Ohne auf eine Antwort zu warten, machte die Witwe die Tür weiter auf und zog Andrew am Ellbogen herein.

»Draußen ist es doch eiskalt«, schalt sie. »Komm und wärm dich am Feuer, mein Junge.«

Andrew ließ sich ins Haus führen und sah, wie Lily im Schatten verschwand. »Wie geht es deiner Tante?«, fragte Mrs. Sullivan. »Ich hab sie seit der Beerdigung nicht mehr gesehen.«

»Besser.« Er lächelte die alte Frau an und spürte, wie seine kalten Finger in dem gemütlichen Zimmer auftauten.

»In letzter Zeit ist es schwer für mich, aus dem Haus zu kommen«, klagte sie. »Nicht mal mit dem Zweispänner kann ich fahren ...« Sie wischte sich mit einem Taschentuch über ihr tränendes Auge. »Aber das ist ja unwichtig. Du wirst mich für eine alberne alte Närrin halten.«

»Sie sind doch nicht albern, Mrs. Sullivan.« Lily zupfte an der Häkeldecke, die über das Sofa drapiert war. »Es ist nicht albern, sich um sein Pferd Sorgen zu machen.«

Die Unterlippe der Frau begann zu zittern, und wieder tupfte sie sich über ihr Auge. »Sie ist auch ganz krank geworden«, erklärte sie Andrew. »Der Bauch ist angeschwollen wie ein Wassertank. Sie kann kaum laufen.«

»Dürfte ich mal einen Blick auf sie werfen?«

»Andrew wollte Tierarzt werden«, fügte Lily hinzu.

Da wurde die Frau neugierig. »Ach, würdest du das tun? Ich wollte schon Mr. Thompson aus der Stadt kommen lassen. Natürlich versteht er eher was vom Schlachten als vom

Heilen, aber ich dachte, vielleicht könnte er helfen.« Mit zur Seite gelegtem Kopf sah sie Andrew an. »Du meine Güte, jetzt schaue man sich mal diese Augen an!«

Suchend blickte sie sich nach Lily um, bis sie sie in der Nähe des Sofas entdeckte. »Lily, hast du die Augen dieses Jungen gesehen?«

»Nein.« Lily wurde rot und drückte sich noch näher an die Wand.

»Ha!« Die alte Frau lachte verschmitzt und tätschelte Andrew das Knie. »Oh, und ob sie die gesehen hat.«

Lily seufzte und verschränkte die Arme. »Wollten Sie ihm nicht das Pferd zeigen?«

»Oh ja!«

Alle drei zogen sich ihre Mäntel an und gingen hinaus in die Scheune. Dort drückte sich das Pferd tatsächlich an die Wand des Stalls und ließ den Kopf hängen. Sein Bauch war angeschwollen. Die Witwe nahm ihren Schal ab und legte ihn über das arme Tier.

»Ich darf sie nicht verlieren. Nicht sie«, flüsterte Mrs. Sullivan. »Die gehört meiner ältesten Tochter. Wenn diesem Pferd etwas passiert, wird sie mich wohl nie wieder besuchen.« Vergebens versuchte sie, sich ihre Angst und Einsamkeit nicht anmerken zu lassen.

Andrew berührte liebevoll das Pferd und begutachtete den Futterbeutel, der nicht angerührt worden war. Er verließ den Stall und untersuchte die restliche Scheune, bis er einen aufgerissenen Jutesack fand. Aus dem Loch war Grünhafer gequollen und lag jetzt in einem Haufen auf dem schmutzigen Boden.

Andrew fragte: »Haben Sie das Pferd mit diesem Hafer gefüttert?«

Die Witwe kam näher und begutachtete die Körner in seiner Hand. »Nein.« Sie schüttelte den Kopf. »Diesen Hafer wollte ich zurückgeben. Der war mir zu grün.« Sie verzog den Mund. »Offenbar haben Nagetiere den Sack angefressen. Jetzt wird ihn Campbell nie im Leben zurücknehmen.«

»Das waren keine Nagetiere, sondern Ihr Pferd, Mrs. Sullivan.« Andrew ließ die Körner wieder in den Sack rieseln. »Deshalb ist sie so aufgebläht.«

Der Frau klappte der Mund auf. »Ist das denn die Möglichkeit!«

»Wenn Sie eine Spritze haben, kann ich sie ganz schnell wieder auf Vordermann bringen. Wir brauchen nur starken Kaffee und ein bisschen Whisky.«

»Sind Sie nicht ein bisschen zu jung für Whisky?« Dann lachte sie herzlich und umarmte ihn. »Ich mache nur Spaß, mein Junge.«

»Ich hole alles«, bot Lily an und verschwand durch die Scheunentür.

Eine gute Stunde nach Verabreichung des Abführmittels entwichen dem Pferd alle Gase, und der Bauch schwoll allmählich ab. Den ganzen Rückweg zum warmen Haus lächelte die Witwe Sullivan und ließ Andrews Arm vor lauter Dankbarkeit gar nicht mehr los.

Im Wohnzimmer holte sie ihre Tasche herbei und wollte ihm mehrere Geldscheine in die Hand drücken.

»Das ist doch nicht nötig.« Andrew wich zurück. »Ich kann kein Geld von Ihnen annehmen.«

»Doch, das kannst du und wirst du.« Sie packte seinen Ärmel und drückte ihm die Scheine in die Hand. »Du hast gerade dem Pferd das Leben gerettet, deshalb nimmst du dieses Geld, ob du willst oder nicht.« Streng und doch mit großer Zuneigung zeigte sie auf ihn. »Ich habe Geld, mein Sohn. Nicht viel, aber genug, um für Dienste zu bezahlen, die mir erwiesen wurden. Verstanden?«

Widerstrebend nickte er und griff nach seinem Mantel. Als er der alten Frau einen Kuss auf die Wange drückte, kicherte sie wie ein Schulmädchen. »Und bringst du bitte Lily nach Hause?«

Lily runzelte die Stirn. »Ich übernachte doch hier, schon vergessen?«

Mrs. Sullivan löschte das Licht und lächelte listig. »Das ist nicht mehr nötig. Du lässt dich jetzt von diesem netten, jungen Mann heimbringen.«

Forsch, fast schon im Laufschritt, marschierte Lily die Steigung der Straße hinauf und presste dabei ein altes Notizbuch an ihre Brust. Ihr Atem stieg in weißen Wolken in die kühle Nachtluft, während ihre Stiefel auf dem Schotter knirschten. Ein Monat war vergangen seit der Beerdigung, seit ihrem ersten Kuss, und seitdem hatten sie kaum miteinander gesprochen.

Da Neumond war, blieb der Himmel schwarz bis auf vereinzelte Sterne. Andrew legte den Kopf in den Nacken und betrachtete sie. »Ich hab dich in letzter Zeit vermisst. Eigentlich hatte ich gehofft, du würdest mal für eine Lektion im Lesen vorbeikommen.« Ihm fiel wieder ein, was Francine in Pittsburgh ihm beigebracht hatte, und er wurde rot. Glücklicherweise war es dunkel.

»Ich hatte zu tun. Hab Mrs. Sullivan geholfen und so.« Sie warf ihm einen kurzen Blick zu.

Da fiel ihm zum ersten Mal ihr Bluterguss am rechten

Mundwinkel auf. Ein Schauer überlief ihn. Er hielt sie auf. »Was ist denn mit deinem Gesicht passiert?«

Ihre Hand flog an ihre Wange. Sie wandte sich ab und setzte sich erneut in Bewegung. »Nichts.«

Er packte sie am Ärmel und zog sie zu sich. »Hat dich jemand …«

»Nein«, sagte sie. »Niemand hat irgendetwas, klar? Ich war nur tollpatschig und hab mir das Gesicht in der Scheune angeschlagen. Weil ich die Laterne nicht angezündet hatte und nichts sehen konnte.«

Sie entzog ihm ihren Arm und erklärte mit zunehmend schriller Stimme: »Du musst nicht auf mich aufpassen, Andrew Houghton. Klar? Du musst mich nicht nach einer dämlichen Schramme fragen. Du musst mich auch nicht nach Hause bringen. Bisher hab ich alles sehr gut allein geschafft.« Jetzt klang ihre Stimme aufgebracht und zitterte leicht.

»Was ist denn bloß los, Lily?«

»Nichts.« Tränen quollen aus ihren Augen, die sie grob wegwischte. »Es wäre nur besser, wenn du mich in Ruhe lassen würdest.«

Da legte er die Hand in ihren Nacken und küsste sie, spürte die salzigen Tränen auf ihren Lippen. Obwohl ihr Körper und ihre Lippen sich gegen ihn pressten, versuchte sie gleich darauf, sich von ihm zu lösen. Er legte die Hand an ihre Wange, strich ihr durchs Haar, hielt ihren Hinterkopf und küsste ihren Hals. Sie schmiegte sich an ihn.

»Bitte«, flehte sie vergeblich, »lass mich einfach in Ruhe.«

Er schüttelte den Kopf. »Nein.« Als er seinen Arm um ihre Schulter schlang, spürte er, wie sie zusammensackte. »Das werde ich nicht tun, Lilymädchen.«

Als sie ihn umarmen wollte, glitt ihr Notizbuch zu Boden und klappte auf, so dass ihre Bleistiftzeichnungen zu sehen waren.

»Hast du die gezeichnet?«

»Die sind nicht besonders gut.« Lily wollte das Notizbuch aufheben, aber er kam ihr zuvor.

»Darf ich sie mir wenigstens mal ansehen?«

Hastig riss Lily das Buch aus seiner Hand. »Ich hab doch gesagt, sie sind nicht besonders gut.« Sie blätterte die Seiten kurz auf, zeigte ein Tier nach dem nächsten, und klappte es schnell wieder zu. »Bist du jetzt zufrieden?«

»Ja. Sie sind sehr gut.«

Sie schnaubte, doch dann fragte sie zaghaft: »Findest du wirklich?«

»Ja, finde ich, Lily.« Dann wies er auf eine verfallene alte Steinmauer. »Komm, setzen wir uns mal kurz.«

Sie ruhten sich auf den kalten Steinen aus. »Hast du einen Bleistift?«, fragte er. Lily holte einen aus ihrer Tasche heraus und gab ihn ihm. »Darf ich was hinzufügen?«

Sie runzelte die Stirn, klappte aber das Notizbuch auf und legte es auf ihren Schoß. Auf die erste Seite schrieb er das Wort »Reh«, auf die zweite »Hase«, auf die dritte »Habicht«. Jede Seite versah er mit der Bezeichnung des Tiers, das sie dort gezeichnet hatte. Dann gab er ihr den Bleistift zurück. »Da. Deine erste Leselektion.«

Ihre Mundwinkel hoben sich. Wieder sah er den Bluterguss an ihrer Wange, was ihm ein hohles Gefühl im Magen bescherte. Am liebsten hätte er einen sanften Kuss auf die Verletzung gedrückt. Lily strich mit den Fingern über die Buchstaben, die er auf jeder Seite hinterlassen hatte, und bewegte lautlos die Lippen, während sie die Worte formte.

Lilys Unschuld und Schönheit wurden ihm mit einem Mal so bewusst, dass er hochrot anlief. »Ich bring dich besser mal nach Hause, bevor du noch erfrierst«, brachte er mit Mühe hervor. Er nahm ihre Hand, zog sie hoch und verschränkte seine Finger mit ihren.

Den Rest des Weges legten sie eng aneinandergeschmiegt zurück, klammerten sich in der eisigen Luft aneinander und hatten es warm. Lily wandte sich zu ihm. »Du hast noch gar nicht gesagt, warum du zur Witwe Sullivan gekommen bist.«

»Ich wollte dich was fragen.« Plötzlich nervös, umklammerte er ihre Hand noch fester. »Diesen Samstag spiele ich Baseball, und ich dachte, du hättest vielleicht Lust, auch zu kommen. Ich dachte, danach könnte ich mit dir in den Ort gehen.« Er grinste verlegen. »Wir könnten etwas zusammen essen oder was anderes machen, wozu du Lust hättest.«

Vor lauter Freude presste sie die Lippen zusammen. Ihre Wangen glühten. »Willst du dich etwa mit mir verabreden?«

»Sieht so aus.«

Da richtete Lily sich auf und wirkte ein ganzes Stück größer. »Das fände ich sehr schön.«

Vor lauter Erleichterung drückte er ihr einen Kuss auf ihre seidigen Haare und hätte am liebsten sein Gesicht darin vergraben. Am Haus der Mortons angekommen, küsste er sie noch einmal auf den Mund, ganz vorsichtig, um ihr nicht wehzutun. Als er sich von ihr löste, seufzte sie leise.

»Gute Nacht, Lilymädchen. Wir sehen uns Samstag.«

»Gute Nacht, Dr. Houghton«, sagte sie zärtlich. Sie neigte den Kopf zur Seite und sah ihn bewundernd an. »Heute

Abend warst du ein richtiger Tierarzt, schon vergessen?«
Sie gab ihm einen Luftkuss.

In diesem Augenblick erwachte seine Sehnsucht nach diesem Beruf erneut in ihm. Zwar war er kein Tierarzt, doch vielleicht konnte er dennoch Tieren helfen.

31. KAPITEL

Andrew stieg auf die Sitzbank im Pferdewagen der Muellers. Fritz saß hinten auf einem Haufen Stroh und hatte die Füße gegen die Sitze der Männer gelehnt. Peter warf Andrew eine rote Kappe und ein T-Shirt zu.

»Creekers?« Andrew lachte, als er die Aufschrift auf dem Trikot las.

Peter nahm sich einen Strohhalm von der Ladefläche und fing an, auf der Spitze herumzukauen. »Weil wir in der Nähe des Pucketa Creek wohnen.«

Fritz summte hinten unmelodisch vor sich hin. Sein Singsang vermischte sich mit dem Klappern der Pferdehufe und dem Rattern der Holzräder. »Du hast mir noch gar nicht erzählt, wieso du neulich in Pittsburgh warst«, bemerkte Peter.

Andrew atmete geräuschvoll aus und nahm seine steife Baseballkappe ab. »Das würdest du mir sowieso nicht glauben.«

Peter kniff leicht die Augen zusammen. »Versuch's doch mal.«

»Wilhelm hat mich zu einer Prostituierten gebracht.«

Darauf zog Peter so heftig an den Zügeln, dass das Pferd scheute. »Zu einer Hure?«, rief er. Er stützte sich auf die

Knie und zog die Augenbrauen hoch. Als er seine Fassung wiedergewonnen hatte, bedeutete er dem Pferd mit einem Schnalzen, dass es sich wieder in Bewegung setzen sollte. »Zu einer Hure?«, wiederholte er etwas leiser.

Andrew warf einen raschen Blick zu Fritz. Peter tat es ihm gleich. »Keine Angst, Fritz kennt nicht mal den Unterschied zwischen einer Nutte und einer Nonne.« Mit weit aufgerissenen Augen starrte er Andrew auffordernd an. »Er hat dich echt zu einer Prostituierten gebracht?«

Andrew nickte und knetete seine Kappe, um sie weicher zu machen.

»War sie hübsch?«

»Ja.«

»Und?« Peter zappelte auf seinem Sitz herum und breitete fragend die Hände aus. »Raus mit der Sprache. Wie war es?«

Andrew stellte einen Fuß auf dem Seitenbrett ab. »Keine Ahnung.«

Peter verzog das Gesicht. »Jetzt zier dich nicht so, Houghton.«

»Nein, im Ernst.« Andrew hob seine Hand zum Schwur. »Ich konnte es nicht.«

»Oh Mann.« Peter verzog bedauernd die Mundwinkel. »Wegen des Unfalls?«, fragte er zögernd. »Funktionieren die Teile da unten nicht mehr?«

»Nein!« Andrew schlug mit der Baseballkappe nach ihm. »Da unten ist alles in Ordnung!« Er lachte.

»Also, was ist passiert?«

»Sie war echt hübsch und so. Und auch nett. Aber es fühlte sich nicht richtig an. Ich musste die ganze Zeit daran denken, was meine Ma wohl sagen würde.«

»Du stehst direkt vor einer Frau, die bereit ist, Sex mit dir zu machen, und denkst an deine Mutter?«

»Tja«, räumte Andrew ein, »zumindest bis sie sich auszog. Danach konnte ich nicht mehr viel denken.«

Peters Beine zuckten. »Sie war nackt?«

»Splitterfasernackt.«

»Oh Gott.« Peter wischte sich über die Stirn.

»Alles in Ordnung mit dir?«

»Ja, aber du fängst jetzt besser an zu erzählen«, befahl er. »Und lass nichts aus!«

»Da gibt es nichts zu erzählen«, erwiderte Andrew. »Ich hab ihr gesagt, dass es sich nicht richtig anfühlt.«

»Das war alles?« Peter verzog angewidert das Gesicht. »Du willst mir erzählen, du hättest mit einer nackten Frau einfach nur rumgesessen? Habt ihr die ganze Zeit Tee getrunken und Karten gespielt?«

»Nein, sie hat mir Unterricht gegeben.« Andrew setzte die Kappe auf und zog sie sich ins Gesicht. »Hat mir erklärt, wie man einer Frau Vergnügen bereitet.«

»Erklärt?« Peter traten fast die Augen aus dem Kopf.

»Nein, ehrlich gesagt, gezeigt.«

»Aber du willst behaupten, du hättest sie nicht angerührt«, sagte er anklagend.

»Hab ich auch nicht.«

»Wie soll sie es dir denn dann gezeigt …« Peter hielt inne und konnte angesichts dessen, was sich vor seinem inneren Auge abspielte, den Mund nicht zumachen. »Oh.«

Andrew griff nach den Zügeln, die locker in Peters Händen lagen, und zog leicht daran. »Wir sind da.«

»Geh schon vor.« Peter legte seinen Baseballhandschuh auf seinen Schritt. »Ich brauch noch 'ne Minute.«

Lily nahm ihr bestes Kleid, dessen Spitze an den Ärmeln und am Kragen sie noch am Morgen geflickt hatte, von der Leine und zog sich um. Sie wusch und bürstete ihre Haare und steckte die vorderen Strähnen mit einer Perlenspange zurück. Da sie kein Rosenwasser hatte, zerrieb sie Rosmarinblätter auf ihrer Haut und kniff sich in die Wangen, um sie zu röten.

»Wie hübsch du aussiehst«, sagte Claire. »Triffst du dich mit Andrew beim Spiel?«

Lily nickte. Seit ihrem letzten Kuss hatte sie Andrew nicht mehr gesehen, konnte aber an nichts anderes mehr denken, seit sie seine Lippen gespürt hatte, die zärtlich und doch begierig gewesen waren, und so weich, dass ihr die Knochen unter ihren Muskeln schmolzen. Die ganze Nacht hatte ihr Herz gerast, bis heute Morgen, und als sie auf den Zweispänner kletterte und Richtung Spielfeld aufbrach, zitterten ihr immer noch die Hände.

Das Ufer des Pucketa Creek war so voll, als wären alle jungen Menschen des Orts gekommen, um das Spiel zu sehen. Lily stieg vom Wagen und strich sich ihr Kleid glatt. Da sie selten unter Leute kam, schüchterte die Menge sie ein. Am liebsten wäre sie wieder umgekehrt. Aber dann dachte sie an Andrew. Sie hatte eine richtige Verabredung. Als sie die Holztribüne ansteuerte, kam sie sich vor wie im Traum.

Ausnahmsweise war sie mal keine Außenseiterin, sondern eine junge Frau in hübschem Kleid, die ihrem Verehrer beim Baseballspielen zusah. Dieses eine Mal im Leben war sie normal.

In der vordersten Reihe saß Emily Campbell mit einer Gruppe Mädchen, und ihr Kichern und Tuscheln zerrte an Lilys Nerven. Sie nahm in der Reihe über ihnen Platz und versuchte, ihre Blicke und das Flüstern zu ignorieren. Stattdessen konzentrierte sie sich auf das Spielfeld. Auf der einen Seite spielten Männer in roten Trikots, die auf der anderen Seite in grünen. Sie hatte keine Ahnung, zu welchem Team Andrew gehörte. Dann gingen die Männer auseinander und verteilten sich auf dem Spielfeld aus festgetrampelter Erde.

»Ist er das?«, fragte Emily eine Freundin. »Der Werfer?«

»Ja, das ist er«, bestätigte die junge Frau. »Andrew. Kiser, glaube ich.«

Das Gespräch ging munter hin und her, und Lily spitzte die Ohren, um nichts zu verpassen.

»Dein Vater bekäme einen Anfall, wenn er herausfände, dass du mit einem Deutschen gehst«, warnte ein drittes Mädchen.

»Tja, aber Daddy wird es nicht herausfinden, oder?« Emily Campbell reckte den Kopf, um besser sehen zu können. »Außerdem gehe ich nicht mit ihm, sondern gucke ihn mir nur an.« Sie spielte mit den hübschen Satinbändern in ihren Haaren, drehte sich um und ertappte Lily dabei, dass sie sie anstarrte.

»Glotz nicht so, Morton«, rief sie laut.

Doch dieses eine Mal sah Lily ihr direkt in die Augen und wandte nicht den Blick ab. Auf dem Spielfeld rief ein gutaussehender junger Mann ihren Namen und schwenkte seine rote Kappe in der Luft. Sie hob den Arm in die Höhe und winkte zurück. Bei Andrews Anblick stockte ihr der Atem.

Emily starrte sie finster an und zeigte zu Fritz Mueller, der allein auf der Nebenbank saß. »Solltest du nicht bei den anderen Missgeburten sitzen?«

Lily stand auf und musterte Emily ungerührt. »Ich glaube wirklich, das mache ich. Hier stinkt es mir zu sehr nach Ziegen.« *Sie* war es, die mit Andrew ging, und der Stolz darüber verlieh ihr so viel Mut, dass sie in aller Ruhe an den Klatschmäulern vorbeiging.

»Pass auf, Lily«, rief Emily grausam, »sonst kommen deine Hörner durch. Die kriegen nämlich Kinder aus Inzestverhältnissen.«

Das war ein heftiger, unerwarteter Schlag, und die alte Wunde riss auf, und tiefe Scham breitete sich in ihr aus.

Vor langer Zeit war Claire das Ziel der Schmähungen gewesen: bei den seltenen Gelegenheiten, als sie in den Ort gingen, um die Lebensmittel zu kaufen, die sie sich leisten konnten. Lily hatte Claires Hand umklammert, als die Sticheleien sie trafen. Und die Hand ihrer Schwester hatte geschwitzt und die ihre fest gedrückt. Lily hatte zu Claire hochgeschaut, in ihr bleiches Gesicht mit den blassen Lippen und dem zitternden Kinn, und erkannt, im tiefsten Inneren gespürt, dass sie der Grund für den Hohn und Spott war. Sie hatten sich aneinander festgehalten, während sie versuchten, aufrecht weiterzugehen. Seit ihrer Geburt hatte Lily Claires Angst und ihr Stigma gefühlt, hatte es schon früh verinnerlicht.

Das Geräusch eines Schlägers gegen einen Ball riss sie aus ihren Gedanken. Ihr Gesicht brannte, aber sie biss die Zähne zusammen und unterdrückte ihre Erinnerungen. Sie verdrängte die Gehässigkeit und den Spott der anderen Mädchen.

»Fritz«, fragte sie mit leiser, gequälter Stimme, »darf ich mich zu dir setzen?«

»Klar, Lily.« Er rutschte nach rechts. »Klar doch.«

Wahrscheinlich wusste Fritz nichts von ihrer Herkunft, und wenn doch, schien es ihm nichts auszumachen. Sie hatte immer gewusst, dass Claire ihre Mutter war, und auch, dass sie das niemals erwähnen durfte.

Ein Mann in einem grünen Trikot trat vor und zückte seinen Schläger. Andrew zog seinen rechten Arm zurück, hob sein Knie an und schleuderte den Ball an der Home Plate vorbei. »Guter Wurf, Andrew!«, brüllte Fritz. Unbeholfen klatschte er in die Hände und versuchte, durch die Finger zu pfeifen, brachte aber nur ein feuchtes Zischen hervor.

Atmen. Der Wind fuhr Lily in den Rock; ihre Hände lagen sittsam und brav auf seinen Falten. *Heute*, dachte sie, *will ich hübsch sein, und normal.* Sie wandte sich zu dem jungen Mann neben ihr, unsäglich dankbar für seine Sanftmut. »Du magst ihn sehr gern, nicht wahr?«, fragte sie voller Zuneigung.

»M-mhm.«

Beim Anblick von Andrew wurde ihr ganzer Körper schwach. Hier saß sie und konnte ihn offen betrachten, ihn lächelnd anstarren, während sie an seinen starken Körper neben dem ihren dachte. Ein weiterer Ball zischte an der Home Plate vorbei. »Strike zwei.«

Fritz hämmerte mit der Faust auf die Bank. »Gut so!«

»Wir können uns glücklich schätzen, dass sie aus Pittsburgh hergezogen sind, oder?«, sagte Lily und entspannte sich. Es war schön, in der Öffentlichkeit mit jemandem zu reden, selbst wenn der nicht antwortete. Wäre Fritz nicht da, säße sie immer noch wie angekettet in der Nähe von Emily Campbell.

»Andrew geht nach Pittsburgh«, bemerkte Fritz, während er zum Spielfeld blickte.

»Strike drei! Aus!«

»Nein«, berichtigte Lily ihn freundlich, »er *kommt* aus Pittsburgh.«

»Nein, Andrew geht nach Pittsburgh.« Er klatschte in die Hände, als der nächste Schlagmann seinen Platz einnahm. »Um die Hure zu besuchen.«

Tief in Lilys Innern krampfte sich etwas zusammen und starb. »Was hast du gesagt?«

Fritz lächelte. »Um die Hure zu besuchen. Die auch hübsch ist.«

Lily drückte ihre Hand auf den Magen. Das konnte nicht sein. Sie betrachtete Fritz' Profil, um zu prüfen, ob er sich einen Spaß mit ihr erlaubte, aber er starrte einfach weiterhin aufs Spielfeld. Fritz wusste nicht, was er sagte, ermahnte sie sich.

»Fritz«, fragte sie sanft, »weißt du überhaupt, was das ist?«

»Eine Hure?«, erwiderte er laut. »Klar, Fritz weiß das.« Er lachte spitzbübisch. »Nackte Dame, die Sex will. Mit Andrew.« Er kicherte schelmisch. »Sie ist auch hübsch. Hat ihm was beigebracht.«

Ein angeleinter Hund bellte, weil er einem verirrten Baseball nachjagen wollte. Emily und ihre Freundinnen lachten laut von der unteren Reihe. Hinter der Spielerbank standen Männer im Kreis und rauchten. »Aus!«, brüllte der Schiedsrichter schließlich.

Die Geräusche wurden in Lilys Kopf immer lauter und setzten ihr so zu, dass sie sich am liebsten die Ohren zugehalten hätte. Da ihr schwindelig und übel war, verschränkte sie die Arme über dem Bauch.

»Fritz weiß Bescheid über die Hure.« Er schlug sich aufs

Knie und rieb heftig darüber. »Sie hat ihm gezeigt, wie er ihr Vergnügen bereitet. Wie man eine Frau berührt, hat er gesagt. Sie war hübsch.« Verschwörerisch flüsterte er Lily zu: »Peter will auch eine.«

Lily schlug sich die Hand vor den Mund. Ihr Traum zerbarst – und die Scherben schnitten tief in ihr Fleisch. *Pass auf, Lily. Sonst kommen deine Hörner durch. Die kriegen nämlich Kinder aus Inzestverhältnissen.* Andrew hatte gesehen, dass sie verdorben war, dass ihre Herkunft wie ein Fluch über ihr lag. Und lieber flüchtete er sich in die Arme einer Hure, als sie anzurühren.

Sie rannte zum Wagen. Tränen strömten ihr über die Wangen und bildeten einen brennenden Kloß in ihrer Kehle. Fritz sprang jubelnd von seiner Bank auf. Die ganze Menge erhob sich und klatschte.

»Aus!«

Während der Staub vom Spielfeld um Andrews Fußknöchel wirbelte, sank die Laune des gegnerischen Teams immer mehr. Die Männer in Grün reagierten sich missmutig an ihrem Kautabak ab. Mit jedem weiteren Inning flog mehr rostbraune Spucke durch die Luft.

Andrew rollte den Ball in seinen Fingern und spürte die tröstlich vertrauten Nähte. Geduldig wartete er, bis der nächste Schlagmann den Schläger in seinen Händen hielt.

»Der Krüppel wird langsam müde, Sam!«, brüllte ein Mann. »Ich seh doch von hier aus, wie sein Arm zittert!«

Andrew stellte sich mit angespanntem Körper auf. Er zog den Arm zurück und schleuderte den Ball über die Home Plate.

»Strike eins!«

Der Schlagmann beugte sich erwartungsvoll vor und kniff leicht die Augen zusammen. Zur Übung schlug er dreimal so hart durch die Luft, als wollte er einen Baum zerschmettern. Andrew rieb über das weiche Leder des Balls, das vom vielen Gebrauch schon braun war.

»Scheiß Minenarbeiter!«

Andrew drehte den Kopf, zog sein Knie an und straffte die Schultern.

»Wenigstens ist sein Pa tot. Ein Deutscher weniger!«

Andrew zog voll durch und schleuderte den Ball auf den Zwischenrufer, den er am Kopf traf. Der Schlagmann ließ seinen Schläger fallen und stürmte auf Andrew zu. Die Männer der Creekers wollten ihn verteidigen, stellten sich dem anderen Team entgegen, während Andrew einfach davonging. Die Beleidigungen schmerzten ihn mehr als jeder Faustschlag. Aber der Kampf endete schnell, die Mannschaften trennten sich, und die Kluft zwischen ihnen war noch größer als zuvor.

Peter wischte sich über seine blutige Nase und rannte zu Andrew. »Der Bastard hat es nicht anders gewollt.«

Adrenalin durchströmte heiß Andrews Körper, und seine Brust hob und senkte sich mühsam. Peter tupfte sich mit einem Zipfel seines Trikots die Nase ab und betrachtete den Fleck. »Es wird immer schlimmer«, sagte er warnend, »als wären alle verrückt geworden.«

Andrew hörte ihm gar nicht zu. Er blickte zu den Zuschauern und suchte mit den Augen nach Lily, der Frau, die ihm Trost spendete und nach der er sich immer mehr sehnte. Aber Lily war fort. Andrew zog Kappe und Trikot aus und drückte sie Peter in die Arme. »Ich bin fertig.«

32. KAPITEL

Lily machte sich wieder daran, die Wäsche von Frank zu waschen und zu flicken: sie trockenzuschleudern, zu stärken und zu bügeln, bis ihr Gesicht vom feuchtheißen Dampf glühte. In der hintersten Ecke ihrer Kommode, in einer alten Socke von ihrem Vater, hatte sie ihr Eiergeld gesammelt, ein paar jämmerliche Münzen. *Geh einfach weg. Verschwinde von hier, Lily. Hier gibt es nichts mehr für dich.* Aber mit dem Geld käme sie kaum weiter als bis Pittsburgh.

An diesem Abend war Frank in die Stadt gefahren, um mit dem Sheriff und ein paar anderen wichtigen Männern Karten zu spielen. Sie würden wieder über den Krieg reden, und Lily war nur froh, dass sie nicht hier im Haus waren. Krieg, Krieg, immer nur Krieg. Sie hatte das Gerede so satt. Wenn sie an die Deutschen dachte, die sie persönlich kannte, passten sie gar nicht in das Bild, das die Männer im Ort von ihnen zeichneten. Da war zum Beispiel Mrs. Mueller, die Claire früher Essen gebracht hatte, wenn sie nicht kochen konnte, weil sie mal wieder verprügelt worden war. Dann gab es Mr. Cossman unten bei der Brauerei, der Mrs. Sullivan immer extra Getreide für ihre Pferde brachte. Und die Kisers. Hörte man Frank reden, waren die Deutschen ein Haufen Wilder, die kein Herz, sondern nur Gewehre hatten und danach gierten, Babys zu töten, Frauen zu vergewaltigen und die Weltherrschaft an sich zu reißen. Aber diese Männer hatten doch auch irgendwo Mütter und Schwestern; sie waren die Söhne, Brüder und Geliebten von irgendjemandem.

Als Andrew ihr wieder in den Sinn kam, wurden ihre Wangen noch rosiger, obwohl der Dampf um sie herum nachließ. Sie versuchte, ihn aus ihren Gedanken zu verjagen und die Erinnerung an seine betrügerischen Küsse und leeren Worte zu verdrängen. Sie war nicht gut genug, und er wusste es, das war die hässliche Wahrheit. Sie hatte keine Tränen mehr, geschweige denn Hoffnung. Lily war für Andrew nur ein Zeitvertreib zwischen den Frauen gewesen, die seine Bedürfnisse befriedigen konnten.

Jetzt stellte sie die Bügeleisen auf den Ofen. Am Küchentisch saß Claire neben der Lampe und nähte Knöpfe an Hemden. Erneut musste Lily an ihr Geld denken; ein Luftzug drang durch die alten Fenster und fuhr ihr über die Schulterblätter. Sie betrachtete ihre Schwester verstohlen, dann setzte sie an: »Ich glaube, dieser Winter wird besonders hart, meinst du nicht auch?«

Claire erschauerte. »Ja, so hart wie noch nie.«

Lily hob eines der Bügeleisen an, spuckte darauf, um die Hitze zu prüfen, und stellte es wieder ab.

»Ich spüre es immer mehr in den Knochen, weißt du?«

Claire rieb sich die Fingerspitzen. »Sie sind ganz taub«, fuhr sie fort, dann grinste sie. »Weißt du noch, wie wir als Kinder nur in Kleidern und Stiefeln durch den Schnee tollten? Ich kann mich nicht erinnern, damals die Kälte überhaupt gespürt zu haben. Schon merkwürdig.«

Lily nickte, hob das Bügeleisen und ließ sich von der Hitze, die von ihm ausging, das Gesicht wärmen. »Es wäre schön, in den Süden zu fahren, findest du nicht?« Heimlich warf sie einen Blick zu Claire, um zu sehen, wie sie reagierte. »In Florida ist es das ganze Jahr über warm. Ich hab gehört, dass dort in den Gärten Zitronen- und Orangenbäume wachsen. Es wäre nett, frischen Saft machen zu können, nicht wahr?«

»Ja, das wäre nett.« Ihre Schwester lächelte, ohne den Blick von ihrer Näharbeit zu heben.

Lily hängte ein Hemd über die Stuhllehne und nahm sich das nächste vom Haufen. »Das könnten wir doch machen. Nur du und ich.« Vor lauter Aufregung schien sich ihr Herzschlag zu verlangsamen. »Vielleicht nur für einen kurzen Besuch.«

Claire schüttelte den Kopf. »Du weißt doch, dass Frank nicht wegkann. Er hat zu viel mit seinem Geschäft zu tun.«

»Ich weiß. Aber ich dachte, wir zwei könnten fahren. Wäre ja auch nicht für lang.«

Claire blickte auf. Eine Ahnung schimmerte in ihren unschuldigen Augen auf. Aber dann verschleierten sie sich wieder, und sie widersprach heftig: »Nein, es würde Frank nicht gefallen, wenn ich einfach so weggehe. Du weißt doch, wie er sein kann, Lily.« Sie zog die Strickjacke mit den Mottenlöchern enger um ihre Taille.

Da klopfte es an der Vordertür. Claire stand auf und reckte den Kopf, um den Besucher auf der Veranda zu erkennen. »Andrew!«, sagte sie fröhlich. »Und er hat Blumen.«

»Ich will ihn nicht sehen.« Lily warf das Hemd auf den Stuhl und zog sich in eine Ecke zurück.

»Aber er sieht so gut aus, Lil-«

»Sag ihm, ich bin nicht da.«

Wieder klopfte es. »Bist du sicher?«, fragte Claire.

»Bitte, schick ihn einfach weg.« Lily drückte sich noch enger an die Wand. Ihre Augen waren schon wieder feucht.

Claire verließ die Küche, dann hörte Lily, wie die Tür zur Veranda laut quietschend aufging. »Ich fürchte, Lily hat jetzt keine Zeit für dich«, murmelte Claire.

Zwar konnte Lily Andrew nicht hören, aber seine Gegenwart erfüllte das ganze Haus und verschlimmerte den Schmerz über das, was er getan hatte.

»B-b-besser, du gehst einfach«, sagte ihre Schwester. »Ich weiß nicht. Ist gut. Mach ich. Danke, Andrew. Grüße an deine Familie.«

Wieder quietschte die Tür. Claire kam in die Küche, ging zu Lily und reichte ihr den Strauß weißer und purpurfarbener Chrysanthemen. Als ihr der würzige Geruch in die Nase drang, lastete die Sehnsucht noch schwerer auf ihrer Brust.

In Claires Miene spiegelten sich Bedauern und Verwirrung. »Warum kränkst du ihn so, Lily? War er gemein zu dir?« Sie wartete auf eine Antwort, doch vergeblich. »Du hättest ihn sehen sollen. Er sah aus, als hätte er seinen besten und einzigen Freund auf der Welt verloren.«

Lily drückte Claire den Blumenstrauß in die Hand. »Da, für dich. Ich will ihn nicht.« Als sie erneut das Bügeleisen nahm, stach ihr der Dampf so in den Augen, dass ihr nun doch die Tränen kamen. In ihrem Bauch bildete sich ein großer Knoten.

Claire holte eine Vase für die Blumen und stellte sie auf einen Beistelltisch. »Hübsch, nicht wahr?«

Lily presste die Hand auf den Mund. »Behalt das Bügeleisen im Auge, Claire.« Ihre Stimme war gepresst. »Ich brauche frische Luft.« Sie eilte nach draußen, vorbei an den kümmerlichen Resten ihres Gemüsegartens. Die Blätter alter Salatköpfe waren vom Nachtfrost durchscheinend wie Spitze. Der winzige Stall neigte sich gefährlich nach rechts, und das niedrige, morsche Dach bot gerade mal Schutz für ihre zwei Kühe. Lily ging hinein und streichelte der schwarzen die Nase.

Sie erinnerte sich noch, wie Frank die Kuh gekauft und wie sie kurz darauf gekalbt hatte. Als Frank das Kalb ein paar Tage später verkaufte, hatte die Mutterkuh vor Trauer fast einen Monat lang gemuht. Lily hatte sich das Kopfkissen auf die Ohren gedrückt, aus lauter Mitleid geweint und sich geschworen, nie wieder eine solche Trennung zuzulassen.

Jetzt presste sie ihre Stirn gegen die der Kuh. »Es tut mir leid.« Sie weinte, das Gesicht in das weiche Fell gedrückt, und spürte, wie die feuchte Nase unter ihrem Kinn schnaufte. »Es tut mir leid, was wir dir angetan haben.« Sie weinte wegen der Kuh und wegen des Kalbs. Sie weinte nicht um das, was ihr im Leben genommen worden war, sondern um das, was sie nie gehabt hatte.

Die Kuh wich schnaubend zurück. Lily wischte sich mit der Schulter die Tränen von der Wange.

»Lily?«

Sie wirbelte herum. Andrew stand im Türrahmen, groß und gutaussehend, und sie wollte nichts mehr, als sich in seine Arme zu werfen. Aber sie wusste, was er getan hatte, und seine Anwesenheit, allein sein Anblick, verursachten ihr Übelkeit.

Langsam trat er auf sie zu. »Du hast ja geweint«, sagte er.

Sie schüttelte den Kopf. Andrew begriff nicht, warum sie ihn so hasserfüllt ansah.

»Ich will dich nicht mehr sehen«, zischte sie so böse, dass er schockiert zurückwich.

»Wieso?«, fragte er kalt, ohne sich vom Fleck zu rühren. »Wenn du mich nicht mehr sehen willst, werde ich dich auch nicht mehr belästigen. Aber ich will wissen, warum.«

»Ich hab beim Spiel was gehört, Andrew«, stieß sie hervor und wich seinem Blick aus. »Über dich.«

Ihm fielen wieder die Beleidigungen der gegnerischen Mannschaft ein, aber ihm war nicht klargewesen, dass Lily sie ebenfalls gehört hatte. Doch anstatt für ihn da zu sein und ihn zu unterstützen, hatte sie sich verdrückt. Ihre Illoyalität machte ihn wütend. »Du hast gehört, was sie gesagt haben, und gibst mir die Schuld?«

»Willst du es denn nicht mal leugnen?«

»Was denn leugnen?« Grob fuhr er sich mit der Hand durch die Haare. Er würde sich nicht dafür entschuldigen, sich oder Peter verteidigt zu haben. »Dass ich mich wie ein Mann verhalten habe?«

Vor Abscheu verzog sie das Gesicht. Neue Tränen stiegen in ihr auf. »Wie konntest du nur?«, stieß sie hervor. »Ein Mann tut so was nicht. Du solltest dich schämen!«

Andrew kochte vor Zorn. Er stemmte die Hand in die Hüfte und starrte auf die zerbrochenen Dachlatten des Stalls. Lily hatte ja keine Ahnung. »Ich will dir mal was sagen«, setzte er schroff an. »Ich würde es jederzeit wieder tun. Wie jeder andere Mann auch.« Er wandte sich zum Gehen. »Und wenn du das nicht verstehen kannst, Lily, dann will ich dich auch nicht mehr sehen.«

33. KAPITEL

Der Winter suchte Pennsylvania heim und scheuchte den milden Herbst wie einen ungebetenen Gast zur Tür hinaus. Die Kühe, Schafe und Schweine wurden in die Ställe gepfercht. Die Hühner wurden in den Stall gesperrt, dessen Fenster so dreckig waren, dass es auch bei hellem Sonnenschein immer dämmrig darin blieb, so dass die Hühner sich weigerten, anständig Eier zu legen. Und die Kisers zogen sich ins Farmhaus zurück, ohne dass ihnen genügend Zeit geblieben wäre, das Haus zu isolieren, ausreichend Holz zu hacken oder altes Laub und Vogelnester aus den Kaminen zu entfernen.

Alles musste gekauft werden, jedes einzelne Lebensmittel musste geholt oder geliefert werden, und Wilhelm blieb nichts anderes übrig, als zuzusehen, wie ihm seine Ersparnisse durch die Finger rannen.

Als der erste Schnee fiel, hörte es gar nicht mehr auf. Nach einer kurzen Pause fiel er stärker und dichter als zuvor. Die Verwehungen türmten sich an den Hügeln zu weißen Pyramiden auf, und am Farmhaus reichte der Schnee bis zu den Fenstern.

Wilhelm hoffte, den nächsten Einkauf in der Stadt lange genug aufschieben zu können, doch als es immer weiter schneite und kein Ende in Sicht war, wurde ihm klar, wenn er noch weiter wartete, würden sie alle Kiefernzapfen essen müssen. Also packte er sich warm ein, zog Wollmantel und Hut an, lange Unterhosen unter seine Hose und dicke Socken darüber. Dann machte er sich auf den Weg zu dem einzigen Freund, den er hatte: Heinrich Mueller.

Keuchend und Atemwolken ausstoßend, stapfte er durch den kniehohen Schnee, hinunter ins Tal, über den zugefrorenen Bach, zur Hauptstraße hoch. Unter seinen dicken Wolllagen schwitzte er, während seine Nase, sein Kinn und seine Wangen vor Kälte taub waren. Als er hinauf in den stahlgrauen Himmel blickte, trudelten ihm die weißen Flocken entgegen und blieben in seinen Augenbrauen hängen. Wäre er noch ein Junge gewesen, hätte er die Zunge ausgestreckt, um den Schnee zu fangen.

Da noch mehrere Meilen zu gehen waren, schritt er forsch aus, setzte einen Fuß vor den anderen, immer schneller, bis er sich wie gejagt fühlte. Das alte Farmhaus verblasste hinter den großen weißen Flocken, und der wachsende Abstand brachte ihm eine größere Erleichterung, als er sich eingestehen wollte. Kurz dachte er: *Ich gehe einfach immer weiter*. Er würde bis zu den Gleisen laufen, auf einen Zug springen und so schnell wie möglich verschwinden. Zwar würde er kein Geld haben, konnte aber noch mal von vorn anfangen. Er konnte alles hinter sich lassen, das trostlose Farmhaus, das Schreien der toten Zwillinge, das immer noch manchmal in der Luft hing, Evelines ewige Meckerei und Andrews Unfall. Hoffnung stieg in ihm auf. Noch schneller schritt er aus. Je weiter er sich von der Farm entfernte, desto frischer wirkte die Luft, und er sog sie tief ein und ließ seine Lungen von der eisigen Kälte brennen. Oh, er wollte wegrennen! Jede Faser seines Körpers schrie nach Freiheit: *Lauf weg, lauf weg, lauf weg!*

Mit einem Mal blieb er stehen und sah sich um: eine einsame Gestalt mitten im Schneetreiben auf einer gottverlassenen Straße. Er betrachtete das weite Land um sich, das auch Möglichkeiten und eine Zukunft bereithielt. Er sah seine Fußspuren im Schnee. Erkannte, dass er wieder zurückgehen musste. Das Grau des Himmels drang in seinen Körper und sickerte in seine Adern wie Abwasser in ein verstopftes Rohr. Da wollte er nicht mehr wegrennen, wollte nicht mehr zusehen, wie die Schneeflocken von einem endlosen Himmel herabtrudelten. Das Grau hüllte ihn ein und trieb ihn weiter zum Haus der Muellers.

»Mr. Kiser, was machen Sie denn hier?« Mrs. Mueller zerrte ihn ins Haus. »Herein mit Ihnen, kommen Sie aus dem Schnee!« Sie nahm ihm den Hut ab und klopfte den Schnee von seinem Mantel. »Heinrich! Mr. Kiser ist hier und unterwegs fast erfroren. Anna, bring heiße Brühe für unseren Gast«, schrie sie durchs Haus.

Wilhelm war gerührt über diese Herzlichkeit, über die Wärme, die ihn einhüllte, und versuchte, nicht an sein eigenes Zuhause zu denken. »Danke, Mrs. Mueller. Ist schon gut. Bin beim Laufen ins Schwitzen geraten.«

»Nein, nein«, protestierte sie. »Ihr Gesicht sieht aus wie eine gefrorene Tomate.« Sie presste ihre heißen Hände an seine Wangen. »Ziehen Sie die Stiefel aus und setzen Sie sich ans Feuer, auf der Stelle. Los, los!« Sie zeigte zum Kamin, als wüsste er nicht, wo der war.

Heinrich kam herein und knöpfte sich eine Wolljacke über dem Flanellhemd zu. »Wilhelm!«

Anna brachte einen Becher dampfender Brühe, die Wilhelm am Kamin entgegennahm, aber er setzte sich nicht, weil er wusste, dass seine Hose noch nass vom Schnee war. Heinrich schlug ihm herzlich auf den Rücken. »Was bringt Sie her, mein Freund?«

Wilhelm erschlaffte. Von dem anstrengenden Marsch fühlte er sich ganz zittrig. Er genoss die Wärme und die Behaglichkeit dieses Hauses. Heinrichs Lächeln schwand, als könnte er in den Augen seines Nachbarn das lesen, was er einst selbst erlebt und längst hinter sich gelassen hatte. Ohne den Blick von Wilhelm zu lösen, rief er seiner Frau zu: »Gerda, bring mal was von dem neuen Bier. Ein Mann braucht was Feurigeres als nur Brühe.«

Gerda lachte. »Peter!«, brüllte sie. »Bring das Bier.«

Heinrich wies auf den Sessel und tat die nasse Hose mit einem Nicken ab, das besagte: *Das trocknet schon wieder.* Ein paar Minuten später brachte Peter das vertraute alte Fass und stellte es auf dem Tisch zwischen ihnen ab. »Hallo Mr. Kiser«, begrüßte er ihn fröhlich.

»Hallo, Peter«, erwiderte Wilhelm. »Schön, dich zu sehen.«

»Ist Andrew auch da?«

»Nein, die Strecke war schon anstrengend genug für einen.«

»Alles klar. Richten Sie ihm aus, wenn's nicht mehr schneit, komm ich vorbei, dann gehen wir jagen, ja?«

Heinrich schenkte das Bier aus und wartete darauf, dass Wilhelm zu sprechen anfing.

»Ich hatte nicht damit gerechnet, dass es so schnell so kalt wird«, sagte der schließlich. »Ich komme weder mit dem Auto noch mit dem Pferdewagen zur Straße. Deshalb bin ich hier, um Sie um einen Gefallen zu bitten.« Seine Stimme erstarb. Er konnte sich nicht erinnern, je einen Menschen um einen Gefallen gebeten zu haben.

»Ich muss irgendwie in den Ort kommen, um Vorräte für den Winter zu kaufen.«

Lachend winkte Heinrich ab. »Das ist alles?«, sagte er, als wäre das gar nichts. »Morgen fahren wir mit dem Pferdewagen hin, damit kommt man gut durch den Schnee. Wir kaufen alles, was Sie brauchen, und die Jungs helfen beim Tragen. Fritz könnte wahrscheinlich alles allein schleppen.«

Heinrich nahm eine Zigarette aus einem Etui und bot sie Wilhelm an, der jedoch ablehnte. Als Heinrich sie sich ansteckte, wirkte sein altes, runzliges Gesicht jung, trotz der vielen Jahre harter Arbeit. Wilhelm betrachtete das Haus und die gemütliche Einrichtung. Heinrich folgte langsam seinem Blick. »Sie brauchen mehr als nur eine Fahrgelegenheit, oder?«, fragte er.

Wilhelm rieb sich über den Nacken. »Ich bin ein bisschen knapp bei Kasse für den Frühling. Der Winter wird das Letzte von uns fordern.« Seine Stimme war dumpf und leise, weil ihm die Worte fast im Hals steckenblieben. »Ich hab daran gedacht, Morton um ein Darlehen zu bitten. Nur, um das Saatgut und das neue Heu zu kaufen.«

Sein Nachbar nahm die Zigarette aus dem Mund und schüttelte entschieden den Kopf. »Nein, Wilhelm, machen Sie keine Geschäfte mit diesem Mann. Niemals.«

»Ich weiß. Ich hab das Gerede schon gehört. Aber es wäre nur kurzfristig. Höchstens sechs Monate, bis die Schweine verkauft werden können und die Hühner genügend Eier legen.« Von der Bank würde er kein Geld kriegen, da der Leiter wusste, dass sein Konto leer war. Außerdem würde er einem Deutschen ohnehin nie was geben. Campbell hatte ihm den Kredit im Laden gekürzt. Die Bank und der Laden hatten ihn im Würgegriff und genossen es, wie er sich wand.

»Frank Morton«, sagte Mr. Mueller, neigte seine riesige Gestalt vor und sah ihn durchdringend an. »Kein guter Mann, er hat kein Herz.« Er schüttelte missbilligend den Kopf.

»Aber ich hab doch keine andere Wahl. Außerdem war er nett zu Eveline.« Kaum hatte er das gesagt, spürte er überrascht, wie seine Hände schwitzig wurden. »Seine Frau und seine Schwägerin waren nett zu uns«, berichtigte er sich.

Heinrich starrte auf den Teppich zwischen ihnen. »Ich hab ein bisschen Saatgut, Wilhelm. Nicht viel, aber für einen Hektar reicht es. Daraus können Sie genug Saatgut für das Jahr darauf gewinnen. Das nächste Jahr wird dann hart werden, aber ein Mann muss einige harte Jahre durchstehen. Nehmen Sie das, und nutzen Sie es gut. Wenn nötig, arbeiten Sie im Ort, aber gehen Sie nicht zu Frank.«

»Nein, ich kann Ihr Saatgut nicht annehmen, Heinrich.« Als er protestieren wollte, hob Wilhelm die Hand. »Nein, ich nehme es nicht.« Entschieden richtete er sich auf. »Aber ich denke über das nach, was Sie gesagt haben.«

Bekümmert stand Heinrich auf und klatschte dann abschließend in die Hände. »Aber jetzt essen Sie erst mal mit uns. Mit Bier und etwas Warmem im Bauch ist der Rückweg leichter.«

Wilhelm aß mit der Familie und trank so viel Bier, dass die Gesichter vor ihm verschwammen und die Stimmen zu einem undeutlichen Gewirr zusammenliefen. Er aß selbst gemachte Blutwurst, Spätzle und Brathuhn und hörte erst zu essen auf, als sich sein Hosenbund in den Bauch drückte. Und er lachte. Es fühlte sich an, als hätte er sehr lange nicht mehr gelacht. Er freute sich über die Geschichten und die deutschen Lieder, die Heinrich zum Besten gab.

Als Wilhelm aufbrach, tauchte der Vollmond den Schnee in glitzerndes Blau. Wilhelm war so betrunken, dass er die Kälte nicht spürte und so heftig hin und her schwankte, dass die Fußspuren aussahen, als kämen sie von mehreren Männern. Mit offenem Mantel stapfte er über die Straße, sang aus voller Kehle die Lieder, fühlte sich lebendig vom guten Essen und Trinken und kümmerte sich nicht darum, wie lange es bis nach Hause dauern würde – oder ob er dort überhaupt je ankommen würde.

Doch er erreichte schließlich die Farm, und Eveline wartete auf ihn, im Nachthemd, zitternd vor Kälte und Wut. Wilhelm taumelte in seliger Trunkenheit auf sie zu. Sie erschien ihm so schön, dass er die Lippen spitzte, um sie auf ihre süßen Lippen zu küssen.

Da schlug sie ihm hart ins Gesicht. »Weißt du eigentlich, wie spät es ist?«, rief sie. »Ich hatte Todesangst, du wärst da draußen erfroren, und jetzt kommst du betrunken nach Hause und stinkst nach Bier und Bratensoße?«

Schlagartig war er nüchtern. Die Lieder und die lockenden Lippen, die Wärme vom gemütlichen Feuer und heiteren Geschichten waren wie weggewischt. Die Kälte hüllte ihn plötzlich wieder ein, und das Kreischen der toten Zwillinge schrillte in seinen Ohren.

Am nächsten Morgen schaufelte Eveline Pancakes auf den Teller ihres Mannes. Sie waren blass und brüchig. In den letzten Wochen hatten sie kaum Eier einsammeln können, und den Teig hatte sie nur mit einem einzigen anrühren müssen. Wilhelms Augen waren blutunterlaufen, und sie wusste, dass ihm der Schädel dröhnte von den Nachwirkungen der Muellerschen Gastfreundlichkeit. Während sie ihm Kaffee einschenkte, überprüfte sie verstohlen, ob man auf seiner Wange noch Spuren ihrer Ohrfeige sehen konnte.

Sie bereute ihren Wutausbruch. Sie war noch nie gewalttätig geworden und wusste selbst nicht, wie sie ihren Mann hatte schlagen können. Ihre Schuldgefühle brannten heiß in ihr, so dass sie keine Entschuldigung herausbrachte. Sie wusste einfach nicht, warum sie so zornig gewesen war. Sie wusste nur, dass sie hier in diesem kalten Haus mit altbackenem Brot zurückgelassen worden war und sich Wills und Edgars Gejammer anhören musste, während Wilhelm es sich im warmen Haus der Muellers mit reichlich Essen gutgehen ließ.

Und dann begriff sie, warum sie ihn geschlagen hatte. Weil dies hier das Leben war, das sie, Eveline, sich für sie alle gewünscht hatte. Aber es war ein Leben, das ihnen manchmal alle Kraft auszusaugen schien. Und sie hatte Panik bekommen, ihr Mann würde nicht zurückkommen – durch einen Unfall oder aus freien Stücken –, und dass sie für immer ganz allein in diesem Haus bleiben müsste. Sie hatte ihn aus Angst geschlagen, er könnte sie verlassen, und die Reue lastete schwer auf ihr.

»Soll Andrew dich begleiten?«, fragte sie schüchtern. »In den Ort?«

Wilhelm schüttelte den Kopf, aß sein fades Frühstück auf und schob den Teller weg. Am liebsten hätte sie ihn umarmt und ihm gesagt, wie leid es ihr tat – alles. Doch sie nahm nur wortlos seinen Teller und wandte sich ab, sagte ihm nicht mal Lebwohl, als er seinen Mantel anzog und hinausging, um an der Straße auf den Wagen der Muellers zu warten.

Lily schob sich noch tiefer in die Polster des alten Sofas, die von der Sonne ausgebleicht und an den gerundeten Lehnen abgescheuert und ausgefranst waren. In der Küche machte Claire Brot und walkte gleichmäßig den Teig. Frank blieb den ganzen Morgen im Arbeitszimmer.

Es war schon spät gewesen, als Wilhelm Kiser schwankend an die Tür geklopft hatte und laut nach Frank verlangte. Die Männer waren nur kurz verschwunden, gerade lang genug, um Dokumente zu unterzeichnen. Lily war das Herz gesunken vor lauter Mitleid für Will und Edgar und Mrs. Kiser – denn zu Frank kam man nur, wenn man schrecklich in Not war.

Andrew. Der Schmerz breitete sich in ihrer Magengrube aus, die Sehnsucht nach ihm wuchs von Tag zu Tag, und seine Abwesenheit ließ sie lustlos und verloren durch den Tag driften. Sie verdrängte jeden Gedanken an seine markanten Gesichtszüge und wühlte in dem unordentlichen Handarbeitskorb neben dem Sofa.

Sie holte ein Knäuel Wolle heraus, das vor langer Zeit mit Saft von Roter Bete rosa gefärbt worden war. Ihre Stricknadeln fand sie ganz unten auf dem Boden. Mit raschen, ruckartigen Bewegungen schlug sie Maschen auf und begann mit klickenden Nadeln, einen Schal zu stricken.

Oben polterten Franks Schritte über den Boden, hin und her, hin und her. Der Ofen in der Küche klapperte, als Claire Töpfe über den Flammen zurechtrückte. Sanft fiel der Schnee vor den Fenstern und hüllte die blattlosen Büsche in weiße Decken. Und inmitten all dieser Geräusche versank Lily in ihre Strickerei und ließ ihre Finger abwesend Form und Muster gestalten. Auf einmal hielt sie inne und starrte auf die Wolle und die winzige Babysocke, die zwischen ihren gekreuzten Nadeln Gestalt angenommen hatte.

Sie rieb die weichen Knubbel an der Ferse zwischen ihren Fingern. Einen Moment lang erwachte ihr alter Traum wieder zum Leben, sie sah Andrew und das Farmhaus, wo sie putzen und kochen konnte, den großen Apfelbaum, auf den sie früher geklettert war und wo sie zum ersten Mal dem Mann begegnet war, den sie liebte.

Als Frank die Treppe herunterkam, vergrub Lily die winzige Socke tief unter der selbst gesponnenen Wolle.

Der Winter ließ im Haus der Kisers die Zeit stillstehen, jede Minute schien sich zu einer Ewigkeit auszudehnen. Weihnachten verbrachten sie bei den Muellers, doch abgesehen von diesem Tag existierte die Welt nicht außerhalb ihres eisigen Hauses, in das sie sich zum Überwintern zurückzogen.

Abends las Wilhelm die *Pittsburg Press*, die die Neuigkeiten verkündete: Die Amerikaner waren gut und die Deutschen böse. Andrew und Eveline lasen keine Zeitung. Allein die Schlagzeilen, die Fotos von den Panzern und die Cartoons vom säbelrasselnden Kaiser und seinen Hunnen waren schon düster genug. Sie alle sahen die Listen der Gefallenen, der GIs, die sich einst so bereitwillig gemeldet hatten und die jetzt tot in ihre Heimat zurückkehrten. Doch von den Geschichten über das wilde Blutvergießen sprachen die Erwachsenen nicht, und wenn Will und Edgar da waren, wurde die Zeitung umgedreht oder so gefaltet, dass man nur harmlose Werbeanzeigen für Maytag-Waschmaschinen oder Hawthorne-Fahrräder sah. Die Jungen sollten nichts vom Krieg erfahren. Noch nicht.

Es belastete Andrew, ans Haus gefesselt zu sein, und die Muskeln in seinen Schultern und Schenkeln wurden immer schwächer. Er sehnte sich nach körperlicher Anstrengung und Bewegung. Während der Körper zur Untätigkeit gezwungen war, wurden seine Gedanken immer rastloser. Er verspürte eine quälende Sehnsucht nach so vielem.

Er vermisste seinen Arm und die Tatsache, nur noch die Hälfte dessen schaffen zu können, was er früher geschafft hatte. Er vermisste nun auch wieder stärker seine Eltern, ihr Lachen beim Frühstück und Abendessen an ihrem alten, zerkratzten Tisch, das winzige Holzhaus, dessen Wärme Sicherheit versprach und sie ihre Armut vergessen ließ. Er dachte auch an Lily, und diese Gedanken weckten eine Hitze in seinen Lenden, dass er am liebsten die Wände hochgegangen wäre und seinen Kopf in den Schnee getaucht hätte. Doch dann fiel ihm wieder ein, dass sie die Männer verteidigt hatte, die ihn beschimpft hatten, dass sie für sie und nicht für ihn Partei ergriffen hatte. Daher schob er seine Sehnsucht beiseite und schaufelte Schnee, schleppte Feuerholz und schrubbte die eiskalten Kuhställe sauber, bis er zu erschöpft war, um noch irgendwas zu denken oder zu fühlen.

Jeden Abend widmete Andrew sich seiner alten Leidenschaft und las Bücher über Veterinärmedizin. Er plante eine bessere Zukunft und hatte immer die Worte seines Vaters im Kopf, als er ihn ermahnte, für die Familie zu sorgen.

Aber jetzt hatte er zwei Familien, denn er fühlte sich immer mehr als Mitglied der Kisers. Deshalb lernte er, schrieb Briefe an seine Mutter, in der er ihr ein besseres Leben versprach. Er versuchte, jeden Zweifel daran auszulöschen, dass sein Lernen nutzlos sein könnte.

Während der langen Wintermonate ächzte das Haus von der Kälte und dem eisigen Wind, von der gedrückten Stimmung innerhalb der Wände. Draußen ließ der große Apfelbaum vom Druck des Windes und der Last des Schnees die Äste hängen. Die Spitzen der dürren Zweige reichten bis zum Haus und kratzten über die Fassade mit der abblätternden Farbe.

Und so begann das Jahr 1918, mit unerbittlicher Düsternis und beißender Kälte, die einem bis in die Knochen drang, die Glieder lähmte und alle Hoffnung auf die Rückkehr von Licht und Wärme unter sich begrub.

VIERTER TEIL

*Die deutschen Militärstrategen haben unsere ahnungslosen
Gemeinden mit Spionen und Verschwörern infiltriert.*

Präsident Woodrow Wilson

34. KAPITEL

Im April 1918 kam das Tauwetter plötzlich und unerwartet, begann in der Nacht und wärmte die Erde so auf, dass sie am Morgen von innen heraus dampfte.

Dunst stieg über den Hügeln auf und verdichtete sich in den Tälern zu Nebel. Aus der dampfenden Landschaft tauchten Rotkehlchen und Hüttensänger auf und zwitscherten so laut, als wollten sie ihr winterliches Schweigen ausgleichen. Trauertauben jagten sich gegenseitig durch die weißer werdenden Birken.

Im Unterholz glühten die Himbeerruten purpurfarben, und die Weinreben zeigten ihre holzigbraune Rinde. An den Forsythien erschienen die ersten gelblichen Knospen, und die Weiden brachten Samenstände hervor, die so pelzig und weich waren wie Hasenpfoten. An sonnigen Plätzen schossen Krokusse zwischen Narzissen hervor. Das Land erblühte und verhieß Neuanfang.

Als Andrew Houghton ohne Mantel aus dem Haus trat, nahm er den flüchtigen Duft von warmem Schnee wahr, der in modrige Erde sickert. Er legte den Kopf in den Nacken und badete seine Haut in der Wärme, die zum ersten Mal seit Monaten nicht von einem Kohleofen oder einem Holzfeuer stammte. In der milden Luft erwachten alle Fasern seines Körpers wieder zum Leben, alle Trägheit wich von ihm, und mit einem Mal fühlte er sich jung, lebendig und wie berauscht. Er trat einen Schritt vom Steinweg und versank sofort bis zur Wade im Schlamm.

»Was zum ...« Er stemmte den linken Fuß fest gegen die Steinplatte und zog den rechten schmatzend aus dem Morast. Dann betrachtete er die schmelzende, tropfnasse Landschaft.

Da knallte die Fliegentür. Auch Wilhelm hielt grinsend sein Gesicht der Sonne entgegen, bis Andrew ihm warnend die Hand gegen die Brust drückte und auf den schlammigen Boden zeigte. Wilhelm kratzte sich am Kinn, in dem die silbrigen Stoppeln in der Sonne glitzerten, schüttelte den Kopf und lachte.

Der harte, lange Winter war endlich vorbei, und während die Sonne höher stieg, wich allmählich die Last von ihnen, und sie unterbrachen ihre Arbeit immer wieder, um die neue Jahreszeit zu genießen.

Der Apfelbaum schüttelte die letzten Schneereste ab, streckte die Äste und beendete das unablässige Kratzen an der Hausfassade. Als Eveline die Wäscheleine um den dicken Stamm schlang und seine Rinde tätschelte, bemerkte sie zum ersten Mal das hineingeritzte »Lily«. Sie warf einen verstohlenen Blick zu Andrew, der Richtung Straße ging, und fragte sich, ob das sein Werk war.

Wilhelm und Andrew mussten von Stein zu Stein springen, um nicht in den schwarzen morastigen Boden zu sinken. Der Schnee schmolz in Pfützen und setzte die graslose Erde unter Wasser. Die Senke auf dem Fahrweg füllte sich mit schwarzem Wasser, bis der Weg unpassierbar war.

Andrew schob seine Kappe zurück, stützte sich auf sein

gebeugtes Knie und begutachtete das Ganze. »Wir könnten den Weg noch tausendmal erneuern, das Wasser würde ihn trotzdem wieder überfluten. Mutter Natur kann man nicht aufhalten.«

Wilhelm nickte. »Wir müssen eine Brücke bauen, anders geht's nicht. Glaubst du, die Muellers würden uns dabei helfen?«

»Ich rede mal mit Peter.«

Die Sonne wärmte ihre Rücken, als sie nebeneinanderstanden und das weite, vom Wetter mitgenommene Land betrachteten. Alles, was alt, verfault und kalt war, driftete im Schmelzwasser hinweg.

Lily machte der lange Weg nichts aus. Der plötzliche Frühlingsanbruch weckte in ihr das Verlangen, so viel Zeit wie möglich in der Sonne zu verbringen und die trüben Tage voller Grau und Frost hinter sich zu lassen. Ein paar Mücken und Fliegen summten um sie herum, doch sie achtete nicht auf sie. Kühe, Pferde und Schweine durften jetzt die Ställe verlassen.

Gutgelaunt schwang sie den Korb hin und her, der jetzt leicht war, da sie die Lebensmittel bei Mrs. Sullivan abgeliefert hatte. Da deren eigene Tochter weit entfernt lebte, freute Lily sich, ihr hin und wieder etwas zu essen zu bringen. Sie war gern bei der Witwe, mochte es, dass das Haus immer nach Zimt duftete und selbst an bedeckten Tagen nicht düster wirkte. Mrs. Sullivan war eine Frau, die einen in ihren Umarmungen so eng an sich drückte, dass ihre Güte und Herzlichkeit spürbar waren und man sie nie wieder loslassen wollte. Lily fragte sich, wie es wohl für die Kinder der Sullivans gewesen sein musste, in einem solchen

Zuhause aufgewachsen zu sein. Sie fragte sich, wie es sich anfühlte, von Geburt an so umarmt zu werden und das Gefühl vermittelt zu bekommen, man wäre etwas Besonderes. Sollte sie jemals selbst Kinder haben, würde sie sie jeden Tag umarmen. Lily lächelte. *Jeden Tag*, dachte sie. Sie würden sich immer geliebt fühlen.

Als Lily an der Zufahrt zu den Kisers vorbeikam, hielt sie den Blick fest auf die Reihe junger Ahornbäume gerichtet, die die andere Seite der Straße säumten. Noch ein paar Meilen, dann käme sie an der Farm der Muellers mit den leuchtend roten Nebengebäuden vorbei, aus deren Küchenkamin Rauch steigen würde. Ihr wurde das Herz schwer, denn es schien ihr, als lebten um sie herum nur Familien, die sich am Kamin Geschichten erzählten und sich selbst an den kältesten Tagen aneinander wärmten. Sie dagegen hatte nur Claire, die in ihrer Vergangenheit gefangen war und zu viel Angst hatte, um Trost spenden zu können.

Auf der einsamen Straße hörte man das Pferd, das von Süden herantrabte, schon lange, bevor es auf der Hügelkuppe zu sehen war. Als das braune Pferd näher kam, erkannte sie auch den Reiter und verzog das Gesicht. Dan Simpson.

Dan erledigte immer mehr Aufträge für Frank. Mr. Simpson, Dans Vater, war ein Angestellter der Bank, hatte Verbindungen zu allen wichtigen Leuten im Ort und spielte jede Woche mit Frank Karten. Wenn Lily an die drei Männer dachte, wurde ihr Mund trocken.

Als das Klappern der Hufe immer lauter wurde, versteifte sich Lily unwillkürlich und drückte angespannt ihre Ellbogen an die Seiten. Am liebsten hätte sie auf dem Absatz kehrt gemacht und wäre zum Haus von Witwe Sullivan zurückgerannt, aber dazu war es zu spät. Dan hatte sie gesehen, hielt das Pferd an, stieg ab und kam mit seiner üblichen selbstgefälligen Miene auf sie zu.

»Lily Morton«, sagte er gedehnt. »Mit so einem hübschen Anblick hab ich heute Morgen gar nicht gerechnet.«

»Hallo Dan«, begrüßte sie ihn zurückhaltend. Sie hielt sich bewusst gerade und nutzte den Korb vor ihr wie einen Schutzschild.

»Hast du was Gutes für mich da drin?« Er wies mit dem Kopf auf den Korb, aber sein Blick klebte an ihrer Bluse.

Sie umklammerte den Bastgriff fester. Dan machte ihr ständig Komplimente, aber das fühlte sich meist an, als würde jemand mit dreckigen Händen mit ihren Haaren spielen. Das tat er sogar vor Frank, der darüber nur lachte. Aber Dans Blick war so durchdringend, dass man einfach nur wegrennen wollte.

»Hab Mrs. Sullivan nur ein bisschen Suppe gebracht«, sagte sie mit zittriger Stimme und verfluchte sich selbst dafür. Dan witterte Unsicherheit schon von Weitem und nutzte das. Jetzt trat er einen Schritt näher. Mit einem Mal wurde ihr bewusst, dass die Straße vollkommen menschenleer war. Lily war auf halber Strecke zwischen dem Haus der Muellers und ihrem eigenen. Sollte sie wegrennen müssen, wusste sie nicht, in welche Richtung.

Sie zwang sich, so selbstsicher wie möglich zu wirken und nicht vor seinem Blick zurückzuzucken, der über ihren Körper wanderte. »Was machst du hier? Ein bisschen weit weg vom Ort, oder?«

»Allerdings.« Er schob seine Unterlippe vor und blickte blinzelnd in die Sonne. »Man könnte sagen, ich mach mal die Runde.«

Das klang irgendwie undeutlich, genuschelt oder als hätte er Halsschmerzen. Als er noch näher kam und ihr eine Locke von der Schulter strich, stellten sich ihr alle Nackenhärchen auf. Ihre Beine spannten sich an, bereit zur Flucht.

»Miss Lily«, verkündete er, »vor Ihnen steht der Gefreite Dan Simpson.« Als sie seine Whiskyfahne roch, runzelte sie die Stirn.

Sein Blick wurde hart. »Ich sage dir, dass ich mich verpflichtet habe, und du guckst mich so an?«

Jetzt musste sie aufpassen. Sie schluckte. »Du hast mich nur überrascht.«

Er gluckste, drehte sich schwankend um sich selbst und lupfte seinen Hut. »Ich bin Soldat, Lily! Ich werde den Hunnen mal zeigen, was ein echter Amerikaner ist.« Schon stand er wieder dicht vor ihr und blies ihr seine Fahne ins Gesicht. »Ich sorge dafür, dass mein Gesicht das Letzte ist, was sie sehen, bevor ich Ihnen das Bajonett in die Eingeweide ramme.« Er machte einen wackligen Ausfallschritt und stieß ein imaginäres Schwert vor.

Sosehr sie sich auch beherrschen und ihm trotzig ins Gesicht sehen wollte, wandte sie den Kopf ab und verzog den Mund. Da packte er sie brutal am Kinn. »Ein Mann will nicht ständig ignoriert werden, Lily. Hörst du?«, brüllte er.

Sie starrte ihn finster an und biss die Zähne zusammen. Sie würde den Kopf nicht mehr abwenden.

»Du missachtest mich ständig, aber das dulde ich nicht mehr. Du provozierst mich, tust ständig so, als wolltest du nichts mit mir zu tun haben, als müsste ich um deine Aufmerksamkeit betteln.«

Er entriss ihr den Korb, schleuderte ihn ins Gebüsch und packte sie schmerzhaft an den Armen. »Aber jetzt hörst du mir mal zu, Miss Lily. Ich bin Soldat und lass mir nicht mehr die Möhre vor die Nase halten. Entweder gibst du sie mir, oder ich nehme sie mir.«

Ihr Kopf war vollkommen leer, und ein Schrei entfuhr ihr. Sie versuchte, sich aus seinem Griff zu befreien.

»Gibt es hier ein Problem?« Als sie Andrews Stimme hörte, wäre sie vor lauter Erleichterung fast zusammengesackt.

Dan lockerte zwar seinen Griff, ließ sie aber nicht los. »Wer bist du denn?«

Andrew kam zu ihnen, stark und selbstbewusst, die Augen fest auf Dan gerichtet. »Nimm deine Hände von ihr.«

Dan ließ sie los und hob leicht schwankend die Handflächen. »Ja, Sir«, sagte er sarkastisch.

Andrew wandte sich mit ernstem Blick an Lily. »Alles in Ordnung?«

Sie nickte, verschränkte die Arme über der Brust und rieb sich über ihre schmerzenden Oberarme. Andrew trat vor sie und schirmte ihren Körper vor Dans Blicken ab. »Du reitest jetzt weiter.« Das war keine Frage.

Langsam schien es Dan zu dämmern. »Du bist doch einer von den Kisers, stimmt's nicht?« Er lachte, als hätte er einen guten Witz gemacht. »Von dir hab ich schon gehört.«

Als Lily seinen verächtlichen Ton hörte, erschauerte sie. Sie kannte seinen Ruf als Schläger. »Komm, Andrew«, flüsterte sie und zupfte an seiner Hand. »Gehen wir.«

Aber er blieb stehen und ignorierte ihre Bitte.

»Ach, jetzt kapier ich!«, schnaubte Dan. »Lily hat Mitleid mit dem Krüppel. Kommst wohl mit 'nem echten Mann nicht klar, oder? Hast Angst, dass das, was ich in der Hose habe, zu viel für dich ist?«

Andrew versetzte ihm einen rechten Haken direkt gegen den Kiefer, so dass er zu Boden ging. Schockiert schlug Lily sich die Hand vor den Mund.

»Verschwinde, Lily«, befahl Andrew, aber sie konnte sich nicht vom Fleck rühren.

Dan drehte sich auf den Bauch, stemmte sich langsam auf die Knie und hielt sich den Kiefer. »Du Scheißkerl, was ...« Er stürzte sich mit seinem ganzen Gewicht auf Andrew, so dass beide auf dem Boden landeten. Andrew stieß ihm mit dem Knie in die Seite und warf ihn auf den Rücken, doch Dan boxte ihm zweimal so heftig ins Gesicht, dass er nichts mehr sehen konnte.

Beide Männer richteten sich wieder auf. Dan stürmte wie ein Bulle auf ihn zu und boxte ihm zweimal in die Rippen, so dass Andrew auf die Knie sank und keine Luft mehr bekam. Als Dan ein weiteres Mal seine Faust zurückzog, trat ihm Andrew gegen das Knie, worauf Dan wieder zu Boden ging. Andrew hob schon seine Faust, aber er musste nicht zuschlagen, denn Lily knallte Dan so heftig einen dicken Stein gegen den Schädel, dass er sich im Schotter herumrollte und sich den blutüberströmten Kopf hielt.

Andrew beugte sich über seinen sich windenden Körper und holte keuchend Luft. »Halt still«, befahl er. Dan machte sich auf einen weiteren Schlag gefasst und krümmte sich zusammen.

»Ich schlag dich nicht«, knurrte Andrew gereizt. Er drückte sein Taschentuch auf die Kopfverletzung und behielt es dort. Die Wunde war tief und blutete heftig. »Das muss genäht werden. Komm mit zum Haus, dann erledigen wir das.« Er streckte seine Hand aus, um ihm aufzuhelfen. »Sonst könntest du verbluten.«

Dan schlug seine Hand weg. Mühsam rappelte er sich auf und drückte sich das Taschentuch gegen den Kopf. »Lieber verblute ich, als mich von einem dreckigen Kiser anfassen zu lassen!«

Er kletterte aufs Pferd, das vom Geruch des Bluts nervös wurde. »Das wird Frank erfahren, Lily. Wart's nur ab.« Mit zittrigem Finger zeigte er auf Andrew. »Du schlägst keinen Soldaten, du Krüppel. Dafür wirst du hängen. Wart's nur ab.«

Das Pferd setzte sich in Bewegung. Andrew wandte sich zu Lily. »Alles in Ordnung mit dir?«

Ohne auf die Frage zu antworten, streckte sie die Hand aus und berührte sein Gesicht. »Du blutest.«

Erst jetzt bemerkte er seine Schmerzen. Bei jedem Einatmen taten ihm die Rippen weh, und sein Gesicht fühlte sich an, als würde es anschwellen. Sein linkes Auge ließ sich kaum noch öffnen, und er schmeckte Blut in seinem Mund.

»Ich bin bestimmt ein hübscher Anblick.« Er versuchte, zu lächeln, aber davon platzte seine geschwollene Lippe auf.

Halb lachend, halb weinend sagte sie: »Komm, du brauchst etwas Eis.«

Im Haus befahl Lily ihm, sich an den Tisch zu setzen, während sie Eis aus der Kühlbox schabte, in ein Tuch wickelte und es an sein Auge hielt. Claire kam herein und schrie auf.

»Ruhig, Claire!«, sagte Lily vorwurfsvoll. Lily wusste, dass sie kein Blut sehen konnte, aber jetzt hatte sie keine Geduld mehr. »Er ist nicht schlimm verletzt. Wenn du dir das nicht angucken kannst, geh einfach wieder.«

Claire legte sich die Hand auf die Augen und eilte wieder hinaus.

»Neuerdings raubt sie mir wirklich den letzten Nerv«, murmelte Lily, als sie die Wunde an Andrews Mund säuberte. Sie presste den Stoff darauf und fügte schuldbewusst hinzu: »Ist wahrscheinlich nicht ihre Schuld. Sie regt sich schon über die kleinsten Dinge auf, weißt du? Ich sollte ihr gegenüber nicht so ungeduldig sein.«

»Du behandelst sie doch sehr gut.«

Achselzuckend sah sie sich die Wunde an seinem Auge an. Sie war so dankbar, dass er ihr zu Hilfe gekommen war, und wollte nicht an ihren letzten Streit denken. Ein paar Minuten lang verdrängte sie die Erinnerung an das, was er in Pittsburgh getan hatte.

»Sind deine Rippen unverletzt?«, erkundigte sie sich. »Er hat dich ziemlich hart geboxt.«

»Jedenfalls nicht gebrochen.« Er berührte vorsichtig seine Seite und verzog das Gesicht. »Zumindest glaube ich das.«

Lily fing an zu kichern und presste die Lippen zusammen. »Tut mir leid.«

»Du lachst mich aus?«, fragte er, gespielt empört. »Ich sitze verletzt und blutend vor dir, und du lachst?«

»Es tut mir wirklich leid.« Sie hielt sich den Bauch. »Ich schwöre, ich lache nicht dich aus. Mir ist nur wieder Dans Gesichtsausdruck eingefallen, als du ihn geschlagen hast.« Erneut kicherte sie los. »In meinem ganzen Leben habe ich noch nie jemanden gesehen, der so verblüfft war. Ich dachte, ihm würden die Augen aus dem Kopf fallen.«

Da lachte auch Andrew los, stöhnte aber sofort auf, weil seine Rippen protestierten. »Lass das. Ich darf nicht lachen. Das tut weh.«

Sie wischte sich über die Augen und fasste sich. »Wo hast du übrigens gelernt, so zuzuschlagen?«

»Im Kohlerevier. Ein Junge lernt dort schon zu kämpfen, wenn er mit dem Laufen anfängt.« Dann besann er sich plötzlich, nahm ihr das Eis aus der Hand und sah sie mit ganz anderer Miene an. »Natürlich«, sagte er gepresst, »kenne ich deine Ansicht über Männer, die für sich einstehen. Aber das hier war wohl was anderes, oder? Schließlich ging's ja um dich.«

Als sie seinen Ton hörte, wich sie zurück. »Was soll das heißen?«

»Ich weiß, der Winter war lang, aber unsere letzte Unterhaltung hast du bestimmt nicht vergessen. Du hast doch gesagt, du wolltest mich nie wiedersehen, oder nicht? Weil ich mich verteidigt habe.«

»Dich verteidigt?«, wiederholte sie entgeistert. »Wogegen denn?«

Er neigte den Kopf zur Seite. »Beim Spiel, Lily. Du hast gehört, wie die Gegner uns beschimpft haben, und doch bist du davongestürmt, als wir dem ein Ende gemacht haben. Schön zu wissen, auf welcher Seite du stehst.«

Ihr Mund klappte auf, und ihre Augen funkelten zornig. »Du glaubst, deshalb war ich wütend auf dich?« Sie runzelte wütend die Stirn. »Nicht, weil du bei einer Prostituierten warst?«, stieß sie hitzig hervor.

Einen Augenblick lang war Andrew sprachlos. Dann sagte er: »Bei einer Prostituierten? Woher weißt du – ?«

Die alte Wunde riss auf und schmerzte erneut, so frisch wie an dem Tag auf dem Baseballfeld. Lily raffte ihre Röcke und stand auf. »Geh einfach.«

»Warte.« Er legte das Eis weg und hielt sie am Arm fest.

»Warte, Lily.« Sie wollte sich ihm entziehen, aber er ließ sie nicht los. »Ich war nie mit einer Prostituierten zusammen.«

»Lüg mich nicht an, Andrew! Fritz hat mir erzählt, dass du bei ihr warst.«

»Fritz!« Andrew rieb sich über die Augen. »Ich war tatsächlich bei einer ... dieser Damen, aber ...«

Als Lily sich von ihm losriss, schoss er vom Stuhl hoch, hielt sich aber sofort die schmerzenden Rippen. »Aber nicht so! Ich schwöre es, Lily. Hör mir nur mal eine Minute lang zu und lass es mich erklären.«

Widerstrebend setzte sie sich wieder und ließ den Kopf hängen.

»Mein Onkel ist mit mir nach Pittsburgh gefahren und hat mich zu dieser ... Frau gebracht.« Er versuchte, sich unmissverständlich auszudrücken. »Ich hatte keine Ahnung davon, bis wir dort waren. Das schwöre ich. Aber ich habe nichts mit ihr gemacht. Ich hab sie nicht angerührt, ehrlich.«

Schnaubend verschränkte sie die Arme.

»Du musst mir das glauben. Ich war noch nie so mit einer Frau zusammen. Und das habe ich ihr auch gesagt.«

»Aber Fritz hat gesagt ...:«

»Fritz hat das falsch verstanden. Bitte glaub mir, Lily.« Ganz sanft nahm er ihre Hand und blickte ihr in die Augen. »Ich schwöre beim Leben meines Vaters, dass ich nie mit dieser Frau zusammen war.«

Sie hob den Kopf und sah ihm forschend in die Augen. Mit seinem Blick flehte er um ihr Verständnis. Sanft umschlossen seine Finger ihre schlaffe Hand. »So will ich nicht mit einer Frau zusammen sein, Lily.« Er bewegte wortlos die Lippen und hielt inne. »Es gibt nur eine einzige Frau, die ich küssen will«, flüsterte er dann. »Nur eine, mit der ich so zusammen sein will.«

Lily entspannte sich, zum ersten Mal seit jenem Tag im Herbst. »Ehrlich?«

»Ehrlich.«

Hoffnung keimte in ihr auf. Vor lauter Erleichterung war sie wie geblendet. Dieser Mann war ihr tief unter die Haut gegangen und steckte ihr in den Knochen.

Andrew schlang seinen Arm um sie. Sie vergrub ihr Gesicht an seinem warmen Hals, und beim Duft seiner Haut schwand ihre letzte Zurückhaltung. »Es tut mir so leid, Lily.« Er seufzte in ihr Haar, und sie spürte seinen Atem auf ihrer Haut. »Kein Wunder, dass du mich gehasst hast.«

Er küsste sie auf die Stirn und rückte ein Stück zurück, um ihr ins Gesicht zu sehen. »Bitte sag, dass du mir glaubst«, flehte er.

Sie betrachtete ihn aufmerksam. Die gerade Nase, den schlanken Hals, die Lippen, die sie so gern auf den ihren spürte, die breiten Schultern. Sie nickte.

»Ich glaube dir.« Eine einzelne, dicke Träne quoll ihr aus dem Augenwinkel. »Aber ich habe Angst«, hauchte sie.

Andrew öffnete den Mund. In seinem Gesicht las sie Mitgefühl und Zuversicht. »Ich werde dir nicht weh tun, Lily.« Er sah ihr in ihre grünen Augen und hielt ihren Blick fest. »Niemals.«

Als sie ihr Gesicht erneut an seinen Hals schmiegte, hielt er sie so fest wie an dem Tag, als sie sich kennengelernt hatten. Reglos, ohne sie zu unterbrechen, wartete er, bis ihre Gefühle sich beruhigt hatten.

Lächelnd drückte er seinen Mund auf ihre Haare. »Ich fasse es nicht, dass ich den ganzen Winter mit dir vor dem Feuer hätte kuscheln können, anstatt mich aus der Ferne von dir verfluchen zu lassen. Ich bin so ein Idiot.«

Sie grinste, die Lippen auf seine Haut gepresst, und legte den Kopf in den Nacken, um ihn anzusehen. Da strich er leicht mit seinen Lippen über ihre, bis sich ihre Zungenspitzen berührten. Er zog sie enger an sich heran, küsste ihre Lippen. Mit dem Finger fuhr er den Umriss ihres Kiefers nach, strich ihr über ihre Ohrmuschel, glitt zu ihrem Nacken und umfasste ihren Hinterkopf.

Unwillig löste sich Lily von ihm. »Deine Lippe.« Sanft berührte sie sein geschwollenes Gesicht. »Das muss doch weh tun.«

Aber er grinste nur und neigte sich zu ihr, um sie noch mal zu küssen.

35. KAPITEL

Lily breitete die Arme im warmen Wind aus. Freiheit. Eine Welt in voller Blüte ließ sie den grauen Winter vergessen. Sie trug ihre goldblonden lockigen Haare offen und ließ eine sanfte Brise hindurchstreichen. Sie trug keine Strickjacke, und ihre Haut zog die Wärme der Sonne regelrecht an. Bevor sie das Haus verließ, hatte sie sämtliche Fenster und Türen aufgerissen, um alle Geister zu vertreiben und den Frühling willkommen zu heißen. Und auch ihr Herz hatte sich geöffnet, für Andrew.

Jetzt ging sie vor der morastigen Einfahrt der Kisers auf und ab und überlegte, wie sie gefahrlos den schlammigen Hügel hinunterkam. Ein falscher Schritt, und sie würde stürzen, hinunter- und direkt ins Wasser rollen.

Andrew hielt sich die Hand wie einen Trichter an den Mund und brüllte über das Rauschen des Bachs hinweg: »Bleib da! Ich hole dich!«

Mit einem breiten Lächeln sah sie ihm entgegen.

Geschickt bahnte sich Andrew einen Weg über den Morast und nutzte dabei Steine und harte Erdhügel. Das war nicht einfach, und mehr als einmal sank er bis zu den Waden ein, bevor er sich wieder befreien konnte. Als er den wild sprudelnden Bach erreichte, suchte er sich die schmalste Stelle und sprang darüber. Auf der anderen Seite war der Morast weniger schlimm, da die Kiefernnadeln wie ein Vlies funktionierten. Schließlich kletterte er den Hang auf Lilys Seite hinauf, stemmte die Hand in die Seite und beugte sich vor, um wieder zu Atem zu kommen. Sein Lächeln war für Lily der schönste Anblick.

Als er wieder ruhig atmen konnte, richtete Andrew sich auf und starrte ihr unverhohlen, fast schamlos in die Augen. Unwillkürlich fuhr sie sich mit der Hand an die Kehle, so viel Leidenschaft lag in seinem Blick. Ihre Augen wanderten zu dem offenen Kragen seines Hemds, unter dem die Haut bereits leicht gebräunt war. Dann glitten sie zu seiner Brust und weiter hinunter zu seiner Taille – worauf sie lachen musste.

Andrew zog eine Augenbraue in die Höhe, als wäre sie verrückt geworden. Aber sie brachte vor lauter Lachen kein Wort heraus und wurde hochrot.

»Was ist?«, fragte er.

Immer noch konnte sie nicht sprechen und zeigte nur auf seine Kleider. Andrew war von der Brust abwärts mit Schlamm bedeckt.

»Das findest du wohl komisch?«, erkundigte er sich mit verschmitzt blitzenden Augen.

Sie nickte nur, musste aber immer noch lachen.

»Und ich bin nur durch den Schlamm gewatet, um dir zu helfen«, sagte er gespielt empört. »Du bist mir vielleicht eine Freundin!«

Jetzt lachte sie Tränen.

»Nun denn.« Er trat näher zu ihr. »Dann schuldest du mir zumindest eine Umarmung, weil du mich gekränkt hast.«

»Nein!«, kreischte Lily und wich zurück. »Halt deinen schlammigen Körper fern von mir!«

Doch Andrew packte sie und zog sie fest an seine schmutzigen Kleider.

»Aah, Andrew!« Sie stieß ihm gegen die Brust und wischte sich den Schlamm von ihrer Wange. »Jetzt sieh mich an!«

»Das wird Sie lehren, einen Gentleman auszulachen, junge Dame.«

»Ein schöner Gentleman bist du!«, sagte Lily vorwurfsvoll, aber ihre heitere Miene strafte den strengen Ton Lügen. »Ich wollte besonders hübsch für dich sein, und jetzt sehe ich aus, als wäre ich aus einem Schweinekoben geklettert.«

Andrew lächelte liebevoll. »Hier«, sagte er und zog ein Taschentuch aus seiner Hosentasche. Sanft wischte er ihr den Schlamm von den Wangen und versuchte, ernst zu bleiben.

»Was ist?«

»Ach, es schmiert nur ein bisschen.«

»Iih!« Sie schnappte sich das Taschentuch und wischte sich selbst übers Gesicht. »Besser?«

»Nein, eigentlich nicht«, scherzte er.

Sie warf ihm das Taschentuch gegen die Brust. »Na, dann bring mich wenigstens zum Haus.« Sie bot ihm ihren Ellbogen. »Dann können wir zusammen so aussehen, als kämen wir aus dem Schweinestall.«

Als sie untergehakt den Hügel hinunterkletterten, berührten sich immer wieder ihre Hüften und Schenkel. Andrews Blick flog zu ihrem Kleid mit den perlfarbenen Knöpfen. Immer wieder lächelten sie einander fast scheu unter gesenkten Augenlidern an, und der Frühling verlieh der Welt einen ganz besonderen Glanz.

Während sie Arm in Arm zum Haus gingen, trocknete die Sonne langsam die Schlammspritzer auf ihren Kleidern. Andrew führte sie zu der schmalen Stelle am Bach und ließ sie los. Er sprang hinüber und streckte die Hand aus, damit sie ihm folgen konnte.

Lilys Arm jedoch war nicht lang genug, daher berührten sich kaum ihre Fingerspitzen. »Lass mich nicht reinfallen, Andrew«, flehte sie.

»Ich lass dich nicht fallen, Lilymädchen.« Er umschloss ihre Finger.

Sie sprang hinüber und klammerte sich an seine Hand. Er strich ihr eine Haarsträhne von der Wange. »Ich würde dich nie fallen lassen. Niemals.«

Junge Triebe drangen zart durch den Boden. Die Tiere der Farm wurden wieder aktiver. Die Kümmerlinge hatten sich zu starken Ferkeln entwickelt, die sich im weichen Schlamm wälzten. Sie waren die Einzigen, die den Morast genossen, der die Kisers plagte. Und so suhlten sie sich grunzend, bohrten ihre feuchten Schnauzen hinein, badeten darin und erfüllten die Farm mit ihrem hinreißend komischen ekstatischen Quieken.

Das Fell der Kühe war glatt und sauber, noch mussten sie sich nicht zuckend gegen die Fliegen verteidigen, die sie in ein paar Monaten ständig belästigen würden. Die Hühner flatterten mit den Flügeln, pickten am Boden auf der Suche nach Körnern und Insekten.

Wilhelm und Eveline entschieden, dass der kleine Will im Frühjahr zur Schule gehen sollte, obwohl es mitten im Schuljahr war. Er hatte ein paar Probleme, sich richtig auszudrücken, und seine Leseübungen fielen immer häufiger aus, weil er Stöcke schnitzen und Eicheln mit Schleudern katapultieren musste. An seinem ersten Schultag versteckte sich der arme Will aus Trotz im Wald, bis er sicher war, dass Anna und Fritz Mueller ihn jeden Tag zur Schule begleiten würden. Fritz brachte seine kleine Schwester ohnehin stets dorthin und ließ sie nie aus den Augen.

In den letzten Wochen hatte Andrew seine Zeit auf der Farm oder im Haus von Mrs. Sullivan verbracht. Er half ihrer Lieblingsstute, ein gesundes Fohlen zur Welt zu bringen, das inzwischen auf wackligen Beinen stand. Zusammen mit Will säuberte und beschnitt er die Hufe der Pferde. Andrews Aufgaben brachten nur wenig ein, aber ihm bedeutete es viel, dass er mit Tieren arbeiten und langsam Geld ansparen konnte, um seine Mutter zu sich zu holen.

Auf der Farm half Andrew Eveline, den großen Garten wieder in Schuss zu bringen. Der Zaun und der Maschendraht lagen verdreht zwischen alten, umgekippten Pfählen, und der rechteckige Bereich war unter einer dicken Laubschicht bedeckt, so dass man erst mal trockene und dann halb kompostierte Blätter wegschaufeln musste, bis man auf fruchtbaren Boden stieß. Edgar harkte, mürrisch, weil er allein war, und schob schmollend die Unterlippe vor, während er das verrottete Laub zur Schubkarre trug. Langsam wurde auch die alte Holzumrandung der erhöhten Beete freigelegt, deren Latten zerbrochen waren und deren rostige Nägel krumm in alle möglichen Richtungen zeigten.

Evelines Kleid war bis zur Hüfte mit Schlamm bespritzt, und sie atmete tief den Geruch feuchter dunkler Erde ein. Sie trug keine Handschuhe und vergrub ihre Finger darin, als sie das welke Laub hochhob und auf den Haufen warf.

Man sah, dass das Leben im Sommer reifen und sie durch den Winter bringen würde.

Sobald die Blätterschicht entfernt worden war, fing Andrew an, die Beete zu reparieren, riss die alten Holzumrandungen heraus, fügte sie wieder zusammen oder ersetzte die unbrauchbaren Latten durch neue, die sie noch von der Reparatur der Scheune übrighatten. Edgar hielt die Ecken aneinander, während Andrew die Nägel hineinhämmerte.

Am Abend waren der Garten aufgeräumt und die Beete gesäubert und bereit zum Säen und Pflanzen. In stiller Ehrfurcht standen Eveline und Andrew vor der großen Fläche. In der schwarzen Erde sahen sie Hoffnung, sie stellten sich vor, was hier wachsen würde, und wurden vor lauter Stolz ganz ruhig.

Eveline wandte sich zu ihrem Neffen. In seiner Miene las sie Respekt vor dem Land und eine Liebe zur Natur, worin sie sich wiedererkannte. Sie hoffte aus tiefster Seele, dass Andrew sie nie verlassen würde. Er drehte sich zu ihr und lächelte friedlich. Ihr stockte der Atem beim Anblick dieses jungen Mannes mit den indigoblauen Augen und den markanten Zügen, die keinerlei Unsicherheit mehr zeigten. Vielleicht war er endlich bereit, seine schmerzhafte Vergangenheit hinter sich zu lassen. Als sie dankbar den Kopf an seine Schulter lehnte, schlang er seinen rechten Arm um sie.

Der Brief kam am späten Nachmittag und steckte zwischen der *Pittsburg Press* und einem Exemplar des *Volksblatt und Freiheits-Freunds,* der einzig noch zugelassenen deutsch-amerikanischen Zeitung.

Eveline öffnete den dünnen, schmutzig gewordenen Brief, der bereits von der Zensur geprüft und wieder zugeklebt worden war. Er enthielt eine kurze Nachricht von ihrer Schwester, fünf knappe Zeilen.

Eveline las jedes Wort wieder und wieder. Vor dem Küchenfenster stritten zwei Vögel und stürzten sich laut zwitschernd und mit den Flügeln schlagend aufeinander. Vor dieser Geräuschkulisse las Eveline die Nachricht, und jeder knappe Satz war wie ein Tritt in den Magen. Nur zu gerne hätte sie den Brief zerknüllt, aber zuvor musste ihn noch jemand anderer lesen.

Vor dem Fenster, das zur Veranda hinausging, spielten Andrew und ihre Söhne mit ein paar von den Ferkeln. Die Jungen versteckten alte Kartoffeln auf der Rasenfläche und warteten ab, welches Schwein sie zuerst ausgraben konnte. Bei dem Spiel schnüffelten die Schweine unbekümmert um die Jungen herum. Während Will und Edgar lachten, grunzten die Schweine, und mitten im Getümmel stand Andrew und beobachtete die beiden mit einem liebevollen Lächeln.

Eveline ließ die Fliegentür hinter sich zufallen. »Will, Edgar«, rief sie, »es ist Zeit, die Schweine in den Stall zu bringen.«

»Aber Ma!« Will krauste entrüstet die Nase. »Wir haben doch gerade erst angefangen.«

»Ihr habt gehört, was ich gesagt habe. Treibt sie zusammen.«

»Aber ...«

Doch Evelines Miene zeigte, dass jeder Widerspruch zwecklos war.

»Na gut«, gab Will mürrisch nach. »Komm, Edgar.«

Andrew beobachtete zurückhaltend den Wortwechsel und wartete, bis die Jungen außer Hörweite waren. Eveline reichte ihm den Umschlag mit dem gefalteten Brief. Er sah sie einen Augenblick lang an, bevor er sich den Worten auf dem Papier zuwandte. Schäfchenwolken zogen über den Himmel, und in der unbehaglichen Stille wippten sacht die Zweige des Apfelbaums.

»Sie hat wieder geheiratet.«

»Ja.«

»Sie sagt, ich solle nicht planen, nach Holland zu kommen.« Andrew biss sich auf die Lippen. »Und dass es besser wäre, wenn ich hierbliebe.« Er hatte seiner Mutter geschrieben, dass er Geld sparte, um sie zu besuchen und sie nach Hause zu bringen. Er hatte ihr auch von der besonderen Frau geschrieben, die er ihr vorstellen wollte.

»Wir haben keine Ahnung, was da drüben los ist«, erklärte Eveline. »Keine Ahnung, was sie jeden Tag zu sehen bekommt, womit sie leben muss.«

Er warf einen Blick auf den Umschlag. »Der Brief ist nicht mal an mich gerichtet«, sagte er verbittert. »Er ist an dich adressiert.«

Wieder stieg Wut über ihre Schwester in Eveline auf; es war unverzeihlich, wie sie ihren Sohn verletzte. »Sie gibt sich die Schuld für alles, was geschehen ist, Andrew«, verteidigte sie sie dennoch. »Weil sie dich zur Eisenbahn geschickt hat. Sie schämt sich und fühlt sich schuldig.«

Er hörte ihr gar nicht zu. »Sie hat wieder geheiratet«, wiederholte er.

»Für Frauen ist es schwer, allein zurechtzukommen.« Sie biss die Zähne zusammen und suchte nach tröstlichen Worten. »Wo doch Krieg ist ...«

»Nimm sie nicht in Schutz.« Er gab ihr den Brief zurück. »Lass es einfach.«

36. KAPITEL

*P*lakate der United States Food Administration klebten beim Metzger und im Kolonialwarenladen. Schulen und Kirchen schickten Pamphlete, in denen gemahnt wurde:

Ein gespartes Brot pro Woche hilft, den Krieg zu gewinnen.
Iss weniger, spare mehr.
Kein Getreide montags, kein Rind dienstags und kein Schwein samstags.
Esst den Teller leer und meidet Zwischenmahlzeiten.
Esst mehr Mais. Spart Getreide, rotes Fleisch, Zucker und Fett für die Truppen.

Während die Farmer gut mit dem zurechtkamen, was sie erzeugten, mussten die Städter in patriotischer Pflichterfüllung mit knurrenden Mägen zusehen, wie ihre Vorräte schwanden.

Die erste Ladung Eier, Milch und Butter war bereit zum Verkauf. Sie hatten alles in Holzkisten mit dem Namen Kiser darauf für den Markt gepackt. Andrew, Wilhelm und die beiden Jungen luden sie auf den alten Pferdewagen und brachen schon vor Morgengrauen zum Markt im Stadtviertel East Liberty in Pittsburgh auf. Sie folgten dem Wurstwagen der Muellers und dem Brotwagen der Stevens und fuhren mitten hinein in die rußige Stadt.

Am Rand des Marktplatzes stellten sie ihre Wagen zwischen etlichen anderen auf, von denen nur ein paar von einem Motor angetrieben wurden. Die Händler errichteten ihre Stände, stapelten Kisten und Steige und listeten auf selbst beschrifteten Holztafeln ihre Waren auf. Um ihr Geschäft mussten sie sich keine Sorgen machen, denn der Markt war brechend voll. Von allen Ecken und Enden strömten Kunden herbei, weil sie Lebensmittel frisch vom Bauernhof wollten, selbst gemachte Butter, noch am Morgen gemolkene Milch, Eier, an denen noch etwas Flaum klebte, Forellen aus kleinen Teichen, frisch geschlachtete Hühner, Lämmer, Kühe und Schweine. Die Einwohner von Pittsburgh suchten nach unbeschädigten Kartoffeln, knackigen Bohnen und Kohlköpfen ohne Raupenfraß.

Aus den Trambahnen stiegen unablässig neue Kunden, und auf dem riesigen Parkgelände standen unzählige Fahrzeuge: rostige Lizzies und neue Fords, Einspänner und Pferdewagen. Die Kluft zwischen Alt und Neu war deutlich sichtbar.

Stadtjungen in Knickerbockern, kurzen Jacken und Schiebermützen sausten zwischen den Ständen herum; spielten Hütchenspiele und waren ganz aufgeregt. Farmerjungen mit dreckigen Overalls lehnten sich gegen alte Holzwagen und ahmten ihre wettergegerbten Väter nach. Frauen mit langen Röcken, hohen Kragen und Straußenfedern am Hut achteten wachsam auf die Mädchen an ihrer Seite, die saubere und gebügelte Schürzenkleider trugen.

In der Mitte des Markts waren ebenfalls Stände aufgebaut. Es gab Honig und Marmeladen. Kisten mit Rhabarber, Salat und Erbsen. Der Geruch nach Schmalzgebäck erfüllte die Luft, durchzogen von den Düften nach gerösteten Erdnüssen und Kastanien. Es gab riesige Fässer mit eingelegtem Gemüse. Kinder leckten so eifrig selbst gemachtes Eis, dass es ihnen vom Kinn tropfte. Räucherfisch und aromatische Käselaibe lockten Fliegen an. Kerzen aus Bienenwachs und Talg wurden von molligen Frauen angeboten. Nach Holz und Rauch riechende Hartwürste hingen von Leinen an nachlässig gespannten Markisen.

Es herrschte ein solcher Lärm auf dem Markt, dass man förmlich spürte, welch ein außerordentliches Ereignis er war. Auf einer provisorischen Bühne wurde Banjo gespielt. In Käfigen bellten und miauten kleine Hunde und Katzen, in Volieren zwitscherten Kanarienvögel. In Metallgehegen gackerten Hühner und krähten Hähne. Kinder lachten, Händler verkündeten brüllend ihre Preise. Junge Männer pfiffen hübschen Mädchen nach.

Ein schwarzer Mann mit Satinturban warb mit Weissagungen und Horoskopen. Ein anderer verkaufte Salben und Tinkturen, Seifen, Shampoo, Gewürze, Kakao.

Die Milch und die von Eveline persönlich verpackte Butter waren innerhalb einer Stunde verkauft, und Wilhelm umklammerte das Geld. Das waren ihre ersten Dollar, die sie einnahmen und nicht ausgaben, und vor lauter Stolz wurde seine Stimme lauter. Mit jedem Cent wirkte seine Miene freundlicher. Er nickte Kunden zu und lächelte andere an, während er immer mehr Geld einnahm. Und als der erste Karton Eier verkauft war, schenkte er Will und Edgar stolz ein paar Pennys, damit sie sich Bonbons am Süßigkeitsstand kaufen konnten.

Andrew machte eine Pause, schlenderte an den Ständen entlang und begutachtete die Waren.

»Du da!«, brüllte der schwarze Mann mit dem indischen Kopfschmuck. »Willst du wissen, was die Zukunft für dich bereithält, junger Mann? Komm, lass mich deine Hand sehen.«

Aus reiner Neugier blieb Andrew vor der Bude des Mannes stehen und bemerkte, dass sein Kaftan notdürftig an der Schulter und am Kragen geflickt war. Die Schminke zeigte, dass der Mann nicht indischer war als Andrew selbst. »Ich glaube, ich weiß, was die Sterne für mich vorgesehen haben«, erklärte er. Wilhelm und er würden sich morgen an die Äcker machen, und die nächsten sechs Monate würde er hinter einem Pflug knietief in der Erde stecken.

Auf dem Tisch des falschen Inders waren auf einer schwarzen Samtdecke zwischen Schatullen aus Elfenbein und Rosenholz, zwischen Silberkelchen und einer Kristallkugel bunte Edelsteine ausgebreitet. Andrew nahm einen grünen Stein und hielt ihn gegen die Sonne, was ihn zum Leuchten brachte.

Der Mann nickte weise. »Schön wie die Augen einer Frau, nicht wahr?« Er legte den Kopf schief. Mit leicht zusammengekniffenen Augen starrte Andrew den Wahrsager an und fragte sich, ob er wirklich Gedanken lesen konnte.

»Was ist das für ein Stein?«

»Ein Smaragd.«

Andrew musste lachen. »Dann sind die Glassteine daneben wohl Diamanten?«

»Du beleidigst den großen Babija!« Gekränkt und mit verletzter Miene wich der Mann zurück. »Das ist ein Smaragd, darauf meinen Eid!« Er drückte eine Hand aufs Herz und verneigte sich.

»Netter Versuch.« Andrew grinste, legte den Stein zurück und wandte sich zum Gehen. »Danke, dass Sie mir Ihre Zeit geschenkt haben.«

»Warte! Warte!«, flehte der Mann und kam um den Tisch herum. »Na gut, vielleicht ist es kein Smaragd. Trotzdem ist er hübsch, oder nicht?« Der Akzent verschwand. Der Kleber unter dem Schnurrbart glitzerte in der Sonne.

Als Andrew den Stein noch einmal betrachtete, musste er wegen der Farbe lächeln. Er rieb mit dem Finger über den glatten Rand. »Na gut, ich kaufe ihn.«

Peter Mueller zwängte sich durch die Menge zu ihm und packte ihn am Ellbogen. »Komm mit.« Sein Gesicht war ernst, und er wirkte entschlossen. Gemeinsam folgten sie einem Strom anderer Männer, der sie alle zum Rand des Marktplatzes trug.

Dort stand ein junger Mann mit Flanellhemd und heruntergelassenen Hosenträgern auf einer leeren Kiste, steckte sich zwei Finger in den Mund, pfiff schrill und bat dann mit erhobenen Händen um Ruhe. »Jetzt hört mal zu!«, brüllte er. »Gerade wurde bekannt gegeben, dass die Registrierung für das zweite Aufgebot an Soldaten am fünften Juni stattfindet. Alle Männer, die seit dem letzten Jahr einundzwanzig geworden sind, sollen sich verpflichten.«

Stille senkte sich über die lärmende Menge, wie feiner Nebel lasteten die Worte auf den Männern. Peter erstarrte. Er war zwei Wochen zuvor einundzwanzig geworden.

»Die großzügigen Einwohner von Pittsburgh haben ihre Geldbörsen für die gute Sache gezückt und die besten Ärzte und Krankenschwestern über den Ozean geschickt, um unseren Brüdern zu helfen«, verkündete er. »Aber das reicht nicht. Wir brauchen Männer. Und wie jeder weiß, wohnen die stärksten und mutigsten Männer hier in dieser Stadt!« Er klatschte in die Hände, und die Männer fielen ein, Applaus brandete auf und wurde immer stärker. »Es ist Zeit, den Deutschen eine Lektion zu erteilen, oder etwa nicht?«, brüllte er. »Zeigen wir dem Kaiser, dass mit Amerika nicht zu spaßen ist! Nicht mit Pittsburgh!« Die Männer jubelten; manche pfiffen laut. Diejenigen unter ihnen, die still blieben, ernteten verstohlene Blicke.

»Aber!« Der Mann auf der Kiste hob seinen Zeigefinger und hielt inne, bis es wieder still wurde. »Aber ihr braucht nicht bis zum fünften Juni zu warten, um eure Treue zu eurem Land zu beweisen. Ihr könnt tun, was der Rest von uns bereits getan hat, und euch hier und heute verpflichten!« Wieder johlten die jungen Männer auf. Kriegsbegeisterung erfasste einen Großteil der jubelnden Menge.

Peters Augen waren dunkel geworden. »Ich hau ab.«

»Aber der Markt dauert noch vier Stunden«, wandte Andrew ein.

Peter warf scharfe Blicke auf die Männer, die Flugblätter austeilten. »Ich hau ab, und wenn du schlau bist, machst du das auch.«

Allgemeine Aufregung ergriff die Menge. Die Männer schritten jetzt entschlossener aus und schoben ihre Schultern vor. Kinder blickten besorgt auf die Erwachsenen und hielten Ausschau nach ihren Müttern. Andrew vertraute Peter. Noch nie hatte er ihn so bekümmert erlebt. »Ich geh Will und Edgar suchen.«

Er zwängte sich durch die Menge Richtung Süßigkeitenstand und musste dabei durch die Reihe junger Männer, die Flugblätter verteilten. Der Redner war von seiner Kiste heruntergestiegen und sprach jeden an, der in der Nähe war.

Als Andrew sich an einem Mann vorbeidrückte, tippte der ihn auf die Schulter. »Hey«, sagte er freundlich, »schließt du dich uns im Kampf gegen die Deutschen an, Bruder?« Als er bemerkte, dass Andrew nur einen Arm hatte, zuckte er zurück. »Tut mir leid.« Er wandte den Blick ab. »Tja, dann kannst du uns nur im Geiste unterstützen, wie?«

Andrew ignorierte ihn, schob sich an den Männern vorbei, die Flugblätter verteilten, und suchte mit den Augen die Menge nach seinen Cousins ab. Er wurde immer angespannter, als er ihre kleinen Köpfe nirgendwo entdecken konnte. Er drängelte sich durch die Scharen von Männern zu den Händlern und fand die Jungen schließlich zwischen zwei Ständen. Will zog Edgar gerade an den Haaren.

»Aua!«, schrie Edgar.

Andrew kniete sich hin und versuchte, die aneinander geklammerten Jungen voneinander zu lösen. Als Will erneut zog, heulte Edgar auf. »Will klebt an meinen Haaren!«

Mit verzweifelter Miene spreizte Will die Finger: Sie waren vollkommen von rosa Toffeefäden und braunen Haaren verklebt und hingen an Edgars Kopf. Je heftiger Will versuchte, sich zu befreien, desto lauter schrie Edgar.

»Warte mal kurz.« Als Andrew sich das rosa verklebte Haar ansah, bemühte er sich, nicht zu lachen. »Das muss rausgeschnitten werden. Und wahrscheinlich können wir das erst zu Hause machen.«

Will leckte seine Finger ab und kaute die klebrigen Reste. »Und du«, befahl Andrew ihm, »fasst nichts mehr an, bis wir deine Hände gewaschen haben.« Er zog ihm die Finger aus dem Mund. »Und iss das nicht. Da sind mehr Haare und Gras dran als Toffee.«

Die Jungen nickten niedergeschlagen, voller Kummer darüber, dass sie die Hälfte ihrer Süßigkeiten so verschwendet hatten. Als sie Andrew zu ihrem Wagen folgten, knurrte Edgar neidisch, weil Will sich weiterhin den schmutzigen Toffee von den Fingern leckte.

Die Männer verteilten sich wieder und schwärmten, immer bedrohlicher, in alle Richtungen aus. Andrew ging langsamer und wies die Jungen an, sich hinter ihm zu halten. Vor dem Wagen der Kisers hatte sich eine Gruppe gebildet.

»Guck mal«, sagte Will und zeigte dorthin. »Wir haben ganz viele Kunden.«

Aber die Menschen vor dem Wagen wollten keine Eier kaufen. Je näher Andrew kam, desto mehr spürte er die aufgeladene Atmosphäre. Als er sich an ihnen vorbeidrängte, rückten sie mit niedergeschlagenen Augen etwas auseinander. Direkt vor dem Wagen standen drei junge Männer. Einer von ihnen, stämmig und mit einem schmutzigen Overall bekleidet, nahm gerade ein paar Eier. Ohne seine kalten Augen von Wilhelms Gesicht zu lösen, hob er die Hand mit den Eiern und beobachtete, ob Wilhelm Anstalten machte, sich zu wehren. Dann, als wäre er mit dem Ergebnis zutiefst zufrieden, schleuderte er die Eier, eins nach dem anderen, auf den Boden.

Das Geräusch der platzenden Schalen – eins, zwei, drei, vier, fünf – ging Andrew durch und durch. Er spürte, wie Wut in ihm aufkeimte. Er stieß den jungen Mann heftig gegen den Rücken.

Der drehte sich um und baute sich vor ihm auf, musterte ihn von Kopf bis Fuß und grinste. Er zeigte auf die Kisten, auf denen in schwarzen Lettern *Kiser* stand. »Die Eier sind faul«, sagte er mit Unschuldsmiene, dann beugte er sich vor und sagte höhnisch: »Die stinken.«

Er drehte sich um, nahm den Karton voller Eier und kippte ihn um. Andrew wollte sich auf ihn stürzen, aber Wilhelm hielt ihn mit stählernem Griff zurück.

Andrew hatte die Hand zur Faust geballt, so fest, dass seine Nägel sich in sein Fleisch bohrten. Vor lauter Empörung zitterte er am ganzen Körper. Alle Härchen stellten sich auf. Unter der Kiste sickerte das Eigelb hervor, bildete eine Pfütze um Wilhelms Füße und klebte an seinen Stiefelsohlen.

Keuchend rannte der kleine Will zu dem Mann und schlug ihn auf den Rücken. »Rühr unsere Eier nicht an!«, schrie er schluchzend, und Tränen strömten ihm über die Wangen.

Der Mann lachte nur und blickte Wilhelm mit hochgezogenen Augenbrauen an, als wollte er sagen: *Und was hast du nun vor?* Aber als die gaffende Menge das weinende Kind sah, verging ihr der Spaß, und sie zerstreute sich.

Wills Tränen rührten sie. »Komm schon«, befahl einer und ruckte mit dem Kopf, »verschwinden wir, sonst treten wir noch in die Pfütze.«

Sie wandten sich zum Gehen, aber der Stämmige drehte sich noch mal um, nahm ein einzelnes, heil gebliebenes Ei und schleuderte es gegen Wilhelms Bein, wo es spritzend zerplatzte.

Reglos starrte Wilhelm mit steinerner Miene ins Leere. Nur das Mahlen seiner Kiefer verriet seinen inneren Aufruhr.

Edgar zupfte seinen Vater am Ärmel. »Warum hältst du ihn nicht auf?«

Die Jungen hatten so schwer gearbeitet, um die Eier einzusammeln, und tagelang damit zugebracht, die Kisten mit Papier auszulegen und jedes Ei einzeln hineinzulegen. Andrew legte Edgar beruhigend seinen Arm um die Schultern, aber der Junge stieß unter Tränen hervor: »Warum hast du ihn nicht aufgehalten, Pa? Wieso hat der das mit unseren Eiern gemacht?«

Wilhelm nahm die letzte Kiste Eier, schien noch nicht mal zu bemerken, dass die Hälfte davon zerbrochen war, und wandte sich zum Wagen. Er ignorierte Edgar genauso wie die zerplatzten Eier. Verwirrt und tränenüberströmt wandten sich Will und Edgar an Andrew: »Wieso hat Pa ihn nicht aufgehalten?«

Andrew kniete sich zwischen sie und sah, dass sie immer noch Toffee an ihren Gesichtern und in ihren Haaren kleben hatten. Sie sollten es wissen. Jetzt war der Krieg da, und da konnte man nicht mehr alles vor ihnen geheim halten. Dieser Krieg würde nicht verschwinden, sondern über den Atlantik kommen und auch nicht vor ihrer Tür Halt machen. Die beiden Jungen mussten wissen, dass ihr Vater kein Feigling war, sondern dass man manchmal besser vor dem Hass floh.

»Jungs«, setzte er an und sah ihnen ernst in die Augen. »Habt ihr die Männer reden hören? Vom Krieg?«

Beide nickten. »Ja, in Deutschland«, fügte Edgar hinzu.

»Genau.« Andrew seufzte. »Der Krieg macht Menschen oft zornig und bringt sie dazu, dass sie einander nicht gut behandeln. Sie hören Geschichten, von denen manche wahr sind und andere nicht, aber dadurch werden sie wütend, versteht ihr?«

Die Jungen starrten ihn ausdruckslos an. Da sah er sich gezwungen, das auszusprechen, womit er sich selbst allmählich auseinandersetzen musste. »Wenn sie wütend werden, fangen sie an, den Deutschen die Schuld daran zu geben. Sie glauben, dass alle, die aus Deutschland kommen, böse sind.«

»Aber wir kommen doch gar nicht aus Deutschland«, verteidigte sich Will. »Wir haben nichts Böses getan.«

»Nein, aber euer Vater und eure Großeltern kommen aus Deutschland, und für manche Leute reicht das schon. Versteht ihr das?«

»Aber Pa hätte sie aufhalten sollen!«, schrie Edgar. »Er hätte ihnen sagen sollen, dass wir keine bösen Deutschen sind.«

»Wenn Menschen wütend sind, bringt das manchmal nichts«, erklärte Andrew. »Dein Vater hat sich genau richtig verhalten, Edgar. Er war mutig. Ein Feigling hätte sich mit diesen Männern angelegt und verloren. Dein Vater hat gezeigt, wie mutig er war, weil er sich nicht von ihrer Wut hat anstecken lassen. Ihr solltet sehr stolz auf ihn sein.«

Wills Kinn kräuselte sich. »Woher kriegen wir denn jetzt Geld?«, flüsterte er mit tränenerstickter Stimme.

»Das wird schon.« Andrew strich dem kleinen Jungen eine Träne von der Wange. »Die Menschen müssen doch essen, Will. Das wird schon wieder.«

Aber es würde nicht wieder gut werden, denn dies war erst der Anfang. Der erste Gegenwind, bevor ein gewaltiger Sturm das Land heimsuchen würde.

37. KAPITEL

Die letzten Apfelblüten lösten sich von ihren Stängeln, bedeckten den Garten mit einem weiß-rosa Teppich und verfingen sich in Evelines Haaren, während sie Unkraut jätete. Wilhelm, Andrew und die Jungen waren vor Morgengrauen zum Markt aufgebrochen, so dass der Tag ihr gehörte.

Sie pflanzte Zinnien, Kosmeen und Kapuzinerkresse an den Zaun, der die Rehe und Kaninchen vom Gemüsegarten fernhalten sollte. Sie setzte Geranien, die wachsen und die Blumenkästen füllen würden, die Andrew für sie gebaut hatte. Die leuchtenden Blumen würden die Schindelfassade verzieren und mit ihrem Duft Moskitos und Fliegen von den geöffneten Fenstern und zerrissenen Fliegengittern fernhalten.

Zwischen den Blumensamen prangten schon leuchtend grüne Salatköpfe, und dahinter wuchs Spargel. Auch die Gurken, Erbsen und Bohnen sprossen bereits. Wilhelm hatte versprochen, ihr noch mehr Samen vom Markt mitzubringen.

Auf der anderen Seite des Hauses schlugen schon die Pfirsich-, Pflaumen- und Apfelbäume aus. Sie und Andrew hatten die Büsche gestutzt – Maulbeeren, Stachelbeeren,

Himbeeren und Blaubeeren –, die zwischen den Obstbäumen wuchsen. Und unter dem großen Apfelbaum standen die Grabkreuze ihrer Kinder. Otto und Harold waren immer da und sahen zu, wie der Garten Gestalt annahm.

Von der Hauptstraße oben bog ein Mann in die Zufahrt ein. Ihr stockte der Atem. *Frank.* Sie blickte auf ihre schmutzigen Hände und fummelte an ihrem Haarknoten, der sich halb gelöst hatte. Sie eilte ins Haus, um sich die Hände zu waschen und sich im Spiegel zu betrachten. Heftig kniff sie sich in die Wangen, obwohl diese ohnehin gerötet waren. Sie wusste, sie benahm sich albern. Aber es tat so gut, sich wie eine Frau zu fühlen. Nicht wie eine Mutter oder Ehefrau, sondern wie eine Frau. Als es an der Tür klopfte, machte ihr Herz einen Satz.

Eveline trat hinaus in die strahlende Sonne. »Guten Tag, Mr. Morton.« Sie lächelte nervös, fasste sich dann aber. »Das ist aber eine Überraschung.«

Er sah aus, als wollte er etwas sagen, wurde aber ebenso von Nervosität ergriffen. »Tja, jetzt wo ich hier bin, komme ich mir ein bisschen albern vor.«

Das beruhigte sie. Sie verschränkte die Arme über der Brust. »Was führt Sie denn her?« Dann bemerkte sie den Karton vor seinen Füßen. »Ich hoffe doch, Sie haben mir nicht noch einen Kristallkrug mitgebracht?«

Er schüttelte den Kopf. »Nein.« Er hob den Karton hoch und reichte ihn ihr. »Aber es ist dennoch etwas für Sie.«

Eveline blinzelte heftig, wedelte abwehrend mit den Händen und wich zurück. »Nein. Sie waren schon zu freundlich zu mir. Noch ein Geschenk kann ich nicht annehmen.«

Er starrte auf seine blank geputzten Cowboystiefel und schwieg einen Moment, bevor er ihr ins Gesicht sah. »Ich weiß, dass sich das nicht gehört, Eveline. Das weiß ich.« Er verzog das Gesicht. »Ein verheirateter Mann sollte einer verheirateten Frau keine Geschenke machen.«

Ein Schauer durchfuhr sie, das Gefühl von etwas Sündhaftem, wonach sie sich heimlich sehnte, ließ ihr Herz schneller schlagen.

Frank strich sich sein Hemd glatt, und mit einem Mal blickte er ihr direkt in die Augen. »Aber diese Geschenke gehören sich immerhin mehr als das, was ich am liebsten mit Ihnen tun würde.«

Ihr Mund klappte auf, und schlagartig wurde ihr heiß. Sie konnte keinen klaren Gedanken mehr fassen. »Ich kann nicht«, murmelte sie. »Ich ...«

Lächelnd hob er die Hand. »Ich weiß. Sie müssen kein Wort mehr sagen. Ich habe Sie in Verlegenheit gebracht, und das tut mir leid.« Dann lachte er auf. »Ich glaube, Sie müssen jetzt wirklich das Geschenk auspacken. Dann fühle ich mich nicht mehr so schlecht, weil ich solche Dinge zu Ihnen sage.«

Damit ihre Beine nicht unter ihr nachgaben, ließ sich Eveline auf die Stufe sinken, und nur, damit sie sich auf etwas anderes als die Hitze in ihrem Körper konzentrieren konnte, nahm sie den Karton. Das Prickeln in ihrem Bauch wurde immer stärker.

Als Frank neben ihr Platz nahm und mit seiner Schulter ihre berührte, rückte sie ein Stück von ihm ab. Sie konnte nur mühsam atmen und öffnete den Karton. Er war gefüllt mit Samentütchen, deren Inhalt auf bunten Bildchen zu sehen war: Karotten, Gurken, Bohnen, Tomaten – unendlich viele verschiedene Sorten. Eveline war sprachlos.

Er zeigte auf den Karton. »Da ist noch was für Sie drin.«

Sie schüttelte nur den Kopf, wühlte sich bis zum Boden durch und holte einen zarten Strohhut mit korallenrotem Seidenband heraus.

»Ich dachte, wenn Sie so viel säen und pflanzen müssen, brauchen Sie Schutz vor der Sonne«, erklärte er und betrachtete ihr Profil.

»Ich weiß nicht, was ich sagen soll«, murmelte sie mit tränenerstickter Stimme, so gerührt war sie. Dieses Geschenk war kostbarer als Diamanten.

»Schauen Sie mal die Innenseite des Huts an«, forderte er sie auf.

Sie drehte ihn um und las auf einem schlichten Etikett: *Gemaakt in Nederland.* »Der kommt aus Holland?«

»Ja. Wegen des Kriegs war es höllisch schwer, ihn zu bekommen, aber ... ich hab's geschafft.«

»Ich weiß nicht, was ich sagen soll«, wiederholte sie.

»Sie müssen gar nichts sagen, Eveline.« Zwinkernd stand er auf. »Ich bin glücklich, Ihnen ein Geschenk machen zu dürfen. Wenn man es recht bedenkt, war es irgendwie selbstsüchtig.«

Sie lächelte. »Jedenfalls ist das eines der schönsten Geschenke, die ich je im Leben bekommen habe.« Am liebsten hätte sie ihn berührt.

Er schob die Hände in seine Hosentaschen, tappte mit dem Fuß und blickte blinzelnd in die Sonne über ihrem Kopf. »Darf ich ganz ehrlich sein?«

Sie nickte, obwohl sie nicht sicher war, ob sie aushalten würde, was er sagen wollte.

»Ich mache mir Sorgen um Sie.«

»Um mich?«, fragte sie und zuckte erstaunt zurück. »Aber wieso denn?«

»Im Moment ist überall viel Unruhe. Ich hab selbst immer wieder damit zu tun. Keine gute Zeit, wenn man Deutscher ist. Ich weiß natürlich, dass Sie nur durch Heirat Deutsche sind, aber das ist den Leuten egal. Was ich sagen will: Geben Sie auf sich acht.«

Sie dachte an ihren Mann, der auf dem Markt versuchte, ihre Produkte zu verkaufen. Sie führten das Leben, das sie für ihre Familie gewollt hatte – und plötzlich überkam sie tiefe Reue. Sie wich vor Frank zurück und verdrängte die Empfindungen, die er in ihr ausgelöst hatte. Sie war stolz, Wilhelms Frau zu sein, und sie war stolz, seinen Namen zu tragen.

»Die Vorurteile anderer kümmern uns nicht. Wir sind eine starke Familie, Mr. Morton.«

Er erstarrte angesichts ihres veränderten Tonfalls und ihrer Förmlichkeit und zupfte unsicher an seinem Ohrläppchen. Als er wieder zu sprechen anfing, klang seine Stimme schärfer.

»Tja, das sehe ich. Es könnte nur sein, dass schwere Zeiten auf Sie zukommen, mehr sage ich ja nicht. Durch den Krieg könnte es nicht so leicht für Wilhelm werden, das Darlehen zurückzuzahlen, das er von mir wollte.«

Eveline richtete sich auf und blinzelte überrascht. »Ein Darlehen?«

»Hat er Ihnen das nicht erzählt?«

»Nein.« Eveline wandte sich ab. Sie hörte ein Geräusch auf der Zufahrt, achtete aber nicht darauf, weil die Neuigkeit, die Frank ihr gerade enthüllt hatte, sie so beschäftigte. »Wann?«

»Vor dem Schneesturm. Ich dachte, er hätte es Ihnen erzählt. Sollte ein Mann eine solche Entscheidung nicht gemeinsam mit seiner Frau treffen?« Seine Miene wurde härter. »Ich dachte, über so was redet ein Paar, wenn es das Bett teilt.«

Sie fühlte sich nicht gut, ihr wurde schwindelig. Sie schluckte, weil sie nicht wusste, was sie sagen oder fühlen sollte.

Frank nahm den Fuß von der Stufe und schob sich das Hemd tiefer in die Hose. Er nahm den Strohhut aus dem Karton und setzte ihn Eveline auf. Wie in Trance nahm sie seine Bewegungen wahr. Er ließ das Seidenband an ihrer Wange heruntergleiten und strich ihr eine Strähne hinters Ohr. Und sie nahm seine Annäherungsversuche wortlos hin.

Er rückte den Hut zurecht. »Sie sehen richtig hübsch aus, Eveline.«

»Nehmen Sie die Hände von meiner Frau!«

Mit bleichem Gesicht und geballten Fäusten tauchte Wilhelm hinter Frank auf. Am ganzen Körper zitternd, riss sich Eveline den Hut vom Kopf und stopfte ihn in den Karton.

Frank hob in spöttischer Abwehr die Hände. »Ganz ruhig, Mann«, sagte er beschwichtigend. »Claire hatte ein Geschenk für Ihre Frau, und ich habe es ihr nur gebracht.«

Wilhelm schnaubte wie ein gereizter Stier. Er trat so dicht vor Frank, dass sich ihre Nasenspitzen fast berührten. »Sie rühren meine Frau nicht an.«

Als Eveline nach seinem Arm griff, war er so hart wie Stein. Sie zog ihre Hand weg. »Er hat sich nichts dabei gedacht, Will.«

Wilhelm schnappte sich den Karton und drückte ihn Frank gegen die Brust. »Nehmen Sie Ihr Geschenk, und verschwinden Sie von meinem Grundstück.«

»Aufgepasst, Kiser.« Franks Augen schimmerten schwarz, und er stieß den Karton so kräftig gegen Wilhelms Brust, dass der einen Schritt zurücktaumelte. »Das Geschenk war nicht für Sie, sondern für Ihre Frau.« Dann trat er auf den Gehweg und schnalzte mit der Zunge. »Und was Ihr Grundstück betrifft, lege ich Ihnen nahe, endlich Ihr Darlehen zurückzuzahlen. Sonst können Sie mich vielleicht nicht mehr lange auffordern zu gehen.«

Er tippte sich an den Cowboyhut und zwinkerte Wilhelms Frau zu. »War mir wie immer ein Vergnügen, Eveline.«

38. KAPITEL

Auf den hintersten Feldern wucherte das Fingergras mit seinen breiten Halmen und den braunen, verdorrten Spitzen. Nun, da die Kisers pflügen mussten und die Sommerluft immer heißer wurde, gab es so viel Gras, dass sie den Eindruck hatten, das Land verspotte sie. Zuerst der schlammige Morast, dann wucherndes Unkraut, und nun Gras im Überfluss.

Andrews Stiefel knickten die Halme in alle Richtungen. Die Klänge von Zikaden erfüllten die Luft. Hoch am Himmel stand die Sonne, blendend und heiß, und drückte auf alles unter ihr. Andrew holte seine Kappe aus der Hosentasche und setzte sie sich widerwillig auf, da die Sonne auf seiner Kopfhaut brannte. Als er seinen Daumen unter einen der Hosenträger schob, spürte er, wie Schweiß sein weißes Hemd durchtränkte.

Der Acker vor ihnen war flach bis auf einen kleinen Hügel. Andrew bohrte den Absatz seines Stiefels in den Boden und kickte die kastanienbraune Tonerde hoch. Er kniete sich hin und presste seine Finger hinein. Sie war so weich, dass man daraus etwas hätte formen können. Kein Humus, nicht mal eine dünne Schicht.

Weder Wilhelm noch Andrew hätten vorhersehen können, dass das Pflügen der brachliegenden Felder so mühsam sein würde. Aus der Ferne wirkten sie wie weite, vielversprechende Flächen. Doch wenn man näher hinschaute, sah man die vielen Feldsteine zwischen den tiefen Wurzeln von Baumwürgern, Giftsumach und jungen, spindeligen Eichen.

Der Traktor kam gut voran und stieß immer wieder schwarzen Rauch aus seinem Rohr. Das Motorengeräusch übertönte alles andere und ließ die Krähen und Raufußhühner in Panik aufflattern. Wilhelm und Andrew mussten sich über den Lärm hinweg anschreien, um sich zu verständigen.

Wilhelm fuhr den Traktor mit dem Pflug, dessen Hartmetall knirschend gegen die Steine stieß. Andrew folgte ihm mit der Hacke und kappte die breiten Wurzeln, die noch nicht abgeschnitten worden waren. Innerhalb einer Stunde hatten sich Andrews Ohren an das Dröhnen des Motors gewöhnt. Doch seine Nackenmuskulatur war verhärtet und seine Hand wund und voller Blasen. Dennoch arbeitete er sich durch den Schmerz und den Lärm hindurch, ließ die Sonne auf seinen Rücken brennen und den Schweiß über seine Wangen rinnen. Er ignorierte seine blutende Hand, und die Schmerzen in den Muskeln, Knochen und Gelenken waren unwichtig. Er würde schweigend und klaglos mit Wilhelm zusammenarbeiten, bis sein Onkel entschied, dass die Arbeit für den Tag erledigt war. Denn Andrew hatte gesehen, wie Wilhelm auf dem Markt innerlich zusammengebrochen war. Er hatte mit angesehen, wie sein starker, stolzer Onkel in eine Art Schockstarre versunken war. Also war es ganz egal, dass Andrews Hand blutete, dass er sich fast die Schulter ausrenkte oder ihm vor Durst schwindelig wurde. Andrew würde an der Seite seines Onkels arbeiten, so lange es ging.

Die Maissamen waren bereits vor ein paar Tagen geliefert worden und hätten schon längst ausgesät werden müssen. Andrew fragte nicht, woher der Mais kam oder wie er bezahlt wurde, denn er hatte mit angesehen, wie sein Onkel Frank Morton fast verprügelt hätte.

Auf der Kuppe des Hügels, nachdem sie endlose Reihen von Erde aufgewühlt hatten, schaltete Wilhelm den Motor des Traktors aus, so dass die plötzliche Stille fast drückend war und das Klingeln in Andrews Ohren noch verstärkte.

»Geht ganz schön langsam voran!«, brüllte Wilhelm, weil seine Ohren immer noch taub waren. »Aber Ende der Woche sollte der Mais ausgesät sein. Glaubst du nicht auch?«

Andrew nickte und blickte über die hart erarbeitete freie Fläche.

»Gehen wir erst mal zum Abendessen und machen später weiter. Wir haben Vollmond, also können wir bis spät nachts arbeiten.«

Im Haus stand Lily am Herd, und Andrew freute sich auf eine leckere Mahlzeit. Es gab Brathühnchen und Salzkartoffeln. Aber als Andrew nach dem Servierlöffel griff, glitt er ihm aus den Fingern und fiel klirrend auf den Tisch. Eveline bemerkte seine geschwollenen Finger. »Ach, du liebe Güte. Sieh mal deine Hand an!« Sie wandte sich zu Wilhelm. »Die Schnitte gehen tief ins Fleisch.«

Andrew versteckte die Hand unter dem Tisch. »Nein, ist nicht so schlimm.«

»Nicht so schlimm? Dann zeig mal, wie du eine Gabel halten kannst.«

»Lass ihn, Eve«, befahl Wilhelm. »Das kommt von der Arbeit. Wird schon wieder heilen.«

»Aber bis dahin fährt er den Traktor«, gab sie zurück.

Wilhelm ignorierte sie und spießte seine Kartoffel auf.

»Mir ist es hier drinnen zu heiß. Ich esse draußen.« Andrew wollte weder angestarrt noch bemitleidet werden, also trug er seinen Teller hinaus. Mit seinen wunden Fingern warf er sich die kleinen Kartoffeln in den Mund, obwohl ihm der Appetit eigentlich vergangen war.

Die Fliegentür öffnete sich. Lily setzte sich zu ihm und schlang ihr Kleid um die Beine. Die Glückskatze kam unter einem Azaleenbusch hervorgekrochen und rieb sich an ihren Waden. Lily kraulte sie ausgiebig hinter den Ohren.

»Es wäre besser, du würdest mir nicht beim Essen zusehen«, sagte Andrew. Er starrte auf seinen Teller und lächelte matt. »Ist schon peinlich genug, dass ich meine Gabel nicht halten kann.«

Lily lächelte, nahm ihm den Teller vom Schoß und zog sanft an seinem Handgelenk. Sie griff nach einem runden Döschen in ihrer Rocktasche und drehte den Deckel ab. Vorsichtig nahm sie seine Hand und bog die gekrümmten Finger leicht zurück. Andrew zuckte zusammen, als Lily ihm eine dicke gelbliche Paste auf die rote, rissige Haut auftrug. Zuerst biss er vor Schmerz die Zähne zusammen, aber schon bald linderte das Fett das Brennen seiner Haut, und er entspannte sich. »Was ist das?«, fragte er.

»Hammeltalg.« Zufrieden betrachtete sie ihr Werk. »Den hab ich im Kartoffelkeller gefunden. Riecht nicht besonders, aber damit spannt deine Haut nicht mehr so.«

Er spürte ihre Finger gleichmäßige Kreise auf seiner Haut ziehen, und er wurde etwas schläfrig davon.

»Ich habe gehört, was passiert ist«, sagte sie leise. »Auf dem Markt.«

Er hatte nicht damit gerechnet, dass ihn Scham überkommen würde, aber so war es, und sie traf ihn hart und plötzlich. Er wollte einerseits nicht, dass sie es wusste, und doch sollte sie ihm versichern, dass alles gut werden würde – und wenn nicht, dass sie dann immer noch da wäre.

»Von wem hast du es gehört?«

»Vom alten Stevens.«

Andrew starrte auf seinen Teller und musste wieder an Wills und Edgars Mienen denken. Er erinnerte sich, wie Eveline geweint hatte, als sie davon hörte. Und an Wilhelms bleiches, erstarrtes Gesicht.

Lily zog die Augenbrauen zusammen und runzelte die Stirn. »Es ist einfach nicht richtig, was die Leute da machen.«

Andrew nahm sich eine längst abgekühlte Kartoffel und kaute sie langsam.

»Hattest du Angst?«, erkundigte sie sich.

»Nein.«

»Hätte ich auch nicht gedacht. Aber du warst wütend. Warst du doch, oder?« Sie grinste. »Ich wette, dir hat das Blut gekocht.«

»Ja, schon.« Aber er grinste nicht, sondern kaute langsam weiter. »Ich bin immer noch wütend.«

»Ich weiß.« Sie runzelte nachdenklich die Stirn.

Andrew betrachtete sie. Er verdrängte alle düsteren Gedanken, neigte sich zu ihr und küsste sie auf die Wange.

Sie riss die Augen auf, wurde rot und berührte ihre Wange. »Wofür war das denn?«

Jetzt war er nicht mehr müde. Er wollte sie am liebsten

hier und jetzt auf den Boden legen und ihren Hals küssen, bis sie sich kichernd unter ihm wand.

Sie starrte ihn an. »Ich möchte dir etwas zeigen.«

Allein ihr Tonfall löste ein Kribbeln in seiner Magengegend aus. »Und was?«

»Iss auf, dann treffen wir uns im Wald.« Sie zeigte auf die Reihe Kiefern, die zwischen den Laubbäumen stand. »Ich warte dort.«

»Ich kann nicht.« Er schüttelte den Kopf, weil er sich jäh in der Wirklichkeit wiederfand. »Ich muss wieder aufs Feld.«

Sie lachte. »Mr. Kiser macht ein Nickerchen auf der Couch. Er ist gleich nach dem Essen eingeschlafen. Ich glaube, du hast ein bisschen Zeit. Außerdem wird es nicht lange dauern.«

Sie strahlte, pflückte eine Pusteblume und steckte sie sich hinters Ohr.

»Nein.« Andrew wedelte missbilligend mit dem Zeigefinger und nahm ihr die Blume ab. »Du bist viel zu hübsch, um Unkraut zu tragen.« Er lehnte sich zurück, pflückte eine gelbe Taglilie und steckte ihr diese hinters Ohr. »So ist es besser.«

Sie berührte die Blüte, stand auf und machte sich auf den Weg in den Wald. Er sah ihr nach, wie ihr leichtes gelbes Kleid in der Brise flatterte, und wenn er nicht urplötzlich Bärenhunger gehabt hätte, wäre er ihr nachgelaufen.

»Also, wohin gehen wir?«, fragte er, als sie sich einen Weg unter den schattigen Kiefern bahnten.

»Zu einer magischen Quelle.«

»Ich glaube, du hast du viele Märchen gelesen, Lilymädchen.«

»Du wirst schon sehen.« Sie rannte los, und ihre langen Haare wehten im Wind. Sie erinnerte ihn manchmal an ein Geschöpf der Natur. Er gab sein Bestes, mit ihr Schritt zu halten, während sie über den weichen, braunen Nadelboden sauste. Als sie einen Hang hinunterliefen, wurde die Luft so kühl, als befänden sie sich in einer Wolke.

Lily wurde langsamer und blieb schließlich stehen. »Hör mal«, sagte sie leise.

Andrew spitzte die Ohren. Von Ferne hörte er leise ein Rinnsal plätschern. Als sie bemerkte, dass er es hörte, winkte sie ihn weiter. Hinter einer Biegung glitzerte am Fuß eines Hügels ein tiefer Tümpel. Die Felswand war mit nassem Moos bedeckt und glänzte schwarz vom Wasser, das von den Bergen hinunter in die Quelle rann.

Lily spähte in das dunkle Wasser. »Ich weiß nicht, wie tief es ist, aber es ist so klar, dass man ewig hineinstarren könnte.« Sie tauchte ihre Hände ins Wasser, trank einen großen Schluck und wischte sich den Mund mit dem Ärmel ab.

Dort, zwischen Moos, Schatten und zwitschernden Vögeln, schien sie mit dem Wald zu verschmelzen. Für Andrew ließ sie die Welt erscheinen wie ein Stück vom Paradies.

»Gib mir deine Hand.« Sie nahm seine wunden Finger und legte sie langsam auf die Wasseroberfläche, so dass die Kälte sofort in seinen ganzen Körper drang. Sanft drückte sie die ganze Hand unter das eisige Wasser. »Ist das gut?«, fragte sie.

Er nickte. Der Schmerz wurde von der Kälte betäubt und verschwand, während ihre Augen auf ihn gerichtet waren.

Sie verschränkten ihre Finger, drückten die Handflächen aneinander, Haut an Haut, warm und kalt zugleich, so dass seine Sinne in Verwirrung gerieten.

Als er ihre Hand näher zu sich zog, kräuselten kleine Wellen die glatte Oberfläche, und dann presste sich ihr Körper gegen seine Brust. Sie hatte überrascht die Augen aufgerissen, aber ihre Lippen teilten sich, und er neigte den Kopf, um sie zu küssen, bevor sie etwas sagte, und spürte ihre Zungenspitze an seiner. Er zog ihre verschlungenen Hände aus dem Wasser, legte seine nassen Finger auf ihren Rücken und fuhr die Wirbel ihres Rückgrats nach. Sie umklammerte mit beiden Händen seine Hüften. Andrew strich mit dem Mund über ihre Lippen, umfasste ihren Nacken, küsste sie inniger und spürte, wie ihr Körper sich an ihn drängte und in seinem Arm ganz weich wurde.

Er wollte sie ergründen und sie berühren. Diese Frau in seinen Armen, an seiner Brust, an seinem Mund hatte etwas Ungebändigtes an sich, und er konnte nicht genug von ihr bekommen. Er wollte sie beim Schlafen beobachten, ihrem Herzschlag lauschen und jedes Wort aufnehmen.

Andrew zog sich zurück, so gebannt war er von ihrer Schönheit. Ihre langen Haare umspielten ihr Gesicht, und die Sonnenstrahlen fielen auf sie, als würden sie magisch von ihr angezogen. Wieder verschränkten sich ihre Hände, Haut an Haut.

Er sah auf einmal, wie sich seine Zukunft vor ihm ausbreitete, wie er älter wurde und gemeinsam mit dieser Frau immer weiter ging. Er wollte nie mehr von Lily getrennt sein. Plötzlich erinnerte er sich wieder an den kleinen grünen Stein in seiner Hosentasche. Er gewann eine ganz neue Bedeutung.

Andrew drängte sich enger an Lily, und auch ihr Körper suchte seine Nähe. Seine Schenkel pressten sich an den dünnen Stoff ihres Kleids. Ihr Haar wehte leicht im Wind und kitzelte seine Wange. Als seine Hand von ihrer Hüfte zu ihrem unteren Rücken fuhr, öffnete sie den Mund. Er neigte den Kopf, drückte seine Lippen auf ihre und schmolz in ihrer Berührung dahin. Ihre Hände strichen seinen Rücken entlang und krallten sich in den Stoff seines Hemds. Er drängte gegen sie, und Lily lehnte sich zurück, immer weiter, und schob ihm ihr Becken entgegen. Er wanderte mit seinem Mund zu ihrem Hals, schmiegte sein Gesicht in die Kuhle, atmete den Duft ihrer Haut ein und wanderte weiter hinunter. Ihre Nägel gruben sich in seine Schulterblätter. Er hörte, wie ihr Atem schneller ging.

Er bewegte sein Becken zwischen ihren Schenkeln. Mit kleinen, flüchtigen Stößen drängte er sich gegen ihre stoffbedeckten Leisten, und mit klopfenden Herzen drückten sie sich immer enger aneinander.

Beim Klang einer fernen Glocke verstummten die Vögel. Lily schloss die Augen und senkte den Kopf, so dass ihre Stirn sich an Andrews Mund schmiegte. Seufzend versuchte sie, das erneute Läuten der Glocke zu ignorieren.

Andrew ließ stöhnend seine Stirn an ihren Hals sinken, als hätte er Schmerzen. Lilys Brustkorb hob und senkte sich. Sie hatte die Augen geschlossen und schluckte hart. Er lächelte und strich ihr mit seinen kühlen Fingern über die Wange. »Ich schätze, da ruft dich jemand nach Hause.«

»Ich hasse diese Glocke«, sagte sie gequält. »Wenn ich sie höre, komme ich mir vor wie eine Fünfjährige.«

»Oder wie eine Kuh, die sich verlaufen hat.«

Kichernd ließ sie den Kopf an seine Brust sinken. Dann hob sie das Gesicht und küsste ihn. Er schlang ihr den Arm um die Schulter und sagte scherzend: »Komm schon, Bessie. Ich führe dich nach Hause.«

39. KAPITEL

*E*ine Woche später waren die Schreie des kleinen Will bis auf die Hauptstraße zu hören. Lily befand sich gerade auf dem Weg zur Witwe Sullivan und hörte ihn als Erste. Sie stellte ihren Eierkorb ab, raffte ihr Kleid und rannte los.

Nach ein paar Hundert Metern kam ihr der Junge entgegen und drückte sein Gesicht in ihren Rock. Sie löste seine Hände daraus, kniete sich hin und blickte in sein von Panik erfülltes Gesicht. »Was ist los, Will?«

»Ich muss Andrew holen«, schnaufte er außer Atem. »Meine Beine können nicht mehr laufen«, sagte er weinend und knickte ein. »Andrew muss kommen!«

Will musste etwas Schreckliches mit angesehen haben, sein entsetzter Blick weckte Kindheitserinnerungen in Lily. Der Gürtel, ihre Schwester, Claires flehender Blick, ihre stumme Aufforderung, wegzurennen und sich zu verstecken. Und doch war sie wie angewurzelt stehen geblieben und hatte zugesehen. Erst als es vorbei war, brach der Bann, und sie fand die Kraft zu fliehen, in den Wald zu rennen und sich auf die verwelkten Blätter zu übergeben, die den Boden bedeckten.

Hitze stieg in ihr empor und staute sich in ihrem Kopf. Sie schmeckte Galle in ihrem Mund. Sie hätte ihren Vater aufhalten müssen, doch hatte sie nicht gewusst, wie. Als sie daran dachte, zog sich ihr Magen schmerzhaft zusammen.

Will drückte sich zitternd in ihre Arme. *Nein. Diesmal nicht.* Sie würde sich nicht mehr verstecken.

Lily richtete sich auf. »Du gehst zu Mrs. Sullivan und bleibst dort, bis ich dich holen komme«, befahl sie energisch. »Ich suche Andrew. Verstanden?« Will nickte.

Lily rannte so schnell los, dass der Schotter unter ihren Stiefeln aufspritzte. Aber diesmal floh sie nicht vor dem Grauen, sondern rannte direkt darauf zu. Was hatte Will so verstört? Als sie die Kühe an der Grundstücksgrenze der Kisers bemerkte, wusste sie, dass Andrew nicht weit sein konnte. »Andrew!«, schrie sie. Sie holte tief Luft und rief noch einmal nach ihm.

Die Sonne brachte sein weißes Hemd zum Leuchten, als er, mit dem Hut in der Hand, von der unteren Weide zu ihr lief. Sie bückte sich und schob sich mit vor Anstrengung zitternden Knien unter dem Zaun hindurch. »Irgendwas stimmt nicht, Andrew. Wir müssen zu Will.«

Gemeinsam rannten sie die steile Straße hinauf und weiter zum Haus der Witwe Sullivan. Will saß auf den Stufen der Frontveranda, und Mrs. Sullivan drückte ihn fest an sich. Als Will sie kommen sah, wischte er sich die Tränen weg. »Andrew!« Er löste sich von der alten Frau, rannte zu ihm und umklammerte sein Bein.

»Was ist denn, Will? Was ist passiert?«

»Wir waren auf dem Rückweg von der Schule, und da sind diese Jungs gekommen, aber schon viel älter als ich«, stöhnte er. »Sie fingen an, uns zu beschimpfen und Fritz zu schubsen.« Er rang keuchend nach Luft und zog schniefend seine laufende Nase hoch. »Sie haben Anna die Haare vom

Kopf gerissen«, schluchzte er und verzog gequält das Gesicht. »Überall waren Haare, flogen in der Luft herum. Sie haben sie vollkommen zerfetzt.«

»Ist sie verletzt?«

Will schüttelte den Kopf. »Nein. Aber sie lag auf dem Boden und hat geweint. Ihr Kopf war ganz weiß und nackt.« Er heulte wieder auf und klammerte sich an Andrews Hand. »Fritz hat versucht, sie aufzuhalten. Er hat es versucht, aber sie haben ihm ganz schrecklich weh getan.«

Andrew fuhr das Grauen in die Glieder. Um ihn herum drehte sich alles. »Wo sind sie jetzt?«

»Unten am Bach an der Schule. Anna versteckt sich. Sie weint ganz schrecklich. Ich hab noch nie jemanden so heftig weinen sehen. Ohne Haare will sie nicht rauskommen. Sie versteckt sich, damit niemand sie sehen kann. Die Jungen haben Fritz in den Wald gejagt und ihm ganz schlimm weh getan. Ich konnte ihn schreien hören.« Mit weit aufgerissenen Augen blickte er schuldbewusst zu Andrew hinauf. »Ich wollte sie nicht alleinlassen, das schwöre ich, aber ich wusste nicht, was ich machen sollte.«

Andrew umarmte ihn. »Du hast das Richtige getan, Will.«

Da trat die Witwe Sullivan zu ihnen. »Nimm meinen Einspänner«, sagte sie entschieden. »Ich sorge dafür, dass der Junge sicher nach Hause kommt.«

Lily eilte zum Stall, schirrte das Pferd vor den kleinen Wagen, brachte ihn zum Tor und kletterte auf den Sitz. Schweigend fuhren sie los, jeder versunken in seine eigenen Gedanken über eine Welt, die außer Kontrolle zu geraten schien.

Als das Schulhaus auf der anderen Seite des Hügels in

Sicht kam, legte Lily Andrew die Hand auf den Arm. »Stell ihn da ab«, sagte sie und zeigte auf die entsprechende Stelle. »Ich weiß, wie man von hier aus zum Bach kommt.«

Andrew und Lily gingen geduckt unter tief hängenden Ästen hindurch und wichen dabei Spinnweben und knorrigen Wurzeln aus. »Anna?«, rief Andrew. »Anna, bist du hier?«

Hinter einer alten Eiche hörten sie jemanden schniefen. Andrew lief zu der Stelle, schlang den Arm um das kleine Mädchen und hob es auf seine Hüfte. Anna versteckte ihr Gesicht an seinem Hals. Überreste ihrer Perücke lagen wild auf dem Boden verstreut. Das kleine Mädchen weinte sich an seiner Schulter aus. »Du bist jetzt in Sicherheit, Anna«, flüsterte er ihr ins Ohr und wiegte sie sanft.

Lily senkte ihr Gesicht, Wut und Mitgefühl machten sich in ihr breit. Sie lehnte sich zitternd gegen einen dicken Baumstamm. »Lily«, sagte Andrew fast unhörbar, so als wollte er das Kind in seinem Arm nicht erschrecken. Als sie aufblickte, bedeutete er ihr mit dem Kopf, dass sie näher kommen sollte.

Anna schluchzte. »Sie haben Fritz weh getan.«

»Wo ist er denn?«

Sie zeigte zum Wald, und da konnte Andrew schemenhaft seine breiten Schultern und seinen gekrümmten Rücken sehen. Fritz saß, leicht vor und zurück schaukelnd, im dornigen Unterholz. Andrew reichte Lily die Kleine, die sofort ihre Beine um Lilys Taille schlang.

Andrew drang tiefer ins Unterholz vor und achtete nicht auf die Dornen, die an seinem Hemd rissen. Mit Mühe erreichte er den riesigen Jungen, der sich ins Gebüsch zurückgezogen hatte. Auf dem Rücken war Fritz' Hemd in lang gezogene Fetzen gerissen, und darunter sah man blutige Striemen. Auf seinem Schoß lagen lange, blutige Weidenruten. Andrew berührte Fritz an der Schulter und schlich, als keine Reaktion kam, vorsichtig um ihn herum. Aber beim Anblick des vielen Bluts hielt er abrupt inne.

Er schluckte und fragte bemüht ruhig: »Wie schlimm bist du verletzt, Fritz?« Wie aus einem Traum erwacht, hob Fritz den Kopf und blickte ihn an, als könnte er Stimme und Bild nicht zusammenbringen.

»Gar nicht verletzt.« Heftig schüttelte er den Kopf, hin und her, schaukelte dabei aber weiter vor und zurück. »Fritz ist nicht verletzt. Anna ist verletzt.«

Andrew sah sich sein blutüberströmtes Gesicht an und seufzte erleichtert auf. Das Blut stammte von einer Wunde an der Stirn, und Fritz hatte es ungehindert über die Augen und die Wangen rinnen lassen. Davon abgesehen war seine Lippe angeschwollen und einer seiner Zähne ausgeschlagen. Andrew wusste, dass es viel schlimmer hätte kommen können.

»Du musst mir jetzt zuhören«, sagte Andrew ernst, aber mitfühlend.

Der Junge schüttelte den Kopf und schaukelte, wie gefangen in seinem Traum, weiterhin vor und zurück.

»Anna geht es gut«, versicherte Andrew ihm. »Aber sie hat Angst um dich.«

Er hob den Kopf. »Fritz ist nicht verletzt.«

»Ich weiß.« Er blickte Fritz direkt in die Augen, damit er begriff. »Ich weiß. Aber du hast eine Menge Blut an dir, und das wird deine Schwester erschrecken. Wir gehen jetzt zum Bach und waschen das ab. Und dann gehen wir zu Anna, und es wird ihr gleich besser gehen.«

Wie ein schlafender Riese erhob sich Fritz und folgte Andrew durch das dornige Gebüsch hinunter zum Bach. Er spritzte sich Wasser ins Gesicht und schaute Andrew an. »Besser?«

Er nickte. Fritz war nicht mal anzumerken, dass er Schmerzen von den Striemen auf seinem Rücken haben musste. Sie gingen zu der Stelle, wo Lily und Anna saßen.

»Fritz!« Anna stürzte zu ihrem Bruder und schlang ihm die Arme um den mächtigen Leib.

»Fritz ist nicht verletzt.«

Sie lächelte zu ihm hinauf und versuchte, sein Gesicht zu berühren, aber er war zu groß. Als er sich zu ihr bückte, sah sie sich genau die Wunde und seine geschwollene Lippe an. Ihr Kinn zitterte. »Du hast ja einen Zahn verloren!«

Fritz grinste breit. »Sieht verwegen aus, oder?« Das kleine Mädchen umarmte ihn noch fester.

»Wir sollten nach Hause fahren«, riet Andrew. Es beunruhigte ihn, dass die Angreifer noch irgendwo in der Nähe sein könnten. Er warf einen Blick zu Lily und fragte sich, wozu die jungen Männer noch in der Lage wären, wenn sie schon so grausam gewesen waren, einem Kind die Perücke wegzunehmen. Allein die Vorstellung ließ heiße Wut in ihm aufsteigen. Eines war gewiss: Er würde nicht zulassen, dass man Lily weh tat. Niemals.

Lily fasste Anna an den Schultern, aber die Kleine wich zurück. »Ich kann nicht hier weg«, weinte sie. »Meine Haare.«

Da holte Lily ihr blaues Taschentuch hervor, breitete es über Annas Kopf und band es hinter ihren Ohren zusammen. Sie umfasste ihre nassen Wangen und fragte: »Besser?«

Vorsichtig berührte Anna den Stoff und nickte. Lily streckte die Hand aus, zog Andrews Taschentuch aus seiner hinteren Hosentasche und schlang es sich selbst um den Kopf. »Meins ist zwar nicht so hübsch wie deins, aber ich würde sagen, wir sehen ziemlich gut aus.« Sie warf Andrew ein Lächeln zu. »Was meinst du?«

Er musste unwillkürlich lächeln. »Ich finde, ihr seid die hübschesten Mädchen, die ich je in meinem Leben gesehen habe.«

Im Einspänner nahmen Andrew und Lily Anna in ihre Mitte, damit sie sich sicher und beschützt fühlte. Fritz saß schweigend auf der Rückbank.

»Da ist Peter!«, rief Anna und streckte den Arm aus. Sie sahen, dass Peter ihnen mit großen Schritten entgegenlief.

»Lasst mich zuerst mit ihm reden.« Andrew hielt den Wagen an, übergab Lily die Zügel und sprang vom Kutschbock.

Peter stürmte auf sie zu. Andrew stellte sich ihm in den Weg und legte ihm entschieden die Hand auf die Brust, doch Peter schlug sie weg. »Was haben die Bastarde mit meiner Schwester gemacht?«, schrie er und versuchte, sich an Andrew vorbeizuschieben.

»Warte!« Andrew packte ihn grob am Arm. »Sie haben sowieso schon genug Angst, da musst du jetzt nicht auf sie losgehen. Beruhige dich erst mal. Okay?«

Peters Gesicht war knallrot, aber er gab nach und biss sich auf die Unterlippe.

»Sie erholen sich schon wieder.« Andrew ließ den Arm seines Freundes los und fügte leise hinzu: »Fritz hat eine Wunde an der Stirn, aber die ist nicht so schlimm.«

»Und Anna?«, fragte Peter noch einmal. »Gott steh mir bei, wenn sie ihr weh getan haben!«

»Sie haben ihr die Perücke weggenommen, aber sie sonst nicht angerührt. Sie wollte nur nicht, dass man sie ohne Haare sieht. Deshalb hat sie sich versteckt.«

Peter verzog das Gesicht, um seine aufsteigenden Tränen zurückzudrängen. Wutentbrannt raufte er sich die Haare und wandte sich halb ab. Schließlich ließ er die Hände sinken und packte Andrew am Kragen. »Wer zum Teufel war das? Wer zum Teufel tut das einem kleinen Mädchen an?«, zischte er.

Andrew löste Peters Finger von seinem Hemd. »Die Leute können im Moment nicht klar denken, und das weißt du auch.« Er senkte die Stimme und sagte schroff: »Aber du musst jetzt einen klaren Kopf behalten, hörst du? Ich weiß, du bist aufgebracht, das bin ich auch.«

»Aufgebracht?« Peter wollte losbrüllen, knurrte dann aber nur: »Wenn du glaubst, ich würde nur danebenstehen und zulassen, dass man meiner Familie so etwas antut, dann kennst du mich schlecht.«

Andrew straffte die Schultern und blickte ihm direkt in die Augen. »Ich sage ja nicht, dass du gar nichts unternehmen sollst. Ich sage nur, wir müssen uns das alles gut überlegen.«

»Wir?« Unsicherheit schlich sich in Peters eben noch so scharfe Stimme. »Aber dich geht das doch gar nichts an.«

»Doch, das tut es. Und das weißt du auch.«

Andrew setzte alle am Haus der Muellers ab und sah zu, wie Peter Anna hineintrug, während Fritz' riesige Gestalt einen Schatten auf den schmalen Weg warf. Dann wendete er den

Einspänner auf der Straße und brachte Lily nach Hause. Das Zirpen der Grillen drang aus den Goldrauten, die an der Böschung neben der Straße wuchsen.

»Was hast du jetzt vor?«, fragte Lily schließlich.

»Das weiß ich nicht.« Als er ihren Blick spürte, drehte er sich kurz zu ihr und sah sie an. »Peter will sich rächen, glaube ich.«

»Bitte lass dich da nicht mit reinziehen.« Vor lauter Angst wurde ihr ganz flau. »Ich könnte es nicht ertragen, wenn dir was zustoßen würde.«

40. KAPITEL

Andrew kletterte die schmale Leiter hinauf, bis er die unteren Äste des Apfelbaums erreicht hatte. Der Pilz, der im Frühjahr aufgetaucht war, hatte sich auf mehrere Äste ausgebreitet und brach mit seinen harten, schwarzen Knoten die Baumrinde auf. Andrew lehnte sich an den Baum und entfernte mit der Handsäge die betroffenen Äste.

Da hörte er von unten ein Rascheln. Lily nahm die abgeschnittenen Äste und zerrte sie zu einer Ecke des Zauns, um sie dort auf den Gehölzhaufen zu werfen. Andrew stieg die Leiter herunter, legte die Säge weg und wischte sich mit dem Handrücken das Sägemehl von der Stirn.

Lily warf die letzten Äste auf den Haufen und wartete, bis Andrew zu ihr kam. Als er nahe bei ihr war, spürte er die aufgeladene Luft zwischen ihnen.

»Ich muss dir was geben.« Sie reichte ihm eine weiße Schachtel mit einem goldenen Stempel auf dem Deckel. »Für Peter. Oder besser gesagt, für Anna.«

»Wieso gibst du ihr das nicht selbst?«

»Mir wäre lieber, sie wüssten nicht, dass es von mir kommt. Ich weiß, was sie von Frank und mir halten.« Sie schluckte. »Ich glaube, dann würden sie es nicht annehmen.«

»Was ist es denn?«

Lily antwortete nicht, sondern wartete nur ab. Als er den Deckel anhob, dachte er zuerst, er sähe den Kopf einer großen Puppe, doch als er es herausnahm, erkannte er eine braune Perücke, gerade groß genug für ein Kind.

»Ich weiß, dass die Muellers kein Geld für eine neue haben. Jedenfalls nicht jetzt, wo ihnen die Konten gesperrt werden. Perücken sind sehr teuer, die guten jedenfalls.«

»Und wie konntest du dir diese hier leisten?«

»Ich hatte ein bisschen Geld beiseitegelegt für eine Reise. Die mir jetzt ziemlich abwegig vorkommt.« Sie strich sich eine Strähne aus den gesenkten Augen. »Würdest du sie ihr geben?«

Er betrachtete Lilys Profil, die helle Haut, die geschwungene Wölbung der Stirn, die gerade Linie ihrer Nase bis zu den geschwungenen Lippen. Er verlor sich in diesem Anblick und konnte seine Augen nicht von ihr lösen. Schließlich brachte er nur drei Worte hervor.

»Das werde ich.« Lily lächelte traurig und winkte kurz zum Dank, bevor sie wieder ging.

Gerda Mueller beugte sich über ein Spinatbeet und riss so heftig am Unkraut, dass ihr riesiges Hinterteil hin und her wackelte. Andrew räusperte sich laut. Gerda wirbelte herum, die Hände immer noch halb im Beet vergraben, und lachte: »Oh, Andrew! Na, das ist eine Begrüßung, wie? Mein Po, der dir zuwinkt?« Sie schmiss die Pflanzen auf den Boden und wischte sich die Hände an ihrem Rock ab. »Willst du Peter besuchen?«

»Ja, Ma'am.« Er trat zu ihr zwischen die Gemüsepflanzen und betrachtete die gleichmäßigen, langen Reihen. »Sie haben den großartigsten Garten, den ich je gesehen habe, Mrs. Mueller.«

Daraufhin schlang sich ein massiger Arm um seine Schultern, und ein nasser Schmatzer landete auf seiner Wange. »Andrew Houghton! Du bist ein alter Charmeur.« Sie kniff ihn genau dort in die Wange, wo sie ihn geküsst hatte. »Guter Mann!«

»Ah, Ma!« Peter trug ein Pferdegeschirr über der Schulter, und an seinem Unterarm hingen mehrere Hufeisen wie ein Armband. »Hör auf, unsere Nachbarn zu verletzen!«

Sie lachte, drückte Andrew herzlich an sich und versetzte ihm einen Stoß gegen die Brust, dass ihm die Luft wegblieb. »Ach was! Du bist doch stark, oder nicht?«

»Ja, Ma'am«, antwortete er hastig und machte sich darauf gefasst, dass sie ihn noch mal küssen oder schlagen wollte.

Peter legte Geschirr und Hufeisen ab. »Ma, lass Fritz nicht mehr die Pferde beschlagen. Der Idiot hat die Hufeisen falsch herum angebracht.«

»Du sollst ihn nicht so nennen, Peter!«, schalt sie. »Fritz ist ein guter Junge.«

»Mag ja sein, trotzdem hat er die Hufeisen falsch herum angebracht.«

»Na gut.« Sie verscheuchte ihn mit einer Handbewegung, als wäre er eine Pferdebremse. »Jetzt ab mit euch. Muss mich wieder an die Arbeit machen. Da wächst Gras zwischen meinen Wassermelonen.«

Andrew und Peter gingen zur Straße, hinter der man auf den weiter entfernten Weiden einen offenen Schweinepferch nach dem anderen sah. Andrew griff hinter ein Whiskyfass, das zu einem Blumenkübel umfunktioniert worden war und wo er die Schachtel versteckt hatte, und reichte sie Peter.

»Was ist das?«, fragte der und hob den Deckel an.

»Für Anna.« Andrew blieb stehen und blickte zurück zu Mrs. Muellers gebückter Gestalt. »Von Lily.«

Sofort streckte ihm Peter den Karton entgegen. »Dann will ich das nicht.«

Andrew schob es zurück. »Es ist für Anna. Nicht für dich.«

»Wir brauchen nichts von den Mortons«, stieß Peter hervor. »Nimm es zurück, oder ich gebe es den Schweinen.«

»Hör mal«, setzte Andrew zu Lilys Verteidigung an, »ich weiß nicht, was du gegen die Mortons hast, aber Lily hat niemandem etwas getan. Das hier hat sie von ihrem eigenen Geld für Anna gekauft. Und erinnerst du dich noch an die Sache mit Mary Paulson? Du hast gesagt, Lily hätte all ihre Sachen bei der Auktion gekauft. Das stimmt zwar, aber sie hat sie alle zu Mary geschickt.«

»Behauptet *sie*«, entgegnete Peter sarkastisch.

Andrew trat einen Schritt auf seinen Freund zu und sagte warnend: »Das reicht.«

Daraufhin schloss Peter seufzend die Augen, ließ den Kopf sinken und setzte sich ins Gras. »Ich weiß, es ist nicht ihre Schuld«, räumte er ein. »Ich bin nur so verdammt wütend, dass ich nicht mehr weiß, an wem ich das auslassen kann.«

Er biss die Zähne zusammen und starrte auf das makellose Farmhaus inmitten der grünen Weiden, an dessen Steinfundament rosa und rote Rosen wuchsen. »Ich habe es so satt, der böse Deutsche zu sein und immer mehr zur Zielscheibe zu werden.«

Er nahm einen Stein und bohrte ihn in die weiche Erde. »Im Ort haben wir keinen Kredit mehr. Wir dürfen uns nicht mal auf dem Markt blicken lassen, jedenfalls nicht mit unserem Namen auf dem Wagen. Und dann ...« Ihm brach die Stimme, und er schüttelte heftig den Kopf. »Dann verprügeln sie meinen Bruder und quälen Anna.« Er umklammerte den Stein so fest, dass seine Knöchel weiß hervortraten. Andrew lehnte sich an den Zaun, weil ihm allein von der Erinnerung schon wieder flau im Magen wurde.

»Dieser Krieg macht die Leute so reizbar«, sagte Peter. »Und sie suchen nach einem Sündenbock.« Er senkte vertraulich die Stimme. »Pa hat Geld nach Nürnberg geschickt. Wir haben Verwandte da, die jetzt an vorderster Front für den Kaiser kämpfen. Es bricht Pa das Herz, dass seine Geschwister ihre Kinder in den Krieg schicken müssen und kaum was zu essen haben. Aber ob es nun da drüben eine Hungersnot gibt oder nicht, ich finde, er sollte ihnen kein Geld schicken, und das habe ich ihm auch gesagt.« Jetzt wirkte er viel älter, als er eigentlich war. »Wenn das jemand rauskriegt, müssen wir dafür büßen, darauf kannst du wetten. Sie werden sagen, dass das Verrat ist. Aber Pa will ja nichts davon hören.« Peter legte den Kopf schräg. »Weißt du eigentlich, dass meine ältere Schwester mit einem Mennoniten verheiratet ist?«

Andrew schüttelte den Kopf.

»Er sagt, wenn er einberufen wird, weigert er sich, weil Gottes Gebot lautet: Du sollst nicht töten. Weißt du, was man Mennoniten antut, die sich verweigern?« Er schwieg kurz. »Man prügelt ihnen die Eingeweide aus dem Leib, foltert sie und wirft sie ins Gefängnis.« Peter stieß den Stein in die Erde. »Das wird meine Schwester nicht überleben, wenn ihm jemand so was antut.« Er warf einen Blick auf Lilys Geschenk. »Ich weiß, dass Lily nichts damit zu tun hat, aber Frank Morton schürt das Feuer. Er veranstaltet ständig Treffen der American Protective League im Ort, die nur ein Haufen Hitzköpfe mit billigen Blechmarken sind und behaupten, sie müssten ein Auge auf die Deutschen haben und sie im Zaum halten.« Jetzt schlich sich Angst in Peters Blick. »Wenn die herauskriegen, dass Pa Geld nach Deutschland geschickt hat, werden sie ihn fertigmachen. Und deinen Onkel vielleicht auch.«

Andrew hockte sich auf seine Fersen. »Das werden wir nicht zulassen, Peter.« Seine Stimme war ruhig und entschlossen. »Das weißt du.«

»Ja, allerdings.« Peter sah ihn nun direkt an. »Weil ich mich verpflichten werde.« Er stand auf und schleuderte den Stein zwischen die Bäume. »Ich kann meine Familie nur beschützen, indem ich Soldat werde.«

41. KAPITEL

Andrew und Wilhelm überprüften gerade das dichte Heu, um zu sehen, ob es geerntet und gebündelt werden konnte, als Wilhelm innehielt und über den Hügel blickte. »Sieht so aus, als hätten wir Besuch.« Zwei Männer, darunter ein Polizist, kamen die Steigung heraufgeschnauft.

»Officer«, begrüßte Wilhelm den Polizisten.

»Mr. Kiser? Ist dies Ihr Sohn?« Er zeigte auf Andrew.

»Mein Neffe.« Wilhelms Stimme war ungewöhnlich tief, und er verschränkte die Arme und baute sich breitbeinig auf, als wollte er fragen: *Was zum Teufel machen Sie auf meinem Grundstück?*

»Das ist Mr. Simpson von der Bank. Und er sagt, Ihr Junge hätte seinen Sohn verprügelt.«

Mr. Simpson schwieg, musterte Andrew und bemerkte offensichtlich erstaunt, dass er nur einen Arm hatte. Er wirkte plötzlich sehr zornig, vielleicht weil sein Sohn sich von einem Krüppel hatte verprügeln lassen.

»Hab ich schon gehört«, sagte Wilhelm und nickte. »Offenbar war Ihr Junge betrunken, Mr. Simpson, und hat einer jungen Dame ziemlich zugesetzt. So wie ich's gehört hab, hatte er es also verdient.«

Der Officer und Mr. Simpson wechselten einen vielsagenden Blick. »Normalerweise würde ich Ihnen da zustimmen, aber deswegen bin ich nicht hier.«

Die Sonne brannte heiß auf ihren Rücken, um sie herum hörten sie das Geräusch von umherspringenden Heuschrecken. Der Polizist rollte einen Stein unter seinem Fuß. »Anscheinend gab es auch Wortgefechte bei dem Kampf.« Er sah Andrew durchdringend an. »Es fielen unpatriotische Äußerungen.«

»Was?« Andrew trat einen Schritt vor, aber sein Onkel hielt ihn zurück und sagte: »Nun reden Sie nicht um den heißen Brei herum, Mr. ...?«

»Tippney. Sheriff Tippney.«

»Nun, Sheriff, ich erwarte, dass Sie sofort damit rausrücken, was Sie meinem Neffen vorwerfen, damit wir uns wieder an unsere Arbeit machen können.«

Mr. Simpson ergriff das Wort. »Ihr Sohn ... Ihr Neffe ... behauptete, es wäre nur eine Frage der Zeit, dass Deutschland den Krieg gewinnt. Er sagte, als Nächstes würde der Kaiser nach Amerika kommen, und er wäre der Erste, der ihm die Hand schütteln würde. Er meinte, es sei eine Ehre, einen deutschen Namen zu tragen. Dann schimpfte er meinen Sohn einen Feigling und schlug ihm mit einem Stein auf den Schädel.«

Mr. Simpson hatte sich in Rage geredet, und als er schnaufend Luft ausstieß, flatterten die Enden seines Schnurrbarts. Andrew straffte die Schultern und bedachte erst den Sheriff und dann Mr. Simpson mit einem wütenden Blick.

»So etwas habe ich nie gesagt!«, schäumte Andrew.

»Du musst ihnen nicht antworten, Andrew.« Wilhelm setzte sich wieder seinen Hut auf und schickte sich an, zurück aufs Feld zu gehen. »Sein Junge wurde verprügelt, und jetzt will er sich mit Lügen rächen. Das kann jeder sehen, der nur halbwegs bei Verstand ist. Einen schönen Tag noch, Gentlemen.«

Der Sheriff mahlte langsam mit seinem Kiefer. »Ich fürchte, so einfach ist das nicht. Solche Äußerungen sind eine Straftat. Der junge Mann muss mit mir zum Gericht kommen.« Er winkte Andrew zu sich. »Du stehst unter Arrest, mein Sohn.«

»Was? Moment mal!« Aufgebracht riss Wilhelm seinen Hut wieder vom Kopf. »Hier steht doch Aussage gegen Aussage.«

»Das stimmt, aber in Zeiten wie diesen kann man nicht vorsichtig genug sein. Wir nehmen ihn mit in den Ort, bis sich alles geklärt hat.« Der Sheriff schob seinen Hut auf den Hinterkopf und musterte Andrew. »Hör mal, du siehst eigentlich aus wie ein anständiger Junge, aber manchmal sagt man was im Eifer des Gefechts, und das dürfen wir in Zeiten wie diesen nicht dulden. Nicht, solange amerikanische Jungen da drüben kämpfen und nicht mehr zurückkommen.«

»Wieso suchen Sie eigentlich nicht nach den Jungs, die die Muellers terrorisiert haben? Die, die einen Halbwüchsigen zu Brei geschlagen und einem kleinen Mädchen die Perücke kaputt gemacht haben?«, fragte Andrew zornig.

Der Sheriff ignorierte die Frage und winkte ihn noch mal zu sich. »Genug geredet. Gehen wir.« Er kratzte sich am Ohr. »Wenn Sie ihn mit einer Kaution rausholen wollen, dann finden Sie uns im Gefängnis von Plum.« Die Männer drehten sich um und gingen durch das helle Heu zurück. Andrew folgte ihnen widerwillig.

»Kaffee?«

Andrew stützte sich auf seiner Gefängnispritsche ab, erhob sich und nahm den dampfenden Becher zwischen den Gitterstäben entgegen. »Danke.« Von der Nacht auf dem harten, ungefederten Bett tat ihm alles weh. Er hatte nicht schlafen können und war erst eingedöst, kurz bevor der Sheriff erschien.

Der Polizeibeamte zog einen Holzstuhl zur Zelle, setzte sich darauf, stemmte die Füße gegen die Gitter und wippte auf dem Stuhl vor und zurück. »Hunger?«

Andrew schüttelte den Kopf.

»Hab ich mir schon gedacht. Hinter Gittern vergeht einem schnell der Appetit.« Der Sheriff schlürfte lässig an seinem Kaffee; er war nicht mehr so ernst und reserviert wie auf der Fahrt zur Wache am Vortag, sondern wirkte nun viel freundlicher.

»Hör mal, Junge«, setzte er jetzt an. »Ich kenne Danny gut. Er hat hier mehr Nächte in der Zelle verbracht als jeder andere junge Mann in der Gegend. Aber momentan ist er ziemlich sauer, weil du ihn niedergeschlagen hast. Der Bursche verliert nicht gern«, erklärte er glucksend. »Ist ein Hitzkopf. Jedenfalls glaube ich dir, wenn du sagst, dass du diese Äußerungen nicht von dir gegeben hast. Aber Mr. Simpson hat Einfluss hier, und er wollte keine Ruhe geben, bis irgendwas unternommen wurde. Dich einfach nur zu verhaften, war eigentlich das Menschlichste, das ich tun konnte.« Er lächelte. »Du kannst dich später bei mir bedanken.«

»Mich bedanken?« Unwillkürlich musste Andrew lachen. »Verzeihen Sie, wenn ich Ihnen keine Blumen schicke.«

Da lachte auch der Sheriff und stellte seine Füße auf dem Boden ab. Er stützte sich mit den Ellbogen auf die Knie und umklammerte seinen Becher. »Hast du schon gehört, was in Illinois passiert ist?«, fragte er unvermittelt. »Mit einem gewissen Robert Prager?«

»Nein.«

»Er war Amerikaner mit deutschen Wurzeln und machte ein paar unvorsichtige Äußerungen gegenüber den falschen Leuten. Daraufhin gingen sie auf ihn los, zogen ihn nackt aus, wickelten ihn in eine amerikanische Flagge, führten ihn in der ganzen Stadt herum und prügelten ihm die Seele aus dem Leib. Schließlich riefen ein paar vernünftige Bürger die Polizei, und der Mann kam in Schutzhaft. Aber der Mob hatte immer noch nicht genug, stürmte das Gefängnis, holte Prager heraus und lynchte ihn.« Der Sheriff trank so beiläufig einen Schluck Kaffee, als hätte er gerade über das Wetter geredet.

Andrew drehte sich der Magen um, als er sich das Ganze vorstellte.

»Deshalb musste ich was tun«, erklärte der Sheriff. »Jetzt kann Danny wenigstens sein Gesicht wahren, und Mr. Simpson kann den Leuten erzählen, du hättest deine gerechte Strafe bekommen. In einer Woche muss Danny zur Grundausbildung, dann ist der Spaß ausgestanden. Du musst bis dahin nur hier einsitzen.«

»Und das wird denen reichen?«

»Du bist hier sicher, mein Junge. Ich bin zäher, als ich aussehe. Außerdem hat die Polizei in Illinois den Mob gar nicht aufgehalten. Nur unter uns: Meine Frau ist halb deutsch. Das ist ziemlich schwer geheim zu halten. Wenn man einen Namen wie Kiser hat, geht das natürlich nicht.«

»Aber ich bin kein Deutscher. Mein Nachname lautet Houghton.«

»Aber warum in aller Welt hast du das denn nicht früher gesagt?«

»Hätte das was geändert?«

Der Sheriff schüttelte den Kopf. »Nein. Nicht, solange du bei den Kisers wohnst.«

»Das sind anständige Leute, die dieses Land genauso lieben wie die Simpsons. Nur dass sie nicht andere angreifen müssen, um das zu beweisen.«

Der Sheriff dachte kurz darüber nach und zuckte die Achseln. »Sind schon merkwürdige Zeiten«, sagte er langsam. »Wirklich merkwürdige Zeiten.«

Am Haupteingang ertönte eine Glocke. »Wenn man vom Teufel spricht. Nicht böse gemeint.« Der Sheriff stand auf und schob seinen Stuhl zurück. »Wahrscheinlich dein Onkel.«

Der Sheriff verschwand, doch als er ein paar Minuten später wieder auftauchte, hatte er nicht Andrews Onkel bei sich, sondern Lily. Sie hatte die Haare glatt gebürstet und mit einer Perlenspange zurückgesteckt. Ihr Kleid wirkte neu und war gebügelt. Sie trug Stiefel mit Absatz und umklammerte eine kleine Handtasche. »Hallo Andrew.«

Er erkannte sie kaum und war erstaunt, wie ernst sie wirkte. »Ich habe Sheriff Tippney gerade erklärt, dass ich die ganze Auseinandersetzung zwischen dir und Dan Simpson mit angesehen habe. Und dass ich Dan den Stein auf den Kopf geschlagen habe.«

Andrew erhob sich. »Du solltest nicht hier sein, Lily.«

»Natürlich sollte ich hier sein. Frank hat mich geschickt.«

Der Sheriff schloss die Zellentür auf und öffnete sie bedächtig. »Sieht so aus, als hättest du eine Zeugin.« Er wandte sich kurz zu Lily, dann zog er die Tür weiter auf. »Frank hat in die Wege geleitet, dass du freigelassen wirst. Dann hast du wohl einen Schutzengel, mein Junge.«

Andrew folgte Lily zum Wagen. Ihre Haltung war sehr steif, als sie zielstrebig und ohne ein Wort zum Einspänner schritt. Sie nahm die Zügel und schnalzte mit der Zunge, damit das Pferd sich in Bewegung setzte. Als sie den Stadtrand erreicht hatten, entspannte sie sich und fuhr mit dem Wagen rechts heran. »Wir werden uns eine Weile nicht sehen können«, sagte sie dann nur.

»Frank hat sich gar nicht für mich eingesetzt, oder?«

Einen Augenblick schwieg sie und blinzelte nervös. »Nein.«

Andrew wünschte, sie hätte ihn in der Zelle gelassen. »Das hättest du nicht tun sollen, Lily.«

Sie schluckte und bemühte sich um eine entschlossene Miene. »Ich bin eine erwachsene Frau, Andrew.«

»Was machst du, wenn er davon erfährt?«

Sie versuchte, zu lächeln. Es war ein schwacher Versuch. »Ich verstecke mich.«

»Du gehst nicht dahin zurück!«

»Natürlich gehe ich wieder zurück«, sagte sie entschieden. »Lass mich einfach.«

»Ich will nicht, dass du schon wieder aus meinem Leben verschwindest, Lily. Ich muss wissen, dass es dir gutgeht.«

»Ich hab doch gesagt, du sollst mich lassen. Hör zu«, bat sie mit angespannter Miene. »Gib mir nur ein bisschen Zeit, damit Gras darüber wachsen kann, ja?«

»Na gut«, antwortete er widerstrebend. »Aber tu mir einen Gefallen, ja?«

»Und welchen?«

»Komm am Freitag zur Quelle im Wald. Dann muss Frank doch zu seinem Treffen nach Pittsburgh, nicht wahr?«

Sie wurde blass. »Ich weiß nicht.«

»Bitte, Lily. Wirst du kommen?«, drängte er.

Sie schwieg eine Weile, dann nickte sie kurz. »Ja.«

»Versprochen?«

»Ja.« Sie wirkte besorgt, aber schien es ernst zu meinen. »Versprochen.«

Andrew küsste sie auf die Wange und sprang vom Wagen. »Wohin willst du?«, fragte sie.

»Ich muss noch was im Ort erledigen. Wenn Frank auf dich losgeht, dann haust du ab, Lily. Hörst du?«

Sie lächelte matt. »Kümmern Sie sich um Ihre eigenen Angelegenheiten, Mr. Houghton.« Wieder schnalzte sie und trieb das Pferd zu einem gleichmäßigen raschen Trab an.

Der Schotter knirschte unter Andrews alten Stiefeln, als er zurück in den Ort ging. In der Nachmittagshitze ließen die Bäume ihre Äste hängen.

Die Nacht im Gefängnis hatte etwas in Andrew verändert. In seinem unruhigen Schlaf hatte er wirr geträumt, flüchtige Bilder, die ihm noch gegenwärtig waren, als er erwachte. Er hatte einen Entschluss gefasst, und seine Haut kribbelte. Veränderung lag in der Luft, er spürte es. Als Andrew an den letzten Brief seiner Mutter dachte, prickelte seine Kopfhaut. Dann dachte er an die Kisers, die ihn aufgenommen hatten, als kein anderer ihn wollte, die ihn als einen der ihren geschützt hatten.

Sorge für deine Familie. Immer. Andrew hatte sich in der schlaflosen Nacht diese Worte seines Vaters wieder in Erinnerung gerufen. Doch jetzt waren die Kisers seine Familie. Das alte Farmhaus war sein Zuhause, seine Cousins waren seine Brüder. Mit einem Mal stieg Stolz in ihm auf. Er dachte an Lily und an das, was hoffentlich noch vor ihnen lag.

Verstohlen bog Andrew auf die Hauptstraße ein und lief am Postamt vorbei zur dahinter gelegenen Schmiede. Die Werkstatt war von oben bis unten schwarz vom Ruß, und der Schmied stand über einer Stahltonne mit Wasser. Jedes Mal, wenn er etwas hineintauchte, zischte es, und Dampf stieg bis zur Decke. Der Mann drehte sich nicht um, sondern fragte nur knapp: »Wollen Sie was?«

Andrew holte die Erkennungsmarke seines Vaters aus dem Hemd hervor und hielt sie ihm hin. »Können Sie die schmelzen?«

Der Mann nahm die Marke und prüfte das Messing zwischen seinen geschwärzten Fingern. »In welche Form?«

»In einen Ring.« Andrew zog den grünen Stein aus seiner Tasche. »Mit diesem Stein.«

42. KAPITEL

Lily beugte sich über die Gurken. Sie hätte sie schon früher ernten sollen. Die größten waren an der Spitze aufgeplatzt und hatten auf der Schale braunen Schorf. Abwesend legte sie sie in den Eimer und war mit den Gedanken ganz woanders.

Als sie einen Luftzug spürte, konzentrierte sie sich wieder auf ihre Aufgabe und spürte, wie ihr Herz schneller klopfte. Gerade griff sie nach der letzten Gurke, da sah sie aus dem Augenwinkel einen Männerstiefel und zog automatisch den Kopf ein. Laut klapperte der Metalleimer, den der Stiefel umgetreten hatte, und flog über Lilys gebeugte Schultern. Die Gurken fielen heraus und lagen im Garten verteilt. Lily hielt den Kopf weiter eingezogen.

»Steh auf, verdammt noch mal!«

Lily straffte sich, stand auf und blickte Frank ins Gesicht.

»Ich schwöre, ich könnte dich eigenhändig erwürgen!«, brüllte er.

Sie rührte sich nicht, sondern starrte ihn nur ausdruckslos an und machte sich auf das gefasst, was da kommen würde. Sie spürte schon fast, wie seine Hände an ihrem Hals zudrückten, wie sich die Panik in ihr ausbreitete.

Sein Schweigen machte sie nervös. Er trat noch näher zu ihr und hob die Hand zum Schlag. Sie rührte sich immer noch nicht.

Da ließ er die Hand sinken, drehte sich um und spuckte auf den Boden. »Gott verdammt noch mal!«

Er fing an zu fluchen und trat einige Male zornig gegen den Boden. »Wenn sie mich deswegen aus der APL schmeißen, dann helfe mir Gott ...«

»Ich war dabei an dem Tag«, verteidigte sie sich. »Andrew wurde zu Unrecht festgenommen.«

Doch Frank wurde nur noch wütender. »Ist mir scheißegal, was er gesagt hat!«

»Er hat mir geholfen! Dan hat mich angegriffen, und Andrew hat ihn aufgehalten«, schrie sie und spürte plötzlich Zorn in ihrer Kehle. »Er wollte mich nur beschützen.«

Frank baute sich vor ihr auf und stieß ihr mit dem Finger immer wieder fest gegen die Brust. »Du wirst ihn nie mehr wiedersehen. Ist das klar? Solltest du noch einmal ein Wort mit ihm wechseln, ihm auf der Straße begegnen oder auch nur einen Blick in seine Richtung werfen, dann lasse ich ihn wieder ins Gefängnis schmeißen, bevor du bis drei zählen kannst!«

Lily biss die Zähne zusammen.

»Du glaubst vielleicht, ich bluffe, wie?« Frank schnaubte. »Lass es drauf ankommen, Lily. Lass es nur drauf ankommen«, drohte er. »Beim nächsten Mal sorge ich dafür, dass er nie wieder rauskommt.«

»Ich hasse dich!«

»Oh, Lily!«, höhnte er. »Nicht so sehr, wie ich dich hasse.«

Am Freitag wartete Lily wie versprochen an der Quelle im Wald. Frank würde hoffentlich nie davon erfahren, außerdem musste sie Andrew warnen, sich von ihr fernzuhalten.

Die Luft im Wald war kühl und schattig. Die Steine waren feucht, manche glitzerten im gedämpften Sonnenlicht. Lily drückte ihre Finger in das dunkelgrüne schwammige Moos.

Sie berührte mit der Handfläche das Wasser. Es war so kalt und klar, dass sie die Kiesel am Grund sehen konnte. Nach der leichten Kräuselung von ihrer Hand, war die Oberfläche wieder glatt wie ein Spiegel, in dem sie ihr Gesicht sehen konnte.

Sie betrachtete ihre Nase und ihre Augen, die Linie ihrer Augenbrauen, ihr Haar, das ihr über die Schultern fiel, und fragte sich, ob sie hübsch war. Sie neigte den Kopf zur Seite, dachte an Andrew und lächelte. Wenn sie in seine Augen blickte, wusste sie, dass sie hübsch war.

Dann erschien ein Schatten auf der Wasseroberfläche. Lily sprang voller Vorfreude auf und drehte sich um, aber dann verwandelte sich ihr Lächeln in blankes Entsetzen.

»Ich dachte, du wärst melken«, sagte Frank schneidend. »Stattdessen bist du hierhergekommen, um dich mit diesem Krüppel zu treffen, oder?«

Sie wich zurück, bis zu der Felswand, wo ihr Rücken von den Rinnsalen kalt und nass wurde. Lilys Finger ertasteten einen losen Stein, sie umfasste ihn und dachte, wie leicht es doch wäre, Frank damit niederzuschlagen. Wenn sie nur hart genug zuschlüge, würde er vielleicht sterben.

Mit einem Mal schien Franks Wut zu verpuffen, und er wirkte fast verloren. Er blickte ratlos hinauf zu den Bäumen. »Du weißt, dass mir das alles genauso wenig gefällt wie dir.«

Von seinem Ton brach ihr der kalte Schweiß aus. Ein reuiger Ausdruck erschien auf seinem aschgrauen Gesicht, den sie zuvor nur ein einziges Mal gesehen hatte. »Du musst zum Haus zurückkommen und dich umziehen«, befahl er sanft.

Panik wallte in ihr auf. Sie schüttelte den Kopf. Sie versuchte, zurückzuweichen, aber die Wand drückte sich in ihren Rücken. »Nein«, sagte sie heftig.

»Doch, Lily. Mir gefällt das genauso wenig wie dir, aber es geht nicht anders.«

»Nein.« Um sie herum schlossen sich die Bäume zusammen und verbogen sich, so dass ihr ganz schwindlig wurde und sie das Gefühl hatte, keine Luft mehr zu bekommen. »Das mache ich nicht. Ich mach das nicht noch mal.« Sie wimmerte auf, als sie an die grobe Hand zwischen ihren Beinen denken musste. Heftig schüttelte sie den Kopf, um die schrecklichen Bilder wieder loszuwerden.

Frank streckte sanft die Hand nach ihr aus. »Es ist das letzte Mal. Ich schwöre es.«

»Das hast du beim letzten Mal auch schon gesagt«, schrie sie, während ihr die Tränen übers Gesicht strömten. Die Erinnerung daran ließ alles in ihr taub werden.

»Ich weiß, was ich gesagt habe.« Er stemmte die Hände in die Hüften, weil er langsam die Geduld verlor. »Aber ich hatte wieder Probleme. Die müssen bereinigt werden.«

Bereinigt? Bereinigt! Es durfte sich nicht wiederholen, nicht noch einmal. Sie löste sich vom feuchten Stein und spürte, wie ihr das nasse Kleid am Rücken klebte. Langsam ging sie einen Schritt nach rechts. »Ich mache das nicht.«

Sie wich weiter zurück, bereit zu fliehen. »Du kannst mich nicht dazu zwingen.«

Da packte er sie grob am Handgelenk und riss sie an sich. »Du wirst tun, was ich sage, verdammt noch mal!«

Sie wehrte sich gegen seinen Griff und schlug ihm mit der freien Hand fest ins Gesicht, doch er zuckte kaum zusammen. Nur sein Gesicht nahm diesen kalten und grausamen Ausdruck an, und sie bereute es sofort, ihn geschlagen zu haben. Panik ergriff sie. »Andrew!«, schrie sie.

Doch Frank zog ihren Arm hinter ihren Rücken und drückte ihr mit seiner rauen Hand den Mund zu. Sie konnte kaum atmen, weil sie so schluchzen musste.

»Du wirst es tun«, zischte er ihr ins Ohr. »Du tust es oder deine Schwester – deine Mutter – bekommt den Gürtel zu schmecken, und zwar so gründlich, dass sie sich bis Weihnachten nicht mehr bewegen kann.« Er presste die Finger in ihren Arm, und sie schrie auf, doch seine Hand dämpfte ihren Schrei. »Was? Willst du etwa zusehen, wie ich ihr die Seele aus dem Leib prügle? So wie früher? Wieder einmal soll sie sich für dich verprügeln lassen, nur weil du dich für was Besonderes hältst?« Er ließ sie los und stieß sie grob von sich. »Tja, aber du bist nichts Besonderes, Lily. An dir ist nichts besonders.« Er spuckte auf den Boden.

Da umschloss Lily plötzlich Schwärze, und sie spürte die schreckliche Gewissheit dessen, was sie erwartete. Etwas in ihr zerbrach.

Frank stieß einen langen Seufzer aus, nahm seinen Hut vom Kopf und wischte sich über die Stirn.

»Claire war dein ganzes Leben für dich da«, sagte er ruhig. »Und da willst du nicht mal diese eine Sache für sie machen?« Er trat zur Seite, als öffnete er eine Tür für sie, durch die sie hindurchtreten konnte. »Du musst es nur einmal machen, dann ist es erledigt. Ein letztes Mal. Versprochen ist versprochen.«

***

Andrew wartete stundenlang an der Quelle. Er rollte den Ring auf seiner Handfläche und spielte damit. Er berührte das Wasser und ging noch mal im Kopf durch, was er sagen wollte. Immer wieder probte er, wie er ihr zeigen würde, dass er sie liebte.

Andrew wartete. Er wartete darauf, dass Lily ihr Versprechen hielt. Sein Lilymädchen. Er wartete, bis die Dämmerung anbrach und er begriff, dass sie nicht kommen würde.

Niedergeschlagenheit breitete sich in ihm aus, je länger er auf die Wasseroberfläche starrte und realisierte, dass er sich getäuscht hatte. Sie würde nicht kommen. Hatte er sich auch in ihren Gefühlen getäuscht? War er ein Narr gewesen zu glauben, dass ihr Liebe groß genug war? Mit jeder verstreichenden Minute wuchs die Unsicherheit in ihm.

Vielleicht hatte Frank sie nicht aus dem Haus gelassen, überlegte er und ermahnte sich, sich nicht von seiner Enttäuschung lähmen zu lassen. Er schloss die Finger fest um den Ring und dachte nach, suchte nach einem Grund, warum sie nicht erschienen war.

Im dunkler werdenden Wald sah er an seiner linken Seite hinab, wo sein Arm hätte sein sollen. Er dachte erneut an den knappen Brief seiner Mutter. An all die Sticheleien, Beleidigungen und Blicke wegen seines fehlenden Arms. Er presste die Augen fest zusammen und kämpfte gegen die dunklen Erinnerungen an.

43. KAPITEL

Der klapprige Brotwagen kam an der Zufahrt der Kisers zum Stehen. »Guten Morgen«, rief Eveline.

Bob nickte nur, und Bernice hielt den Kopf gesenkt. Evelines Lächeln schwand. Die ungewöhnliche Reserviertheit des Pärchens überraschte sie.

Bob lehnte sich nach hinten, zog die Tüte mit dem Brot hervor und gab sie ihr wortlos. Eveline wog sie in ihren Händen und spürte, dass sie viel zu schwer war. »Das ist ja doppelt so viel wie sonst, Mr. Stevens.« Sie wollte ihm die Tüte zurückgeben.

Er schüttelte den Kopf. »Behalten Sie's.«

»Das würde ich gern, aber wir können uns das nicht leisten. Momentan müssen wir sparen. Nehmen Sie am besten einfach heraus, was zu viel ist.«

Jetzt sah Bernice sie eindringlich an. »Sie werden das Brot behalten, Mrs. Kiser. Sie müssen es nicht bezahlen.«

Eveline klappte der Mund auf. Sie blickte von Bob zu Bernice und wieder zurück. »Das ist sehr freundlich von Ihnen, aber das kann ich nicht …«

Bob stieß einen lauten, lang gezogenen Seufzer aus und rieb sich über das zerschlissene Hosenbein. »Wir kommen gerade aus dem Ort, wo wir einiges gehört haben. Dieser

Krieg bringt alle gegeneinander auf.« Er sah ihr direkt in die Augen. »Wir wissen, dass Campbell Ihren Kredit gekürzt hat. Und dass der Metzger Ihnen nur noch das Fleisch gibt, das nicht mehr ganz frisch ist. Wir wissen auch, dass Ihre Post geöffnet und gelesen wird, bevor Sie sie bekommen. Das betrifft nicht nur Sie.« Seine Stimme klang tröstlich. »Sondern auch die Muellers. Alle Deutschen, und das ist nicht richtig.«

Eveline drückte das Brot an ihre Brust. Sie sog den warmen Duft nach Hefe ein und war gerührt.

»Bernice und ich kennen solchen Hass nur zu gut, oder?«

Seine Frau nickte und lächelte traurig.

»Man kann sich ganz leicht einreden, dass die anderen immer die Bösen sind, um nachts ruhig zu schlagen. Aber eigentlich weiß man tief im Innern, dass der andere sich gar nicht so sehr von einem selbst unterscheidet, dass er nur eine andere Uniform trägt. Mit den Deutschen ist das jetzt auch so«, fuhr er fort. »Man bringt die Leute dazu, sie zu hassen. Sonst würde keiner rübergehen, um gegen sie zu kämpfen.«

Bernice tätschelte ihm das Knie. »Das reicht, Bob. Sonst regst du dich nur auf.«

Aber es war schon zu spät. Er zitterte am ganzen Körper, und sein Blick huschte unruhig hin und her. »Aber es liegt nicht nur am Krieg. Der Hass ist auch so da. Immer noch gibt es Leute, die Bernice und mich voller Hass anstarren, obwohl der Krieg längst vorbei ist. Es gibt immer noch Leute, die unser Brot an die Krähen verfüttern, weil eine Schwarze den Teig geknetet hat.«

»Bob ...«

Der alte Stevens richtete sich auf. »Also kennen wir den Hass, der um sich greift, und das ist einfach nicht richtig.

Nehmen Sie das Brot, Mrs. Kiser. Wir fühlen uns mächtig gut, weil Sie Brot von uns annehmen. Bernice und ich haben nicht viel, nur einen kleinen Schuppen mit einem Dach voller Löcher und diesen alten Klepper, aber wir haben Brot, und wenn wir Ihnen davon was abgeben können, dann können *wir* ruhiger schlafen. Ist kein Almosen, Mrs. Kiser. Nur ein kleiner Ausgleich für das, was Ihnen weggenommen wird.« Er blickte zur Straße. »Viele Menschen waren grausam zu meiner Bernice. Aber die Anwohner dieser Straße waren immer gut zu ihr. Die Witwe Sullivan, die Muellers.« Er schwieg kurz. »Selbst die Morton-Mädchen waren immer freundlich. Solche Leute müssen zusammenhalten. Ist der einzige Schutz gegen den Hass.« Evelines Lippen zuckten. Sie nickte und wollte sich bedanken, aber sie war zu gerührt von Bobs Worten. Sie drückte das Brot fest an sich.

Als Bob ihren Blick erwiderte, traten ihm Tränen in die Augen. Er holte tief Luft und kehrte zu seinem gewohnten flapsigen Ton zurück. »Außerdem wissen Sie ja, dass Bernice eine Schwäche für Ihren Neffen hat. Sie würde Ihnen fünfmal am Tag Brot bringen, nur um einen Blick auf ihn werfen zu können!« Bernice versetzte ihm einen Schlag auf den Arm. »Passen Sie auf sich auf, Mrs. Kiser.«

Eveline sah zu, wie der alte Wagen wieder zur Hauptstraße ruckelte. Sie bemerkte dabei, dass sich vom Hügel aus Frank näherte, der die Stevens aber keines Blickes würdigte.

Als er bei ihr ankam, war Eveline noch immer bewegt von der Geste des alten Paares. Franks Gegenwart machte sie ausnahmsweise nicht nervös.

Er neigte den Kopf zur Seite und sah sie sanft an. »Alles in Ordnung, Eveline?«

Sie nickte. »Ja. Ich finde nur, dass das alte Pärchen so nett ist.«

»Ich weiß nicht.« Er verzog das Gesicht. »Wenn ich an die beiden denke, geht mir irgendwas gegen den Strich. Da können sie so nett sein, wie sie wollen. Etwas bei denen ist einfach nicht in Ordnung.«

Sie hob die Augenbrauen. »Und was soll das sein, Mr. Morton?«

Als er ihren Blick sah, ruderte er zurück. »Ach nichts. Achten Sie heute Morgen gar nicht auf das, was ich sage. Ich bin nur müde. War die letzten Tage in der Stadt.«

»Oh.« Er sah wirklich erschöpft aus. »Möchten Sie auf einen Kaffee ins Haus kommen?«

»Das ist sehr freundlich von Ihnen«, sagte er, beantwortete aber nicht ihre Frage. Er sah sie mit leerem Blick an. Sie wusste, ihr Mann wollte ihn nicht sehen, aber sie hatte seine Gesellschaft immer als angenehm empfunden.

»Ich habe heute Morgen Kuchen gebacken«, lockte sie, »und würde Ihnen gern welchen für Lily und Claire mitgeben.«

»Das wäre nett. Danke.«

Gemeinsam gingen sie die Auffahrt hinunter. Wie er so neben ihr ging, viel größer und breiter als sie selbst, schenkte er ihr ein Gefühl von Sicherheit. »Ist das da Andrew an der Scheune?«, fragte er und zeigte in die Richtung.

»Ja, wahrscheinlich ist er schon vom Feld zurück.« Sie hoffte nur, dass Wilhelm nicht bei ihm war.

»Stört es Sie, wenn ich Sie kurz allein lasse? Ich möchte nur mal mit dem jungen Mann reden.«

Eveline wunderte sich, nickte aber nur. »Ich gebe Ihnen den Kuchen, wenn Sie gehen.«

»Wie es aussieht, war die Ernte gar nicht so schlecht.« Frank Morton lehnte sich mit seiner kräftigen Gestalt gegen das Scheunentor. Als Andrew ihn bemerkte, war er sofort auf der Hut. »Die Kühe sehen auch gut aus.«

Es gefiel Andrew gar nicht, dass der Mann so tat, als dürfte er sich über ihre Felder und Tiere ein Urteil erlauben. »Sie klingen überrascht, Mr. Morton.«

Der Mann zuckte die Achseln und folgte Andrew in den dämmrigen Stall. Dann blickte er beeindruckt hinauf zum Heuboden. »Das hätte ich Ihnen gar nicht zugetraut.«

Andrew grinste nur über die Beleidigung. »Haben Sie nicht ein paar deutsche Kinder zu drangsalieren?«, konterte er.

Frank lachte, träge und genüsslich. »Ist schon komisch. Eigentlich müssten Sie mir doch danken, weil ich Sie aus dem Kittchen geholt habe.«

Jetzt lachte auch Andrew. »Damit hatten Sie gar nichts zu tun, und das wissen Sie auch. Wenn es nach Ihnen und Ihrer Truppe ginge, säße ich immer noch hinter Gittern.«

»Da haben Sie wohl recht.« Er zuckte die Achseln. »Unsere Lily hat eine Schwäche für Krüppel. Schon als sie klein war, versuchte sie ständig, Viecher zu retten, mit denen was nicht stimmte.«

Andrew nahm die Heugabel und rammte sie in einen Strohballen. Er schloss seine Hand fest um den Griff, um sich zurückzuhalten und seinen Zorn zu verbergen.

»Ich hab gehört, Sie sind vorbeigekommen, um sie zu besuchen«, bemerkte Frank. »Ich hab Lily gesagt, sie soll es Ihnen direkt sagen, anstatt Ihnen auszuweichen.«

Andrew verdrehte die Augen. »Was denn sagen?«, gab er zurück.

»Dass sie nicht interessiert ist. Sie ist ein Flittchen, mein Junge, war sie schon immer.« Frank trat näher zu ihm und trat mit seinem glänzenden Stiefel gegen das Stroh. »Allerdings hatte sie ein schlechtes Gewissen, weil sie Sie an der Quelle versetzt hat.«

Andrew hielt inne und umklammerte den Griff so fest, dass seine Knöchel weiß wurden.

Frank fuhr fort: »Aber sie und Dan hatten eine Verabredung. Er ist mit ihr zum Jahrmarkt gegangen. Ich hab sie nicht mal nach Hause kommen hören.«

Da wandte sich Andrew Frank zu und ließ die Heugabel los. »Eine gute Geschichte, aber bevor Lily mit Dan Simpson ausgehen würde, hätte ich eher eine Verabredung mit einem Huhn.«

»Ich hatte schon das Gefühl, Sie riechen nach Hühnermist.«

Andrew lachte leise, dann richtete er sich auf. »Ich habe zu tun.«

»Dass Dan Lilys Liebhaber ist, habe ich nicht erfunden«, erklärte Frank laut. »Genau in diesem Augenblick ist sie mit ihm zusammen. Er hat sie heute Morgen abgeholt und ist mit ihr in die Stadt gefahren.« Er lächelte grausam. »Sie hätten sehen sollen, wie hübsch sie mit ihrem Kleid und den hohen Schuhen aussah. Allerdings haben zwischen ihr und Dan schon immer die Funken gesprüht. Mal zieht sie ihm eins über den Schädel, aber schon kurz darauf küsst sie ihn und macht es wieder gut. Die beiden sind wie Feuer und Wasser.« Er streckte sich. »Sie hat Sie nur aus dem Gefängnis geholt, um Dan eifersüchtig zu machen. Wie Feuer und Wasser, die beiden.«

Obwohl Andrew kein Wort davon glaubte, merkte er, wie

sich sein ganzer Körper anspannte. »Was Lily macht und mit wem, geht mich nichts an.«

Frank lachte gehässig und klopfte auf die Motorhaube des neben der Scheune parkenden Fords. »Sie kapieren es einfach nicht, was, Junge? Sie und Dan treiben es schon, seit er vor Jahren bei mir angefangen hat.« Er verschränkte die Hände vor der Brust. »Und er würde doch auch gut zu Lily passen, finden Sie nicht? Er arbeitet jetzt so lange für mich, dass er ein guter Geschäftspartner wäre.« Frank musterte ihn. »Dazu kommt noch, dass der Junge starke Hände hat, wissen Sie? Starke Hände, starke Arme ... zwei davon.«

Andrew trat einen Schritt zurück und starrte angestrengt auf seine Beine, um nicht die Beherrschung zu verlieren. »Nur schade, dass er jetzt in den Krieg zieht«, sagte er langsam.

»Ach, haben Sie's noch nicht gehört?« Überrascht riss Frank die Augen auf. »Er hat die Musterung nicht bestanden wegen seiner Kopfverletzung. Die Wunde hatte sich entzündet. Wie finden Sie das? Ironie des Schicksals, oder? Weil Lily ihm eins übergezogen hat, kann er bei ihr bleiben und sie für immer von dem deutschen Krüppel loseisen.«

Andrews Blick huschte zum Scheunentor, wo er eine Bewegung wahrgenommen hatte. Auch Frank drehte sich um. »Eveline, ich hab Sie gar nicht gehört.« Er zog seinen Hut ab und zerdrückte ihn in der Hand. »Ich hab nur ein paar Scherze ...«

Eveline stand mit einem Teller, auf den sie ein paar Kuchenstücke gelegt hatte, in der Hand da, und ihre Augen blitzten vor Zorn. »Verschwinden Sie von meinem Grund und Boden, Mr. Morton.«

44. KAPITEL

Die Kühe im Stall fingen an zu muhen, eine nach der anderen. Andrew warf sich unruhig im Bett hin und her, weil die Laute sich in seinen Traum mischten. Es war viel zu früh zum Melken, aber das Muhen wurde immer lauter. Er drückte sich verschlafen das Kissen gegen die Ohren, bis er das Pferd hörte. Sein schrilles Wiehern ließ ihn aufschrecken. Im Nu sprang er aus dem Bett, zog sich die Hose an und stürmte die Treppe hinunter.

Erst dachte er, die Lampen wären nicht gelöscht worden, so hell war es im Wohnzimmer. Dann begriff er plötzlich, woher das Licht kam, und er bekam eine Gänsehaut. Draußen vor den Fenstern flackerte etwas, leuchtend orangefarbenes Licht.

»Feuer!«, brüllte Andrew.

Sofort wurde es im ganzen Haus lebendig, und die Kisers stürzten ins Freie, wo die Kiefer neben der Scheune in hellen Flammen stand und mit ihren schwarzen Ästen aussah wie ein brennendes Skelett.

»Schließ den Schlauch an den Brunnen an!«, schrie er Wilhelm zu.

Mit Eveline und den Jungen im Schlepptau rannte er zum Stall. Die Schweine quiekten in ihren Pferchen und rammten ihre Körper gegen die verriegelte Öffnung. »Hol die Schweine raus!«, brüllte Andrew Will zu.

»Das Pferd!«, kreischte Eveline.

»Ich hol es!«

Andrew stürzte zum Haupttor der Scheune, doch das lag zu nah an der brennenden Kiefer, die Hitze raubte ihm den Atem. Als das Dach Feuer fing und auf die dicken Balken der Scheune übergriff, fingen die Tiere an zu brüllen. Andrew rannte zum Hintereingang und sah, dass die von Will befreiten Schweine in alle Richtungen davonstoben.

»Das Haupttor ist blockiert!«

Er zog die Hintertür auf, aber sie war zu schmal für die Tiere. »Such eine Axt, ich hole die Tiere!«

Vom hinteren Teil drangen Rauch und Flammen zu ihm. Er würde mit den Tieren anfangen müssen, die der Tür am nächsten standen, um so viele wie möglich zu retten, bevor der Stall zusammenbrach. Vor Panik stieg die Stute und trat wild um sich. Er warf ihr einen Futtersack über den Kopf und drängte sie zur Tür, die Wilhelm mit der Axt bearbeitete. Andrew schob das Tier durch die Öffnung, die trotz der Verbreiterung immer noch eng war und an ihren Flanken schrammte, aber wenigstens konnte sie ins Freie. Danach waren die Kühe an der Reihe, obwohl die Leitkuh vor lauter Angst die Hufe in den Boden stemmte. Er warf ihr ein Seil über, fluchte, weil ihm sein zweiter Arm fehlte, zerrte die Kuh zu Wilhelm, und dann war auch sie gerettet.

Noch zwei weitere Kühe folgten, doch mit einem Mal hörte er das entsetzliche Krachen des Dachs, und noch ehe er den Blick heben konnte, brach die halbe Scheune zusammen, und Funken stoben um ihn herum auf. Das furchtbare Gebrüll der gefangenen Tiere zwang Andrew in die

Knie. Mühsam rappelte er sich wieder auf, zerrte eine letzte Kuh hinaus und stolperte fast über die Scheunenkatzen.

Bis die Muellers die Feuerwehr gerufen hatten und zur Farm gestürzt kamen, um beim Löschen zu helfen, war die Scheune bis auf die Grundmauern abgebrannt. Drei Kühe waren tot, und der Ford war ruiniert. Das Pferd wurde am Haus festgebunden, während die verbleibenden Kühe auf die Weide durften. Die Schweine mussten noch eingefangen werden, wenn man sie denn überhaupt wiederfand.

Der immer noch aufsteigende Rauch brannte in der Nase. Es gab nichts zu sagen. Um sie herum wirkte alles wie ein ganz normaler Sommertag.

Stumm betrachtete die Familie das Ausmaß der Zerstörung, die verbrannten Kadaver der drei Kühe, die Will und Edgar noch am Vortag gemolken hatten, und es brach ihnen das Herz.

Der Sheriff meinte, es gäbe keinerlei Anzeichen von Brandstiftung. Es sei ein Unfall gewesen, vielleicht Funkenflug vom Traktor, vielleicht auch feuchtes Heu, das sich selbst entzündet hatte. »Das Heu muss auf den Feldern trocknen, wissen Sie?«, erinnerte er sie. »Feuchtes Heu gerät leicht in Brand. Oder es war ein vergessener Kanister Petroleum. Ein Unfall, wirklich sehr bedauerlich.«

45. KAPITEL

Seit dem Brand hatte Wilhelm sich völlig verändert. Seine Miene war ausdruckslos, der Mund nur noch ein Strich. Will und Edgar machten einen weiten Bogen um ihren Vater, weil ihnen die Stille, die ihn umgab, Angst einflößte. Wenn er von der Feldarbeit zurück ins Haus kam und man an seinen sauberen Kleidern sah, dass er nicht gearbeitet hatte, flohen die Kinder ins Freie. Und wenn er das Haus verließ, um in der Dämmerung herumzuirren und auf die kohlschwarze Fläche zu starren, wo einst die Scheune gestanden hatte, dann fanden Will und Edgar rasch eine Arbeit in der Küche. Die Kinder erkannten ihn nicht mehr wieder, hatten Angst vor seiner düsteren Stimmung.

Andrew arbeitete noch härter auf den Feldern. Der Traktor hatte in jener Nacht draußen gestanden und war daher als einziges Fahrzeug noch einsatzbereit. Andrew schuftete, bis ihn Schmerz und Erschöpfung ins Bett trieben, auf das er sich fallen ließ, ohne sich zu waschen oder auch nur auszuziehen. Er arbeitete auch, um nicht nachdenken zu müssen, aber vor allem, weil Wilhelm es nicht konnte. Der Mann sah nur noch die toten Kühe, die toten Zwillinge, die verbrannten Balken der Scheune und die Schulden.

Eveline hatte einen trockenen Mund. Ihre Haut juckte. Und immer wieder verkrampfte sich ihr Magen schmerzhaft. Sie befand sich in einem Alptraum, von dem sie nicht wusste, ob sie daraus erwachen würde, Trauer und Schuld lasteten schwer auf ihr. Wenn sie an Frank dachte, wurde ihr übel. Sie war so dumm gewesen! Sie hatte jedes Wort mit angehört, das dieser Mann zu Andrew gesagt hatte, wie er ihn demütigte und verletzte, ihn als Krüppel beschimpfte. Sie wusste nun, dass Frank Andrew nicht aus dem Gefängnis geholt, sondern ihn im Gegenteil erst hineingebracht hatte. Sie wusste, dass es die American Protective League war, die das Leben im Ort für ihre Familie und so viele andere unerträglich machte. Und als die Scheune verbrannte und die Flammen in die pechschwarze Nacht stiegen, da wusste sie mit verzweifelter Klarheit, dass der Mann, den sie begehrt hatte, auf die eine oder andere Weise dafür verantwortlich war.

Eveline warf sich im Bett hin und her. Sie war so blind gewesen. Sie wusste nicht, wie viel sie noch ertragen konnte. Aber dann war da noch ihr Mann. Beim Gedanken an ihn stiegen ihr die Tränen in die Augen, und sie fühlte sich so schlecht. Sie liebte ihn für das, was er für seine Familie geopfert hatte, und dafür, dass er tapfer aushielt, wo andere längst zusammengebrochen wären. Sie schämte sich für die Gefühle, die sie für Frank entwickelt hatte.

Sie drehte sich zu Wilhelm, schlang beide Arme um seine Taille und hoffte, ihn nicht zu wecken. *Es tut mir leid, Wilhelm,* sagte sie im Stillen, und Tränen liefen ihr übers Gesicht. *Ich mache es wieder gut.* Sie drückte ihr Gesicht zwischen seine Schultern.

Eveline musste doch noch eingeschlafen sein, denn sie wurde von den Sonnenstrahlen geweckt, die durch das Fenster direkt auf ihr Bett fielen. Sie war erleichtert, dass Wilhelm schon aufgestanden war. *Das heißt, dass er melken gegangen ist,* dachte sie. *Das heißt, er arbeitet, macht weiter.* Er musste es schaffen, sich selbst aus dem Loch ziehen, in dem er sich versteckte, in dem er sich schon lange vor dem Brand versteckt hatte. Sie hätte schon längst versuchen müssen, ihm zu helfen. Sie würde es wiedergutmachen.

Sie bereitete das Frühstück zu und wartete auf Will und Edgar. Sie alle waren erschöpft. Andrew aß schweigend und schaufelte sich abwesend Eier, Brot und Speck in den Mund. Die Kinder hatten kaum Appetit, aber sie machte ihnen keinen Vorwurf. Ihr war auch die Lust am Essen vergangen.

Nachdem das Frühstück abgeräumt und die morgendlichen Pflichten erledigt waren, schnappte sich Eveline ihren Korb und ging zum Garten. Wenn der Winter so wurde wie der letzte, dann brauchten sie jede Bohne, Gurke und Beere für den Vorratskeller.

Eveline kam an dem alten Apfelbaum vorbei, hob ein paar zerbrochene Zweige auf und schleuderte sie Richtung Zaun. Ein Tritthocker lag umgekippt am Stamm des Baums. »Die kleinen Satansbraten räumen einfach nichts weg«, murmelte sie. Sie stellte den Hocker wieder auf.

Als sie ein kühler Luftzug erreichte, stellten sich ihr die Härchen am Nacken und an den Armen auf. Über ihr knackte ein Ast, der zu viel Gewicht trug. Ein Schatten glitt über sie hinweg. *Nein. Nein!* Ihre Hand fuhr zu ihrem Herzen, die Zeit schien stillzustehen. Sie fing am ganzen Körper an zu zittern. Dann blickte sie auf, bemerkte die

Stiefelspitzen. Wilhelms Körper schaukelte zwischen den Ästen hin und her.

Eveline schnappte nach Luft, ein Schluchzen brach aus ihr hervor. Dann fing sie an zu schreien.

46. KAPITEL

Peter und Fritz Mueller hoben das Grab neben dem riesigen Apfelbaum aus, in der Nähe von den Zwillingen. Der protestantische Friedhof war für die Kisers verschlossen gewesen: Selbstmörder wurden dort nicht geduldet.

Andrew erreichte den Gipfel des ansteigenden Feldes und stand verloren in einem Meer aus hüfthohen grünen Maispflanzen. Die Sonne brannte ihm auf den Kopf. Wie lange er dort stand, wusste er nicht. Wilhelm Kiser würde die Ernte der Maispflanzen, die er ausgesät hatte, nie sehen.

Von dort aus sah man kein Haus und keine Straße, nur die Sonne, die grünen Pflanzen und die geraden Furchen der Erde. Andrew stand mit reglosem Blick dort. Alles war Leere.

Und dann sah er sie. Lily. Durch das wogende Feld kam sie langsam auf ihn zu. Die Enttäuschung darüber, dass sie nicht an der Quelle auf ihn gewartet hatte, verschwand.

Ihre grünen Augen waren voller Trauer. Das Haar wehte ihr um die Schultern, und ihr blassgelbes Kleid leuchtete in der Sonne.

Sie kam zu ihm, kam immer dichter zu ihm, bis er ihre Nähe überall spürte. Ihre Blicke verschmolzen ineinander, und dann hielt sie ihn, schlang die Arme fest um ihn und schmiegte ihren Kopf an seine Brust, und er spürte ihre Tränen durch sein Hemd. Er senkte den Kopf und küsste ihr glattes Haar, das weich an seinen Lippen kitzelte. Es fühlte sich so gut an, etwas anderes als Schmerz zu empfinden. Sie hob den Kopf und drückte ihre Lippen auf seine.

»Du schaffst das«, flüsterte sie. Sie umklammerte ihn, küsste ihn dicht unter dem Ohr und sagte aus vollem Herzen: »Du kannst diese Familie retten.«

Die Worte lösten Angst in ihm aus. Jetzt hatte er die Verantwortung, und wenn die Farm weiterbestehen sollte, lag es an ihm. Er lehnte seine Stirn gegen ihre und biss die Zähne zusammen. Es war zu viel.

»Du hast der Familie von Anfang an Hoffnung gegeben. Das warst immer du. Du hast gewusst, wovon die Zwillinge krank waren, und hast den Rest der Familie gerettet. Du bringst Will und Edgar zum Lachen. Du bist es, an den Eveline sich lehnt, wenn sie fast zusammenbricht. Du sorgst für die Tiere und kümmerst dich um die Felder.« Sie drückte ihn fester an sich. »Siehst du das denn nicht?«

Er starrte sie an. Plötzlich überkam ihn eine verzweifelte Leidenschaft, und er küsste sie wild, glitt mit der Hand in ihre Haare, küsste ihren Hals, küsste ihr die Tränen von den Augen.

»Ich liebe dich«, hauchte sie zwischen ihren leidenschaftlichen Küssen. Er öffnete ihr Kleid. Sie tastete nach seinen Hemdknöpfen und riss sie fast aus den Knopflöchern.

Er trat näher zu ihr und hob sie hoch. Lily schlang ihre Beine um seine Hüften und drängte sich an ihn. Andrew ging auf die Knie und legte sich mit ihr auf das weiche Bett aus geknickten Pflanzen und Erde.

Lily gab sich dem Rhythmus seiner Hüften zwischen ihren Beinen hin, seinen sanften Küssen und seinen sicheren Berührungen. Sie zog an seinem Gürtel, öffnete die letzten zwei Knöpfe seines Hemds und spürte, wie Hitze in ihr aufstieg, als sein Hemd auseinanderfiel und die dunkle Haarlinie unter seinem Nabel und die Muskeln an seinem Bauch enthüllte. Sie schob sich ihm entgegen und umschlang seine Schenkel. Er legte seine Hand auf ihren unteren Rücken und küsste ihren Hals.

Vor ihrem inneren Auge blitzte das Gesicht eines Mannes auf, aber sie verdrängte es, presste ihre Lippen an Andrews und küsste ihn noch leidenschaftlicher, um das Gesicht loszuwerden. Sie wollte sich in seinem Körper verlieren, die anderen Erinnerungen verscheuchen. Sie schob das Hemd von seiner Schulter. Er spannte sich an, hielt in seinen Bewegungen inne und sah sie mit großen, verunsicherten Augen an. Langsam schob sie das Hemd auch von seiner linken Schulter und sah die gezackten Narben, die sich in die Haut gegraben hatten. Andrew schloss die Augen und wandte den Kopf ab.

Der Gedanke an die Schmerzen, die er erlitten haben musste, brachen ihr das Herz. Als sie ihm ins Gesicht blickte, schnürte es ihr die Kehle zu. Er war wundervoll.

Wieder schob sich eine düstere Erinnerung vor ihr inneres Auge, und alles in ihr zog sich zusammen. Die Demütigung und Übelkeit stiegen in ihr auf.

Eine Träne quoll ihr aus dem Augenwinkel und rann ungehindert über ihre Wange. Sie fühlte sich beschmutzt und erschauerte bei der Erinnerung, die sich immer stärker in ihr Bewusstsein, in diesen Augenblick drängte. Sie biss sich auf die Lippe und presste sich die Hand vor den Mund und wünschte nichts sehnlicher, als nicht mehr an das denken zu müssen, was sie getan hatte.

Andrew betrachtete sie und sah den Schmerz in ihrem tränenüberströmten Gesicht. Er blickte zu seiner Schulter und spürte, wie Scham in ihm aufschoss. Lily konnte seinen Anblick nicht ertragen.

Sie bemerkte, wie sein Blick härter wurde. Spürte er, was in ihr vorging? Konnte er sehen, was sie getan hatte, dass sie nicht gut genug war?

»Es tut mir leid«, schluchzte sie.

Er presste die Lippen zusammen. *Alles, nur kein Mitleid!* Er hatte gedacht, Lily hätte über seine Narben hinweggesehen. Aber sie würde nie in der Lage sein, ihn als vollwertigen Mann zu betrachten, nicht, nachdem sie seinen entstellten Körper gesehen hatte. Sie würde nie in der Lage sein, ihn ohne Mitleid, Abscheu und Entsetzen zu sehen.

Lily zog sich zurück und wandte sich von ihm ab. Er hatte genug gelitten. Sie würde ihm nur neue Schmerzen und Demütigungen bringen. Mit der Zeit würde er anfangen, Abneigung ihr gegenüber zu spüren: gegenüber dem, was sie war, und dem, was sie getan hatte. Sie musste ihn gehen lassen.

Andrew sah, wie sie sich von ihm abwandte. Er kam sich wie ein Narr vor, spürte Wut über ihre Ablehnung. Bitterkeit stieg in ihm auf. Er verdrängte jede Erinnerung an ihren Kuss und ihre Berührung. Grob streifte er sein Hemd wieder über, lief wortlos durch das wogende Maisfeld.

47. KAPITEL

*E*s verging ein Monat, bis Lily alle Vorbereitungen abgeschlossen hatte.

»Claire«, flüsterte sie und rüttelte ihre Schwester an der Schulter. »Wach auf.«

Lily kniete sich neben das Bett und warf einen Blick über Claire hinweg, um sich zu vergewissern, dass Frank noch schlief. Vom Veronal, das sie ihm in seinen Whisky gegeben hatte, würde er noch einige Stunden tief und fest schlafen, aber sie wollte kein Risiko eingehen. Ihr Plan musste beim ersten Versuch klappen.

»Claire, wach auf.« Wieder schüttelte sie ihre Schwester, bis die sich endlich rührte und sich aufstützte.

»Was ist denn los, Lily?«, fragte sie. In dem stillen Zimmer klang ihre Stimme unnatürlich laut.

»Schsch!« Lily klopfte das Herz so laut in der Brust, dass es fast Franks Schnarchen übertönte. Sie fasste die Hand ihrer Schwester. »Komm mit nach unten.«

»Wieso denn?« Claire gähnte und legte den Kopf wieder aufs Kissen. »Ich bin müde.«

»Nein, Claire«, drängte Lily und packte sie erneut an der Schulter. »Ich muss mit dir reden.«

Claire rieb sich die Augen. »Worüber denn?«

Lily presste ihren Handballen gegen die Stirn. »Hör zu. Wir müssen eine kleine Reise machen. Nur du und ich. In Ordnung?«

»Eine Reise?« Jetzt war Claire hellwach, aber immer noch orientierungslos.

»Ja.« Ihr Flüstern wurde schärfer, weil Panik in ihr aufstieg. »Es ist wichtig, Claire. Du musst das für mich tun.«

Ihre Schwester wandte den Kopf zu Frank und dann wieder zu Lily. »Aber er will nicht, dass ich weggehe. Du weißt, es gefällt ihm nicht, wenn ich das Haus verlasse.«

»Das ist schon in Ordnung.« Sie versuchte, zu lächeln, obwohl sie große Angst hatte. »Ich habe ihm eine Nachricht dagelassen«, log sie.

Claires Unschlüssigkeit machte ihr schmerzhaft bewusst, wie die Sekunden verstrichen. Frank bewegte sich und warf sich auf den Rücken. Lily erstarrte.

Claire folgte ihrem Blick und betrachtete ihren Mann. »Wir reden unten weiter«, sagte sie. »Ich zieh mich nur an.«

Claire streckte schon die Hand nach der quietschenden Schranktür aus, aber Lily hielt sie fest. »Ich habe all deine Kleider unten. Und der Kaffee ist schon fertig.« Ihre Stimme zitterte.

In der Küche ging Lily von Schrank zu Schrank, öffnete und schloss sie – *klick, klick, klick*. Mit zittrigen Fingern füllte sie einen Beutel mit Brot und Dosen, und die Lebensmittel bebten in ihren fahrigen Händen. An der Tür standen zwei Koffer mit ihren wenigen Habseligkeiten. Das Geld hatte sie verteilt und in den Taschen versteckt. Ihr war übel, sie hatte das Gefühl, sich übergeben zu müssen. Trotz der kühlen Luft wurde ihr heiß.

Claires blasse Hand umfasste ihren Oberarm und hielt sie in ihren hektischen Bewegungen auf. »Was ist los, Lily?«

Lily schlug die Hände vors Gesicht und senkte weinend den Kopf. »Wir müssen weg«, schluchzte sie. »Bitte, Claire. Frag mich bitte nicht, warum. Mach es einfach …«, flehte sie. »Komm bitte einfach mit.«

Ihre Angst übertrug sich auf Claire. »Nein.« Starr vor Angst wich sie zurück. »Ich kann nicht weg, das weißt du doch. Sonst verrät er, was ich getan habe.« Entsetzen erfasste sie, schnürte ihr die Kehle zu. Sie hockte sich gekrümmt in eine Ecke.

Das Ticken der Uhr wurde in Lilys Ohren immer lauter. Ihr Magen zog sich zusammen und verkrampfte sich schmerzhaft. Sie schlang die Arme um die Taille und senkte den Kopf, so dass ihre Tränen auf die Bodendielen fielen. Sie ging vor Claire in die Knie. *Bitte halt mich fest,* hätte sie am liebsten geschluchzt. *Hilf mir, dieses eine Mal.*

Sie umklammerte Claires eiskalte Hände. »Ich brauche deine Hilfe«, stieß sie mit einem leisen Keuchen hervor.

Claire blinzelte. Das Zittern schwand, und mit einem Mal wirkte sie ganz ruhig und klar. Ohne zu stottern fragte sie: »Hat Frank dir weh getan?«

Lily sackte in sich zusammen und schwieg. Sie konnte nur noch nicken und die Arme schützend vor der Brust verschränken. »Er hat zugelassen, dass ein Mann mir weh getan hat.« Ihre Kehle war wie zugeschnürt, doch sie zwang sich, diese Worte hervorzustoßen. »So wie Papa dir weh getan hat.« Das Licht in Claires Augen erlosch. Ihr Gesicht wurde totenbleich und starr.

»Bitte komm mit.« Lily blickte ihr eindringlich ins Gesicht. »Bitte hilf mir. Ich brauche dich.«

Jetzt strömten auch Claire die Tränen übers Gesicht. »Er wird es ihnen sagen, Lily.« Alle Panik wich von ihr und machte sie kraftlos. »Er wird verraten, dass ich Papa getötet habe.«

Da tauchte Lily erneut in den Alptraum jenes Tages, und die Bilder waren wieder da, als wäre seitdem keine Zeit vergangen. Er war auf sie losgegangen. Der Gürtel zog Striemen über ihre Schulter, die wie Feuer brannten. Sie rannte los, wollte fliehen, aber er war schneller und ließ das Leder gegen ihre Beine peitschen. Claire war ihm nachgelaufen und hatte ihn angefleht, aufzuhören, sie hatte versucht, den Gürtel festzuhalten, bis ihr die Hände bluteten. Da war Lily abrupt stehen geblieben. Gelähmt vor Angst. Zu schwach, um wegzurennen. Entsetzt über Claires Verletzungen. Sie hatte die Augen geschlossen und darauf gewartet, dass es endlich vorbei wäre. Plötzlich hörte sie einen Schuss, dann einen schrillen Schrei. Als sie die Augen aufriss, lag ihr Vater gurgelnd in einer roten Lache. Claire, am ganzen Körper zitternd, ließ das Gewehr fallen. Lily nahm sie völlig schockiert in die Arme.

Auch jetzt umarmte sie Claire wie an jenem Tag, doch sie zitterte nicht mehr.

»Nein«, sagte sie schließlich in einem Ton, der keine Widerrede zuließ. »Er wird es nicht verraten. Und selbst wenn, werden wir schon viel zu weit weg sein.« Sie legte sanft ihre Hand auf Claires Rock. »Wir können noch mal ganz von vorn anfangen, du und ich. An einem Ort, wo niemand uns weh tun kann. Nie wieder.«

48. KAPITEL

Das Hämmern an der Tür erschütterte das ganze Haus. Eveline wischte sich den Schweiß von der Stirn und drückte den Deckel wieder auf den Suppentopf, bevor sie zur Veranda eilte. Als sie sah, wer an der Tür war, hatte Frank sie schon geöffnet und stürmte herein.

»Wo sind sie?«, brüllte er.

Eveline wich vor seiner drohenden Gestalt zurück.

»Wo zum Teufel sind sie?« Er drängte an ihr vorbei zur Küche, dann ins Esszimmer und durchs Wohnzimmer wieder zurück. Eveline blieb reglos stehen, zu wütend über sein gewaltsames Eindringen.

Er stürzte zum Fuß der Treppe. »Claire!«, brüllte er. »Lily! Ich weiß, dass ihr da oben seid!« Zwei Stufen auf einmal nehmend, rannte er hinauf und stürmte in die leeren Zimmer.

Dann kam er die Treppe wieder herunter und packte Eveline am Arm. »Wo sind sie?«

Sie blickte auf seine große Hand. Es hatte eine Zeit gegeben, da wäre sie unter seiner Berührung rot geworden, doch jetzt erwiderte sie ungerührt seinen zornigen Blick. Sie riss sich aus seinem Griff los und stieß hervor: »Sie sind nicht hier.«

»Aber bei Andrew, oder?« Mit geballten Fäusten wollte er zur Tür eilen, doch diesmal packte sie ihn so heftig sie konnte hinten am Hemd. »Ich sagte, sie sind nicht hier.«

Er drückte die Hände vor sein wutrotes Gesicht, doch offenbar glaubte er ihr und öffnete die Fäuste. »Wo zum Teufel sind sie dann?« Mit einem Mal verstummte er und starrte ins Leere, als würde ihm etwas dämmern. »Sie hat mich betäubt.« Langsam wandte er sich zu Eveline. »Die kleine Nutte hat mich betäubt.«

Eveline zuckte vor seinen harten Worten zurück. »So sprichst du nicht in meinem Haus!«

Er lachte dreckig. »Aber das ist nun mal, was sie ist! Wusstest du das nicht? Deine süße Lily ist nur eine billige Nutte.«

Da schlug sie ihm hart ins Gesicht. Er reagierte blitzschnell und ging auf sie los. Sie duckte sich, um seinem Schlag auszuweichen, doch er riss sie in seine Arme und küsste sie schmerzhaft wild auf den Mund, griff hart nach ihrer Brust, bis sie es schaffte, ihn von sich zu stoßen. Er umklammerte mit der Faust ihre Bluse. Sie spuckte ihm ins Gesicht und atmete schwer.

»Tu doch nicht so, als würde dir das nicht gefallen, Eveline«, sagte er und wischte sich über das Gesicht. »Du wolltest mich schon bei unserer ersten Begegnung küssen.«

Ihr wurde übel von seinen Worten. Sie kam sich so dumm vor und so furchtbar schuldig wegen der Gefühle, die sie einst für ihn hatte. Aber dieser Mann war ein Ungeheuer, und sie vermisste Wilhelm so heftig, dass ihr Herz brannte.

»Du musst dich nicht schämen, Eve.« Er lächelte. »Ich wollte es auch. Ich will dich immer noch. Vor allem, weil ich jetzt deine wilde Seite gesehen habe. Ich habe das auch bei Claire versucht, aber dann jammerte sie nur rum. Aber du ...« Er näherte sich ihr, und sie wich zurück, bis sie die Wand im Rücken spürte. Er strich ihr eine Haarsträhne aus dem Gesicht über ihre Wange. »Du bist ein Hitzkopf, oder?« Als sie das Gesicht abwandte, presste er sich an sie. »Ich weiß, wie man mit Frauen wie dir umgehen muss. Anders als so ein Schwächling wie Wilhelm.«

Als sie das hörte, wollte sie ihn noch mal schlagen, aber er packte ihre Hände und hielt sie über ihrem Kopf fest. Doch dann ließ er sie plötzlich los und trat langsam zurück, die Hände in gespielter Kapitulation erhoben.

»Da ist ja immer noch euer Darlehen, Eve. Wird jeden Tag größer. Du weißt, du musst einen Weg finden, es zurückzuzahlen. Für diese Farm, für deine Jungs und den Krüppel. Nicht vergessen.«

Er knallte so laut die Tür hinter sich zu, dass Eveline zusammenzuckte. Sie sank auf die Knie und weinte, weil ihr der Verlust ihres Mannes in diesem Moment so weh tat, als hätte man ihr die Haut abgezogen.

49. KAPITEL

Andrew brachte die Jungen ins Bett und kam herunter in die Küche. Eveline hatte bereits eine Tasse Tee für ihn auf den Tisch gestellt und wärmte sich an ihrem eigenen Becher die Hände. Ohne sich vorher dazu verabredet zu haben, wussten beide, dass sie reden mussten.

Andrew nahm einen Schluck. Eveline ließ ihren Blick auf ihrem gutaussehenden Neffen mit der markanten Nase ruhen.

»Du hast gar nicht gesagt, dass Lily und Claire weg sind«, setzte sie schließlich an. In Plum und der näheren Umgebung waren Gerüchte über die beiden verschwundenen Frauen aufgekommen.

Andrew betrachtete die glatte Oberfläche des Tisches. »Da gibt es auch nichts zu sagen.«

»Tja.« Eveline tippte auf den Rand des Bechers. »Ich dachte, du würdest dir vielleicht Sorgen machen. Mrs. Sullivan hat fast einen Anfall bekommen.«

Er lachte freudlos auf. Er wusste genau, wieso Lily verschwunden war. Sie konnte ihm nicht unter die Augen treten, konnte ihn nicht mehr ansehen. Er dachte an ihre letzte Begegnung. »Vielleicht wollte sie ein besseres Leben.« Er trank mit großen Schlucken seinen viel zu heißen Tee.

»Vielleicht hat sie einen Mann gefunden, der sie glücklich macht.«

»Den hat sie hier gefunden.«

»Nein, hat sie nicht.« Er biss die Zähne zusammen. »Es ist besser so.«

Eveline starrte ihn an. »Das kann doch nicht dein Ernst sein, Andrew.«

Als er sie kommentarlos ansah, griff sie nach seiner Hand. »Ich weiß nicht, warum sie getan hat, was sie getan hat, aber ich habe mitbekommen, wie sie dich angesehen hat. So ein Blick hat etwas zu bedeuten.«

»Ach, hör doch auf«, entgegnete er scharf und entzog ihr seine Hand. »Es tut mir leid, Tante Eveline, aber ich will einfach nicht über sie reden und auch nie mehr ihren Namen hören.«

Eveline ging nicht darauf ein. »Bist du hungrig? Ich habe Maisbrot da.«

»Nein.« Jetzt wollte er über das reden, was ihm auf dem Herzen lag. Er verdrängte Lily aus seinem Kopf und schloss sie vollkommen aus seinen Gedanken aus. »Wir werden die Farm verlieren.«

»Ich weiß.« Eveline fiel Franks Kuss wieder ein, spürte noch seine salzigen Lippen. Sie wischte sich mit dem Handrücken über den Mund und spülte den Geschmack mit einem Schluck Tee herunter.

»Dank Mrs. Sullivans Beziehungen zum Westmoreland County können wir sie an jemanden von dort verkaufen. Vom Erlös könnten wir die Familie durchbringen und alles bezahlen, was notwendig ist. Nicht mehr, aber auch nicht weniger.« Seine Stimme war stark und fest wie die eines viel älteren Mannes.

»Aber es würde nicht reichen, um Franks Darlehen abzuzahlen.«

»Nein.«

»Ich wünschte nur, die Jungen wären älter, um uns helfen zu können. Wenn sie schon groß wären, hätten wir genug Arbeitskräfte.« Ängstlich biss Eveline sich auf die Unterlippe.

»Wenn sie groß wären, würde man sie in den Krieg schicken.«

Daran hatte Eveline noch gar nicht gedacht. Sie sah ihre kleinen Söhne vor sich, wie sie oben in ihren Betten schliefen, ihre unschuldigen Gesichter, ihre weichen Küsse und Umarmungen. Zwar waren sie arm, aber wenigstens würde sie ihre Söhne nicht im Krieg verlieren.

Stille breitete sich zwischen ihnen aus. Eveline hörte ihren eigenen Herzschlag, langsam und gleichmäßig.

Andrew räusperte sich. »Ich habe beschlossen, zurück ins Kohlerevier zu gehen.«

»Was?«

»Nach der Ernte gehe ich zurück ins Fayette County und schicke euch alles Geld, das ich dort verdiene. Jeden einzelnen Penny. Das sollte hoffentlich reichen, um jeden Monat das Darlehen abzubezahlen. Vielleicht auch noch für mehr.«

Er bemerkte, dass sie auf seinen fehlenden Arm starrte. »Ich weiß. Aber da Krieg ist, haben die Bergwerke nicht genügend Arbeiter. Also wird es ihnen egal sein, dass ich nur einen Arm habe. Die interessiert lediglich, ob ich Kohle abbauen kann.«

Ihr Schock schwand, und sie wurde wütend. »Das kommt nicht in Frage«, sagte sie scharf.

»Ich hab alles durchdacht, aber das ist die einzige Möglichkeit, Tante Eveline.«

Da sah sie ihn fest entschlossen an. »Die Antwort lautet Nein.«

Trotzig erwiderte er ihren Blick. »Das war gar keine Frage.«

»Ich sagte Nein!« Sie stand auf und schlug mit der flachen Hand auf den Tisch. »Mag sein, dass du nun das älteste männliche Mitglied der Familie bist, aber ich bin immer noch die Mutter! So lange du unter diesem Dach lebst, wirst du mir gehorchen, junger Mann!«

Es war, als würden die Wände um sie herum zusammenrücken und auf ihre Schultern drücken. Ihre Augen brannten, und am liebsten hätte sie vor Wut und Verzweiflung aufgeheult und geweint darüber, wozu sie ihn mit ihren Handlungen und ihrer Tatenlosigkeit gezwungen hatte: Er wollte sein Leben opfern, um *ihre* Familie zu retten. »So lange ich lebe, wirst du nie wieder einen Schritt in eine Kohlenmine setzen. Ist das klar?«

Als er den Mund öffnete, um zu widersprechen, unterbrach sie ihn. »Ich habe meine Babys verloren, Andrew, meinen Mann. Aber dich werde ich nicht auch noch verlieren.«

Andrew erhob sich und baute sich vor ihr auf. »Du wirst mich nicht verlieren.« Er straffte die Schultern. »Ich habe dich lieb, Tante Eveline, aber ich bin nicht dein Sohn, sondern ein erwachsener Mann. Mein Entschluss steht fest. Und du kannst mich nicht aufhalten.«

Sie schlug die Hand vor den Mund und fing an zu weinen. Andrew legte den Arm um sie. »Bitte, wein doch nicht. Es tut mir leid, dass ich dich so aufgeregt habe«, sagte er tröstend. »Aber es gibt keine andere Möglichkeit, siehst du das denn nicht? Nicht nur für dich, sondern auch für Will und Edgar ist das der einzige Weg.«

Sie blickte ihm in die Augen. »Gib mir eine Woche, Andrew.« Ihr wurde leichter ums Herz, nun, da sie eine Entscheidung getroffen hatte. »Ich bringe das in Ordnung.«

Er schüttelte den Kopf und wollte ihr widersprechen, aber sie kam ihm zuvor. »Ich bringe das in Ordnung, Andrew. Das schwöre ich.«

50. KAPITEL

Andrew und die Jungen zogen Karotten aus dem sandigen Boden. Die orangefarbenen Wurzeln hingen schlaff in der Luft, bevor sie in die Schubkarre geworfen wurden. Immer wieder schauten er und die Jungs auf die vielen der noch vor ihnen liegenden Reihen, und ihr Rücken schmerzte in der Aussicht auf einen ganzen Tag voller schwerer Arbeit nur noch mehr.

In den kindlichen Gesichtern von Will und Edgar zeigten sich immer noch der Schock und die Verzweiflung über den Verlust ihres Vaters. Sie sprachen kaum und aßen noch weniger, und alle Verspieltheit war von ihnen gewichen. Stattdessen arbeiteten sie hart und beschäftigten unentwegt ihre kleinen Hände. In Andrew sahen sie die einzige Hoffnung, die ihnen verblieben war.

Andrew wusste das, und es schmerzte ihn, denn er würde schon bald gehen, um im Bergwerk zu arbeiten. Es gab keinen anderen Ausweg. Zwar hatte er Eveline versprochen, ihr Zeit zu lassen, alles in Ordnung zu bringen, aber das war unmöglich. Trotzdem wartete er. Eine Woche oder vielleicht auch zwei, bevor er die nötigen Maßnahmen ergriff.

Bis dahin versuchte Andrew, möglichst viel Licht in das

Leben der Jungen zu bringen. Er erzählte den Jungen, während sie arbeiteten, alte Volkssagen, die auch sein Vater ihm weitergegeben hatte.

»Braucht ihr ein Paar zusätzlicher Hände?«, rief Peter. Er tauchte vom Hügel auf, und die Sonne schien direkt auf seinen Hinterkopf, so dass sein Gesicht nicht zu erkennen war.

»Ein zusätzlicher Rücken wäre nützlicher.« Andrew streckte sich und hörte, wie seine Wirbel knackten.

Peter ging in der Reihe voran, riss zwei Handvoll Karotten heraus und warf sie auf die Schubkarre. »Kommen raus wie aus Butter«, spöttelte er. »Ihr Holländer seid viel zu weich. Wir Deutschen sind aus härterem Holz.«

Will und Edgar mussten lachen, nur kurz, aber der Anflug von Leichtigkeit schien ihnen neue Kraft zu verleihen. Als die Jungen abgelenkt waren, wandte sich Peter zu Andrew. Seine Miene war ernst. »Ich muss mit dir reden.«

Nach einem Blick ins Gesicht seines Freundes verschlimmerten sich Andrews Befürchtungen.

»Peter und ich arbeiten uns vom Ende der Reihe heran. Wir treffen uns in der Mitte«, erklärte er Will und Edgar. »Wer zuerst da ist, hat gewonnen.«

Sie gingen an den grünen, fedrigen Büscheln vorbei, bis sie außer Hörweite waren. Dann blieb Peter stehen. »Ich habe Lily gesehen.«

Nie hätte Andrew damit gerechnet, dass Peter auf Lily zu sprechen kam. Es traf ihn unerwartet. *Lily*. Ihr Name löste Herzklopfen in ihm aus. Er biss die Zähne zusammen und verdrängte das Gefühl, das ihn überrollen wollte. »Geht mich nichts an.«

»Sie ist schwanger.«

Das war wie ein Schlag ins Gesicht. Sein ganzer Körper fühlte sich taub an. Peter kickte ein Steinchen weg und blickte an Andrew vorbei zu dem Wäldchen jenseits des Felds. »Ich dachte, das solltest du wissen. Schließlich könnte es ja deins sein.«

»Nein, ist es nicht«, sagte er mit harter Stimme. Seine Lily erwartete das Kind eines anderen Mannes. Er dachte an Dan Simpson, den Mann mit den brutalen Zügen – und an die beiden zusammen. Noch nie hatte Andrew sich so furchtbar gefühlt. »Ich dachte ...« Peter blinzelte nervös. »Ich dachte, ihr beiden hättet ...«

»Wir waren nie zusammen«, unterbrach er ihn. »Jedenfalls nicht so.«

Er dachte an jenen Tag im Maisfeld zurück, an ihre letzte Begegnung, bei der sie sich von ihm abgewandt hatte. Die Neuigkeit, die er gerade erfahren hatte, warf ihren Schatten über alle Erinnerungen. Und Lilys Unehrlichkeit verletzte ihn zutiefst.

»Tut mir leid«, sagte Peter, atmete geräuschvoll aus und senkte den Kopf. »Tja, jedenfalls weißt du es jetzt. Ich hab dir ja gesagt, dass denen nicht zu trauen ist.«

Andrew hob den Fuß und zerquetschte mit dem Stiefel ein paar Möhrenbüschel. Sein Magen verkrampfte sich. »Wo hast du sie gesehen?«

»In Pittsburgh.« Mit einem Mal änderte sich die Miene seines Freundes, und er wirkte fast, als hätte er Angst. »In Polish Hill. Sie arbeitet in einem Restaurant.«

»War Claire bei ihr?«

Peter schüttelte den Kopf und wandte das Gesicht ab. Offenbar dachte er an etwas ganz anderes. Andrew beschlichen düstere Vorahnungen.

»Wieso warst du in Pittsburgh?«, hakte er nach – dabei wusste er es längst. »Du hast dich verpflichtet.«

Peter nickte. »Nächste Woche fängt die Grundausbildung an.« Ein Luftzug fuhr durch seine blonden, struppigen Haare. »Pa redet nicht mehr mit mir.«

»Ich werde deiner Familie helfen, Peter.« Andrew dachte an die Kohleminen und die Last, für zwei Familien zu sorgen. Es schien, als hätte sich ein Fluch auf ihre Familien gelegt und alle in einen Abgrund katapultiert. Er würde Peter erst sagen, dass er gehen wollte, wenn es unbedingt nötig war. »Ich arbeite mit Fritz und besorge, wenn nötig, Zusatzkräfte.«

In einem Anfall von Wut und Verzweiflung warf Peter die Arme in die Luft. »Ach, komm schon, Andrew! Du kommst ja schon mit deiner eigenen Farm nicht zurecht. Wie willst du dich auch noch um unsere kümmern? Es ist einfach zu viel für uns alle. Wir gehen unter. Die ganze Welt geht unter!«, schrie er.

Andrew unterbrach ihn. »Der Krieg kann nicht ewig dauern.«

»Doch, kann er.« Peter sah ihm geradewegs in die Augen. »Er kann ewig dauern. So lange, bis wir einer nach dem anderen gefallen sind.« Seine Verbitterung war schwer auszuhalten. Nichts zeugte mehr von seinem einstigen Optimismus, es war, als hätte es ihn nie gegeben.

Als Eveline von der Hauptstraße in den Weg zu den Mortons einbog, klopfte ihr Herz so heftig, dass es schmerzte. Aber als sie schon kehrtmachen wollte, dachte sie an Will und Edgar und daran, was sie erwartete, wenn sie die Farm verlören. Dann bestand keinerlei Hoffnung mehr. Sie wären obdachlos. Also hatte sie keine Wahl. *Ich schaffe das.* Sie drückte die Hand gegen den Brustkorb, um ihr Herzklopfen zu beruhigen. Sie lehnte sich mit dem Kopf gegen den morschen Türrahmen am Eingang der Mortons und biss die Zähne zusammen. Sie musste an Wilhelm denken. Er fehlte ihr so, dass ihr immer wieder die Luft wegblieb, und doch war sie wütend, dass er sie verlassen hatte. So wütend, dass sie am liebsten um sich geschlagen hätte. Sie verdrängte ihre Sehnsucht nach Wilhelm und drückte ihre Hand gegen den Holzrahmen, bis sich Holzsplitter schmerzhaft in ihre Haut bohrten.

Dann betrat sie ohne anzuklopfen das Haus. Sie schlich über die breiten Bodendielen, hielt kurz inne, und als sie im oberen Stockwerk Schritte hörte, ging sie die Treppe mit dem fadenscheinigen Teppich hinauf. Am Ende des Flurs sah sie Licht. Im Türrahmen des kleinen Zimmers blieb sie stehen. Es wurde von einem großen Schreibtisch dominiert, auf dem eine grüne Bankerleuchte stand. Frank saß vor einem Geschäftsbuch und rieb sich abwesend die Stirn, auf der noch deutlich der Abdruck seines Stetsons zu sehen war, der jetzt am Stuhl hing.

Eveline wartete, bis er sie bemerkte. Frank blickte erschrocken auf, fing dann aber an zu grinsen. »Na, das ist ja mal eine Überraschung«, sagte er gedehnt.

Sie betrat das Zimmer. Jetzt fühlte sich alles in Eveline taub an, ihren Herzschlag nahm sie gar nicht mehr wahr. Sie schloss die Tür und legte den Darlehensvertrag auf den Tisch. »Ich bin bereit, es vollständig abzubezahlen.«

Er lehnte sich zurück und verschränkte die Arme. »Ach, wirklich?« Langsam wanderte sein Blick über ihren Körper. Sie konnte ihn geradezu auf ihrer Haut spüren. Aber sie ließ es zu, stand in Habachtstellung wie ein Soldat, der gemustert wurde. »Woher weißt du denn, dass mein Angebot noch gilt?«, fragte er und sah sie kalt an. »Vielleicht bin ich nicht mehr interessiert.«

»Dann gehe ich wieder.«

Er nickte. Neigte den Kopf zur Seite, um sie aus einem anderen Blickwinkel zu betrachten. Dann stand er auf, kam um den Schreibtisch herum und setzte sich auf die Kante. Sie waren nur noch Zentimeter voneinander entfernt und befanden sich auf gleicher Augenhöhe. »Meine Bedingungen haben sich geändert.«

»Inwiefern?«

»Ich kriege alles von dir, was ich will.«

Sie dachte an Andrew und die Kohleminen, schluckte und hielt den Kopf starr erhoben. »Ist gut.«

Er lehnte sich noch schwerer gegen den Schreibtisch und spreizte leicht die Beine. »Und du tust, was immer ich dir befehle.«

In seiner Hand blitzte der Brieföffner. Am liebsten hätte sie ihn Frank mitten ins Herz gestoßen. »Ist gut.«

»Und ...«, er hob die Hand und umfasste grob ihre Hüfte, »es muss dir gefallen. Du musst mir zeigen, wie sehr es dir gefällt.«

Sie spürte einen bitteren Geschmack im Mund und zwang sich zu einem knappen Nicken.

Da packte er sie an der Taille, presste seinen Mund hart auf ihren und schob ihr seine Zunge tief in den Mund. Eveline entzog sich. »Nicht, bis du mich aus dem Darlehensvertrag entlassen hast.«

Er lachte und atmete schwer. An seiner Hose sah sie, dass er erregt war. Schnell drehte er sich um, schnappte sich einen Stift und kritzelte etwas unter das Dokument. Sie wischte sich den Mund ab und wollte ihm am liebsten vor die Füße spucken.

Mit einem letzten ungeduldigen Schnörkel setzte er seine Unterschrift unter das Schriftstück, drehte sich um und sagte, bevor er sie wieder küsste: »Nicht vergessen, du musst mir zeigen, wie sehr es dir gefällt.«

Eveline ließ ihn ihre starren Lippen küssen. Sie kniff die Augen zu, gab sich seinen keuchenden Küssen hin, achtete auf seinen Rhythmus und konzentrierte sich so darauf, sich ihm anzupassen, dass das Ganze kein Kuss mehr war, sondern nur noch ein mechanischer Akt, zu dem keinerlei Gefühl nötig war.

Sie hasste ihn, und doch schenkte sie ihm ihren Körper. Sie nutzte ihren Hass, um ihm Leidenschaft vorzuspielen und das Hemd so heftig aufzureißen, dass die Knöpfe aus ihren Löchern sprangen. Sie erwiderte seinen Kuss und biss ihm hart auf die Lippe. Ganz kurz entzog er sich ihr, dann machte er sich ungeduldig an ihrer Knopfleiste zu schaffen, die ihr vom Schlüsselbein bis unter die Taille reichte. Sie zerrte ihm das Unterhemd über den Kopf, warf es zu Boden, küsste seinen Brustkorb und biss ihm grob in die Haut. Sie krallte sich an seinen Rücken, wusste, dass er blutige Striemen bekam, und biss ihn noch fester in die Brust.

Er wand sich, hin und her gerissen zwischen Schmerz und Lust, und knurrte, an ihren Hals geschmiegt: »Ich wusste doch, dass du eine Wildkatze bist.«

Dann richtete er sich auf, hob sie hoch und setzte sie auf den Schreibtisch. Er schob ihr Kleid und das Hemdchen beiseite, bis ihre Brüste unter dem Stoff hervorquollen, riss das Kleid an ihren Schultern auseinander und entblößte sie.

An seiner Ungeduld merkte sie, dass es schnell gehen würde, daher beeilte sie sich. Sie packte seine perlenbesetzte Gürtelschnalle, die sie in einem anderen Leben so fasziniert hatte, und zerrte daran, bis der Gürtel sich löste und schlaff an seiner Taille herunterbaumelte. Sie knöpfte den Hosenschlitz auf, schob ihre Hand hinein und griff hart zu.

Er stöhnte ihr laut ins Ohr und streifte ihre Kleider ab, so dass sie zu Boden glitten. Mit den Knien zwängte er ihre Beine auseinander. Sie streichelte ihn, strich mit den Nägeln über seine empfindsame Spitze und sah, wie sich sein Gesicht vor Druck und lustvollem Schmerz verzerrte. Sie schob ihm die Hose von den Hüften, lehnte sich auf dem Schreibtisch zurück, spreizte die Beine und zog ihn zu sich. Sofort drang er in sie ein und stieß heftig gegen ihre Leisten. In nicht mal einer Minute war er fertig, stieß tief in sie hinein und knurrte an ihrem Hals, als er sich in ihr ergoss. *Nein,* mahnte sich Eveline, *ich bin kein Opfer.* Das Opfer war er. Sie nahm ihn in sich auf und sah mit kalten Augen zu, wie dieser schwache Mann seinen dürftigen Spaß hatte.

Sie lag auf dem Schreibtisch, während Frank, immer noch zwischen ihren Schenkeln, sich langsam beruhigte. Der Brieföffner lag dicht bei ihrer Hand, sie sah ihn aus dem Augenwinkel und dachte, wie leicht es doch wäre, ihn zu ergreifen und Frank tief in den Hals zu stoßen.

Sie wandte den Kopf von dem keuchenden Mann ab. »Ich ziehe mich wieder an«, sagte sie, aber er schüttelte den Kopf und hielt sie auf.

»Wir sind noch nicht fertig.«

Sie sah ihn hasserfüllt an, doch als Reaktion darauf lachte er nur genüsslich. Ihr sank das Herz. Sie schloss die Augen, weil sie begriff, dass es dumm gewesen war zu glauben, er würde sie so leicht vom Haken lassen.

»Bist du religiös, Eveline?«

Sie antwortete nicht. Er bedachte sie mit einem eindringlichen Blick. »Es gibt eine Geschichte über Adam und Eva, die du nicht in der Bibel findest. Eine ganz alte Geschichte.« Er streckte die Hand aus und strich ihr über die Brust, kniff in ihre Spitze. »In der Geschichte heißt es, dass Adam erst eine andere Frau hatte, Lilith. Aber Lilith war böse, verstehst du? Unrein. Sie war Adam keine gute Ehefrau und wollte ihm nicht gehorchen. Sie verließ ihn und den Garten Eden und versteckte sich in einer Höhle, um von da aus Böses zu wirken.«

Frank fuhr mit dem Finger zwischen Evelines Brüsten hinab und fuhr fort: »Wie du dir denken kannst, war Adam sehr wütend und verzweifelt über seine erste Frau. Aber Gott hatte Mitleid mit ihm und erschuf Eva.«

»Ich brauche keine Lektion, Mr. Morton«, zischte Eveline.

Darauf lachte er nur. »Findest du das nicht wenigstens interessant? Schließlich haben wir hier meine Schwägerin namens Lilith, Lily, die sich weigert, mir zu gehorchen, und mit meiner Frau wegrennt. Und dann kommst du, liebe Eva, zu mir und bietest mir deinen Körper an. Kommt dir das nicht vor wie Schicksal?«

»Mein Name ist nicht Eva, sondern Eveline Kiser.«

Das überging er. »Und du bist von Anfang an meinem Charme erlegen«, fuhr er fort. »Eva konnte es einfach nicht abwarten, vom Apfel zu kosten.« Er berührte die roten Bissspuren an seiner Brust. »Eva wollte unbedingt vom Apfel abbeißen, oder?«

»Die Geschichte habe ich sowieso nie geglaubt«, antwortete sie tonlos. Sie wollte nach dem Darlehensvertrag greifen, aber Frank war schneller und schob ihn aus ihrer Reichweite. »Ich hab doch gesagt, dass wir noch nicht fertig sind.«

Fast liebevoll berührte er ihr Gesicht, strich ihr über Kinn und Wangen und fuhr ihr durch das Haar. Dann drückte er seine Hand auf ihren Kopf und schob sie nach unten, immer tiefer. Sie wusste, was er wollte, und ihr drehte sich der Magen um.

»Auf die Knie, Eva.«

Als Eveline Kiser das winzige Arbeitszimmer verließ, war es draußen schon finster. Sie fühlte sich betäubt. Wärme oder Kälte spürte sie nicht mehr. Nie hätte sie sich vorstellen können, dass Menschen solche Dinge miteinander tun konnten wie sie in diesem Zimmer. Jetzt war sie körperlich und seelisch wund, aller menschlichen Würde beraubt und fühlte sich kaum noch wie eine Frau, sondern eher wie Nutzvieh.

Durch die Küche der Mortons taumelte sie hinaus ins Freie, den Weg zur Straße hinauf. Die Luft brannte in ihren Lungen, als sie losrannte, sie merkte jedoch erst, dass sie rannte, als die Sterne und der Mond vor ihren Augen verschwammen, als sie den Blick hob. Sie blieb stehen und schrie, heulte den Mond an wie ein verwundeter Wolf, bis sie mitten auf der Straße auf die Knie sank und die winzigen Schottersteinchen sich in ihre Haut bohrten. Aber auch das fühlte sie nicht. Dann mühte sie sich hoch. Ihre Schenkel zitterten und fühlten sich wund an. Aber sie war kein Opfer, im tiefsten Innern wusste sie das. Was sie getan hatte, war kein Geschlechtsakt gewesen, sondern ein Kampf gegen den Mann, der versucht hatte, ihre Familie zu zerstören. Und sie hatte gewonnen. Sie hatte ihn mit ihrem Körper manipuliert, hatte seine Schwäche ausgenutzt.

Doch sie fühlte sich, als wäre dabei nichts von ihr übrig geblieben. Sie hatte alles eingesetzt, und jetzt lag sie verwundet und halb tot am Boden.

Ihr Körper fühlte sich an wie eine einzige Wunde, als sie aufstand und langsam, Schritt für Schritt, über die Straße taumelte. Vorwärts. Als sie ihre Farm vor sich sah, rannte sie wieder los, stürzte auf die Lichter zu, auf ihre Sicherheit und Wärme. Dort, in ihrem Haus, würde sie sich kochend heiß waschen und damit die letzten Spuren dieses Mannes, die Erinnerungen in ihrem Kopf zerstören. Sie würde ihre Kinder in den Arm nehmen und ihnen sagen, dass alles wieder gut würde. Sie würde ihrem Neffen mitteilen, dass er nicht mehr zu einem Leben unter der Erde verurteilt war. Aber ein Teil in ihr befürchtete, sie wäre nicht in der Lage, auch nur ein Wort herauszubringen, weil sie unter der Last ihrer Tat zusammenbrechen würde.

Eveline bog in die Zufahrt ein und betrat ihr Zuhause. Andrew und die Jungen waren mit einer Laterne im Garten, um zu sehen, ob sie es war, die auf sie zukam. Sie versuchte, ihre Haare zu richten und zu verbergen, was sie gerade gemacht hatte.

Ihr kleiner Edgar rannte ihr entgegen. Mit Tränen in den Augen lächelte sie ihrem unschuldigen Kind zu. Sie breitete die Arme aus, um ihn aufzufangen.

Doch er hämmerte stattdessen mit Fäusten auf sie ein. »Wo warst du?«, brüllte er. Tränen strömten ihm übers Gesicht. »Wir hatten kein Abendessen. Du hast nicht gesagt, wo du bist!«

Sie erstarrte, sosehr überraschte sie die Wut des Jungen. Er schrie: »Du denkst nur an dich! Seit Papa tot ist, siehst du uns gar nicht mehr!« Er zitterte vor Zorn. »Wir sind dir egal!«

Sie blinzelte gegen ihre eigenen Tränen an, und ohne nachzudenken, schlug sie ihrem Sohn hart ins Gesicht.

»Wie kannst du es wagen?«, schrie sie ihn an.

»Das reicht!« Andrew packte sie am Arm und starrte ihr so fest in die Augen, dass sie allmählich wieder klar denken konnte.

Sie entzog ihm ihren Arm, und als sie ihr Kind weinend vor sich stehen sah, verschwamm alles vor ihren Augen. Sie stürzte, über Steine und Wurzeln stolpernd, zum Haus. Sie griff nach der Axt hinter dem Holzstapel, lief damit zum Apfelbaum, holte weit aus und schlug wie eine Wahnsinnige auf den Stamm ein.

»Wie konntest du!«, heulte sie und schwang die Axt immer wieder gegen den Stamm, von dem nur ein winziges Stück Rinde abplatzte. »Wie konntest du mich im Stich lassen!«

Weinend schlug sie auf den Baum ein, bis ihr Körper zu erschöpft war und sie nicht mehr die Arme heben konnte. Sie ließ kraftlos die Arme sinken und stand einfach nur weinend neben dem Baum, bis Andrew leise zu ihr trat und sie fest in den Arm nahm. Er hielt sie wortlos fest, und sie schluchzte verzweifelt an seiner Schulter.

Andrew brachte sie ins Bett und bemerkte die Risse und Flecken auf ihrem Kleid. Plötzlich roch er Franks Duftwasser auf ihrer Haut. Da fiel der zerknüllte, annullierte Darlehensvertrag aus ihrer Tasche. Und während sie heftig schluchzte, dämmerte ihm, was sie getan hatte. *Ich bringe das in Ordnung*, hatte sie gesagt. Er breitete eine Decke über sie und verließ das Zimmer.

Andrew brachte die Jungen zu Bett und umarmte sie, ließ sie in Ruhe um ihren Vater und ihre abwesende Mutter weinen. Er hielt sie fest, bis sie sich in den Schlaf geweint hatten.

Endlich war es still im alten Farmhaus. Andrew setzte sich auf die Kante von Wilhelms Bettseite und starrte auf seine Hand, die auf seinem Knie lag. Er beugte die Finger und streckte sie wieder. Dann stand er auf, ging zielstrebig die Treppe hinunter und verließ das Haus.

Er holte die Axt, die noch dort lag, wo seine Tante sie fallen gelassen hatte, und starrte auf den riesigen alten Apfelbaum. Andrew berührte die Stelle an der Rinde, in die Lily ihren Namen geritzt hatte. Der junge Mann strich über die dicke, raue Rinde und lehnte einen Augenblick lang die Stirn dagegen. Dann holte er aus und schwang die Axt heftig gegen den Baum, so gut es mit nur einem Arm ging. Er zerrte die Axt aus der Kerbe und schlug erneut so heftig zu, dass ihm ein scharfer Schmerz durch die Schulter fuhr. Er hieb die Axt wieder auf die Kerbe, immer wieder und wieder. Sein Arm schmerzte, und seine Finger bekamen nach einer Weile Blasen, aber er hörte nicht auf. Wieder und wieder und wieder schlug er zu.

Irgendwann fing seine Hand zu bluten an, aber er hielt nur kurz inne, um sie an der Hose abzuwischen. Die Kraft ging ihm aus, doch dann dachte er an alles, was seiner Familie in den letzten Jahren widerfahren war, und Zorn strömte heiß durch ihn. Er nahm die Axt und schlug zu, immer wieder.

Lily. Andrew dachte an die Frau, die er geliebt hatte.

Doch sie hatte ihn verlassen, ihn offenbar nie richtig geliebt. Er hatte sich gedemütigt gefühlt, wertlos. Aber damit war jetzt Schluss.

Immer tiefer wurde die Kerbe im Baumstamm. Ein Riss tat sich auf, und aus dem Stamm drang ein Ächzen, und Andrew schlug weiter. Er würde sich nie mehr verstecken, sich nie mehr minderwertig fühlen. Er konnte einen ganzen Baum mit einer Hand fällen. Er würde es schaffen. Schließlich neigte sich der Baum kurz vor Morgengrauen langsam zur Seite, knackte tief in seinem Innern und ging krachend zu Boden.

Als die Jungen vom Rauchgeruch aufwachten und aus dem Haus liefen, sahen sie, dass der Baum brannte. Andrew lief um die Krone herum und schob immer wieder brennende Äste ins Feuer, um es zu begrenzen. Die Jungen brachen Zweige ab und warfen sie in die Flammen. Eveline trat zu ihnen in den Rauch und schlang eine graue Wolljacke eng um ihre Schultern. Sie beobachtete, wie die alten Äste sich krümmten und verbrannten, und schien daraus Kraft zu ziehen. Als nur noch das kohlschwarze Gerippe vor sich hin rauchte, ging Andrew zu Eveline. »Ich muss nach Pittsburgh.«

Sie nickte. Ihre Augen wirkten ruhig, fast zufrieden. Andrew ignorierte seine blutende Hand, seinen schmerzenden Arm, seinen Hunger und seine Erschöpfung von der schlaflosen Nacht und ging zu den Muellers, um sich ihren Wagen zu leihen. Er musste es sofort tun, solange er noch die Kraft hatte.

51. KAPITEL

Polish Hill lag auf einem Hügel über der Stadt, mit Blick auf die rauchenden Hüttenwerke. Die Häuser und Hütten aus Stein und Holz befanden sich in verschiedenen Stadien des Verfalls und unterschieden sich darin in nichts von den Behausungen der Immigranten im ganzen Land, die in Raffinerien und Fabriken arbeiteten. Die rußgeschwärzten Bauten hatten eingesunkene Dächer und gesprungene Fenster, die nur notdürftig mit vergilbten Zeitungen geflickt waren.

Das Speiselokal befand sich an einer Straßenecke. Das Gebäude selbst war ein quadratischer Kasten mit einem Flachdach und einer vollkommen schwarzen Brandwand mit Schornstein. Der Geruch nach Zwiebeln, Kartoffeln und Fett drang aus allen Häusern und am stärksten aus dem kleinen Lokal.

Nun, da Andrew hier war, wollte er nicht hineingehen und wusste nicht mehr, was er hatte sagen wollen. Durchs Fenster konnte er Lily zwischen den Gästen nicht entdecken. Er schob seine notdürftig verbundene Hand in die Hosentasche, ging um das Gebäude herum und lehnte sich gegen die rückwärtige Wand. Als seine Finger den Ring in der Tasche ertasteten, freute er sich schon darauf, ihn in den Fluss zu schmeißen, wenn das alles vorbei war, zu all dem anderen nutzlosen Abfall, der Pittsburghs Gewässer verstopfte.

Ganz kurz überlegte er, ob er wieder nach Hause fahren sollte, entschied sich aber dagegen. Ohne eine Erklärung würde er nicht gehen. Er würde erst verschwinden, wenn er Lily ein für alle Male hinter sich gelassen hatte.

Unter der stählernen Hintertür drangen Essensgerüche hervor. Küchengeräusche hallten zwischen den Mauern wider: das Klappern großer Töpfe, undeutlich polnisch und englisch sprechende Stimmen, laute Befehle.

Die Stahltür ging auf, und heraus drang ein Schwall warmer Luft, bevor die Tür sich wieder schloss. Lily zog mit beiden Händen einen Müllsack hinter sich her. Andrew stieß sich von der Wand ab und spürte, wie sich Unruhe in ihm ausbreitete.

Sie hatte die Haare zu einem Zopf geflochten, aber wirre Strähnen umgaben ihr Gesicht. Ihr Kleid war fleckig und fettbespritzt. Sie trug eine blaue Jacke, die ihr bis über die Hüften ging und viel zu lange Ärmel hatte, so als gehörte sie eigentlich einer viel größeren Frau. Lily sah darin winzig und zerbrechlich aus.

Als sie den Metalldeckel des großen Müllbehälters anhob, stieg eine Wolke aus Fliegen auf, aber das schien sie gar nicht zu bemerken. Sie hob nur den Abfallsack und ließ ihn mit einem dumpfen Schlag hineinfallen. Dann wischte sie sich mit dem Ärmel über die Stirn und schloss die Augen.

Sie wirkte so müde. Ein Teil von ihm wäre am liebsten zu ihr gestürzt, hätte sie in den Arm genommen und ihren Kopf an seine Schulter gedrückt. Er wollte ihr durchs Haar streichen, sie sanft küssen und ihr befehlen, sich auszuruhen, sich an ihn zu lehnen und von ihm stützen zu lassen. Doch als Lily ihre Hände gegen den Rücken drückte und sich streckte, wurde die leichte Wölbung ihres Bauchs unter der Jacke sichtbar.

Dieser Anblick schmerzte ihn mehr, als er angenommen hatte. Peter hatte recht gehabt. Ihm wurde flau im Magen. Erst jetzt wurde ihm klar, dass er in der Hoffnung hergekommen war, sein Freund hätte sich geirrt, dass es sich um ein schreckliches Missverständnis handelte, und Lily immer noch die seine wäre. Doch diese Hoffnung war zerstört. Jetzt blieb ihm nichts mehr, als sie endgültig gehen zu lassen.

»Lily.«

Die junge Frau schrak zusammen und wirbelte herum. Andrew löste sich aus dem Schatten. Ihre Miene wurde ausdruckslos, und unwillkürlich zog sie die Jacke um ihre Mitte zusammen, umklammerte sie fest und starrte ihn unsicher an.

»Was machst du hier?«, fragte sie kaum hörbar.

»Ich musste es mit eigenen Augen sehen. Um ganz sicher zu sein.«

Heftig schüttelte sie den Kopf. »Aber wie? Woher wusstest du …?«

»Von Peter.« Reglos stand er vor ihr. »Er hat dich hier arbeiten sehen.«

Lily umklammerte noch fester ihre Jacke und senkte den Blick zu Boden. »Tut mir leid.« Eine Träne quoll ihr aus dem Augenwinkel und rann über ihre Wange.

Andrew nickte. Sein Magen hatte sich zu einem Knoten verkrampft. »Du hättest es mir sagen können, Lily.«

Sie drückte den überlangen Ärmel an ihren Mund, krümmte sich zusammen und erstickte ihr Schluchzen. Er sah, wie ihre Schultern bebten, betrachtete die Frau, die er liebte, und prägte sich ihren Anblick ein, bevor er sich für immer von ihr verabschieden würde. Es gab nichts mehr zu sagen. Er spürte weder Wut noch Bedauern, sondern nur noch die Betäubung und die Bereitschaft, zu gehen und alles hinter sich zu lassen.

Er wandte sich ab. »Ich hätte alles für dich getan, Lily. Es tut mir leid, dass du dachtest, ich wäre nicht gut genug für dich.«

»Gut genug?«, stieß sie hervor.

Er blickte ihr kurz in die verweinten Augen. »Ich hoffe, der andere, wer auch immer er sein mag, behandelt dich gut. Ich hoffe, er liebt dich nur halb so sehr, wie ich dich geliebt habe.«

Sie riss den Mund auf und verzerrte angewidert das Gesicht. »Du glaubst, der Mann, der hierfür verantwortlich ist, liebt mich?«

Doch Andrew hörte ihr gar nicht mehr zu, so sehr schmerzte ihn die Enttäuschung. »Leb wohl, Lily.«

Da lief sie ihm nach, packte ihn am Arm und riss an seinem Ärmel. »Glaubst du etwa, das hätte ich gewollt? Glaubst du, ich habe dich verlassen, weil du nicht gut genug für mich bist?« Ihr Schluchzen wurde zu einem Schrei. Sie hatte die Augen aufgerissen und starrte ihn mit wildem Blick an.

Er war müde. »Ach, lass doch«, sagte er matt.

»Wie kannst du das nur glauben?« Sie schlug ihm schwach gegen den Arm. »Wie kannst du nur glauben, ich würde dich nicht lieben? Ich bin diejenige, die nicht gut genug ist. Verstehst du das denn nicht?«

Er kniff die Augen zusammen und wollte nur noch gehen. Lilys ganzer Körper zitterte. »Weißt du nicht, was ich bin?« Sie schlug sich gegen die Brust. »Siehst du das nicht? Sieh mich doch an!«

Als er sah, wie sie vor Zorn und Schmerz am ganzen Körper zitterte, spürte er die alten Gefühle wieder in sich aufkeimen. Mit einem Mal verpuffte ihre Wut und ihre Kraft, und sie sank zu Boden. Sie barg das Gesicht in ihren Händen und schluchzte so heftig, dass ihr schmaler Körper durchgerüttelt wurde. Dann hob sie das Gesicht und schaute ihn offen an. »Siehst du das denn nicht? Ich bin diejenige, die nicht gut genug für dich ist. Das war ich nie.«

Andrew kniete sich vor sie. »Warum sagst du das?«

Ihr Kinn zitterte, und er sah ihr an, dass sie zutiefst erschöpft war. »Glaub mir, du willst nichts mit mir zu tun haben, Andrew.« Sie hob die Hand und berührte seine Wange. »Aber jetzt weißt du, was ich bin.«

Er nahm ihre kalte Hand in seine, und sie lag schlaff in seiner warmen Handfläche. »Du redest wirres Zeug.«

Ihre Tränen waren versiegt, und ihre Augen starrten ihn trüb und schläfrig an, als nähme sie ihn gar nicht mehr richtig wahr. »Ich wollte nicht mit diesem Mann zusammen sein. Das schwöre ich bei Gott. Ich wollte das nicht.«

Andrew dachte an Dan Simpsons selbstgefälliges Gesicht. »Hat Dan dich dazu gezwungen?«

»Dan?« Lily wirkte verwirrt. »Den hab ich nicht mehr gesehen, seit ich ihm eins mit dem Stein übergezogen habe.«

Eine ganze Weile starrten sie sich nur wortlos an, bis Lily resigniert den Kopf schüttelte. »Verstehst du denn nicht?«

»Nein.«

Da fing sie an zu weinen, als würden seine Worte ihr weh tun. »Ich habe meinem Körper einem Mann überlassen, Andrew.« Sie verzog gequält den Mund. »Wie eine Hure. Es ist ganz gleich, dass ich es nicht wollte, dass ich geweint und mich gewehrt habe.« Ihre Stimme klang dumpf und leblos. »Frank hat mich gezwungen. Er befand sich in einer schlimmen Lage, hatte einen Haufen Spielschulden. Sonst würde er Claire dazu zwingen, wenn ich mich weigerte. Er drohte, er würde ihr die Seele aus dem Leib prügeln.«

Ihre Stimme wurde immer leiser. »Ich konnte nicht zulassen, dass Claire weh getan wird. Das konnte ich einfach nicht. Sie hat mich ihr ganzes Leben lang beschützt.«

Sie wandte ihm ihre Augen zu. Sanft legte sie ihre Hand auf ihren Bauch. »Und jetzt bekomme ich ein Kind.« Sie verzog das Gesicht. »Um das ich mich kümmern muss. Es ist schließlich nicht ihre Schuld, wie sie entstanden ist.«

Jetzt lächelte sie. »Ich bin kein guter Mensch, Andrew. Das war ich nie. Es tut mir leid, dass ich dir weh getan habe. Du bist ein Engel, und ich hatte kein Recht, dich und deine Familie zu beschmutzen.«

Als sie ihn ansah, war ihr Gesichtsausdruck trotz ihrer Verzweiflung zärtlich. »Jetzt weißt du es. An jenem Tag, an dem wir zusammenkamen, wollte ich nichts mehr in der Welt, aber ich hatte ständig vor Augen, was ich getan hatte. Ich hatte kein Recht, mit dir zusammen zu sein, nachdem ich doch schon mit diesem anderen Mann zusammen war. Du verdienst ein besseres Mädchen. Aber jetzt kannst du dein Leben leben und unsere Geschichte hinter dir lassen. Ich hoffe, dass du glücklich wirst«, fügte sie mit leiser Stimme hinzu. Sie richtete sich auf, legte die Hände auf ihren

Bauch und blickte zur Stahltür des Lokals. »Ich muss wieder an die Arbeit.«

Sie wandte sich um und ging niedergeschlagen auf das lärmende, schmutzige Gebäude zu. Sie streckte den Arm aus, um die Hintertür zu öffnen.

»Lily.«

Sie kniff die Augen zu und drückte den Griff herunter.

Mit einem Mal stand Andrew dicht neben ihr. Sein Entschluss stand fest. Er fasste Lily am Arm und umschloss mit der Hand ihre kalten Finger. »Heirate mich.«

Sie senkte den Kopf. »Bitte lass das«, flehte sie ihn an.

»Heirate mich, Lily.« Er zog sie an seine Brust, lächelte in ihre Haare und drückte ihre schmalen Schultern fest an sich. »Mein Gott, Lily, siehst du nicht, dass ich dich liebe? Nichts von all dem war dein Fehler. Du trägst keinerlei Schuld. Du hattest genauso wenig eine Wahl wie dein Baby.«

»Nein.« Lily wollte ihn wegschieben. »Du irrst dich …« Aber er unterbrach sie mit einem Kuss. Er küsste sie mit lächelnden Lippen, und dann küsste er sanft ihre Nase und ihre Stirn, um ihr allen Kummer zu nehmen, den sie hatte erleiden müssen. Er umfasste ihre Wange und legte seine Stirn an ihre. Dann zog er den Ring aus seiner Tasche und steckte ihn ihr an den Finger. »Heirate mich, Lily. Komm mit mir zur Farm zurück, wir ziehen das Baby gemeinsam auf. Claire kann auch mitkommen. Dort werdet ihr in Sicherheit sein. Ich schwöre, ich lasse nicht zu, dass euch noch mal etwas passiert; ich werde euch alle beschützen. Das schwöre ich.«

»Wir können nicht zurück. Wenn Frank das rausfindet, weiß ich nicht, was er tut. Er lässt dich ins Gefängnis werfen oder noch Schlimmeres.«

»Wir überlegen uns was. Ihr werdet in Sicherheit sein. Darauf hast du mein Wort.« Wieder küsste er sie. »Ich liebe dich, Lily. Sag, dass du mich heiratest.«

Sie drückte die Hand auf ihren Mund, weinte und lachte zugleich und rang um Worte. »Ich – ich weiß nicht, was ich sagen soll.«

»Sag Ja.«

Sie schloss die Augen und klammerte sich an ihn, als würde sie ertrinken. »Ja.«

52. KAPITEL

*E*s war schon spät, Will und Edgar hätten längst im Bett sein müssen, aber keiner konnte schlafen. Anspannung hatte sich über das ganze Haus gelegt.

Andrew saß am Kopfende des alten Holztischs, wo Wilhelm früher gesessen hatte. Dies war nun seine Familie, und er würde sie beschützen, so gut er konnte. *Sorge für deine Familie. Immer.*

Alle Augenpaare waren erwartungsvoll auf ihn gerichtet. Lily saß rechts von ihm und Claire neben ihr. Als er Lilys Hand umfasste, spürte er sie zittern, da sie immer noch Angst hatte.

»Es darf keiner davon erfahren, dass Lily und Claire hier sind«, begann er mit fester Stimme. »Zuerst muss einiges geregelt werden. Wir müssen uns darauf verlassen können, dass dieses Geheimnis innerhalb unserer vier Wände bleibt.«

»Wegen dem Krieg?«, fragte Edgar.

Andrew lächelte den Jungen an, damit er keinerlei Zweifel hatte, dass sie hier sicher waren. »Nein, es liegt nicht am Krieg. Später kann ich mehr dazu sagen, aber im Moment müssen wir Claire und Lily beschützen, und das heißt, niemand darf wissen, dass sie hier sind.«

Eveline sah ihre Söhne ernst an. »Habt ihr verstanden, was Andrew da sagt?«

Sie nickten. Eveline stand auf und legte jedem von ihnen eine Hand auf die Schulter. »Claire, wir bringen dich in einem der Schlafzimmer unter. Will und Edgar können heute Nacht bei mir schlafen, bis wir morgen ein Zimmer für sie ausgeräumt haben.«

Als die vier außer Hörweite waren, wandte sich Andrew zu Lily, die immer noch blass aussah. »Alles in Ordnung mit dir?«, fragte er sanft.

»Ich habe Angst.«

»Ich weiß.«

Als sie den Kopf hängen ließ, zog er sie an sich und strich mit den Fingerspitzen über ihren Rücken. »Ich lasse nicht zu, dass dir was passiert«, versprach er.

»Ich weiß.« Sie umschlang seine Taille und klammerte sich an ihn. »Aber es ist nicht richtig, deine Familie dieser Gefahr auszusetzen, uns wie Flüchtlinge zu verstecken. Die Jungen müssen unseretwegen lügen.«

Er drückte sie enger an sich und presste lächelnd seinen Mund in ihre Haare. »Wir sind jetzt eine Familie und kümmern uns um einander. Das würdet ihr auch tun.«

Mit einem Finger hob er ihr Kinn und küsste sie auf ihren weichen Mund. Mit der Hand strich er ihr über ihre Seite und verharrte an der leichten Wölbung ihres Bauchs. Ihr Kuss wurde immer intensiver, und schließlich rutschte sie von ihrem Stuhl auf seinen Schoß. Sie legte die Hand in seinen Nacken und streichelte ihn, knöpfte langsam sein Hemd auf.

Ihm wurde leicht schwindlig, und alles um ihn herum verblasste. Er berührte ihre Brust, die sie ihm entgegendrängte. Seufzend legte sie ihre Hand auf seine und drückte sie erst sanft und dann fester, bis seine Finger ihre ganze Brust umfassten. Sie drehte leicht den Kopf und wanderte mit ihrem Mund von seinem Kinn bis zu seinem Ohr. »Ich will mit dir schlafen«, hauchte sie atemlos.

Andrew drehte sie so herum, dass er sein Becken zwischen ihre Beine drücken konnte. Er hielt sie fest, stand auf und trug sie die Treppe hinauf, während sie immer wieder seinen Mund und seinen Hals küsste und an seinen Knöpfen fummelte.

Andrew trug sie in sein Zimmer und trat die Tür hinter sich zu. Er legte sie aufs Bett und strich ihr über die goldenen Haare, die sich über das Kissen ergossen. Er beugte sich über sie und küsste sie wieder. Immer hastiger knöpfte sie sein Hemd auf. Starrte dann, als der Stoff sich teilte, auf seinen starken, muskulösen Oberkörper. Er beobachtete ihre Augen, sah zu, wie ihr Blick über seine Haut wanderte. Zärtlich berührte sie seine Brust und spürte den Herzschlag unter ihren Fingern.

Sie sah ihm in die Augen und versank in seinem Blick. Sie berührte sein schönes Gesicht, und ihr stockte fast das Herz vor lauter Zärtlichkeit, die sie für ihn empfand.

Als sie ihm langsam das Hemd von der Schulter streifte, wandte er den Kopf ab. Lily strich mit den Fingerspitzen über seine Schulter und den Unterarm, so dass er eine Gänsehaut bekam. Mit federleichter Berührung wanderte sie mit den Fingern wieder seinen Arm hinauf, über sein Schlüsselbein bis zur anderen Schulter. Sie schaute ihm weiterhin in die Augen, aber ihr stockender Atem verriet, dass sie genauso unsicher war wie er. Vorsichtig schob sie den Stoff von seiner versehrten Schulter.

»Nicht«, murmelte er. Er schloss die Augen und verzog das Gesicht.

Sie streifte das Hemd ab, und es glitt auf die Bettdecke herab. Seine Augen waren fest zugekniffen, tiefe Furchen durchzogen seine Stirn. Lily zeichnete vorsichtig mit den Fingerspitzen die weißen Narben nach, die sich deutlich von seiner gebräunten Haut abhoben, und prägte sich ihren Anblick genau ein.

Unter ihrer Berührung fing Andrews Herz an zu hämmern, und die Adern an seinem Hals traten hervor. Lily küsste sanft seine Narben und fühlte nichts als Liebe für diesen Mann.

Andrew erschauerte, entspannte sich und küsste sie innig.

Er schmiegte sich so fest an ihren Körper, und sie drückte ihren Kopf ins Daunenkissen. Drängend öffnete er die Verschlüsse ihres Kleides. Sie wölbte sich ihm entgegen, damit es schneller ging, und spreizte die Beine, um sie um seine Hüften zu schlingen, die gegen ihr Becken drückten. Er öffnete das Kleid, küsste ihre Brüste, streifte die Träger des Unterrocks von ihren Schultern und umschloss mit dem Mund ihre Brustwarzen.

Ihre Haut prickelte, und die Spitzen ihrer Brüste verhärteten sich. Sie streifte ihm die Hose über die Hüften und Beine, und Andrew zog erneut an ihrem Unterkleid, streifte ihr auch den Rest ihrer Kleider ab. Nackt lagen sie nebeneinander, und die Zeit schien stillzustehen.

Er betrachtete sie, jedes Detail ihres Körpers. Ihr Gesicht, ihre geschwungenen Lippen, die rosigen Wangen, die sich vor Verlangen gerötet hatten. Die hellen Schultern und die seidigen Haare, die sich auf dem Bett ausgebreitet hatten.

Sie berührte seinen Hals und zog ihn näher an sich, umklammerte seine Hüften, bohrte ihre Nägel sanft in seine Haut und manövrierte ihn zwischen ihre Beine. Sie spürte seinen warmen Atem an ihrer Wange, der vor lauter Selbstbeherrschung nur stockend ging. »Was ist mit dem Baby?« Er hielt inne und zog besorgt die Augenbrauen in die Höhe. »Ich will dir nicht weh tun.«

»Das wirst du nicht.« Er spürte an seiner Wange, wie sie lächelte. Dann küsste sie sein Kinn und seine Lippen. »Versprochen.«

Sie hob ihm ihr Becken entgegen. »Bitte, Andrew«, hauchte sie.

Da drang er in sie ein. Langsam und vorsichtig. Ein leises Stöhnen entfuhr ihm, als er die Wärme und Feuchtigkeit um sich herum spürte. Als er sich tiefer in sie schob, wand Lily sich unter ihm und stieß einen leisen, kehligen Laut aus.

Er hielt inne, doch sie zog sein Becken wieder an sich und wölbte den Rücken, um ihn tiefer in sich aufzunehmen.

Andrew versuchte, zu warten, es in die Länge zu ziehen, doch das Verlangen, die Empfindungen waren einfach zu stark, so dass er kam und seinen Mund fest in das Kissen neben ihrem Ohr presste, um nicht aufzuschreien. Sein Herz klopfte laut, und ein leichter Schweißfilm benetzte seinen Rücken. Er küsste ihr strahlendes Gesicht. Dann fiel ihm seine Lektion in Pittsburgh wieder ein. »Ich möchte etwas ausprobieren, Lily.«

Er schob sanft seine Finger zwischen ihre Beine, tastete, fand die richtige Stelle und streichelte sie, ohne den Blick von ihrem Gesicht zu wenden, das sich unter seinen

Berührungen vor Lust verzerrte. Als sie sich schließlich gegen seine Hand wölbte und ein lautes Keuchen ausstieß, löste er sanft seine tastenden Finger von ihr. Lily sah ihn außer Atem an, küsste seine Handfläche und lachte verlegen. Als sie ihr Gesicht an seine Brust legte, musste er vor Glück lachen. Er schlang seinen Arm um sie und hielt sie so eng an sich gedrückt, dass ihre Körper wieder miteinander verschmolzen.

»Du bist der Einzige, Andrew«, versicherte sie, an seine Brust geschmiegt. »Das sollst du unbedingt wissen. Vor dir gab es keinen. Dies ist mein erstes Mal.« Sie blickte ihn eindringlich an. Er musste sie nur küssen, um zu verstehen, was sie meinte. Denn vor diesem Augenblick hatte nichts anderes existiert.

53. KAPITEL

Andrew wartete bei den leeren Ställen in der Scheune der Mortons. Bevor Lily mit Claire geflohen war, hatte sie nach einer Lösung für die Tiere gesucht. Frank hätte sie einfach verhungern lassen. Es gab keinerlei Spur von den Tieren, die verschwunden waren, aber hätte man den alten Stevens und seine Frau Bernice besucht, in ihrer winzigen Hütte tief im Wald, dann hätte man bemerkt, dass das Pärchen frische Butter auf sein warmes Brot schmieren konnte und mehr Eier im Korb hatte, als es in einer Woche verdrücken konnte.

Andrew lehnte sich gegen das morsche Holz der heruntergekommenen Scheune. Schwärme von Fliegen wimmelten in den mit Stroh und Dung gefüllten Ecken. Der Hühnerstall hatte schon vor langer Zeit seinen Zaun eingebüßt, so dass man jetzt die Spuren von alten Körnern in der festgestampften Erde sah. Empörung stieg in ihm auf. Am liebsten hätte er mit der Faust gegen das Holz der alten Scheune geschlagen. Dies war Lilys Leben gewesen, und es drängte ihn, den Schmutz und Gestank ebenso gründlich zu entfernen wie den Apfelbaum – ihre Vergangenheit in Rauch und Asche aufgehen und vom Winde verwehen zu lassen.

Nachdem sie sich geliebt hatten, hatte Lily ihm alles erzählt. Von ihrem Leben mit ihrem Vater und von den Torturen, die Claire über sich hatte ergehen lassen müssen. Voller Scham, mit zittriger Stimme hatte sie ihm gestanden, dass Claire nicht nur ihre Schwester war. Er hatte sie schweigend im Arm gehalten, als sie sich zitternd an ihn drückte. Sie hatte ihm von Claires Fehlgeburten erzählt, von den Tees, die Frank ihr immer zu trinken gab, sobald sie schwanger wurde. Und sie erzählte ihm, wozu er sie gezwungen hatte. Das erste Mal mit vierzehn. Beim zweiten Mal war sie schwanger geworden. Ein drittes Mal würde es nicht geben.

Jetzt, in der feuchten Scheune, spürte Andrew nur Zorn. Allein von dem Gedanken daran, was Frank seiner eigenen Familie und insbesondere Eveline angetan hatte, drehte sich ihm der Magen um. Peter hatte ihn zwar gewarnt, aber nicht mal er hatte das Ausmaß von Frank Mortons Schandtaten erahnen können.

Der alte Ford kam herangekrochen, stieß dichte Rauchwolken aus und hüpfte mit den alten Rädern über den schmalen, steinigen Weg. Andrew wich in den Schatten zurück und sah ihm durch die offene Scheunentür entgegen. Der Wagen blieb stehen.

Einen Plan hatte Andrew nicht. Da er keine Waffe mitgebracht hatte, sah er sich in der Scheune nach etwas Geeignetem um. Dann blickte er auf seine Hand. Nein. Es würde Faust gegen Faust gelten.

Frank stolperte aus seinem Wagen. Sein Hemd hing ihm lose aus der Hose, und sein Gesicht war von einem ungepflegten Bart verdeckt. Aus dem Wagen fiel eine Ginflasche und rollte über den Schotter. Frank bückte sich, um sie aufzuheben, sah, dass sie leer war, und trat sie einfach beiseite. Er schwankte zur Ecke des Hauses, stützte sich mit der einen Hand auf das krumme Fallrohr, fummelte mit der anderen an seinem Hosenschlitz und erleichterte sich zwischen Schotter und Mörtel. Er schwankte, dann hielt er inne.

Er umklammerte mit der linken Hand das ächzende Fallrohr, und übergab sich. Vor Ekel und Hass wandte Andrew sich ab. Er konnte den Mann leicht überwältigen, ob er nun betrunken war oder nicht. Er konnte ihn zu Brei schlagen, windelweich prügeln. Aber dann dachte Andrew an Lily und das Kind, das sie unter dem Herzen trug. Er würde Vater werden. Er musste für eine Familie sorgen. Er dachte an den Krieg, an das viele vergossene Blut, das die ganze Welt zu tränken schien und die Gewalt nährte, die immer mehr eskalierte.

Er wandte sich wieder zu Frank. Der Mann spuckte aus und taumelte zur Veranda, ohne zu bemerken, dass seine Hose immer noch herunterhing. Dann fing er an zu husten, als hätte er sich verschluckt. Franks Gesicht lief blau an. In seinen Hustenkrämpfen taumelte er orientierungslos umher, als wüsste er nicht, wohin mit sich.

Andrew gefror das Blut in den Adern. Sie alle hatten von der Influenza gehört, die Europa heimgesucht hatte und ein paar Monate zuvor Kansas erreicht hatte. Vor Kurzem dann war sie in die engen Wohnstraßen von Pittsburgh eingedrungen. Langsam breitete sich der Virus über das ganze Land aus und leerte Schulen, öffentliche Plätze und sogar die Kirche.

Frank war nicht nur betrunken. Er war krank.

Andrew wich zurück und drückte sein Hemd gegen seine Nase, als würden die giftigen Keime schon nach ihm ausschwärmen. Er wartete, bis Frank ins Haus schlich.

Er zwang sich, sich zu entspannen. Zwar konnte er ins Haus gehen und Frank ganz einfach töten. Aber er würde keinen Tropfen Blut mehr vergießen. Frank würde büßen, auf die eine oder andere Weise, aber nicht durch Andrews Hand – nicht durch die Hand, die in naher Zukunft Lilys und sein Kind halten würde.

54. KAPITEL

Mach jetzt mal Pause«, empfahl Eveline.

Lily zerquetschte die grünen Tomaten und den Knoblauch zu einer breiigen Masse für Evelines Senfgemüse, wischte sich die Hände ab und folgte ihrem Rat. Im letzten Monat hatte sie sich ihre Aufgaben gesucht, und das Haus war sauber und die Jungen gut genährt wie noch nie.

Tagsüber blieben die beiden Frauen im Haus, um das Risiko zu mindern, von Frank gesehen zu werden. Aber in der Dämmerung tauchten sie aus der Küche auf und setzten sich in die Wärme der untergehenden Sonne. Lilys Bauch wurde immer größer, und sie selbst wirkte immer gesünder und glücklicher.

Lily brachte Edgar und Will bei, wie man Tiere zeichnete und einen perfekten Teigdeckel ausrollte. Abends, wenn das Baby in ihrem Bauch herumtollte, durften sie ihre Hände daraufkegen. Im Gegenzug las Will Lily vor, brachte ihr die einfachen Wörter bei, die er in der Schule gelernt hatte, und führte ihren Finger, wenn sie die einzelnen Buchstaben nachzeichnete.

Peter Mueller war in den Krieg gezogen. Zwar sahen sich die Familien so oft wie möglich, doch da es Haupterntezeit war, hatten sie fast ununterbrochen auf den Feldern oder mit den Tieren zu tun. Allerdings kam Fritz häufig zu ihnen und brachte Anna mit. Dann half er Andrew auf den Feldern, als wäre ein Tagwerk auf seiner eigenen Farm für ihn nur ein Spaziergang.

In jenen Wochen beobachtete Eveline ihren Neffen mit wachsendem Stolz und sah zu, wie er und Lily einander mit Liebe und Respekt begegneten. Andrew arbeitete hart. Eveline trauerte um Wilhelm, aber es gab manchmal Tage, an denen sie glücklich war, wirklich glücklich. Der Schmerz und die Sehnsucht ließen allmählich nach und wurden erträglich.

Der Krieg gegen Deutschland dauerte an. Die Kisers beteten für Peter und schickten Lebensmittel und Wollsocken zum Roten Kreuz, wann immer sie dazu in der Lage waren.

Außerdem war da ja noch das Baby. Das neue Leben, das in Lilys Bauch heranwuchs. Alle im alten Farmhaus liebten dieses Kind, waren stolz auf das Ungeborene und fühlten sich dafür verantwortlich.

Eines Tages arbeitete Andrew auf dem hoch gelegenen Feld und erntete den Mais. Er hatte fast fünf Hektar vor sich. Damit würde das Silo gefüllt und der Rest auf dem Markt verkauft werden. Die Ernte war vielversprechend.

Lilys Gesicht glühte, da es in der Küche doppelt so heiß war wie draußen. Sie lehnte sich gegen den Tisch und trank mit großen Schlucken das Wasser, das Eveline ihr gereicht hatte.

Eveline strich ihr die feuchten Haarsträhnen aus der Stirn. »Alles in Ordnung, mein Kind?«

Lily nickte. »Mir ist bloß heiß.« Abwesend strich sie

sich über den Bauch, wie es ihr zur Gewohnheit geworden war.

»Dann geh ein bisschen an die frische Luft«, forderte Eveline sie auf. »Es ist einfach zu heiß hier drinnen.«

»Lieber nicht«, erwiderte Lily kopfschüttelnd. »Es geht schon.«

»Nein, die frische Luft wird dir guttun«, beharrte Eveline. »Frank wird nicht in der Nähe sein, wir hätten seinen Wagen gesehen.«

Lily gab nach und ging mit dem Glas Wasser nach draußen. Sie hatte sich so lang im Haus versteckt, dass sie das Sonnenlicht richtiggehend aufsaugte. Sie spazierte in Evelines Garten und schnupperte an den Zinnien, die in allen Regenbogenfarben den Zaun säumten. Nachdem sie die Hände unter ihrem prallen Bauch verschränkt hatte, schlenderte sie zu dem Stumpf des alten Apfelbaums. Langsam ließ sie sich darauf nieder. Als sie den Stamm berührte, fühlte er sich klebrig an. Sie erinnerte sich daran, wie sie früher auf den Baum geklettert war. Es war noch gar nicht so lang her, da hatte sie davon geträumt, diese Farm gehöre ihr. Und jetzt war dies tatsächlich ihr Zuhause. Sie streichelte ihren Bauch. Es war für sie alle ein neues Leben.

Sie lehnte den Kopf zurück, spürte die Sonne warm auf ihrem Gesicht und schloss die Augen. Ein Lüftchen kam auf. Und dann wurde sie so ruckartig an ihrem Zopf zurückgezogen, dass ihre Kopfhaut brannte. Sie schrie auf und wurde hochgerissen.

Frank stand vor ihr und hielt ihre Haare wie ein Seil in der Hand und schlang sie um seine Faust.

»Hilfe!«, brüllte Lily. Als Frank noch einmal ruckartig zog, schrie sie vor Schmerz auf.

»Ich will dir nicht weh tun, Lily. Wirklich nicht«, keuchte er und atmete rasselnd. Seine Haut glühte fiebrig, und er wischte sich die Nase mit seinem Ärmel ab. Dann presste er ihren Kopf an seine Brust und zischte ihr ins Ohr: »Ich will nur meine Frau zurück. Hörst du?« Als sein Arm sich um ihren Hals legte, spürte Lily etwas Scharfes an ihrem Bauch. Sie riss die Augen auf, um es zu erkennen. Das Sonnenlicht wurde von einer Messerklinge reflektiert.

Lily schloss die Augen und fühlte sich völlig kraftlos. Nicht das Baby! Sie konnte nicht zulassen, dass er ihrem Baby weh tat.

»Bitte, Frank«, rief Eveline, die mit Will und Edgar aus dem Haus aufgetaucht war. Sie schob die Kinder hinter sich. »Bitte«, flehte sie. »Lass Lily los, dann können wir darüber reden. Wir finden eine Lösung.«

»Eine Lösung?«, brüllte er und bemühte sich taumelnd, sein Gleichgewicht zu halten. »Claire!«, schrie er. »Claire, komm sofort her!«

Er wich zurück und zerrte Lily mit sich. Sie begann zu weinen. »Bitte, tu mir nichts. Das Baby ...«

Er riss ihr so heftig an den Haaren, dass sie aufschrie. Dann setzte er ihr die Messerklinge an den Hals. Sie spürte das kühle Metall an ihrer Kehle. Jetzt würde er sie umbringen. Sie dachte an Andrew. Trotz ihrer Panik war sie froh, dass er das nicht mit ansehen musste. Sie weinte um ihr Baby, mehr als um ihr eigenes Leben.

Frank knurrte ihr ins Ohr: »So lange wollte ich dir schon die Kehle durchschneiden ...«

Da ertönte ein lautes Krachen und ließ den Boden vibrieren. Frank taumelte nach vorn, stürzte über Lilys gebückte Gestalt hinweg und brach zusammen.

Andrew ließ die Brechstange fallen, packte Lily und presste sie an seine Brust. Frank Morton wand sich mit gekrümmtem Rücken auf dem Boden.

Lily spürte, wie Andrew vor Zorn bebte, bevor er sich von ihr löste. Zum ersten Mal sah sie Hass in seinen Augen. »Nicht, Andrew!«, rief sie. Aber er hörte nicht auf sie, sondern stürmte vorwärts. Mit vor Wut verzerrtem Gesicht trat er Frank in die Rippen. »Steh auf!«, brüllte er, richtete sich auf und setzte zu einem weiteren Tritt an.

Will und Edgar vergruben ihre Gesichter in Evelines Rock.

Lily zuckte zusammen. »Bitte, nicht ...«

»Ich sagte, steh auf!« Blind vor Zorn trat Andrew heftig gegen Franks Hand, die er sich gegen die schmerzenden Rippen presste.

Daraufhin hustete Frank würgend und spuckend, rollte sich auf den Rücken, lief dunkelrot an und schwitzte vor Schmerzen. Andrews Blick fiel auf das Messer im Gras. Die silbrige Klinge glänzte im Licht, und er machte einen Schritt, um es aufzuheben.

»Nicht, Andrew!«, schrie Eveline. Sie löste sich von ihren Söhnen und packte ihren Neffen am Ärmel. »Nicht anfassen. Sieh ihn doch an«, befahl Eveline mit Abscheu in der Stimme und wich vor der sich windenden Gestalt am Boden zurück. »Er ist krank.« Mehr musste sie nicht sagen.

Frank mühte sich auf die Knie und hustete keuchend und mit weit aufgerissenem Mund. Schwankend stand er auf und wich zurück. »Sagt Claire, sie soll sich fertig machen«, rief er drohend. Seine Lungen pfiffen, und an Stirn und Hals traten ihm blau die Adern hervor, als er über seine eigenen Füße stolperte. »Ich komm wieder. Wartet's nur ab!« Als er erneut einen nicht enden wollenden Hustenanfall bekam, spuckte er Blut. Taumelnd entfernte er sich die Zufahrt hinunter. »Und dich hole ich auch, Lily. Wart's nur ab!«

Mit einem Mal verließ Andrew aller Zorn. Er drückte Lily fest an sich. Claire kam aus dem Haus, weiß wie ein Gespenst. Will nahm sie an der Hand.

Jetzt war Frank außer Sichtweite. Er würde sie nie wieder belästigen, denn er würde den nächsten Morgen nicht mehr erleben.

FÜNFTER TEIL

Krieg ist organisierter Mord und nichts anderes.

Harry Patch, letzter überlebender Soldat
des Ersten Weltkriegs

55. KAPITEL

Am 11. November 1918 war der Erste Weltkrieg beendet. Weltweit kamen über 37 Millionen Soldaten auf den Schlachtfeldern um. Eine Grippe-Epidemie raffte auf der ganzen Welt über 50 Millionen Männer, Frauen und Kinder dahin. Allein in Pittsburgh starben sechstausend Menschen an der Spanischen Grippe.

Als der Krieg zu Ende war, versuchten die Bürger des Landes, sich von dem Gemetzel zu erholen. Sie schüttelten die Erstarrung ab, die ein ganzes Land lahmgelegt hatte. Allerorten wurden Plakate mit Propaganda und Hassparolen entfernt. Die American Protective League löste sich in Luft auf. Und die, die ihre deutsch-amerikanischen Nachbarn, Kollegen und Kunden geschmäht und misshandelt hatten, senkten beschämt den Kopf. Ihr Verhalten war ihnen jetzt unerklärlich und so fern wie ein fast vergessener Alptraum.

Peter Mueller kehrte nach Hause zurück – mit einem Mädchen. Die Anwohner der schmalen Landstraße am Rand von Plum hießen ihn wie einen Helden willkommen. Die Witwe Sullivan schenkte ihm ihre Lieblingsstute und weigerte sich, sie zurückzunehmen. Bernice Stevens buk einen Kuchen, der so groß war wie ein Wagenrad. Sämtliche Muellers aus allen Teilen von Pennsylvania kamen in den Ort. Der alte Stevens tanzte mit der Witwe Sullivan einen Jig und wirbelte mit ihr herum wie ein junges Pärchen. Ein Feuerwerk erhellte die Nacht, unter dem Fritz, Anna, Edgar und Will jubelnd umherrannten, als es Funken in Pink, Grün und Gold regnete. Gerda klatschte in ihre starken Hände und tanzte ausgelassen.

Andrew saß auf dem Boden und lehnte sich gegen einen riesigen Ahorn im Garten der Muellers. Lily saß zwischen seinen Beinen und schmiegte ihren Hinterkopf an seine Brust. Irgendwo ertönte eine Glocke.

Peter hielt in der einen Hand ein volles Glas mit schaumigem Bier und hatte den anderen Arm um seine Freundin geschlungen. Als sie näherkamen, standen Andrew und Lily auf. Peter schloss Andrew in die Arme. Die beiden Männer schlugen sich grinsend auf den Rücken. »Wie fühlt man sich so als Held?«, fragte Andrew.

»Ich sag's dir, wenn ich einen treffe.« Zwar grinste sein alter Freund, doch an den Falten in seinem Gesicht sah man noch die Nachwirkungen des Krieges. Peter wandte sich zu Lily, seufzte und bedachte sie mit einem freundlichen Lächeln. »Hi Lily.«

»Hi Peter«, erwiderte sie und strahlte erleichtert.

»Ich möchte dir meine Freundin Gwyneth vorstellen. Ohne sie würde ich heute nicht hier stehen.« Er gab der schüchternen Brünetten an seiner Seite einen Kuss. »Eine hübsche Krankenschwester, die einem die Schrapnellsplitter aus dem Schenkel entfernt, ist es fast wert, angeschossen zu werden.« Dann wurde er ernst. »Ich glaube, ihr zwei werdet euch gut verstehen.«

»Wann ist der Geburtstermin?«, fragte Gwyneth.

»Zu Beginn des Frühjahrs.« Lily strich sich über den Bauch. »Aber sie tritt schon ziemlich heftig. Ich glaube, sie ist bereit für die Welt.«

Dann gingen Gwyneth und Lily zusammen zu den Tischen, um sich etwas zu essen zu holen.

»Andrew, ich möchte dir noch jemanden vorstellen.« Zu Peter war ein Mann getreten, offenbar konnte er nichts sehen, und Peter legte ihm die Hand auf die Schulter. »Das ist Gwyneth' Bruder Robert Weiner. Wir haben zusammen gedient.«

Der blinde Mann streckte die Hand aus, und Andrew ergriff sie. »Peter hat mir schon viel von dir erzählt«, sagte Robert. »Im Krankenhaus hat er von nichts anderem geredet. Fast hätte ich die Schwestern gebeten, mir mit den Augen auch die Ohren zu verbinden.«

Peter gluckste und wies dann vielsagend mit dem Kinn zu Andrew. »Robert war beim Veterinärkorps und hat sich um die Pferde unseres Bataillons gekümmert.«

Andrew spürte, wie die Sehnsucht nach seinem alten Traum unerwartet in ihm aufflammte.

»Vor dem Krieg hatte er eine Tierarztpraxis in Maryland«, fuhr Peter fort. »Und jetzt will er hier neu anfangen.«

Robert Weiner sagte: »Ich hatte gehofft, du könntest mir helfen.« Sein Ton klang bittend. »Ich brauche jemanden, der sehen kann und mir bei den Operationen hilft.«

»Das tut mir leid, Robert«, erwiderte Andrew mit brüchiger Stimme. »Aber ich hab's nie aufs College geschafft.«

»Nun, ich glaube, ich hab genug für uns beide studiert. Ich könnte dich unterrichten. Und du hättest immer noch genug Zeit für die Farm. Wir würden ganz langsam anfangen. Ist besser für uns beide.«

»Also, Houghton, was meinst du?« Peter wippte grinsend auf den Zehenspitzen. »Bist du dabei?«

Aus dem Augenwinkel sah Andrew Lily, die mit Gwyneth lachte, eine Hand auf dem Bauch. Und in diesem Augenblick stand die Welt um ihn herum still. Da breitete sich ein Lächeln über sein Gesicht. »Ich bin dabei.«

56. KAPITEL

Marilyn Claire Houghton wurde Anfang des Frühjahrs geboren. Gerda Mueller brachte das Baby zur Welt und half Lily durch die Wehen, genau wie sie es zuvor schon bei ihren Töchtern getan hatte. Auch Andrew war dabei, trotz der allgemeinen Proteste, weil sich das nicht gehöre. Aber er wich nicht von Lilys Seite und hielt während der endlosen Stunden der Geburt ihre Hand. Und als er seine Tochter im Arm hatte und sie ihn mit großen Augen anblickte, war er zutiefst gerührt.

Er betete dieses kleine Wesen an, den weichen Flaum auf ihrem Köpfchen, die großen Augen, in denen er die seiner Frau wiedererkannte. Andrews Blick wanderte durch den Raum. Er betrachtete Lily, die erschöpft, aber glücklich wirkte.

Seine Tochter zappelte. Sie öffnete und schloss ihren Mund und blinzelte. Als ihm eine Träne aus dem Auge quoll und auf ihrer Wange landete, zuckte sie zusammen. Die restlichen Tränen drängte er zwinkernd zurück.

Schau dir mein Kind an, sagte er im Stillen zu seinem Vater im Himmel. *Schau dir deine Enkelin an*. Seine Gedanken wanderten zu seiner Mutter auf der anderen Seite des Ozeans. Er musste lachen, als seine Tochter ihn neugierig anstarrte. Unter Tränen begann er vor Freude zu lachen.

Sie ist perfekt, dachte er. *Perfekt.*

Das Baby runzelte die Stirn und stieß einen winzigen, schrillen Schrei aus. Sanft nahm Eveline ihrem Neffen das Kind ab. »Sie will trinken.«

Eveline reichte Lily das Baby, und vor Rührung fing sie zu weinen an. Andrew wollte zu ihr gehen, aber Eveline hielt ihn zurück. »Lass sie.«

Lily sah wortlos und ehrfürchtig ihr Baby an. Gerda ging die Küche aufräumen, Eveline verließ das Zimmer und sah noch, wie Andrew den Arm um seine Frau legte und das Kind zwischen ihnen küsste.

Eveline Kiser schlang ihr Tuch um ihre Schultern und ging aus dem Haus. Die Luft war noch beißend kalt, doch genoss sie ihre Frische. Der Himmel war blau und weit, die Sonne strahlte hell herab. Eveline schloss die Augen und legte ihr Gesicht in den Nacken. Sie wollte wieder auf alles Helle blicken. Sie fühlte sich, als wäre sie für lange Zeit im Dunkeln eingesperrt gewesen, aber jetzt wollte sie die kalte Luft spüren.

Sie setzte sich auf den runden Baumstumpf des Apfelbaums. Leichter Wind fuhr ihr durchs Haar. Sie wusste, dass sie älter geworden war. Sie war in der Hölle gewesen und hatte sich mit Händen und Füßen wieder zurückgekämpft.

Sie blickte zu dem alten Farmhaus, zu ihrem leeren Garten und den brachliegenden Feldern, die sich bis in die Ferne erstreckten. Sie lächelte und genoss die tiefe Zufriedenheit, die sich in ihr ausbreitete.

Schon bald würde ihr Garten wieder blühen und gedeihen. Die Felder würden sprießen, und ihre Söhne würden zum Bach rennen, um dort zu angeln, würden die Pferde reiten und den Markt im Ort besuchen.

Da kam ein leichter Wind auf. Ihre Härchen stellten sich auf, und sie bekam eine Gänsehaut. Ihr schwoll das Herz, und ihre Lippen verzogen sich zu einem wehmütigen Lächeln. Eine Träne quoll ihr aus dem Auge und rann ihr die Wange hinunter. »Hallo Wilhelm«, flüsterte sie.

Seine Nähe, die sie plötzlich spürte, erfüllte jede Faser ihres Körpers. Er war da.

Auf der Veranda öffnete sich eine Tür und schloss sich wieder. Andrew führte Lily so vorsichtig über den Weg, als wäre sie krank.

»Kannst du deinem Neffen bitte sagen, dass ich nicht zerbrechlich bin?«, rief Lily glücklich zu Eveline. Sie hatte die Kleine im Arm, in eine dicke Decke gewickelt, und betrachtete sie lächelnd.

»Du hast gerade ein Kind zur Welt gebracht«, wandte Andrew, immer noch ehrfürchtig, ein. »Sei froh, dass ich dich nicht trage.«

Eveline stand auf und klopfte auf den alten Baumstamm. »Kommt, setzt euch. Die frische Luft wird euch guttun.« Damit ging sie zum Haus zurück, und als sie sich noch einmal umdrehte, sah sie, wie Andrew Platz nahm, Lily sich auf seinen Schoß setzte, ihren Kopf an seine Halsbeuge schmiegte und beide das Kind umarmten.

Ein Luftzug wirbelte die welken Blätter auf und ließ sie um den Baumstamm tanzen. Als sie wieder zu Boden drifteten, sah man unten am Stumpf etwas leuchtend Grünes. Andrew beugte sich vor, fegte das abgestorbene Laub beiseite und sah, dass sich frische Schösslinge aus dem Stamm zum Himmel reckten: stark, entschlossen und pulsierend von neuem Leben.

Andrew und Lily lächelten voller Hoffnung. Denn neues Leben entstand und wuchs unter den Blättern des Apfelbaums.

DANK

*I*ch kann kaum mit Worten ausdrücken, wie dankbar ich meiner Familie, meinen Freunden und Lesern bin, die mich bei der Entstehung dieses Romans unterstützt und begleitet haben. Mit jedem Lächeln, jedem ermutigenden Wort und jeder Umarmung bekam ich neue Kraft, diesem Traum nachzujagen. Den Samen für dieses Buch legte meine Mutter Marilyn, die mir von den Sorgen und Freuden ihrer Kindheit auf einer Farm im Hinterland von Pennsylvania erzählte. Ein Leben, das von den Launen der Natur abhängt, ist ziemlich hart, und die Zähigkeit meiner deutschen Vorfahren weckte Stolz und Demut in mir.

Ich danke meiner äußerst geschätzten Agentin Marie Lamba von der Literaturagentur Jennifer de Chiara: Sie ist einfach die Beste und hat mich bis zum Schluss begleitet. Wieder einmal möchte ich meinem ausgezeichneten Lektor John Scognamiglio und dem gesamten Team von Kensington für die Hilfe danken.

Vor allem jedoch möchte ich meinem Mann Jay und meinen drei Jungen danken, die mich trotz Termindruck, Tage voller Erschöpfung und Nächte ohne Schlaf unterstützt und mir bei jedem Schritt des Weges Liebe und Wertschätzung entgegengebracht haben.

Ein Hinweis zum Historischen: Obwohl Pittsburgh seit 1911 mit einem ›h‹ am Ende geschrieben wird, wurde dies für einige Eigennamen – die *Pittsburg Press* eingeschlossen – erst 1917 übernommen. Im Sinne historischer Genauigkeit habe ich im Roman daher die ursprüngliche Schreibweise *Pittsburg Press* gewählt.